O Amor *(depois) da* Minha Vida

KIRSTY GREENWOOD

O Amor (depois) da Minha Vida

Tradução
LÍGIA AZEVEDO

paralela

A Editora Paralela é uma divisão da Editora Schwarcz S.A.

Grafia atualizada segundo o Acordo Ortográfico da Língua Portuguesa de 1990, que entrou em vigor no Brasil em 2009.

TÍTULO ORIGINAL The Love of My Afterlife

CAPA E ILUSTRAÇÕES DE CAPA Vi-An Nguyen

NUVENS CSA Images/ Getty Images

PREPARAÇÃO Renato Ritto

REVISÃO Natália Mori e Paula Queiroz

Dados Internacionais de Catalogação na Publicação (CIP)
(Câmara Brasileira do Livro, SP, Brasil)

Greenwood, Kirsty
O amor (depois) da minha vida / Kirsty Greenwood ; tradução Lígia Azevedo. — 1ª ed. — São Paulo : Paralela, 2024.

Título original: The Love of My Afterlife.
ISBN 978-85-8439-396-1

1. Ficção inglesa I. Título.

24-201418 CDD-823

Índice para catálogo sistemático:
1. Ficção : Literatura inglesa 823

Cibele Maria Dias – Bibliotecária – CRB-8/9427

EDITORA SCHWARCZ S.A.
Rua Bandeira Paulista, 702, cj. 32
04532-002 — São Paulo — SP
Telefone: (11) 3707-3500
editoraparalela.com.br
atendimentoaoleitor@editoraparalela.com.br
facebook.com/editoraparalela
instagram.com/editoraparalela
x.com/editoraparalela

Para minha irmãzinha, Nic.

Uma verdadeira amiga de todas as horas e a cúmplice mais destemida e ardilosa que já conheci.

Um

Não pode ser assim que eu morro.

Sério, não pode ser.

Sei que nem todo mundo vai ser abençoado que nem a velhinha de *Titanic*, que empacota durante um sono gostoso, relembrando as memórias de quando transava com um Leonardo DiCaprio ainda na fase gostoso para dar uma animada no trauma que deve ser falecer. Mas morrer engasgada aos vinte e sete? *Não*, Delphie.

Enquanto continuo tentando puxar o ar, meu cérebro parece incapaz de chegar a uma conclusão de como fazer para me salvar desse show de horrores, preferindo se concentrar nas circunstâncias inacreditáveis em que me encontro.

Para começar, estou engasgada com um hambúrguer. E não é nem um hambúrguer desses gourmets ou feito em casa, mas um podrão de micro-ondas que comprei no mercado depois do trabalho. E ainda tem a roupa que estou usando no momento em que me engasgo: meias verdes cor de picles e o pior trapo de chão que ainda chamo de camisola, uma atrocidade gigante e puída, com o desenho de uma estrela sorrindo acima da frase CHEGOU A HORA DE BRILHAR, QUERIDA! *O golpista do Tinder* está pausado na tevê e tem uma única aba aberta no meu laptop, uma pesquisa no Google: *hambúrguer de micro-ondas é carne de verdade?*

Quem é que vai me encontrar nesse estado? Cooper, o insuportável do vizinho de baixo, que tenho certeza de que vai rir quando me vir nessa camisola? A polícia? Será que vão revirar meus pertences em busca de indícios de atividades criminosas? Não vai ser nada fácil tentar encontrar alguém que tenha motivos para me matar, considerando que só conheço três pessoas em Londres: Leanne e a mãe dela, Jan, da farmácia onde trabalho, e o sr. Yoon, meu vizinho.

Ai, meu deus, e se quem descobrir meu corpo for o sr. Yoon? Tomara que não — o coração dele é frágil demais para lidar com algo tão bizarro. Coitado do sr. Yoon... sem mim, não vai ter ninguém para verificar se ele apagou mesmo todos os cigarros antes de ir dormir. E quem é que vai fazer um café da manhã decente que não seja só uma tigela daquele cereal All-Bran já velho e que pegou o gosto da caixa de papelão pra ele?

Quando penso no sr. Yoon olhando, pesaroso, para o armário onde fica o cereal, encontro forças para me jogar contra uma cadeira meio bamba da cozinha e dobrar o corpo contra o encosto numa tentativa de executar em mim mesma uma manobra de Heimlich. Vi a Miranda fazer isso uma vez em *Sex and the City*, e ela sobreviveu. A experiência pode até tê-la abalado um pouco, mas favoreceu sua maturidade emocional.

Aperto o diafragma na cadeira uma vez e depois de novo e sigo tentando. Depois entrelaço as mãos e bato contra o meu próprio estômago. Ai, doeu. Não dá em nada. Será que estou socando o ponto certo? Faço de novo, um pouco mais para baixo. Depois repito o movimento, mas agora mais para cima. Não está funcionando! O pedaço de pão e o que talvez nem seja carne de verdade emperraram na minha goela e parece que não pretendem arredar pé. Merda.

Corro de um lado para o outro da cozinha pequena em busca de alguma coisa, qualquer coisa, que possa me ajudar. O boné de Broad City, que eu tanto amo, pendurado ao lado da porta da frente? Inútil! A caixa ainda fechada de lápis Blackwing na mesa da cozinha? *Que saco, Delphie*! Meus olhos encontram o celular, despontando de debaixo de uma almofada do sofá. Eu o pego para ligar para a emergência, mas minhas mãos tremem tanto que não consigo segurá-lo. Ele quica no chão e escorrega para debaixo do rack, passando a ter que conviver com o pó e um comprimido de antidepressivo que deixei cair no mês passado e nunca me dei o trabalho de resgatar.

Argh. Começo a ver pontos pretos no canto da vista. Minha língua parece esquisita, meio pesada, como se estivesse caída para fora da boca. Pera aí, minha língua está mesmo *caída para fora da boca*? Meus joelhos fraquejam e caio no chão de maneira teatral, aterrissando com um baque no tapete lindo e macio que passei três meses economizando para comprar.

Meu deus.

Acho que... acho que é isso aí *mesmo*?

Minha saída triunfal.

Meu prazo de validade.

O fim.

Aqui jaz Delphie Denise Bookham.

Morreu como viveu: sozinha, perplexa e vestindo um treco bem merda.

"Vai, abre os olhos... isso. Tá na hora de voltar... hora de acordar... ah, você voltou! Oi, querida."

Não reconheço a voz feminina, suavizada pela melodia do sotaque irlandês. Meus olhos se abrem. A mulher à minha frente exibe um sorriso maníaco e está com o nariz pequeno e arrebitado a menos de três centímetros do meu. Eu a estudo por um momento: o cabelo loiro cacheado está preso em um rabo de cavalo, e os óculos de armação dourada fazem com que os olhos verdes e sinceros que me encaram sem pudor pareçam ter o dobro do tamanho. Está usando um batom laranja nos lábios que manchou os dentes grandes, as duas fileiras arreganhadas produzindo o sorriso maníaco já mencionado. Fecho os olhos com força. Então volto a abri-los e tento me situar, desesperada. Minhas entranhas se reviram quando me dou conta de que não estou mais no apartamento em que passo quase todo o meu tempo, mas sentada em uma estranha cadeira de plástico, com as pernas apoiadas em um bufê florido que parece ter sido feito por uma avó.

Que lugar é esse?

A música "Don't Worry, Be Happy", de Bobby McFerrin, chega a mim vinda de algum lugar, reverberando de maneira misteriosa e como se saísse de um sonho. Passo os olhos arregalados pelo meu entorno: vejo paredes azul-claras e uma fileira de máquinas de lavar verde-água à minha frente, girando, gorgolejando e soltando um cheirinho de lavanda de vez em quando. Espera aí. Estou em uma lavanderia? O que caralhos estou fazendo em uma *lavanderia*? Como vim parar aqui? *Quando* vim parar aqui?

Acima das máquinas, avisto uma foto emoldurada da mulher de óculos. Ela faz sinal de joinha com os dois polegares, exibindo um sorriso de miss no rosto. Meus olhos vão da parede para a versão real dela, agachada ao lado da minha cadeira. A mulher sorri como se não pudesse estar mais encantada em me ver. Então faz sinal de joinha com os dois polegares, igualzinho na foto.

Quem é ela? Onde estou? "Hã... é..."

Meu cérebro, em pânico, recusa-se a me ajudar a formular as perguntas que quero fazer em voz alta.

"Bem pensado, né?" A mulher sorri. "Ninguém fica assustado em uma lavanderia! Me pareceu uma boa ideia equilibrar um momento tão assustador, de fato, com o ambiente mais calmo possível. Por isso, aqui estamos: numa sala de espera que mais parece uma lavanderia pequena e aconchegante! Quando eu era mais nova e as coisas ficavam meio *AI POR QUE A VIDA TEM QUE SER TÃO DIFÍCIL, BUÁ, BUÁ, BUÁ* e coisa e tal, eu ia até a lavanderia mais próxima e passava horas assistindo as máquinas girarem e girarem e girarem. Aquele cheirinho de flor, o barulho da água... é tudo *tão* reconfortante, você não acha?"

Eu me encolho quando a mulher se levanta de um salto e abre os braços, orgulhosa, para abarcar a sala como se fosse a apresentadora de um programa de perguntas e respostas na tevê e estivesse prestes a revelar o grande prêmio.

"O azul das paredes é idêntico à cor do céu nos exatos segundinhos antes de o sol se pôr na última semana de junho. Levei um século para acertar o tom. O nome dessa tinta é Ganso

Desidratado, e saiu de linha em 1992. Mas eu conhecia um cara que conhecia uma moça que conhecia um cara que conhecia o cara certo e aí, bom, acabei conseguindo." Ela pressiona um lábio contra o outro e enfia as mãos nos bolsos da jardineira mostarda, balançando o corpo ligeiramente de um lado para o outro. "Os Superiores deixaram *bem* claro que teriam seguido com uma estética mais simples, mais 'profissional', só que eu disse: 'Gente, não dá pra eu ser uma terapeuta além-vida de primeira se não me derem autonomia para mudar o ambiente no qual vou atender os falecidos. Tipo, *fala sério*'... gente idiota. Parece que aqui só tem gente idiota! Mas o tom de azul tá lindo, né?" A mulher olha para as paredes, solta um suspiro satisfeito e passa os dentes pelo lábio superior, manchando-os um pouco mais de batom no processo. "E dependendo da luz, fica quase um violeta-acinzentado, às vezes, ou azul-jeans. Tipo os olhos do Jamie Fraser. Sabe aquele? De *Outlander*? Eu adoro os livros. O Jamie Fraser tá na minha lista de protagonistas românticos preferidos, ali entre os dez primeiros. Talvez até entre os cinco primeiros. Talvez até entre os..."

"Falecidos?", finalmente consigo interrompê-la.

"Ah, sim... você morreu, querida. Sinto muito." Ela faz um carinho no meu ombro, simpática.

"Quê? Não... eu... isso aqui é um sonho?"

Tento fazer meu cérebro despertar. É o sonho mais estranho que já tive, e olha que uma vez sonhei que era dona de um salão de beleza quase falido com o Vagabundo, de *A Dama e o Vagabundo*.

"Você se engasgou, lembra?", solta a tagarela. "Com um hambúrguer de micro-ondas. Aliás, caso você ainda esteja se perguntando, tem carne de verdade nele *sim*, viu? Cem por cento carne bovina, ou *boeuf*, como diriam os franceses. Comecei a estudar francês no intervalo entre os pacientes. Não que estivesse entediada. Não muito. Se as coisas podiam ser só um pouquinho mais animadas por aqui?" Ela dá de ombros, com um canto dos lábios erguido. "Claro. Mas é melhor que os mortos venham devagar e sempre do que me peguem todos de surpresa, imagino."

Mortos?

Meu estômago se revira quando o que ocorreu no meu apartamento me vem à mente. O engasgo. Levo uma mão à garganta e tento puxar o ar.

"Ah, está tudo bem. Você está ótima", fala a mulher para me acalmar, voltando a se agachar para ficar olho no olho comigo. "Todo sofrimento físico é eliminado assim que você chega aqui. Mas o período de transição emocional da vida para a além-vida pode ser... complicado. É aí que entro euzinha. Sou Merritt, vou ter vinte e oito anos para sempre e as coisas que mais amo no mundo são curry e romances, quanto mais picante melhor, tanto para um quanto para o outro. E eu vou ser sua terapeuta além-vida."

Ela estende uma mão para mim e noto que usa anéis gigantes nos dedos: um diamante em forma de rosa que parece antigo e um anel preto e grosso com um crânio e ossos cruzados cravejado de rubis. Já no dedão, uma aliança de prata na qual está escrito MEIO AGONIADA, MEIO ESPERANÇOSA. É como se Merritt tivesse enfiado os dedos em uma caixa de itens perdidos sem se importar muito com o que pegaria. Fico só olhando, e ela segura minha mão pendendo do descanso de braço da cadeira e a aperta com tanto entusiasmo que meio que meu corpo inteiro balança.

"É meu trabalho me certificar de que você entenda o que está rolando e não pire demais, além de responder a quaisquer perguntas que possa ter, essas coisas. Vou ser o seu contato daqui pra frente. Tudo certo? *Oui?*"

Não. Não, não tem nada certo. Non.

"Sou muito boa no que faço, não se preocupe", prossegue Merritt, tranquilona. "Comecei na Eternidade, que é como a gente chama aqui, uns seis meses depois de morrer. Sou a mulher mais jovem a se tornar terapeuta além-vida plena. A maior parte dos outros terapeutas são uns velhotes de sessenta ou setenta anos, mas acho que viram em mim uma afinidade natural para o trabalho. Fora que sou ambiciosa pra caralho."

"Socorro", sussurro.

"Os outros terapeutas não estão gostando nem um pouquinho… de ter uma novinha gostosa agitando as coisas por aqui. Eles roubam a maioria dos Falecidos antes que eu consiga pôr as mãos neles." Merritt olha para os próprios pés por um segundo, que eu noto que estão descalços, com as unhas pintadas de vermelho Coca-Cola. "Eu faria todo mundo comer poeira por aqui se tivéssemos as mesmas oportunidades", ela murmura, chateada. "Enfim, não vou cansar você com essas paradas. O lance é o seguinte: dois desses incompetentes estão de férias no momento, por isso perderam a chance de te roubar! Você é a primeira paciente que me chega essa semana! Viva! Sinto muito por você, claro. Mas pra mim? Isso tá sendo ótimo."

Estupefata, vejo Merritt marchar até a porta do outro lado do cômodo, usando o dedo para indicar que devo acompanhá-la.

"Pra onde… pra onde a gente vai?", pergunto, com o corpo todo tremendo tanto que as palavras saem num vibrato curto que me lembra o da Jessie J.

"Pra minha sala, claro. Não posso fazer sua entrevista aqui na sala de espera, né? E se outro Falecido chegar enquanto você responde a uma pergunta íntima? Seria muito desconfortável. Se tem uma coisa que todo mundo na Terra concordava a meu respeito é que eu era muito profissional. Pra mim, a privacidade vem sempre primeiro. Não fica com medo. Deixa comigo, querida." Essa última parte Merritt cantarola como se fosse a Cher.

Ela abre a porta e me sinto um pouco mais tranquila ao descobrir que dá para uma sala de aparência agradável e até normal. Tem velas por toda a parte, as chamas bruxuleando em cor-de-rosa. Bem no centro tem uma mesa de vidro coberta de cacarecos que incluem três plantas que pegaram superbem, um daqueles gatinhos da sorte japoneses e um porta-canetas vazio, porque as canetas que deveriam estar no recipiente estão todas espalhadas pela mesa. Na parede mais distante, tem uma estante que vai do chão ao teto absolutamente lotada de livros, com lombadas de todas as cores do arco-íris. Parecem que todos ali são de romance. Os títulos são todos do tipo *The Proposal*, *A Match Made in Devon* e *O teste do casamento*. Merritt me vê olhando e escolhe um livro — uma edição bonita com encadernação em tecido de *Persuasão*, de Jane Austen. Ela o aperta junto ao peito e fecha os olhos, como se estivesse abraçando um filhote de cachorro. "Pode pegar o que quiser emprestado", fala ela, devolvendo o exemplar à estante e passando os dedos com carinho pelas lombadas.

"Hum, obrigada."

Merritt solta uma respiração audível. "Rosas e cassis. Meu perfume preferido." Ela aponta para uma vela branca que repousa sobre uma mesinha de madeira. "Uma delícia, não acha? Tem uma Diptyque na Eternidade. *C'est magnifique*. Ah, precisamos descobrir qual é o seu perfume preferido. Aposto que você é do tipo que gosta de mel, acertei? Mais introspectiva, sensível, com um mundinho interior superprofundo. Paixões borbulhando logo abaixo da superfície."

Pisco. Que porra tá acontecendo? Que lugar é esse?

Merrit lança um sorriso empático na minha direção. "Tá, dá pra ver que você tá meio incomodada, o que é... bem normal. É uma situação muito maluca, eu sei. Quando cheguei aqui, literalmente vomitei. Por que não se senta e descansa um pouquinho?"

Ela indica uma cadeira de rodinhas de couro branco à sua mesa e depois, antes que eu possa descansar, um pouquinho que seja, bate palmas uma vez, decidida.

"Muito bem! Excelente. Tá." Merritt pega uma prancheta da mesa e passa os olhos pelo papel preso nela. "A primeira pergunta é... gostaria de ver sua vida passando diante dos seus olhos?"

"O-oi?" Meus dentes começam a bater.

"O que eu disse *foi*: gostaria de ver sua vida passando diante dos seus olhos?", repete ela. "A gente não costumava oferecer esse serviço, mas aí Hollywood fez as pessoas acreditarem que a gente vê a vida passando diante dos olhos quando empacota. E, embora eu adore um clichezinho, esse simplesmente não tem nada a ver com a realidade. Tivemos algumas reclamações de Falecidos insatisfeitos, então agora oferecemos o serviço. É você quem decide, sem pressão."

Estou com frio. Por que está tão frio aqui? Avisto uma manta fofinha dobrada sobre outra cadeira. Eu a pego, passando-a por cima dos ombros e fechando sob o queixo.

"E aí... vai querer ou não?", repete Merritt, tamborilando as unhas na parte de trás da prancheta.

"Hã... humm..." Fico mexendo no canto da manta. "Posso ir pra casa agora?"

Merritt solta um suspiro rápido. "Vou considerar que você vai optar pelo serviço de ver sua vida passando diante dos seus olhos, o.k.? Não vai ter essa chance outra vez. Se não me disser agora que quer e depois mudar de ideia, provavelmente vai ficar brava comigo, e isso não é jeito de começar uma amizade que vai levar pra eternidade."

Boquiaberta, vejo Merritt entrar em um gabinete e depois sair com um carrinho branco com uma tevê de tubo estilo anos 90 e um aparelho de DVD. "Não demora muito", comenta ela. "Selecionamos apenas os pontos altos, senão daria sono, e embora teoricamente a gente tenha toda a eternidade para isso, ninguém tem tanto tempo assim pra ficar olhando pro próprio umbigo. Tipo, o que passou, passou, enfim."

Fico lá, encarando Merritt sem ação, enquanto ela dá o play. O DVD já está no aparelho? Ou será que é tudo encenação? Me sinto muito confusa.

"Aqui vamos nós!", diz Merritt. "Delphie Denise Bookham. Esta aqui... foi... SUA VIDA!"

Dois

O vídeo de Merritt começa com uma montagem encantadora de momentos da minha infância idílica ao som de "Isn't She Lovely", de Stevie Wonder. Muito antes do meu pai ficar de saco cheio da gente e ir embora. E bem antes, também, de a minha mãe arranjar um namorado e se mudar para uma comunidade de artistas no Texas. Essa ainda era uma época em que a minha vida era quase perfeita.

Absorvo o vídeo, morrendo de medo de perder um detalhe que seja. Olha só pra gente, os três dando estrelas e cambalhotas na grama pontilhada de margaridas ou juntos na cama em uma manhã de domingo, desenhando criaturas marinhas inventadas ou dançando ao som de Aretha Franklin. Minha mãe me deixando experimentar seu brilho labial sabor cereja e rindo quando eu lambi tudo na mesma hora e pedi mais. Eu em várias festas de aniversário, cercada por outras crianças, rindo, com os olhos brilhando, me divertindo e falando sem parar. Em algumas das imagens, Gen, minha melhor amiga da infância, aparece, nós duas abraçadas, rindo de alguma travessura da qual já nem me lembro mais. Desvio o rosto da tela sentindo uma faísca de vergonha e tristeza no peito.

"Meu deus", diz Merritt, levando a mão ao peito. "Pensei que *eu* tivesse sido nerd na adolescência, mas você extrapolou todos os limites! Que gracinha."

"All By Myself", da Celine Dion, começa a tocar quando apareço sentada sozinha na mesa de jantar de casa — no caso, o apartamento onde ainda moro, na zona oeste de Londres. Estou cortando fotos do *TV Times* com todo o cuidado para fazer colagens. Na época, eu achava que minhas colagens eram superlegais e artísticas. Hoje em dia percebo que eram bem esquisitas.

Tenho todos os requisitos de uma adolescente esquisita: espinhas, óculos grossos, aparelho nos dentes e um chumaço de algodão saindo de uma orelha por conta de uma infecção crônica de ouvido que nunca passava. As imagens continuam rolando, uma depois da outra na transição em *fade*: eu fazendo colagens na cozinha, desenhando protagonistas de novelas, fazendo careta ao colocar o fone de ouvido, indo para a cama sozinha. Noite após noite.

"Que triste." Merritt balança a cabeça.

Ela tem razão. É mesmo triste. Eu não me sentia triste na época, enquanto desenhava e fazia colagens sozinha. Ou sentia?

O vídeo transiciona para a época da Bayswater, onde fiz o ensino médio. Tiro a manta, sentindo o corpo todo esquentar. Minha cabeça lateja.

"Podemos passar rápido essa parte, por favor?", pergunto, sabendo que as próximas imagens vão ser ruins. As lembranças ainda me mantêm acordada à noite.

"Pior que não", responde Merritt. "Depois que dá play, não dá pra mudar nada."

Sinto um aperto no peito ao ver minha versão de quinze anos. Minha pele teve uma visível melhora. Os óculos fundo de garrafa foram trocados por lentes mais finas e o aparelho consertou meus dentes tortos. Meu cabelo cacheado chega até os ombros, o ruivo bonito em contraste com o verde-garrafa do uniforme da Bayswater.

Estou fazendo um desenho a lápis numa sala de aula vazia, dando mordidas ocasionais em um sanduíche de queijo que preparei pela manhã. Então ela entra. Gen Hartley. Minha melhor amiga da infância, a garota de quem eu mais gostava, que veio a ser a principal arquiteta de todo o meu trauma. Ela chega acompanhada pelo namorado, Ryan Sweeting. É quase cômico como eles são estereotipados: Gen com sua cortina de fios dourados e brilhantes, o lápis azul no olho, a saia curta;

Ryan, bonito e alto para a idade, com o uniforme de rúgbi da escola, o cabelo loiro raspado. Se estivéssemos assistindo a um filme adolescente, o público entenderia na mesma hora que eles são os malvadinhos. Embora os dois pareçam menores do que na época. Na época, pareciam gigantes.

"Oi, Delphie!", fala Gen, simpática, aproximando-se e apoiando as duas mãos na minha carteira. Ryan a segue e enlaça a cintura dela com as duas mãos. Gen sorri para mim. "Eu e Ryan temos uma dúvida e estávamos torcendo pra você saber a resposta."

"Pode falar", digo, ávida, deixando o lápis de lado e empurrando os óculos mais para cima no nariz com um sorriso no rosto. "É uma dúvida de química? Aposto que a prova vai ser difícil, mas posso ajudar vocês com o que precisarem. Querem meu caderno emprestado?"

Gen solta uma risada que lembra o som de um xilofone e a melodia trai suas intenções. "Não, Delphie. O que a gente queria saber é: por que seu cabelo é tão... NOJENTO?" Ela agarra uma mecha. Dá para ver a minha surpresa. "É sério, parece palha de aço. Você não usa condicionador?"

Meus olhos se enchem de lágrimas enquanto Ryan dá a volta até o outro lado da carteira para passar a mão sem nenhuma delicadeza no meu cabelo. "Nossa, é mesmo!", ele exclama, e depois limpa as mãos no jeans, como se estivessem sujas. "Parece pentelho."

Gen gargalha com alegria. Eu me levanto de um salto, e o movimento derruba meu desenho no chão. Me apresso para pegá-lo, mas Ryan é mais rápido do que eu. Dá uma olhada na ilustração, a boca já se curvando em um sorriso malvado. "Socorro."

"Me devolve." Estendo a mão para pegar o papel, mas Ryan o tira do meu alcance.

Gen arqueja e tira a folha do namorado. "Esse aí é o sr. Taylor?", pergunta ela, afinando a voz. "Você desenhou o sr. Taylor? Está a fim dele?"

Eu me lembro de ter desejado, na época, conseguir mentir melhor, mas minhas bochechas vermelhas tinham me entregado. É claro que eu era a fim do professor de artes. Todas as meninas da turma eram. Ele era lindo, de olhos azuis e cabelo bagunçado cor de caramelo. Mas também era bonzinho e sempre tinha tempo de conversar comigo sobre composição, luz e a importância de se exercitar a criatividade diariamente — um conceito que eu não conhecia antes dele.

"Ela está! Ficou roxa feito beterraba. Quer dar pro sr. Taylor. Quer dar pro sr. Taylor e depois desenhar o cara pelado, com o pinto de fora."

Assisto a tudo da cadeira de Merritt, com o coração martelando, igualzinho na época.

"Haha! Ninguém nunca vai trepar com a Delphie", acrescenta Ryan. "O cara precisaria estar *desesperado*, credo."

"É, ela provavelmente vai morrer virgem", solta Gen.

"Devolve... devolve meu desenho agora."

"Vou te devolver amanhã", responde Gen, e segue com Ryan na direção da porta.

"Não mostra pra ninguém, por favor!", peço com lágrimas rolando pelas bochechas enquanto ela sai.

"Prometo que não vou mostrar!", cantarola ela, dobrando o papel de um jeito que deve ter feito uma ruga na testa do sr. Taylor.

Agora, Merritt arfa e pausa a imagem.

"Ah, não. Ela mostrou pra todo mundo, não foi?"

Confirmo com a cabeça, pensando em meu desenho do sr. Taylor sendo xerocado e colado em todas as paredes da escola. Na vergonha de ter todo mundo rindo de mim. Na tristeza por aquilo ter deixado o sr. Taylor tão desconfortável que nunca mais falou comigo sobre nada que não fosse pertinente ao currículo escolar, mesmo que fosse relacionado à arte.

"Que merdinhas", solta Merritt antes de apertar o play com vontade, como se tudo não passasse de uma série de drama que não conseguia parar de assistir.

As próximas imagens são de Gen e Ryan — que ganharam fama na escola como Queridinhos — me atormentando com cada vez mais frequência: grudando chiclete no meu cabelo, me chamando de puxa-saco, fazendo outros alunos virarem as costas para mim quando eu passava. Garantindo que ficasse claro para todo mundo que ser meu amigo acabaria com a eventual popularidade de qualquer um.

Apareço escondida no banheiro do último andar comendo uma maçã com os olhos fixos na porta, alerta para o som de alguém se aproximando. Engulo em seco. "Agora chega", digo, com firmeza. "Desliga." Não choro desde os dezesseis anos, e não tenho intenção de voltar a chorar agora. "Sério. Agora chega. Desliga essa porra."

"Tenho certeza de que vai melhorar", sugere Merritt, com gentileza. "Faltam só mais alguns minutos!"

Mordo o lábio enquanto assisto a mim mesma me tornando adulta, as imagens consistindo em um dia após o outro de trabalho em silêncio na farmácia e noites vendo tevê ou navegando na internet, sentada no sofá. Cada dia é tão parecido com o seguinte que não dá pra notar nenhuma diferença entre um mês e outro. O vídeo termina com uma cena de dar susto; eu abrindo a boca para dar uma mordida no hambúrguer assassino.

"Credo", murmura Merritt, desligando a tevê e levando o carrinho de volta. "Não melhorou *nada*. Seus dias eram todos iguais. Você vivia tão sozinha."

Ergo o queixo. "Bom. Foi escolha própria. Eu vivia sozinha, claro, mas não era solitária. Nem um pouco. Sou tipo um panda gigante. A gente *prospera* quando está sozinho."

"Ah, mas você não me parecia estar prosperando, querida."

"E o sr. Yoon nem apareceu nesse vídeo aí", protesto. "Vejo o cara quase todo dia no café da manhã. Talvez ele nunca tenha chegado a falar comigo, mas isso porque ele não fala, mesmo. Mas às vezes ele me escreve bilhetes e..."

Merritt se senta do outro lado da mesa e leva os dedos ao queixo, pensativa. "O vídeo também não mostrou nenhum namorado ou namorada, Delphie. Nenhum tipo de paquera, mesmo que breve. Você nunca...?" Ela levanta a sobrancelha e deixa a pergunta morrer no ar.

Fico chocada. Essa mulher está começando a me dar nos nervos.

"Tá querendo saber se já *transei*? A resposta é não. Claro que não. É absolutamente possível ter uma vida plena sem sexo." Cruzo os braços. Sim, minha vida não tinha parecido lá muito plena naquele vídeo, mas tinha sido tudo culpa da edição. Tinham deixado de fora todos os momentos agradáveis com o sr. Yoon, e a viagem que fizera à Grécia havia sido muito interessante. Também tinham negligenciado a vista linda que eu tinha da janela da sala e a alegria que me dava só de olhar por ela para ver as estações mudarem.

"Não faço ideia do nível de satisfação que uma pessoa que nunca transou pode ter com a própria vida, porque eu fui bem vadia quando estava viva. E foi ótimo. Fico triste por você."

A faísca de irritação que me atinge com frequência quando interajo com outras pessoas se transforma rapidamente em raiva. "Não tem nada que sentir pena de mim. Quer dizer, não por isso."

Merritt se levanta e dá a volta para se sentar na beirada da mesa, de modo que nossos joelhos quase se tocam.

"Você já chegou a beijar alguém, pelo menos?"

"Sim. Claro que sim! Na faculdade. Beijei um cara chamado Jonny Terry."

O que não faço questão de pronunciar em voz alta é que foi um beijo horroroso. Desajeitado e desconfortável, com dentes batendo e ele respirando audivelmente pelo nariz o tempo todo. Quando acabou, o cara enxugou a boca com a manga da blusa de lã. Depois disso, não fiquei muito animada para repetir a dose, o que não chega a surpreender.

"Então... você é virgem", constata Merritt, quase que para si mesma. "Aos vinte e sete anos. Que diferente. Ah, espera aí... Ai, meu deus, Delphie, você é virgem..." Ela olha para a prancheta. "E não sabe dirigir. Você é virgem e não sabe dirigir. Igual no clássico adolescente *As patricinhas de Beverly Hills*!"

Parece maluquice eu estar prestes a pronunciar as palavras a seguir, mas sinto que não tenho escolha a esta altura, porque tudo o que está rolando é absurdamente inapropriado. "Posso falar com a gerência?"

Merritt faz uma careta. "Opa, é, os Superiores já me disseram que preciso ter mais tato. Desculpa, querida."

"Quero falar com a gerência", repito.

"Ah, você não vai querer *mesmo* conhecer o Eric... ele está cobrindo a pessoa responsável durante as férias. Eric é péssimo, acredite em mim. Um cretino total. Também é gostoso pra caralho, o que só torna tudo ainda mais irritante, mas juro pra você que se eu chamar o cara, você acharia melhor ter me aguentado." Ela baixa a voz. "Uma vez ouvi Eric dizer que não gosta de pão."

Faço uma careta. Eric parece *mesmo* um babaca.

"Olha, desculpa se chateei você, tá? Vou tentar melhorar. Tô precisando de um pouco de prática, sabe? Mas prometo que sou muito, *muito* melhor que o Eric. Quer um biscoito? Como forma de me desculpar."

Suspiro. É claro que quero um biscoito. E prefiro evitar conhecer mais uma pessoa nova hoje.

Merritt abre a gaveta da mesa e me passa um biscoito embrulhado em papel-alumínio. Eu o desembrulho e dou uma mordida. Ela pega um também e o enfia inteiro na boca. As bochechas dela ficam cheias como as de um esquilo.

"Tá", solta Merritt, quando termina de mastigar. "Você estaria disponível para conhecer alguém pelo nosso serviço de encontros? Vou ser sincera: está em fase de teste, então ainda estamos enfrentando uns probleminhas técnicos. Mas faço parte da equipe responsável pelo projeto e ficaria muito feliz de contar com a sua participação. Seria bom ter mais gente. Chama Eternity 4U. Bonitinho, né?"

Engulo o pedaço de biscoito. "Tem um app de encontros no além-vida?"

"Os mortos também precisam de sexo. E, olha, talvez a gente consiga até mostrar pra você o que está perdendo. Posso inscrever você? Qual é o seu tipo? Alto com olhos azuis penetrantes... que nem seu professor de artes?"

Penso na tranquilidade com que ela fala dos "mortos".

Estou morta.

Estou morta?

Estou presa aqui? Com essa mulher tão cheia de energia? Empacotei?

Sinto o corpo voltar a tremer.

Não.

De jeito nenhum.

Preciso sair daqui. Isso é um erro. Não posso ficar neste lugar. Não posso fazer isso!

Sentindo o coração pulsar nas bochechas, eu me ponho de pé com um pulo e corro na direção da porta da sala de Merritt. Tem que haver outra pessoa com quem eu possa falar. Alguém normal. Alguém que possa me ajudar a entender o que está rolando.

"Delphie, espera! Não vai embora! Ah, que merda, de novo, não."

Abro a porta e dou para a sala de espera/lavanderia maluca de novo, e trombo com o peitoral sólido de um desconhecido lindo de morrer.

Três

“Eita! Calma aí!” O desconhecido segura meus braços e me olha com preocupação, as sobrancelhas castanhas franzidas acima dos olhos azuis deslumbrantes.

“Putz, me desculpa”, murmuro, arfando um pouco. “Preciso encontrar um médico, ou quem quer que esteja no comando por aqui, sei lá. Não posso ficar nesse lugar. Sabe onde encontro alguém que me tire daqui?”

Ele balança a cabeça sem soltar meus braços. A sensação da pele quente dele contra a minha acalma minha respiração acelerada. Fico toda arrepiada.

“Infelizmente eu... acabei de acordar aqui”, explica o homem, olhando curioso para a fileira de máquinas de lavar. “A última coisa de que me lembro é de ter tomado uns sedativos para um procedimento odontológico. Agora estou aqui, então ou isso é um sonho muito esquisito ou... eu morri?”

Assinto, enfática. “É o que estou tentando descobrir também: isso é sonho ou óbito? É tipo o pior programa de auditório já feito.”

Os lábios do cara se abrem num meio-sorriso, como se ele achasse graça, mas tivesse sido pego de surpresa. “Que lugar é esse?” Os olhos dele vão para a foto de Merritt na parede. “Quem é ela?”

“Essa aí é a Merritt, a maluca que trabalha aqui. Ela decorou tudo pra ficar parecendo uma lavanderia. Na concepção dela, isso é relaxante, sei lá.”

“Na verdade é bem esquisito.” Ele se inclina e olha para dentro das máquinas. “Todas as roupas têm a mesma cor.”

O cara tem razão. São todas do mesmo tom de mostarda da jardineira de Merritt.

"Nossa, e bota *esquisito* nisso." Estremeço.

Ele inclina a cabeça para o lado. "Isso que tá tocando é 'Don't Worry, Be Happy'?"

"Sem parar."

"Faz sentido. E deixa tudo ainda mais bizarro."

"Né? Mesmo as melhores músicas podem parecer ameaçadoras quando tocadas sem parar."

"Passei 2007 ouvindo só My Chemical Romance. Agora não consigo mais ouvir sem me sentir meio mal."

"My Chemical Romance?" Ergo uma sobrancelha.

Ele estremece. "Na época, eles eram legais."

"Será que eram mesmo?"

O rosto dele fica vermelho. "Tá. É que meus pais tinham acabado de se divorciar e eu entrei na fase emo. Tingi o cabelo de preto, cortei a franja assimétrica, pacote completo."

"Nossa. E eu que pensava que o divórcio dos meus pais tinha fodido minha cabeça."

Os olhos dele ficam mais gentis. "Quantos anos você tinha?"

"Quinze. Minha mãe está bem mais feliz agora, mas nunca mais falei com o meu pai. Escrevi uma carta uns anos atrás perguntando se ele tinha interesse em me ver. Nunca respondeu, mas manda um cartão, de vez em quando, no Natal."

"Que zoado."

Dou de ombros. "Quantos anos você tinha?"

"Dezesseis."

"Mesmo assim, essa idade não justifica cortar a franja assimétrica."

Ele ri alto. "Você é engraçada."

Você é legal, penso comigo mesma. Na verdade, nunca conversei por tanto tempo com um homem tão esteticamente superior a mim. Para minha surpresa, o nervosismo e a irritação usuais abrandaram um pouco. A conversa parece fácil. Não gaguejo, não sinto pausas desconfortáveis e nem fico morta de vergonha por ele ser tão lindo que chega a ser ridículo.

Então noto que o cabelo dele é da cor exata da tinta a óleo Terra Queimada da marca Winsor & Newton, mas com toques de bronze como se passasse a maior parte do tempo tomando sol.

"Então a gente morreu, né?" Ele faz uma careta, lembrando a nós dois das circunstâncias terríveis em que nos encontramos. Meus ombros voltam a cair. Tinha sido um alívio me esquecer da realidade por alguns minutos.

"Morreu", repito, empática. "Foi mal."

"Porra. Eu tinha tantos planos pra agosto. É uma merda que vou perder Londres bem no verão. A cidade fica meio mágica, de verdade." Ele morde o lábio inferior, que posso descrever objetivamente como suculento. "É o melhor lugar do mundo."

Penso na mesma hora em como as pilhas de sacos de lixo na rua começam a feder sob o sol de verão. Em como os ratos criam coragem para sair à luz do dia e encarar as pessoas. Na avalanche de turistas chegando da estação de Paddington, puxando suas malas de rodinhas gigantescas pela minha rua à meia-noite e me acordando. Na fumaça densa que fica insuportável de quente na hora do rush. Como se a cidade estivesse dentro de uma panela num grande ensopado de poluição.

"Total", concordo. "Meio mágica."

Baixo os olhos para as mãos bronzeadas dele que ainda seguram meus braços. É agradável, a sensação da pele dele na minha. No geral, quando as pessoas me tocam, começo a suar e fico ansiosa, e a necessidade de sair correndo ou dar um chute na canela delas se intensifica a cada segundo em que mantêm o contato. Mas isso aqui? É... gostoso. Firme, macio e sensual, tudo ao mesmo tempo. Como um banho de espuma bem quentinho em um dia frio.

O cara vê que estou encarando demais as mãos nos meus braços e as recolhe para os bolsos da sua calça jeans.

"Credo. Desculpa. Nem percebi que estava agarrando você. Meio esquisito. Mas prometo que não sou um tarado."

"Tá tudo bem." Prendo o cabelo atrás das orelhas e solto uma risadinha. Acho que não solto risadinhas desde 2011.

"É engraçado, e sei que deve parecer uma *cantada*, mas..." Ele estreita os olhos. "Eu... sinto que já vi você em algum lugar. Que te conheço... será que é maluquice minha? Acho que é, né?"

Aceno com a cabeça, mas percebo que sinto a mesmíssima coisa. Tipo, sei que não conheço este cara. Tenho *certeza*. Mas, no momento, tenho uma sensação meio reconfortante que nunca senti com ninguém. É como se esse cara me conhecesse. Como se já soubesse de todos os meus defeitos, de todos os meus hábitos ruins, de todos os meus pensamentos negativos e não estivesse nem aí. Como se gostasse de mim, apesar de... bom, *de ser eu*. Como se tivesse procurado por ele a vida inteira. É uma sensação estranha. Uma sensação boa. Passo os olhos por seu rosto. Os dentes dele, o nariz reto e de linhas firmes, o tom de azul de seus olhos idêntico ao de uma pedra centáurea que me lembra muito o dos olhos do sr. Taylor, o que é estranho, porque estávamos falando dele agora mesmo. O homem analisa meu rosto, demorando-se nos meus lábios. Meu corpo todo começa a formigar e efervescer em resposta e sinto como se fosse um globo de neve que acabou de ser sacudido. Tudo em volta perde força em comparação com a presença dele. Quem é esse homem, porra?

O homem solta uma risada constrangida e passa uma mão pelo maxilar. "Então, hã, você vem sempre aqui?" Ele se recosta na parede e faz uma cara boba meio exagerada. Sorrio, me esquecendo de novo de onde me encontro e de que estou, na verdade, morta. Esse desconhecido lindo está olhando para mim de um jeito que ninguém nunca olhou. Como se eu fosse fascinante e bonita, e não uma fracassada qualquer.

"Você é tão jovem." Ele franze a testa. "Jovem demais para morrer."

"Você também."

"Que saco."

"Total."

"Pelo menos a gente vai ser bonito pra sempre, acho. Conservados."

E ele falou isso mesmo. Falou que me acha bonita. Com o cabelo que já passou da hora de lavar e a camisola esquisita. Sinto minhas bochechas queimarem. O que está acontecendo?

"Conservados", murmuro. "Tipo limão-siciliano."

O cara solta uma gargalhada. "Limão-siciliano?" Ele dá um passo na minha direção, a voz baixa e íntima de repente. "Qual é o seu nome?"

Noto que as pupilas dele estão quase totalmente dilatadas. Eu... acho que é isso que chamam de química! É disso que estão falando quando dizem que dá pra ver a química que uma pessoa tem com a outra. Uau.

"Meu nome é Delphie. Delphie Bookham."

"Muito prazer, Delphie Bookham." Ele estende uma mão, e eu a pego. Mas a gente não sacode o braço. Só fica de mãos dadas. Se estivéssemos num filme, agora seria a hora em que uma música instrumental arrebatadora começaria a tocar, a câmera traçaria um círculo à nossa volta enquanto nos encaramos, talvez fogos de artifício estourariam acima de nossas cabeças.

"Qual é o *seu* nome?", pergunto.

"Jonah. Jonah T..."

Não ouço o sobrenome porque a porta de Merritt se abre com tudo e ela aparece, arregalando os olhos para mim e para Jonah. A gente se afasta num pulo. Merritt, que parece estar segurando um fax, aproxima-se de nós, os cachos loiros sacudindo a cada passo.

"Oi!", diz ela, com um sorriso meio tenso e piscando várias vezes. "Jonah, né?"

"Hum, é?" A voz dele falha um pouco pela surpresa de ter sido interrompido. Jonah pigarreia e tenta de novo. "Isso. Meu nome é Jonah."

"Oie, Jonah! Entãããããão... acho que houve um pequeno engano... acontece às vezes, nada pra se preocupar."

"Um engano?", pergunta Jonah. Ele já não parece mais tão relaxado. O rosto dele assumiu um tom pálido fantasmagórico.

"Isso!", responde Merritt, enquanto solta o ar pela boca, projetando as bochechas. "Mas olha, tenho notícias ótimas pra você! Na verdade, você meio que não morreu. Parece que só está por aqui pro que chamamos de 'visita inconsciente'. Às vezes nosso sistema tem umas falhas mesmo e traz pra cá gente que ainda não está pronta." Ela dá uma olhada no fax que tem em mãos. "Mas nunca é por muito tempo. Sendo assim..."

Antes que possamos dizer qualquer coisa, Merritt dá um passo à frente e pressiona um ponto bem no meio da testa de Jonah com o polegar. Grito quando o corpo todo dele começa a cintilar antes de estourar como uma bolha.

Olho para minha mão, a mesma que estava segurando a dele.

Está vazia.

Não, não, não!

Acho que... acho que acabei de conhecer a única pessoa que eu estava destinada a conhecer.

E agora ele se foi.

Quatro

Piscando, olho para o espaço onde Jonah estava até agora. Meu cérebro tenta processar seja lá que porra acabou de acontecer, mas não consegue.

"Nossa, olha só que coisa!", fala Merritt, espanando as mãos. Depois sobe e desce as sobrancelhas algumas vezes com um sorriso sabichão no rosto. "Até mesmo a todo-poderosa Nora Roberts venderia um rim pra escrever sobre esse tipo de química."

"Isso... isso foi... quem era aquele cara? Ele estava... e agora está..."

"Ele foi embora, querida. Voltou para o mundo dos vivos. Foi uma falha do sistema... acontece. Mas que pena. Você se divertiria muito mais aqui na Eternidade com ele por perto. Pelo que vi no arquivo dele, é um cara legal de verdade. Sinto muito, Delphie. Foi bem chato."

Perco o ar e olho diretamente nos olhões verdes de Merritt. "Espera aí... você acabou de mandar o Jonah de volta. Então me manda também! Você consegue. Acabei de ver!"

Freneticamente, agarro o polegar dela e o aperto contra minha testa. "Vai, faz logo! Faz o lance do dedão! Não quero mais ficar aqui, mesmo. Não posso ficar aqui! O sr. Yoon precisa de mim. Precisam... precisam de mim no trabalho! Você acabou de mandar o Jonah de volta. Me manda também!"

Merritt puxa o dedão para longe da minha cabeça e o segura junto ao peito de maneira protetora.

"Qualquer pessoa é capaz de mandar visitantes acidentais

de volta. Como eu falei, é uma falha do sistema." Ela dá de ombros, como se o fato de ter feito um homem lindo e interessado em mim simplesmente desaparecer não fosse nada demais. "Mas não funciona pra gente que devia *mesmo* estar aqui."

Largo o corpo em uma cadeira de plástico.

"Sinto muito", diz Merritt, com uma careta. "Vocês dois tinham mesmo um negócio, né? Estavam de mãos dadas? Mesmo tendo acabado de se conhecer? Que coisa. Uma pena que ele teve que ir embora. Quer dizer, é uma pena pra você. Ele é um cara muito popular na Terra, tenho certeza de que vai ficar bem."

Levo a cabeça às mãos e solto um gemido baixo. Então o além é isso? Vou ficar presa para sempre com essa mulher?

"Ah, pera aí um minuto...", solta Merritt, pensativa. "E se eu...? Talvez eu pudesse... e aí você voltava e... não... não ia funcionar... hummmm, a não ser que..."

Ergo a cabeça, com as orelhas apontadas para cima como as de um cachorro. "Do que você está falando? Eu voltava pra onde? O que não ia funcionar? No que está pensando?"

Merritt se senta a uma cadeira à minha frente e bate as mãos cheias de anéis contra as coxas. "Bom, tem a cláusula Franklin Bellamy. Talvez funcionasse..."

"Cláusula Franklin Bellamy? Que que é isso?"

Merritt empurra os óculos no nariz e inclina o corpo para a frente na cadeira. "*Então*. Tem uma cláusula no manual da Eternidade que foi escrita por um superior chamado Franklin Bellamy. Nos anos 90, acho. Ele criou uma regra estabelecendo que, dentro de três horas da chegada, desde que ninguém saiba que a pessoa faleceu, ela pode ser mandada de volta para a Terra por um terapeuta além-vida. Atendendo a certas condições, claro."

"Que condições?"

"A pessoa pode voltar para cumprir um favor importante para alguém da equipe. E, se conseguir, pode permanecer na Terra."

"Pode permanecer viva?"

"Se conseguir cumprir a tarefa, sim. Franklin Bellamy criou essa cláusula porque queria mandar alguém de volta pra alertar a mulher que vai ser responsável por descobrir a cura pra síndrome do intestino irritável em 2028 que ela estava tendo um vazamento de gás no próprio apartamento. Com isso, ele impediu a morte dela, e em 2028 o mundo vai se tornar um lugar mais feliz e confortável pra muita gente."

"Por que não voltou ele mesmo, se tinha esse tipo de poder? Por que precisou mandar alguém em seu lugar?"

Merritt revira os olhos. "Você não tava escutando, querida? É preciso garantir que o morto que voltar não vá ser reconhecido como morto. Imagina só? Eu voltando pra Terra depois de estar morta há cinco anos? Por mais cuidadosa que fosse, sempre existe a chance de que alguém que me conheceu me visse por aí. Seria um desastre para a trama do espaço-tempo, fora o constrangimento."

Ela estremece diante da ideia.

"Então só Falecidos recentes... quer dizer, chegadas recentes... podem ser enviadas para fazer o 'favor'. Isso. Segundo a regra, cada membro da equipe só pode fazer isso uma vez, precisa ser algo realmente importante e nunca pode envolver diretamente ninguém que esse membro da equipe tenha conhecido na Terra."

"Por que não?"

Merritt arregala os olhos. "Ué, se a gente pudesse mudar o futuro das pessoas que conheceu e amou na Terra, tudo isso aqui viraria uma maluquice. Todo mundo quebraria as regras e arriscaria revelar a existência da Eternidade. Seria um pesadelo!"

"Você já gastou sua vez?", pergunto, quase sem fôlego.

Merritt faz que não com a cabeça. "Ainda não, estava guardando."

"Pra quê?"

"Pra conseguir negociar com as pessoas, pra que mais seria?" Ela ergue uma sobrancelha. "Podemos dar nossa chance a outros membros da equipe, trocar por promoções ou vantagens. Enquanto eu tiver a minha, estou com uma carta na manga pra quando precisar."

Eu me levanto. "Não fica guardando! Usa comigo!" Olho para o relógio digital cor-de-rosa na parede atrás de Merritt. "Faz só umas duas horas que eu cheguei, né? Ainda dá tempo de voltar! Pensa aí em um favor que eu possa fazer por você. Qualquer coisa. Quero viver! Topo o que for!"

Merritt franze os lábios por um momento e depois ergue o queixo, seus olhos se acendendo. "Você faria qualquer coisa?"

"Claro!", grito. "O que você quiser!"

Merrit olha de relance para outra porta antes de se arrastar até a beirada da cadeira, aproximando tanto o rosto dela do meu que sinto seu hálito de biscoito.

"Tá, talvez eu tenha uma ideia, mas..." Ela baixa a voz para continuar. "Mas os outros terapeutas não vão gostar..."

"Achei que tivesse dito que faria todo mundo comer poeira."

Merritt assente enfaticamente, o que faz seus cachos balançarem. Então crava os dentes no lábio inferior. "Eu falei, mesmo. É verdade. E faria mesmo. A Eternidade é bem parecida com a Terra: quem manda aqui é um bando de homens velhos que fazem tudo do jeito deles. Deus me livre alguém aparecer com *inovações*, tentando modernizar um pouco este lugar."

"Me conta sua ideia."

"Ah, sim, minha ideia. Parece maluquice, mas... acho que Jonah pode ter sido sua alma gêmea, Delphie." Ela pega minhas mãos. "Tipo, tecnicamente, cada pessoa tem cinco almas gêmeas vagando pela Terra durante o curso da própria vida, mas acho que Jonah era uma das suas... o modo como vocês se olhavam..." Ela solta um suspiro sonhador. "Foi tipo Laurie e Jack em *Um dia em dezembro*, de Josie Silver. Como se tudo o que quisessem fazer fosse tocar um ao outro. Tipo, quais eram as chances desse cara vir parar aqui por acidente no exato mesmo momento que você? Na *minha* sala de espera, ainda por cima?" Ela perde o fôlego, pula da cadeira e começa a andar de um lado para o outro. "E se for o destino, precisando de um empurrãozinho meu?"

Pisco. Alma gêmea. Então essa coisa de alma gêmea existe

mesmo? De repente, me vejo andando de mãos dadas com Jonah na Oxford Street coberta de neve. O que é maluquice, porque odeio a Oxford Street por ser muito movimentada e costumo evitar neve sempre que possível. Na minha fantasia, eu e Jonah estamos vestindo luvas que combinam e damos risadinhas. Não estou irritada, assustada e nem triste. Não me sinto nem um pouco como eu. E o mais engraçado é que nunca cogitei a possibilidade de ter uma alma gêmea... mas e se essa história for real, Merritt estiver certa e Jonah for mesmo o cara *certo* pra mim? E se existir uma maneira de eu sentir alguma coisa melhor do que tudo o que já senti até agora?

"Você vai ter dez dias", diz Merritt, decidida.

"Dez dias?"

"Dez dias na Terra para encontrar Jonah. Se ele te beijar, você pode ficar."

"Posso ficar viva? Como se tudo isso nunca tivesse acontecido? Como se eu nunca tivesse engasgado?"

"É. Mas é *ele* que tem que beijar *você*. Por vontade própria."

Aperto os olhos. "Por que só dez dias?"

Merritt cruza os braços. "Sabe os terapeutas que comentei? Aqueles que vivem roubando os recém-Falecidos de mim, que não acham que tenho o que é preciso pra fazer a diferença por aqui? Aqueles dois merdas têm mais dez dias de férias. Então a gente poderia resolver tudo antes que eles voltassem... sem ninguém precisar ficar sabendo!"

"Espera... então na verdade você não tem permissão para fazer isso?"

Merritt balança a cabeça, depressa. "Claro que tenho! Eu *nunca* quebraria as regras da Eternidade." Ela faz *tsc-tsc*. "Só que seria melhor manter isso entre a gente. Credo. Nem parece que acabei de te oferecer a chance de voltar à vida."

Faço uma careta.

"Como isso seria um 'favor' pra você?"

Merritt ri, ergue e depois abaixa as sobrancelhas. "Bom, eu assistiria a tudo se desenrolando."

"Não entendi."

"Olha, você nem sabe o sobrenome do cara. Não sabe em que parte de Londres ele mora. Graças a *moi*, tem um tempo limitado, e só deus sabe os obstáculos que separam vocês dois. É tipo um livro, só que na vida de carne e osso! E eu vou poder acompanhar em tempo real! *Amei*!" Ela bate palmas e pula no lugar.

"Você não vai me dar nem o sobrenome dele?", pergunto.

"E que graça teria nisso? Ah, e a memória de Jonah foi apagada, então ele não vai se lembrar do climinha que rolou aqui hoje." Merritt vai até a própria foto pendurada na parede e a endireita com carinho. "Quero ver o destino em ação. Ver se você consegue. Como falei, os outros aqui roubam Falecidos de mim a torto e a direito. Tenho que me divertir de alguma maneira."

Eu me levanto e começo a andar de um lado para o outro. "E se eu nunca encontrar o cara? E se ele acabar nunca me dando um beijo? Tenho que voltar pra cá? Não quero nem um pouco voltar pra cá."

Merritt esfrega as mãos e encara o horizonte por um momento. Então abre um sorriso enorme.

"Sim. Você vai ter que voltar pra cá *e* trabalhar comigo no app de encontros do qual te falei, o Eternity 4U! Precisamos de ratos de laboratório. Voluntários dispostos a participar dos testes e dar feedback para melhorarmos as coisas. Você vai ter que aceitar ser um rato de laboratório pelo tempo necessário... além disso, vai ter que assinar esse contrato dizendo que concorda com os meus termos." Ela tira uma folha de papel do nada e a coloca sobre minhas pernas. Depois enfia a mão no bolso da jardineira e pega uma pena dourada com cabo vinho.

Ser obrigada a sair com um monte de gente que nem conheço seria um pesadelo para mim. Nunca falo nem com a vendedora da loja da esquina, muito embora a veja quase todo dia. Não me *envolvo* com ninguém, em nenhum nível. Mas aí... penso em como Jonah olhou para mim. Como se fosse me beijar por vontade própria. A qualquer momento. Tudo o que preciso fazer é encontrá-lo. Já sei que mora em Londres. E que o primeiro nome dele é Jonah e que o sobrenome começa com T. Quantos Jonah T pode haver em uma única cidade?

Penso no meu apartamento aconchegante, com o tapete novo. Em todas as séries de tevê que ainda não terminei. No sr. Yoon, que anda mais esquecido ultimamente e não tem ninguém além de mim pra dar uma olhada nele de vez em quando. Seria uma chance de confirmar que ele vai ficar bem, de que tem tudo de que precisa pro caso de eu acabar empacotando. Meu coração começa a bater desesperado com o instinto humano de salvar minha própria vida. De continuar respirando, vivendo e existindo, não importa o custo.

Antes que eu possa mudar de ideia, pego a pena de Merritt e assino ao pé da página. A tinta é roxa e cintila como óleo em uma poça.

"Dez dias", repete Merritt. "E é *ele* que tem que beijar *você*."

"Mas e se..."

Não consigo terminar a pergunta que quero fazer porque Merritt arranca o papel da minha mão e, com uma risada maníaca, estende o braço e pressiona o polegar na minha testa de maneira decidida.

Arfo e baixo os olhos a tempo de ver meus braços se tornarem iridescentes, depois um líquido prateado e então...

Cinco

"Delphie? Que porra, Delphie. Acorda."

Franzo a testa, abro os olhos e vejo um par de olhos tão escuros que são quase pretos. O rosto está tão perto do meu que sinto cheiro do sabonete que está usando, um aroma de limpeza e de gente rica. O homem diz meu nome e parece puto. Preciso de alguns segundos até reconhecer o tom aristocrático, então sinto uma pontada de aversão na barriga. Eu me sento e afasto o rosto dele do meu.

"Jesus." Um alívio breve passa pelo rosto desprezível dele. "Então você está viva."

Enxugo o suor da testa e aperto os lábios, sentindo a boca seca. Olho em volta. Estou no chão do meu apartamento. Estou viva? Tento puxar o ar, percebendo que minha traqueia não está mais impedida, e uma lufada me invade. O ar é incrível. Divino, maravilhoso, capaz de dar vida.

"Puta merda." Eu me levanto, cambaleando, e noto que meu celular está bem ali, na mesa de canto. Não há nenhum sinal de hambúrguer de micro-ondas nas proximidades. A tevê está desligada, e o laptop, fechado. "Que foi, porra?"

Cooper, o vizinho de baixo, inclina-se sobre mim. O corpanzil dele faz minha sala de estar parecer ainda menor do que já é. Ele levanta as mãos, como se não quisesse ser o responsável por responder à minha pergunta. "Vim trazer isso aqui pra você", diz Cooper, rígido, apontando para um pacote na mesa da cozinha. "Entregaram errado pra mim *de novo*. Daí sua porta estava entreaberta e acabei te encontrando desmaiada no chão. Mas agora já vi que pelo menos não está morta. Oba. Então vou indo."

"Espera!", digo, puxando a barra da camisola. "Quanto tempo fiquei desmaiada? Que horas são? Cadê meu hambúrguer? Eu não..." Olho através da janela. O sol está se pondo. Recorro ao relógio: oito da noite. "Só se passaram duas horas?"

Cooper me olha com frieza. "Você bebeu?"

Levo a mão ao pescoço. "Não. Não... o hambúrguer sumiu", murmuro. "Desapareceu. Será que foi tudo um sonho? A lavanderia... será que não foi real?" Dou uma olhada na mesa de centro. "Se não tem hambúrguer aqui, isso significa que... o quê?"

Cooper se aproxima e usa dois dedos para empurrar meu ombro de modo que eu caia no sofá. "Estou começando a achar que é melhor eu chamar um médico", fala ele, e em seguida sua boca volta a ser a linha reta de sempre.

"Não. Não... estou bem." Eu o dispenso com um gesto. "Acho... acho que só tive um sonho muito estranho."

Cooper dá uma olhada na sala, com uma única sobrancelha erguida. De repente, vejo o lugar pelos olhos dele: o velho papel de parede florido, que não troco desde que minha mãe foi embora, uma pilha alta de caixas fechadas de tinta a óleo na mesa de canto, uma fileira de calcinhas bem vagabundas esturricando no aquecedor.

Os olhos dele se demoram um pouco nas calcinhas antes de retornarem a mim com uma expressão entre um leve tédio e desprezo puro. Argh. Cooper se acha tão superior a todo mundo... como de costume, está vestido feito um francês enigmático. Tipo aqueles caras que leem livros surrados em pubs porque desprezam iPhones. Esses caras que fumam só pela questão estética. Como se Timothée Chalamet tivesse um irmão mais velho extremamente alto, mal-humorado e babaca. Veste jaqueta de couro preta, camiseta preta, jeans preto e botas pretas bem amarradas. E barba por fazer, porque ele é inteligente e misterioso demais para fazer a barba.

Quando Cooper se mudou para o prédio, cinco anos atrás, era completamente diferente. O cabelo dele era escuro e muito mais curto que o tumulto de cachos de agora, estava sempre bem barbeado e adorava se exibir com suas camisas havaianas exageradas e bermudas largas, sempre com um lápis preso atrás da orelha. Cooper era muito, muito menos mal-humorado. Na verdade, no dia em que ele se mudou pra cá, eu me lembro de pensar que tinha os olhos mais alegres que eu já havia visto, o que só prova que a primeira impressão que você tem das pessoas normalmente não tem nada a ver.

Isso foi muito tempo atrás, antes que eu começasse a trombar com ele no corredor se despedindo de alguma mulher linda que ele claramente só veria por uma noite. Antes que ele me mandasse à merda quando lhe pedi que abaixasse a música que ouvia no último volume às seis da manhã. Depois dessas interações, os olhos dele começaram a me parecer muito menos brilhantes. Passei a ignorá-lo de propósito quando passava por ele no corredor. Cooper parou de usar o lápis atrás da orelha e era grosseiro sempre que entregavam minhas encomendas por engano no apartamento dele, que fica no térreo. Dizem que eu sou mal-humorada, mas sou um raiozinho de sol em comparação com esse cara.

"Beleza." Ele revira os olhos. "Então está tudo perfeitamente normal. E você tem certeza de que não há necessidade de telefonar para ninguém em busca de ajuda?"

"*Telefonar*? Pera lá, *Downton Abbey*. Não. Não há necessidade de telefonar para ninguém. Não há nem necessidade de você estar aqui, na verdade."

"Ótimo." Ele baixa os olhos para minha camisola e depois volta a olhar pro meu rosto. "Vou te deixar em paz pra brilhar, então, querida."

"E eu vou te deixar em paz pra voltar pra refilmagem de *Grease*. Os outros T-Birds devem estar se perguntando onde o membro mais zoado deles se meteu."

"Faço votos sinceros de que encontre o hambúrguer sumido."

"Faço votos sinceros de que não tenha brotoejas por usar couro *no dia mais quente do ano*."

Abro um sorriso falso.

Cooper, por sua vez, me olha feio de um jeito muito real.

Ele dá meia-volta, com suas botas idiotas, e sai do meu apartamento fazendo questão de deixar a porta aberta. Resmungando, vou até lá e tranco as três fechaduras, e depois confiro tudo.

"E não volte!", grito, embora a porta esteja fechada e Cooper provavelmente já tenha voltado pro próprio apartamento. Que inferno. Talvez eu passe mesmo a maior parte do tempo irritada, mas esse idiota certamente contribui para isso.

Depois que ele já foi, passo os olhos pelo apartamento em busca do hambúrguer ou da planta que derrubei na minha corrida frenética até a cadeira da cozinha para fazer a manobra de Heimlich. Não encontro nada.

Pego o celular. Não tem nenhuma notificação ou ligação, o que não chega a ser raro. É desse jeito mesmo que eu gosto que esteja.

Ouvindo o barulho da sra. Ernestine arranjando encrenca com alguém na rua e o zumbido da geladeira, e sentindo o aroma de frango assado que entra pela janela — coisas cotidianas —, me ocorre que tenho quase certeza de que o que acabou de acontecer foi o sonho mais perturbador do mundo.

Sinto uma decepção inesperada ao concluir isso. Tipo, é claro que estou feliz por não ter subido. Óbvio. Mas, se nada daquilo aconteceu, então Jonah T. também não é real. Ele não passa de uma invenção da minha imaginação claramente fora de controle. Hum.

Ficar deitada no chão enquanto o sol se punha deixou minha pele nojenta e grudenta, por isso tiro a camisola e vou tomar um banho morno. Passo sabonete e fico encarando a parede de azulejos rosa-claro. Como foi que acabei desmaiada no chão? Será que não estou bem? Talvez estivesse desidratada? A Jan, do trabalho, falou pra mim uma vez que preciso beber mais água porque estamos suando demais nessa onda de calor.

Penso em Jonah T. enquanto lavo o cabelo com meu xampu preferido, de maçã. Penso na sensação do meu corpo no sonho que tive. Em como, por apenas um momento, fiquei empolgada com a possibilidade de... não sei de quê. De algo melhor. Penso em seus olhos, em seu cabelo, em sua mão na minha. O anseio comprime meu peito.

"Cai na real, Delphie", digo em voz alta. "Foi só um sonho esquisito."

Saio do banho e ando de um cômodo para o outro, me sentindo inquieta. O apartamento parece quente demais, pequeno demais. Está claro demais para ser oito da noite. Olho para o ponto no tapete listrado novo onde fiquei caída. Onde tenho certeza de que o ar deixou meus pulmões. Poxa, pareceu tão real.

Revisto o congelador e encontro o hambúrguer. Está fechado. Eu o pego depressa e jogo no lixo.

Então, sem saber o que fazer e sem ter ninguém com quem conversar sobre a estranha ocorrência, ligo a Netflix e continuo *O golpista do Tinder* de onde havia parado.

Seis

Depois de entrar no apartamento do sr. Yoon enquanto ele dormia para me certificar de que suas bitucas estavam devidamente apagadas, assim como o forno, volto para minha casa e vou me deitar. Levo um século para pegar no sono porque sou atingida pelo medo recente de ter sonhos terrivelmente vívidos com mulheres insistentes usando jardineiras. Mas a certa altura acabo dormindo.

Quando o alarme dispara pela manhã, a coisa toda continua ocupando meus pensamentos. Assim que afasto a colcha leve do meu corpo, o rosto de Jonah surge na minha mente. Eu me lembro do tom exato de suas íris: azul-cobalto, salpicado de avelã. Mais que isso, me lembro do calor evidente que exalavam. Da bondade. Em como transmitiam calma.

Eu me sento, suspiro e me pergunto por um momento se não tenho um tumor no cérebro. Em *Grey's Anatomy*, Izzie transa com uma alucinação da própria cabeça. Será que é isso que está acontecendo comigo? Ou será que vi um cara gato em um filme em algum momento e o rosto dele ficou gravado no meu subconsciente?

"Meu deus", murmuro, quando me lembro do vídeo que Merritt passou, das lembranças cristalinas que tinha visto: os Queridinhos rindo da minha cara; eu, sozinha, assistindo tevê um dia depois do outro; minha mãe, antes de Gerard e da comunidade de artistas.

Sinto um aperto no coração que me faz pegar o celular.

Oi, mãe! Tudo bem? Tem tempo pra me ligar hoje mais tarde ou amanhã? Faz tempo que a gente não se fala.

Dou uma olhada nas últimas mensagens que ela me mandou, nas fotos dos quadros abstratos grandes em que está trabalhando, que supostamente serão vendidos antes mesmo de serem exibidos. Faço questão de ignorar minhas tintas a óleo ainda na caixa e ando na direção do banheiro, onde faço meu penteado de sempre: duas tranças presas bem firme no topo da cabeça. Então coloco o uniforme do trabalho, que consiste em calça preta e camisa branca de manga curta. "*Merritt*! Haha!", desdenho. De onde foi que meu cérebro tirou esse nome? Nunca o ouvi. Muito esquisito. Talvez eu devesse marcar uma consulta com a dra. Lane para aumentar a dose de fluoxetina. Coloco na minha lista mental de coisas a fazer, mas me lembro de que ela anda insistindo para que eu comece a terapia. Acho melhor deixar isso para lá.

Meu celular vibra quando minha mãe responde.

Querida! Hoje e amanhã estão uma loucura. Uma pessoa que faz curadoria em Nova York está por aqui e fiquei responsável pelo jantar. Não é legal? Bom saber que você está bem. Gerard mandou um beijo.

Reviro os olhos, pego a caixa de lápis Blackwing da mesa de canto e um pacote de bagels do cesto de pão. Abro a geladeira, pego os ovos, a manteiga e um pacote de salmão defumado. Saio do meu apartamento e bato na porta do sr. Yoon.

O sr. Yoon e eu temos um acordo tácito. Sempre lhe dou a chance de atender a porta antes de usar a minha cópia da chave, que mandei fazer. Ele raramente atende, mas não quero entrar sem aviso e acabar flagrando qualquer coisa que possa alterar para sempre a natureza simples e relaxada do nosso relacionamento.

Depois de dois minutos batendo sem resposta, abro a porta e entro.

O apartamento do sr. Yoon tem o dobro do tamanho do meu. Embora o meu também tenha o pé direito alto, o dele tem uma janela saliente enorme e até uma sacada bem pequena que dá para as lojas da nossa rua. Com o sol de agosto entrando na sala de estar ampla, noto, com desânimo, que a casa está uma zona outra vez. A louça foi lavada, por mais que esteja empilhada de maneira precária sobre o pano de prato preferido do sr. Yoon (vermelho e coberto de pequenas notas musicais); a bancada, porém, está imunda, e o sol ilumina as partículas de poeira estagnadas no ar. Isso não seria um problema tão grande se o sr. Yoon não fosse tão obstinado pela arrumação de sua casa. Recentemente, eu o peguei parecendo perdido, se esquecendo das coisas, com o cabelo despenteado e não tão limpo como de costume. Coloco na minha lista mental de coisas a fazer que preciso ligar para o médico dele. Deve ser normal uma pessoa de oitenta e tantos anos atrapalhar-se de vez em quando, mas prefiro confirmar.

"E aí, sr. Yoon?" Sorrio ao me aproximar do meu vizinho, que está sentado à mesa circular próxima à janela fumando um cigarro e concentrado em uma das revistas de palavras cruzadas pelas quais é obcecado. Coloco a caixa de lápis ao lado dele. "Quero que o senhor tenha sempre o melhor." Ele me lança um sorrisinho e acena, distraído, antes de retornar à revista.

O sr. Yoon não fala. Começou a me escrever bilhetinhos de vez em quando nos últimos tempos — foi assim que descobri que teve um problema nas cordas vocais quando era bebê e nunca falou —, mas na maior parte do nosso tempo juntos, só ficamos sentados, em silêncio. Acho que esse é um dos motivos que me faz gostar tanto da companhia dele. Além do fato de ele não ser falso. Não finge que gosta nem finge que não gosta de mim. O problema de muitas pessoas que passam por nossa vida é que estão tentando ser a versão de si mesmas que acham que *deveriam ser*, em vez de simplesmente ser quem são. Quase sempre julgam demais, consideram-se superiores e estão dispostas a partir seu coração sem pensar duas vezes se forem tirar alguma vantagem nisso. Se tem uma coisa de que tenho certeza é que a maioria das pessoas é meio merda. Mas o sr. Yoon não é. Ele é uma pessoa boa e sincera, sem segundas intenções.

É curioso. Quando eu era pequena, tinha medo dele. O homem silencioso e mal-humorado que sempre chiava, com o dedo sobre os lábios, para exigir silêncio quando eu e Gen fazíamos barulho demais no corredor. Minha mãe dizia que o sr. Yoon era só um velho solitário que preferia ser deixado em paz, por isso nunca tentei interagir com ele. Até que, alguns anos atrás, minha mãe se esqueceu de ligar no meu aniversário e entrei numa crise de pena de mim mesma, fui até a padaria mais próxima e comprei um bolo inteiro só para mim. Na volta, trombei com o sr. Yoon no corredor. Os olhos dele desceram de mim para o bolo e depois subiram para mim.

"É meu aniversário e vou comer esse bolo inteiro", murmurei, entrando no apartamento com um suspiro. Cerca de uma hora depois, um envelope foi passado por debaixo da minha porta, deslizando rapidamente pelo taco de madeira. Eu o abri e encontrei uma folha grossa de papel A4 dobrada ao meio. Na frente, tinha um desenho a lápis de um bolo de aniversário. Dentro, uma caligrafia bonita dizia: *Feliz aniversário, Delphie. Do sr. Yoon*. Foi o único cartão de aniversário que recebi naquele ano. Por algum motivo, eu o levei ao nariz e senti, no mesmo instante, cheiro de cinzas de cigarro. Agora, ele está guardado na minha pasta de documentos importantes junto com a papelada dos impostos e meu diploma.

Vou até a cozinha integrada e preparo um bule de café na cafeteira de cobre velha dele. Então pego uma tigela, quebro ovos, bato com sal marinho, pimenta-do-reino e uma pitada de pimenta-calabresa em flocos antes de despejar na frigideira quente. Mexo os ovos o mais rápido que posso. Depois pego dois bagels e os torro de leve e passo manteiga, ponho os ovos em cima e depois o salmão defumado. Organizo nossos pratos na mesa com um floreio.

"Prontinho!"

O sr. Yoon fecha o livro e ataca a comida com vontade. Parece faminto. Será que se esqueceu de jantar ontem à noite? Noto que os pulsos dele parecem mais ossudos e que o velho relógio prateado que carrega neles está mais solto que de costume.

Sirvo um copo de suco de laranja que está aberto na mesa para cada um de nós e transfiro um pouco dos meus ovos para o prato dele. "Não sei o senhor, mas eu tive um sonho maluco ontem à noite", digo, dando uma mordida no bagel. "Sonhei que tinha morrido e ido parar numa espécie de limbo que parecia uma lavanderia. Ah, e tinha uma mulher toda exagerada lá. Ela era tipo uma terapeuta, sei lá, mas trabalhava bem mal."

O sr. Yoon toma um gole de café e solta um leve suspiro de prazer. Levei meses para arrancar isso dele. Nas primeiras semanas que fiz o café, só recebi uma careta em troca. Logo aprendi, por tentativa e erro, que ele gostava de café forte, recém-moído e com leite de amêndoa. Acertar o café dele tinha sido tipo fazer um experimento científico. Eu tinha até um caderninho onde eu mesma me avaliava de acordo com a reação dele.

"E também tinha um cara", continuo. Quando menciono isso, o sr. Yoon me encara. Ergue as sobrancelhas como se dissesse: *É mesmo?* Dou risada. "Pois é. Um cara muito bonito, com dentes retinhos. O nome dele é... *era*... Jonah. E ele era *muito* fofo. Bonzinho e simpático." Deixo a faca e o garfo de lado. "Agora estou com saudade dele porque sou assim louca. Que besteira, né? Sentir saudade de um desconhecido de um sonho..." Solto uma risada triste. "Mas foi legal. Por um momento. Me sentir daquele jeito. Pra ser sincera, nem sabia que eu ainda conseguia."

O sr. Yoon continua mastigando, agora olhando para o prato.

"Eu devia comprar um desses livros que decifram o significado dos sonhos...", reflito, tomando um gole de café. "Apesar de que duvido que vá ter um capítulo chamado 'O significado de acordar morta em uma lavanderia e conhecer um homem lindo'."

O sr. Yoon dá uma risada silenciosa, sua respiração saindo em lufadas curtas e rápidas, as rugas nos cantos dos olhos se aprofundando.

"Pode rir o quanto quiser, mas eu fiquei preocupada", digo, pegando nossos pratos vazios e levando até a lava-louças. "*De verdade*. Será que estou ficando maluca?"

O sr. Yoon pega um lápis e rabisca algo em cima da página da revista de palavras cruzadas.

Delphie, não dá pra ficar maluca se você já é maluca.

"Ei!", eu o repreendo. "Mas o senhor deve estar certo. Dito isso, vou para a farmácia, passar o dia todo ouvindo as pessoas reclamarem de pele seca, olhos remelentos e partes que coçam. Aproveita o dia, tá? Dou uma passadinha aqui depois, acho, pra limpar a bancada, se o senhor não tiver tempo."

O sr. Yoon faz sinal de positivo antes de pegar o maço de cigarros e acender um com as mãos trêmulas. Uma vez comentei que talvez ele devesse dar uma diminuída, mas recebi uma careta tão feia em resposta que acabei comprando um cinzeiro novo pra ele como pedido de desculpas por ter me intrometido.

Enquanto estou saindo do apartamento dele, ouço um toque esquisito vindo do meu celular. São as notas de abertura da música "Jump Around", do House of Pain, tocando sem parar. Que porra é essa? Tiro o aparelho do bolso. É uma notificação de mensagem. Mas pera aí, as notificações de mensagem do meu celular não têm som.

Meu coração dá um salto quando vejo do que se trata.

Beleza, Delphie? Aqui é a Merritt. Da Eternidade. Tá parecendo que você acha que tudo o que rolou ontem foi um sonho... senão, por que estaria perdendo tempo assim sabendo que tem só dez dias pra encontrar o Jonah? Na verdade, nove, porque ontem à noite já contou como o primeiro, e hoje é o segundo...
P.S.: Essa mensagem vai sumir assim que você terminar de ler.

Enquanto ainda estou olhando de queixo caído para a mensagem, ela cintila e some, exatamente do jeito que aconteceu com Jonah no sonho.

Que... *não foi sonho* aparentemente.

Entro de novo no aplicativo de mensagens. É. Sumiu mesmo.

Olho de um lado para o outro do corredor. Será que é pegadinha? Não, eu não conheço tanta gente assim pra alguém estar querendo fazer uma pegadinha comigo. Talvez eu só não esteja bem mesmo... talvez devesse ter deixado Cooper ligar para um médico ontem à noite.

A música "Jump Around" volta a tocar.

"Será que eu tô sonhando?", sussurro, batendo de leve no meu rosto em uma tentativa de me acordar.

Credo. Será que a gente pode resolver essa história de uma vez por todas, Delphie? Não é sonho. É real. Está acontecendo. A gente combinou que você teria dez dias. Você tem até as seis da tarde do décimo dia pra encontrar Jonah e fazê-lo te dar um beijo. Ou eu vou ficar com você pra sempre... Hahaha!

A mensagem aparece e some. Sinto os joelhos fraquejarem, como se eu estivesse em um filme de época. Pego a maçaneta da porta e escorrego as costas na parede até me sentar no piso acarpetado.

Oi, eu de novo. Falando sério agora. Dá pra confirmar que entendeu o que eu disse? Não posso ficar mandando mensagem o dia todo. Eric acabou de entrar na minha sala e dizer: "Nossa, você parece mesmo muito ocupada". Que cretino. Só preciso que você diga em voz alta. Que reconheça que isso tudo está acontecendo. Diga: "Eu sei que isso é real!".

Perco o ar quando a mensagem some. "Ahm... isso é real?" Minha voz sai sussurrada. Pigarreio e digo mais alto: "Isso é real".

É real mesmo! Então beleza, querida. A gente vai se falando. Boa sorte! Ai, eu tô megaempolgada pra ver como vai ser. Uhul!

Em meio ao medo, à descrença e à preocupação generalizada de que estou ficando maluca, sinto algo inesperado. O calor do entusiasmo. Uma faísca de esperança na boca do estômago.

Se isso é real, então Jonah é real.

E está em algum lugar de Londres.

Sete

O sino toca quando abro a porta com tudo. Sou recebida imediatamente pelo aroma reconfortante de sabonete e remédios da farmácia Meyer. Jan, que trabalha no caixa, dá um pulo, e o celular para o qual vinha olhando cai na bancada de vidro com um estrépito. Ela ergue os braços como se eu fosse uma ladra e estivesse querendo me derrubar. Quando se dá conta de que sou só eu, os ombros dela relaxam e retorna às filmagens profissionais de musicais que está sempre assistindo entre um cliente e outro.

A filha de Jan, Leanne, sai de detrás da divisória com as sobrancelhas perfeitamente micropigmentadas em formato de V brilhando à luz das lâmpadas e uma boca lambuzada de gloss. Ela é a farmacêutica e, portanto, superior a mim e à mãe. Mas não se parece com nenhum farmacêutico que eu já tenha visto. Está mais para uma influenciadora do Instagram, com a pele sem poros visíveis, o cabelo com mexas e ondas perfeitas, cílios abundantes e postiços. Fora as roupas — ela também é apaixonada por moda, o que significa que sempre vem trabalhar com criações próprias, em geral, cortadas em tecidos neon bem coloridos, com mangas enormes que às vezes caem em sua salada na hora do almoço.

"Por que esse alvoroço?", pergunta Leanne, baixando os olhos para o relógio de acrílico que sempre usa. "E você está atrasada."

Quando comecei a trabalhar aqui, três anos atrás, Leanne vivia tentando me convencer a sair para beber com ela depois do trabalho. E eu vivia recusando, por dois motivos:

1. Ela estava sendo estranhamente simpática comigo. Ninguém deveria ser assim tão feliz tendo que acordar todos os dias para vender creme para hemorroidas para as pessoas.

2. Se nossa amizade não desse certo (e, por experiência própria, nunca dava), as coisas ficariam megadesconfortáveis no trabalho depois. E, embora esse emprego não seja exatamente minha paixão, fica bem em frente ao meu apartamento, é tranquilo, só exige que eu empacote comprimidos e me paga um salário que cobre meus gastos básicos. Eu não queria misturar as coisas.

Marcho até o balcão. "Vou precisar tirar os próximos nove dias de folga."

"Mas você nunca tira folga", diz Leanne, com a preocupação passando brevemente pelo rosto antes de voltar a assumir aquela expressão de que nada a abala. "E não pode avisar assim em cima da hora."

"Eu sei." Dou de ombros, como quem pede desculpas. "Mas estou desesperada e você sabe que eu não pediria se não precisasse muito."

Jan pausa a gravação do musical que está vendo. "Está tudo bem, Delphie? Você parece meio pálida."

Dispenso a preocupação dela. "Está tudo bem, sim." *Tecnicamente eu morri e tenho menos de dez dias para encontrar e ser beijada por um cara que pode ser o homem dos meus sonhos ou vou morrer de novo.* "Só preciso de... sabe... um descanso. É que eu... ando meio estressada."

Leanne cruza os braços. Hoje, as mangas de suas roupas não são caídas, e sim bufantes, como se alguém as tivesse enchido de ar. "Quer tirar uma licença por motivos de saúde, é isso? Porque se for isso, precisa de um atestado médico. Você trouxe?"

Faço que não com a cabeça. "Por favor, Leanne. Não estamos numa época muito movimentada. Vocês dão conta de tudo por uns dias. Eu cuido do inventário quando voltar."

Leanne estala a língua. "Você está usando um tom muito grosseiro e ríspido para alguém que está precisando de um favor, Delphie. E se o estoque de alguma coisa acabar antes de você voltar? E se os moradores de Paddington ou Bayswater não receberem os remédios que poderiam salvar a vida deles porque você não marcou suas férias com antecedência?"

"Caralho, não seja tão dramática", interrompe Jan, mexendo no pingente de trevo do colar dourado que nunca sai de seu pescoço. "Eu ajudo você, Leanne. Deixa a menina tirar uma folga. Ela nunca tira."

Aperto os olhos na direção de Jan. Por que ela ficou do meu lado? Será que é uma pegadinha? Ela só fala comigo para perguntar se sei quem é Stephen Sondheim. Sempre digo que não, porque não sei mesmo, e ela sempre diz que estou perdendo as maiores obras de arte que existem.

Leanne estreita os olhos, e percebo que está usando um lápis violeta na linha-d'água que combina com os sapatos. "Se eu te der nove dias de folga do nada, vou precisar que me faça um favor também."

"Por mim, beleza. Qual?"

Leanne ergue o queixo. "Você vai ter que sair pra beber depois do trabalho comigo na sexta-feira que vem."

Fico boquiaberta. Faz três anos que ela parou de me convidar. Por que minha recusa a incomoda tanto? Quando foi que passei a impressão de que podíamos ser amigas? Durante toda a minha vida adulta, tentei transmitir o exato oposto. Talvez tenha sido naquela noite em que dividimos uma garrafa de vinho depois do expediente logo que comecei a trabalhar na farmácia. Leanne tirou a bebida magicamente da bolsa e eu havia tido um dia péssimo, por isso concordei em tomar uma taça, que ela não parou mais de completar. Fiquei tão tonta que mal me lembro de como aquilo terminou, mas Leanne deve ter se divertido muito, porque não desiste de tentar repetir.

"Opa, se vocês vão sair eu também vou!", interrompe Jan. "Senão seria etarismo. Me deixar de fora só porque sou mais velha."

"Tá bom!", digo. "Que coisa. A gente sai, então! E eu ainda pago a primeira rodada!", acrescento, porque é isso que as pessoas dizem na tevê quando vão sair para beber.

Leanne assente devagar, com um sorriso de satisfação se espalhando pelo rosto perfeitamente simétrico.

Volto para casa para pesquisar sobre Jonah na internet, mas após alguns segundos encarando o tapete listrado onde morri, acabo surtando e decido que é melhor ir para a biblioteca. Quando já estou na rua, procuro no celular onde fica a mais próxima. Alguns diriam que isso é algo que eu já deveria saber depois de vinte e sete anos morando em Londres, mas com a escola e a faculdade, comprei a maioria dos livros que leio pela internet.

A biblioteca mais próxima é a Tyburnia, e dá para ir andando. Raras vezes me arrisco a sair de Bayswater — por que eu faria isso, quando tenho tudo de que preciso por aqui? —, mas quando saio, prefiro andar na rua com o fone de ouvido no último volume para que ninguém venha falar comigo. Se alguém aparece, finjo que não ouço *justamente* porque estou usando fones de ouvido. Posso não saber de tudo, mas sei me fazer de doida muito bem.

Desço a Praed Street a pé, sempre bastante movimentada, desviando das pessoas que surgem no meu caminho, com os olhos fixos em um ponto qualquer à distância. No fone, ouço um podcast sobre o período conturbado que Van Gogh e Gaughin passaram juntos em Arles e me pergunto se, quando enlouqueceu, Van Gogh sabia o que estava acontecendo.

A biblioteca é grande e parece antiga. As janelas dela estão empoeiradas e forradas de personagens coloridos de livros infantis.

Abro as portas pesadas e atravesso salas acarpetadas cheias de livros amarelados até encontrar uma mesa imensa com apenas duas pessoas trabalhando em seus respectivos laptops. Perfeito. Eu me sento, abro o meu e digito no Google: "Jonah T Londres".

Vinte e três milhões de resultados.

Resmungo, e um cara da mesa faz "xiu" para mim. Olho feio para ele. Sinto um toque delicado no ombro.

Giro a cadeira e deparo com um homem alto e magro que parece estar na casa dos quarenta anos. Ele me olha com curiosidade, usando colete de cetim e camisa branca. Tem um rosto travesso e seu cabelo é ralo e loiro-acinzentado. "Olá." O homem aponta para o crachá dourado que está preso ao seu colete e diz MEU NOME É ALED. POSSO AJUDAR? Reconheço o sotaque dele imediatamente como sendo de Yorkshire, labializado e melódico. "Eu estava bem ali quando ouvi você resmungando e pensei: *Acho que estou reconhecendo uma fanática por livros em apuros*. Posso te ajudar com alguma coisa?"

Faço careta encarando a tela do laptop.

"Olha, na verdade, pode sim. Vocês têm, tipo, registros de pessoas? Com endereço, telefone e tal?"

"De pessoas, tipo, da população em geral? Você está querendo o endereço de alguém, é isso? Dá pra procurar em um site de pesquisa."

"Já fiz isso. Mas tem milhões de resultados. Estou tentando encontrar uma pessoa específica e não tenho muito tempo."

"Você parece aflita, querida!" Aled franze os lábios. "É... é grave?"

"É literalmente uma questão de vida ou morte", murmuro, distraída, passando os olhos pelos resultados e depois clicando em "Imagens", o que é inútil.

"Hummm, entendo, entendo." Aled esfrega as mãos. "Não tenho acesso a números de telefone particulares, mas acho que sei de uma coisa que pode ajudar. Uma coisa chamada... *livros!*"

Oito

Aled é megaprestativo. De um jeito até estranho, como se ele tivesse decidido que essa é toda a sua personalidade e, portanto, ele precisa dar o seu máximo. Enquanto me conduz pela biblioteca, oferece ajuda para várias pessoas dando uma olhada nas estantes. "Sra. Marani, pedi o livro novo do Ottolenghi pra você e já chegou. Está no balcão da entrada." Ou: "Acho que você não vai gostar desse aí, Danny. Não tem muitas reviravoltas. Tenta ler alguma coisa da Lisa Jewell". E surpreendentemente: "Sr. Timms, o senhor não marcou oftalmo para daqui a cinco minutos? Vai se atrasar!".

Ele solta uma risadinha e olha na minha direção, animado, enquanto entramos na seção de crimes reais da biblioteca. Está lotada, o que é um pouco perturbador. Em vez de simplesmente dizer quais livros podem vir a ser úteis, Aled já os retira da estante e coloca nos meus braços.

"Acho que não vou precisar de tudo isso." Tento devolver três livros sobre pessoas desaparecidas para os braços magros de Aled, porém ele espalma as mãos para me impedir.

"Esse cara que você mencionou, o Jonah... está sumido, não é?"

"Bom, não oficialmente."

"Você tem como encontrá-lo?"

"Não, mas é que nem o conheço de verdade..."

"E disse que é literalmente uma questão de vida ou morte?"

"Bom, é sim. É mesmo."

"Então me parece que está sumido... ou, como dizem os

podcasts, ele é uma *pessoa desaparecida*." Aled bate na lombada de outro livro. "Ah, este aqui é muito bom. No fim não encontram a vítima, mas a história é de partir o coração. Emocionante. Até chorei, mas eu choro com qualquer coisa. Uma vez chorei com uma propaganda de espuma pra banho."

Ele empilha outros três livros nos meus braços. Embora em geral eu seja excelente em dispensar interações indesejadas, faz tempo que não encontro uma pessoa tão persistente quanto Aled. Não tenho certeza de como responder ao que ele está me dizendo.

Quando chegamos ao balcão, eu com cinco livros grossos sobre pessoas desaparecidas e crimes reais, inclusive um chamado *Investigação para leigos*, Aled pede meu cartão da biblioteca.

"Não tenho."

A expressão dele se desfaz como se eu tivesse acabado de revelar que é ele quem tem menos de dez dias de vida.

"Você perdeu?"

"Não. Nunca cheguei nem a fazer."

Aled balança a cabeça, descrente, e me entrega um formulário para eu preencher meu nome completo e endereço. "Uau. Olha só, hoje é um dia importante para nós dois. Um cartão da biblioteca é um portal para qualquer universo que você puder imaginar. Ah, as aventuras nas quais você vai embarcar..."

Rabisco minhas informações e devolvo o formulário. "Não sei se vou voltar tão cedo."

"Vai precisar voltar!", responde Aled, registrando minhas informações no computador para depois me entregar um cartãozinho verde de plástico impresso com meu nome como num passe de mágica. "Para devolver os livros! É assim que as coisas funcionam por aqui. Quando você voltar, vou estar aqui cheio de recomendações." Ele entrelaça os dedos. "Vou começar uma lista assim que você for embora."

"Tá bom", digo apenas, pegando os livros de volta e já seguindo na direção da porta. "Hum, valeu..."

"Você vai acabar voltando", solta Aled, imitando *O exterminador do futuro*. Ele pega uma corujinha de pelúcia do balcão e acena com uma asa dela enquanto me afasto. Eu me viro antes de sair.

Ele continua acenando.

Atravesso o calor denso carregando minha pilha de livros. Quando chego à porta do prédio, estou suando tanto que minha camiseta branca e fina está colada ao corpo. Passo os livros para um único braço enquanto pego a chave. Enfiá-la na fechadura e virá-la para o lado certo sem derrubar os livros exige cada grama de concentração de que sou capaz. Estou quase conseguindo quando a porta é aberta bruscamente pelo lado de dentro. Caio para a frente nos degraus empoeirados da entrada e derrubo os livros.

"Nãããão", lamento. Olho feio para a porta da frente para descobrir em quem devo botar a culpa.

Claro.

É Cooper, meu vizinho maligno, que está do outro lado. Hoje não está vestindo jaqueta de couro, embora continue usando só preto. Aposto que está morrendo de calor, embora sua expressão permaneça inabalável.

"Não vai pedir desculpa?", sibilo, abaixando para recolher os livros que eu nem queria pegar emprestado.

O maxilar barbado dele parece se tensionar. "Não dava pra eu saber que você estava do outro lado da porta, dava?" Cooper se abaixa para pegar um livro: *Guia essencial para o perfil geográfico.*

"Por que você abriu a porta desse jeito?"

"Que jeito?"

"Como se estivesse bravo!"

"A porta é pesada, então preciso fazer força. Não posso fazer nada se sou forte assim naturalmente."

Ele está zoando com a minha cara? Como nunca o vi brincando, arrisco que não.

"Forte assim naturalmente? Uau. Parabéns pra você. Agora dá licença para eu passar, por favor?"

O corpo de Cooper bloqueia a entrada. Ele não se mexe, só franze a testa e pega o primeiro livro da pilha.

"Tá procurando alguém?"

"Talvez."

Ele dobra os joelhos para ler as lombadas dos outros livros da pilha. "Tem textos aí que demandam investimento demais para uma leitura despretensiosa." Depois bate no último livro da pilha com o indicador. "Mas este daqui não é tão ruim. Os outros não vão te ajudar."

Agora é a minha vez de franzir a testa. "Você leu todos?"

"Li."

"Por quê?"

Cooper ignora minha pergunta. "Está mesmo tentando encontrar alguém? Quem? Por quê?"

"Quer que eu vá à delegacia para prestar um depoimento oficial, detetive Cooper?"

Os olhos dele voltam a ficar severos e joga as mãos para o alto. "Esquece. Nossa. Boa sorte aí, então."

Penso no que Leanne me disse hoje de manhã. Sobre eu às vezes ser grosseira e ríspida. Eu não achava que era, porém o modo como acabei de falar com Cooper me faz pensar nisso. Tá. Posso ter sido um pouco grosseira e definitivamente fui ríspida.

"Estou tentando encontrar um, hã, rolo antigo", solto. Quase digo "ex-namorado", porém Cooper saberia que estou mentido, porque ninguém nunca me visita.

"Ah", fala ele, com a voz mais aguda. A surpresa em sua voz me irrita. Eu poderia ter tido um rolo com alguém. Eu sei que ninguém no mundo além de Jonah demonstrou interesse em mim, mas Cooper não sabe disso. Eu *poderia* estar pegando a cidade inteira.

Bufo. "Você não é o único no prédio que anda tendo, tipo, umas relações mais apimentadas!"

"Relações mais apimentadas?"

"É. Só que diferente de você, prefiro não trocar tanto de parceiro. O nome dele é Jonah e ele é *ótimo*. Megabonito, megainteligente. Tem olhos lindos..." sorrio para mim mesma, me perdendo por um momento.

Cooper arqueia uma única sobrancelha. "Ah, é mesmo?"

"É, sim. A gente, hã, tipo, mandou ver."

Ai, que ódio. Minhas bochechas queimam.

"E agora ele te deu um *ghosting*?" Cooper assente devagar, como se dissesse: *É óbvio que isso aconteceu*. "E você quer descobrir o motivo?"

Credo, esse cara é insuportável. "Na verdade, policial..." Deixo a frase morrer no ar. Não tenho ideia de como terminá-la. Não posso dizer que estou tentando encontrar o possível amor da minha vida, com quem passei cinco minutos quando estava morta e que preciso fazer com que ele me beije para evitar morrer de novo. Vejo Leanne acenando para mim da vitrine da farmácia, do outro lado da rua. O cartaz ao lado dela anuncia medicação para infecções sexualmente transmissíveis. "Eu... eu acabei transmitindo clamídia pra ele", completo, olhando para Cooper.

Por que eu fui dizer isso? Como foi que saiu da minha boca? A expressão de Cooper permanece neutra, o que depõe a seu favor.

"Quer dizer, eu já estou curada, claro", acrescento depressa. "Sarei. Minha... sabe, já está cem por cento. Duzentos por cento, na verdade. Mas... tipo. É meu dever informar Jonah."

Cooper assente. "De fato."

"Isso. *De fato*."

Quero me desmanchar numa poça, escorrer até o bueiro e nunca mais ser vista ou ouvida. *Me leva embora, Merritt*.

Assim que entro no meu apartamento, corro para o banheiro para ver se meu rosto está tão vermelho quanto imagino. E é claro que está, sim. De um tom de vermelho-vivo altamente pigmentado. *Que merda, Delphie*.

Vou para o quarto, tiro a roupa e fico sentada de pernas cruzadas na frente do ventilador. Respiro fundo e abro o primeiro livro da pilha que Aled me deu.

Procuro afastar o sentimento de humilhação que me devasta sempre que penso no que acabei de dizer a Cooper.

É hora de me concentrar.

Duas horas depois, conheço todos os métodos possíveis de esconder um corpo, e sei até como escapar da polícia, porém ainda estou tão perdida na questão de localizar Jonah quanto estava pela manhã.

Abro o laptop e volto a procurar "Jonah T Londres" no Google. O número de resultados continua tão opressor quanto nas últimas cinco vezes em que procurei "Jonah T Londres". Entro no perfil do LinkedIn de Jonah Tanner. É um homem na casa dos cinquenta anos que mora em Tucson, Arizona, e tem paixão por microfinanças. Não é minha alma gêmea. Então entro no perfil de Jonah Tyburn, que pelo menos mora em Londres. Ele não é o homem que procuro, e inclusive é só um menino de quinze anos procurando alguém com quem jogar *Fortnite*. Não é minha alma gêmea. Entro no perfil de um monte de outros Jonahs, mas são muitos, e nenhum é o homem perfeito que conheci na Eternidade.

Empurro o laptop para longe e massageio minhas têmporas. Então fecho os olhos e me permito visualizar o rosto de Jonah outra vez. Os olhos azuis vívidos e brilhantes dele. O modo como me olhava, como se enxergasse o que sempre desconfiei que havia em mim quando examinava meu reflexo com gentileza: uma pele pálida, mas até que sem manchas, e olhos sinceros marrom-claros. Um nariz um pouco grande, porém reto e clássico, quando visto na luz certa. Um corpo macio e acolhedor, com coxas fortes e grossas e curvas nos quadris que poderiam ser consideradas sexy.

Sou arrancada de meus pensamentos pela tevê, que liga sozinha. Suspiro e procuro pelo controle remoto, mas constato que está na mesa de cabeceira, todo inocente. Está passando um episódio de *Schitt's Creek*, legendado. Meu queixo cai: as legendas estão em letra cursivas rosa-choque e aparecem no meio da tela, na frente do rosto dos atores. Leio.

Seja lá o que você está fazendo, não parece estar dando certo, Delpherina. Talvez precise de uma ajudinha.

"Estou ótima. Não preciso de ajuda", digo, em direção ao nada, e a legenda volta a aparecer.

Você é quem sabe. Só estou tentando ajudar. As coisas estão tranquilas por aqui hoje, já li tudo o que Emily Henry escreveu e reli a série Bridgerton inteira. Tive mais um tempinho livre e pensei em te oferecer ajuda. Tudo bem se quiser recusar! Nem ligo!

"Você poderia me dizer onde Jonah mora", arrisco.

Fico encarando a tela da tevê, à espera de uma resposta. Em vez da legenda retornar, no entanto, ela simplesmente desliga sozinha. Claro. Se Merritt me desse o endereço de mão beijada, perderia toda a graça do romance em tempo real que está querendo assistir, e esse é claramente o único interesse dela nessa história.

"Cadê você, Jonah?", murmuro para mim mesma. Eu o visualizo na Eternidade e me esforço para tentar me lembrar se nossa breve interação poderia me dar algum tipo de dica. Ele vestia uma camiseta básica, sem logo. Mencionou Londres por cima, sem falar de nenhuma localização específica além de dizer que era mágica no verão. Não sei qual é a profissão dele, mas não ficaria surpresa se fosse algo impressionante tipo médico, bombeiro, ou alguma coisa assim... e, embora pensar nisso seja agradável em termos estéticos, não me ajuda a bolar um plano de ação.

Passo outra hora inteira mandando mensagens para cada Jonah T que encontro na internet antes de concluir que Merritt está certa.

Preciso mesmo de ajuda.

Nove

Cooper abre a porta já de testa franzida, como se estivesse prevendo a decepção que teria com a nossa próxima interação. Acho que só o vi sorrir uma vez. Quando ele se mudou para cá e passou por mim no corredor, absolutamente radiante enquanto conversava com alguém no telefone. Eu me lembro que ele curvou um pouco a cabeça para me cumprimentar e seus olhos se demoraram em mim de uma maneira que, sinceramente, foi um pouco desconfortável.

Agora, o corpo dele bloqueia a porta de entrada de seu apartamento quase completamente, mas pelo brilho azul que a tela de seu computador projeta no cômodo, constato que as cortinas estão fechadas.

"O que foi agora?", pergunta ele, com um suspiro.

A postura dele é péssima.

"Só vim conferir se os boatos são verdadeiros", digo, com uma animação exagerada. "Então você passa *mesmo* o tempo todo sentado sozinho no escuro, discutindo com desconhecidos no Twitter pra se divertir. Tá me passando uma vibe meio incel."

Cooper ergue as sobrancelhas. "Minha casa está escura porque está fazendo trinta e três graus lá fora e moramos em uma construção antiga, com paredes grossas. Fora que eu nem uso Twitter." Ele força um sorriso e faz menção de fechar a porta, porém eu coloco o pé para impedir.

"Espera... posso entrar?"

"Não."

"Preciso... preciso de uma ajuda meio urgente." Só usei essa frase duas vezes na vida: com um funcionário do caixa, quando não consegui encontrar abacate maduro na mercearia da esquina, e quando presenciei um pombo e um rato brigando do lado de fora da estação de metrô Ladbroke Grove.

Dá para ver que Cooper não quer me deixar entrar, porém a criação dele de garoto rico ganha e ele dá um passo para trás e abre a porta com um grunhido maldisfarçado.

Quando entro no apartamento, noto que é muito maior que o meu. Na verdade, é maior até que o do sr. Yoon. Olho em volta. Parece a casa de alguém muito mais caloroso e interessante que Cooper. As paredes estão forradas de estantes, quadros e reproduções emolduradas de capas de livros antigos. O sofá é listrado em tons de creme e tem almofadas fofas de veludo azul-escuro. Fico surpresa quando avisto uma lareira que deve ser da época da construção do prédio, a cor do ferro fundido alterada pela oxidação da idade.

"Uau, que sorte!", solto. "Ela funciona?"

"Acho que sim."

"Você *acha*? Se eu tivesse uma lareira dessas, deixaria o tempo todo acesa."

"Mesmo nessa onda de calor?"

"Eu tomaria um banho frio primeiro e depois ficaria pelada na frente dela para poder aproveitar melhor."

Ele ergue ligeiramente uma sobrancelha.

Tem uma moldura preta pendurada em destaque acima da lareira. É um desenho de uma mulher nua posando de costas. É lindo, e mais erótico do que algo que eu imaginaria que alguém de cara tão azeda quanto Cooper tivesse na sala de estar. Fico na frente da imagem para admirá-la.

"Posso ajudar com alguma coisa ou você só veio xeretar meu apartamento?"

Eu me viro e aponto para uma mesa à esquerda da lareira na qual ficam as três telas de computador que dominam o cômodo com o brilho neon. Sempre que venho buscar encomendas entregues errado, essas telas estão ligadas. "Você entende de computador, né?"

"Eu... é, acho que entendo, sim. Seu laptop está com algum problema? Tem uma assistência técnica na Queensway."

"Não..." Vou até a mesa e aperto os olhos para a tela do meio, que é a maior. Está coberta de fileiras de números e símbolos que não compreendo. "Vim por causa daquele cara que estou procurando... o..."

"O cavalheiro com quem você mandou ver?"

Fico vermelha. "Isso, ele mesmo. Eu estava lendo os livros que peguei na biblioteca e um deles diz que devo fazer uma pesquisa nos diretórios públicos. Mas tem tantos Jonahs em Londres que nem sei por onde começar. Então fiquei pensando se você, que leva jeito pra computadores, saberia como apressar um pouco as coisas."

Cooper balança a cabeça. "Infelizmente você não chegou em boa hora. Estou ocupado. Talvez consiga dar uma olhada nisso amanhã ou depois."

"Por que me deixou entrar se não ia me ajudar?"

"Eu não sabia o que você ia pedir. Agora sei."

"Não tenho como esperar até amanhã ou depois!"

Cooper cruza os braços, e sua camiseta se estica sobre os ombros megalargos. "Posso saber por quê?"

"Hum, então, acho que, tipo, quando o assunto é clamídia, precisamos avisar o mais rápido possível. Tipo, é claro que eu iniciei o tratamento de imediato e agora estou..."

"Cem por cento. Você falou."

Socorro. "Isso, mas Jonah... ainda não sabe. E precisa saber. E a responsabilidade é *minha*. Tipo, imagina se fosse o Cooperzinho que estivesse correndo perigo e você não fizesse ideia!"

Fecho a boca na mesma hora, mas "Cooperzinho" paira no ar de maneira vergonhosa.

"Beleza." O Cooperzão estreita os olhos por um momento. "Tá. Acho que é melhor você ir embora agora. Desculpa, Delphie, mas preciso mesmo trabalhar."

Ele vai até a porta da frente e a abre.

"Por favor, me ajuda. Fico te devendo uma. Faço o que você quiser."

"Eu não tô precisando de nada por agora."

"Mas talvez precise. Um dia."

Ele solta um sorrisinho. "O que eu poderia vir a precisar de você?"

Dou de ombros. "Uma xícara de açúcar? Velas, no caso de um apagão?" Olho em volta. "Você não parece ter velas. E eu tenho um monte."

"Não costumo consumir açúcar porque não tenho mais doze anos de idade, e faz vinte anos que Londres não sofre um apagão."

Meu deus do céu, ele é horrível. Péssimo. Será que essa grosseria toda dele é só comigo ou ele é assim com todo mundo? Não. Não pode ser. Se Cooper fosse assim o tempo todo, não teria um entra e sai de mulheres tão frequente por aqui. Bufo audivelmente. "Tá. Obrigada por nada, Cooper. Nem vem bater na minha porta se sua máquina de lavar quebrar e você precisar de um lugar pra lavar suas cuecas."

Por que fui falar em cuecas? Por que eu não paro de falar, aliás? Existem muitos motivos para eu preferir ficar sozinha, mas essa coisa de não conseguir parar de falar deve estar entre os cinco primeiros.

"Essa é, definitivamente, uma perspectiva terrível, mas acho que vou conseguir me virar." O celular dele vibra. Cooper o tira do bolso e lê a tela. Com a outra mão, aponta para a porta. É um sinal claro de que não temos mais nada para conversar.

"Você é o homem mais insuportável que já conheci", sibilo, com a irritação e a frustração dando um nó na minha garganta.

Que porra eu vou fazer agora?

Dou meia-volta e marcho na direção da porta, torcendo para que, um dia, Cooper precise desesperadamente de uma xícara de chá quente antes de o sol raiar e não tenha leite em casa, para eu poder virar para ele e soltar um "não". Ou melhor ainda: para eu poder virar para ele e falar "claro" e dar leite azedo. Essa ideia me faz soltar uma risadinha. Estou prestes a fechar a porta com força quando ouço a voz de Cooper.

"Espera, Delphie..."

Viro para lhe dirigir meu olhar mais fulminante. "Que foi?"

"Na verdade, tem algo que você pode fazer por mim." Ele dá uma olhada para a tela do celular e franze a testa.

"O quê?"

Cooper fecha os olhos por um breve momento. "Eu... você tiraria uma foto comigo?"

Faço uma careta. "Você quer uma foto minha?"

"Hum, é. Uma... uma selfie."

A palavra "selfie" sai da boca do Cooper de um jeito esquisito. Eu apostaria tudo o que tenho — que admito que não é muito — que essa talvez seja a primeira vez que ele a usa. As orelhas dele ficam ligeiramente vermelhas.

"Por que você quer uma selfie?" Estreito os olhos. "É uma pegadinha?" Fico imaginando Cooper cortando e colando meu rosto numa foto de mulher pelada e publicando em todo lugar na internet só pelo prazer de ser um cuzão.

"Não é pra te sacanear, prometo. Vai ser rapidinho. Você quer ou não quer minha ajuda?"

Quero, sim, a ajuda dele. Preciso da ajuda dele, na verdade. "Tá. Mas eu tô meio suada."

"Você prefere ir no banheiro para dar uma retocada ou coisa do tipo?"

"Hum. Tá? Tipo, pode ser."

"O banheiro fica ali." Cooper aponta o polegar para uma porta entreaberta atrás dele.

Um pouco atordoada, entro no banheiro, que é tão vazio quanto a sala é atulhada. De jeito nenhum que vou usar o sabonete dele, porque só deus sabe onde Cooper enfiou isso aí. Pego água fresca usando as mãos como concha e jogo no rosto. Abro o armário debaixo da pia e vejo uma pilha de toalhas limpas de um tom elegante de carvão, uma caixinha cor de creme com PRESERVATIVOS SENSAÇÃO PELE COM PELE escrito na lateral em uma fonte serifada chique e um frasco fechado de sabonete líquido.

Pego uma toalha, enxugo o rosto e volto para a sala.

Aponto para minhas bochechas limpas. "Suor eliminado."

Cooper não responde, só se posiciona ao meu lado para ficarmos ombro a ombro. Eu me remexo, desconfortável.

Ele ergue a câmera. “Você precisa sorrir”, diz.

Arreganho os dentes em resposta.

“Vai ter que sorrir de verdade, Delphie. Você consegue?”

“*Você* consegue?”

“Precisa parecer sincero. Sei lá, pensa num momento especial pra você.”

Um momento especial. Ouço a voz de Jonah dizendo que ele tem a impressão de que já nos conhecemos. Sorrio pensando nessa lembrança enquanto Cooper tira uma série de fotos.

“Você não vai colocar isso aí na internet, vai?”, pergunto, inclinando meu corpo para tentar ver como ficaram.

“Por que eu colocaria?”, zomba ele. “Vou deletar as fotos hoje à noite, prometo. Agora...” Ele verifica as horas antes de guardar o celular no bolso. “Tenho uma meia hora antes de um compromisso. Como posso te ajudar?”

Dez

Nunca vim até a zona leste de Londres, e não estou gostando da experiência. Não consigo me situar nessas ruas que não conheço e todo mundo parece estar indo fazer audição para uma banda indie pretensiosa com um nome desses tipo Radiator Conspiracy ou Breakfast With Carl. Mas existe uma chance enorme de Jonah estar aqui hoje à noite, por isso enfrento o desconforto.

Como eu desconfiava, Cooper fez mágica usando o computador dele. Para a minha surpresa, ele tinha acesso a uma base de dados privada da polícia, embora, como sempre, ele tenha sido um pé no saco e se recusado a me contar por que ou como. Cooper usou a base de dados para gerar uma lista rápida de Jonahs T com menos de trinta anos e que moravam em Londres, e embora uma pesquisa nas redes sociais tenha demonstrado que a maior parte deles não era o *meu* Jonah, um deles definitivamente pode ser. Jonah Thompson. As redes sociais dele eram todas fechadas ou antigas demais, mas a imagem de perfil mostrava um homem da idade certa e com o mesmo tom de cabelo. Óculos escuros escondiam o rosto dele, então não dava pra ter certeza. Vimos no Instagram que Jonah Thompson havia sido marcado em uma foto em uma noite temática de teatro musical em um bar na zona leste de Londres — que por acaso aconteceria hoje. Por isso, me pareceu lógico vir até aqui na esperança de que ele seja um cliente assíduo. Meu Jonah não pareceu exatamente o tipo de cara que frequenta um bar para ouvir sucessos de musicais, mas ele disse que estava ansioso por um verão mágico em Londres, e talvez considere algo assim meio mágico. De qualquer maneira, a mera ideia de vê-lo outra vez acelera um pouco o meu coração e espalha um calorzinho pelo meu pescoço e peito.

Vejo uma placa de neon que indica FOSSO DA ORQUESTRA e desço uma escada meio detonada até um porão.

Abro a porta e sou atingida em cheio por um som muito alto, pelo cheiro de cigarro eletrônico, pelas luzes de discoteca e pelo tilintar do piano vertical que fica no meio do salão.

"Eca", murmuro para mim mesma. "Em que porra de buraco eu vim me enfiar e por que alguém tão maravilhoso quanto Jonah viria até aqui?"

Sigo na direção do bar, fazendo careta quando um grupo de mulheres usando boás de penas esbarra em mim ao passar, criticando de forma azeda Andrew Lloyd Webber.

O atendente do bar está usando uma blusa de paetê vermelho.

"Hã, e aí?" Aceno, sem jeito.

"Seu cabelo! Nossa, tá bem *A noviça rebelde*!" Ele leva uma mão ao peito, parecendo encantado.

Toco minhas tranças, meio envergonhada. "Nunca vi *A noviça rebelde*", digo. "Não gosto muito de musicais."

Ele ri como se eu estivesse brincando. Quando não respondo com outra risada, o sorriso dele fraqueja. "Porra. Então você vai precisar de uma bebida."

Faço que sim com a cabeça. "Também acho. Uma taça de vinho seria ótimo. Pinot Grigio, por favor."

"Os drinques estão saindo pela metade do preço no happy hour e são deliciosos. Sei disso porque sou eu mesmo quem faço. São muito mais baratos que vinho. E bem mais fortes também."

Ele me passa um menu de papel com uma lista de drinques que parecem complicados: Liza, Patti, Barbra, Idina e Bernadette.

Nunca tomei um drinque. Mas metade do preço é metade do preço.

"Legal." Passo o dedo pela lista. "Vou querer o Liza."

"Esse é ótimo." Ele pega um copo extravagante que parece ter sido tirado de um filme do James Bond e reúne os ingredientes para preparar a bebida. "Você é nova por aqui", afirma, enquanto coloca uma quantidade escandalosa de vodca em uma coqueteleira. "E odeia musicais. Então... por que veio?"

"Estou procurando um homem", digo, distraída, passando os olhos pelo salão pra tentar encontrar Jonah.

"Olha, não sei se este aqui é o melhor lugar pra isso." Ele dá risada e me passa o drinque, decorado com um canudinho prateado em espiral, uma cereja marrasquino e um guarda-chuvinha. Desvio de todas as decorações para dar um gole, hesitante. Dou outro imediatamente depois.

"Puta merda."

"Né? Coloco um toque de azedinho pra dar um jazz." Ele balança os dedos quando fala *jazz*.

Tomo outro gole e me sinto abraçada por uma sensação suave dos meus membros relaxando. Junto ao piano, uma mulher canta uma música sobre umas pessoas que não conseguem pagar o aluguel. Ela canta mal demais, mas as pessoas por aqui não parecem se importar muito, chegando inclusive a se juntar a ela, reunidas em volta do piano. Que lugar mais esquisito. Peço outro drinque e dou uma volta pelo porão com os olhos atentos a uma possível aparição de Jonah. Reparo em todos os homens de cabelo castanho, mas nenhum deles é ele. Continuo circulando enquanto tento, sem sucesso, ignorar o som da cantoria desafinada. Olho para todas as mesas ao passar. Jonah não está em nenhuma delas.

Sinto meu celular vibrar na bolsa e o pego. É uma mensagem de Merritt.

> Bonjour, belle! Eu AMO esse lugar! Costumava ir aí o tempo todo. Você tem que cantar "All That Jazz" pra mim.

"De jeito nenhum", sibilo. "Estou aqui pra encontrar Jonah."

POR FAVOR! Se eu estivesse aí, poderia cantar eu mesma. Mas não posso. Porque no caso eu morri. Uma tragédia. Fui ceifada cedo demais.

Viro o rosto para a parede, para que as pessoas não pensem que estou falando comigo mesma quando respondo para ela.

"Não conheço essa música. E mesmo que conhecesse, eu nunca subiria naquele palco na frente dessa gente pra cantar."

Noto um homem alto com o cabelo da cor certa do outro lado do piano. Acelero na direção do cara, mas ele entra no banheiro masculino antes que eu o alcance.

"Que merda!"

Enquanto aguardo que o homem faça o que tem que fazer no banheiro masculino, meu celular vibra freneticamente.

"All That Jazz"! E isso é uma ordem. Se não cantar, vou te tirar um dia.

"Que porra é essa? Você não pode fazer uma coisa dessas!"

Um homem saindo do banheiro me lança um olhar convencido e afetado. "Ah, mas eu fiz sim, amiga", diz ele.

"Eu não tava falando com você!", retruco, mas ele já se misturou à multidão. "Não preciso de outro dia", digo para Merritt. "Acho que já encontrei ele."

O cara alto que tem o mesmo cabelo do Jonah sai do banheiro. Meu coração gela. Ele tem mais ou menos a mesma altura de Jonah, e o cabelo é igualzinho, mas suas feições são menos pronunciadas, os olhos muito mais juntos e nem um pouco azuis.

"Seu nome é Jonah Thompson?", pergunto.

"Não, não sou eu."

"Tá procurando o Jonah, o australiano?", uma mulher pergunta, ficando ao lado do cara do banheiro e enlaçando a cintura dele. "Ele voltou pra Sydney faz uns seis meses. O visto dele expirou. Que saudades do Jonah. Ele era um ótimo Jean Valjean."

"Espera... o Jonah Thompson é australiano? Ele tem sotaque australiano?"

O cara do banheiro sorri. "É assim que costuma ser."

Mas o meu Jonah tinha sotaque britânico e morava em Londres. O meu Jonah não é o Jonah Thompson. Droga. Achei que pelo menos tivesse descoberto o nome dele.

Enquanto o casal vai se juntar ao grupo de boá, meu celular volta a vibrar. Ouço o som vago de "Jump Around" abafado pelo piano estridente.

Então parece que agora perder um dia seria péssimo…

"Por que está insistindo nisso? Achei que a intenção fosse me ajudar. Olha, o meu Jonah nem está aqui. Provavelmente nunca esteve. Então deixa eu ir pra casa pra bolar outro plano." Levo o telefone à orelha para parecer que estou em uma ligação, porque não quero que ninguém que esteja passando pense que sou uma maluca.

Se não posso viver, quero que você viva por mim. Vai, ou canta "All That Jazz", ou perde um dia.

"Eu não conheço 'All That Jazz'."

Todo mundo conhece "All That Jazz".

Ela tem razão. De certa forma, todo mundo conhece "All That Jazz". Por osmose ou coisa do tipo.

Vai, Delphie, tenha coragem. Você não quer viver um pouco enquanto ainda tem chance?

"Aaaaargh!"

Volto para o bar. "Uma dose de tequila e outro Liza, por favor."

"Encontrou o homem?"

Faço que sim e viro a tequila. "Mas era o cara errado."

"Já passei por isso." Ele faz o drinque com destreza e o passa para mim. "Esse é por conta da casa."

Ergo as sobrancelhas na hora. "É alguma pegadinha?"

"Não, não tem pegadinha." Ele dá de ombros. "Só parece que você tá precisando."

Assinto em agradecimento, deixo uma gorjeta de cinco libras no balcão e vou até o pianista, que está terminando de cantar uma música que até eu, com minha pouca experiência em teatro musical, sei que é de *Hamilton*.

Abro caminho em meio à multidão que cerca o piano e me debruço na direção do cara.

"Será que eu posso... posso pedir pra você tocar 'All That Jazz', por favor?"

Ele revira os olhos. "E se você cantasse alguma coisa do Sondheim? Ou da Tesori? Sei lá, qualquer outra música de Kander e Ebb pra gente dar uma mudada no repertório?"

Não faço ideia do que ele está falando.

"Qual é o seu nome?", o pianista acaba perguntando, depois de soltar o ar devagar.

"Delphie Denise Bookham."

"Só o primeiro já estava bom, mas beleza!" Ele me passa o microfone. Eu o pego com uma mão trêmula e viro o drinque que seguro na outra.

O pianista começa a tocar as primeiras notas do início da música. Tremendo, levo o microfone aos lábios.

Abro a boca. Não sai nada.

"Quem canta é você", sibila o pianista, começando a tocar a música de novo do início.

A multidão em volta me olha sem expressão. Mas aí o atendente do bar chega do meu lado e começa a cantar baixinho com uma voz maravilhosa. Ele assente para me incentivar. Apesar disso, e da tequila, e da ameaça de Merritt, não consigo. Acho que até minhas orelhas estão suando. Até ontem, na minha vida, eu procurava interagir com o menor número de pessoas possível. Agora, de alguma maneira, estou encarando um bando de desconhecidos e sendo forçada a cantar uma música que conheço muito mais ou menos por uma terapeuta além-vida insistente que só pode estar querendo dar uma zoada com a minha cara antes de me matar.

Quando acho que as coisas não poderiam piorar, noto uma mulher no fundo do salão. Ela está com o grupo de boá. Na verdade, dá para ver que é a líder do grupinho — a energia de abelha-rainha dela cria uma espécie de aura ao seu redor.

Perco o fôlego quando me dou conta de que na verdade é Gen. Minha ex-melhor amiga que depois virou minha torturadora maligna. Ela aponta para mim e diz algo para os amigos, com um sorrisinho.

Bile sobe pela minha garganta. Como ela pode estar aqui? *Por que* está aqui? Meu estômago embrulha e acho que vou passar mal. Deixo o microfone cair em cima do piano e ele produz um som destoante ao aterrissar sobre as teclas.

"Ei!", o pianista me repreende. "Isso aqui é um Sennheiser 430 premium."

"D-desculpa!", grito de volta enquanto me afasto.

Aperto o maxilar quando vejo Gen vindo na minha direção. Só então me dou conta de que não é Gen. É só uma loira magra de aparência confiante, mas com um rosto completamente diferente. Quando acho que meu coração vai parar de martelar meu peito, ele não para. A mera noção de que poderia ter sido Gen ali faz meu nível de cortisol disparar. Meu coração segue acelerado.

"Tá tudo bem com você?", ouço o atendente com blusa de paetê perguntar, embora sua voz chegue a mim como se estivéssemos embaixo d'água.

"Desculpa", murmuro de novo.

Então dou meia-volta e corro o mais rápido possível para fora do bar, na direção da rua movimentada.

Só paro de correr quando chego ao ponto de ônibus.

Onze

Saio do ônibus em Paddington, e quando sinto a brisa da noite de verão no rosto, percebo que estou bêbada. Não tenho o costume de beber, então os drinques subiram rápido demais. Passo cambaleando pela biblioteca, tropeçando no nada a cada trinta segundos.

"Delphie? Delphie Bookham? Meu deus, é você?"

Olho para trás e vejo um homem magro trotando na minha direção. Como ele sabe meu nome? E por que está correndo atrás de mim?

Acelero o passo e consigo avançar uns dois metros antes que minha falta de coordenação motora me derrube na calçada.

"Nããããão!"

O cara me alcança quando ainda estou estatelada no chão. Meus ombros relaxam quando o brilho de um poste de iluminação revela que meu "perseguidor" na verdade é o cara que conheci na biblioteca hoje de manhã. Aquele que me ajudou a escolher os livros.

"Sua desastrada!", diz ele, estendendo uma mão para mim.

Ignoro a mão, porque consigo me levantar sozinha. Só que tudo parece estar girando.

"Sou eu, o Aled!", fala o cara, voltando a estender a mão.

Não tenho escolha a não ser aceitá-la. Ele me coloca de pé e é surpreendentemente forte para alguém assim magro.

"Estou bem agora!", digo a Aled, animada. "Obrigada pela ajuda. Tudo de bom pra você e pra sua família!"

Sigo meu caminho, descendo a rua, mas logo colido contra a parede e, logo depois, contra uma barreira de proteção. Essa coisa de andar reto não está funcionando. Aled me segura e me ajuda a me manter em pé.

"Sua casa é aqui perto? Posso te acompanhar. Isso se não for demorar mais do que dez minutos, porque aí eu chamo um táxi. Acabei de sair do clube do livro de crime." Ele aponta para trás, para o prédio antigo da biblioteca. "E nossa, sinceramente, estou acabado. As pessoas às vezes me cansam um pouco."

Olho de soslaio para ele e aponto para a rua. "Eu moro logo ali. E concordo. As pessoas me cansam também."

"Sim, mas são necessárias."

Não necessariamente, quero dizer, mas o que sai é: "Não nesssesssente". Aled parece que me entende, de alguma forma.

"Vamos, então. Vou levar você pra casa, sua cachaceira."

Deixo que Aled me conduza até o prédio escutando, sem prestar muita atenção, o que fala sobre os livros que emprestei hoje e alguns outros que ele recomendaria. "Não temos *How Do They Sleep at Night?*, mas posso pedir. Chegaria de sete a dez dias na biblioteca."

"Eu provavelmente nem vou estar mais aqui em sete a dez dias", murmuro, sem ter certeza de nada depois do desastre que foi a noite.

"Vai sair de férias, é?"

"Tipo isso", digo, me dando conta de que chegamos à porta do prédio. "Bom, então tchau!", digo, mas Aled não vai embora.

"Espera. Você vai ter que subir alguma escada, Delphie?"

"Vai ser um lance só. Vai dar tudo certo." Eu o dispenso com um gesto.

Aled faz uma careta. "No livro que discutimos hoje à noite, a primeira vítima foi empurrada de uma escada e a polícia nem investigou porque ela era meio cachaceira assim que nem você agora."

Disfarço um arrotinho. "Se eu te deixar entrar, pode ser que você me mate."

Aled ri da ideia, e percebo que quando ele dá risada, mexe o corpo todo. "Até parece. Eu nunca faria isso. Sou vegano."

Não tenho certeza de que uma coisa tem a ver com a outra, mas concordo que ele não parece ser uma pessoa que faria isso. E, mesmo que me matasse, Merritt provavelmente me mandaria de volta para poder se divertir me humilhando mais um pouco.

Bato na porta da frente antes de lembrar que tenho a chave, porque moro aqui.

"Me passa a chave, querida." Aled ri de novo. Reviro a bolsa e entrego a chave para ele.

Ele destranca a porta e entro cambaleando pelo corredor. Devemos estar fazendo o maior estardalhaço, porque Cooper põe a cabeça para fora do próprio apartamento. Está com o cabelo molhado e usa um roupão atoalhado como se estivesse em um spa. Como será que ele faz pra deixar esse roupão assim tão branco? O meu fica acinzentado, por mais tira-manchas que eu use. Cooper sai no corredor.

Aceno vagamente com a mão. "Desculpa! Desculpa atrapalhar, Cooper, seu pé no saco!"

"Oi", fala Cooper, avançando com uma rapidez estranha pelo corredor. Ele se coloca na frente de Aled. "Não conheço você." A voz dele soa mais grave que o normal.

"Meu nome é Aled. Trabalho com entrega de cachaceiras a domicílio", responde ele, animado, me devolvendo minha chave.

"Você conhece esse cara?", Cooper se agacha um pouco para olhar nos meus olhos com uma intensidade exagerada.

Então me dou conta de que ele acha que estou tão bêbada que Aled pode estar prestes a tirar vantagem de mim, de alguma maneira. Fico incomodada ao pensar que Cooper acha que não sou capaz de cuidar de mim mesma só porque tomei uns drinques meio fortes.

Ergo o queixo. "Conheço, sim. Este aqui é o Aled, meu melhor amigo e confidente", respondo, e um soluço alto pontua a frase. "Eu o conheço muito bem. Bem até demais."

"Ah, nossa!", retruca Aled. "Eu não estava esperando por isso. Tenho muitos amigos, mesmo, mas no momento não sei se tenho um melhor amigo." Ele parece refletir por um momento.

“Tá... eu aceito. Então agora a gente é melhores amigos. Mas a gente confirma isso amanhã, quando você não estiver mais tão bêbada. Talvez mude de ideia até lá. É meio triste, mas isso já me aconteceu antes. Em todo caso, se ainda achar que isso faz sentido amanhã, eu aceito ser seu melhor amigo.”

Cooper olha incrédulo para Aled, depois para mim, depois para Aled de novo.

“Você não encontrou o tal do Jonah?” Cooper pega meu braço e me ajuda a subir os degraus até meu apartamento enquanto Aled nos observa ao pé da escada.

“Não. Cara errado. Os olhos dele eram juntos demais.”

“Opa, opa, quem é Jonah?”, pergunta Aled.

“Você não contou para o seu melhor amigo sobre o Jonah?”, pergunta Cooper, enquanto tento, sem sucesso, abrir a porta duas vezes, acertando a fechadura só na terceira tentativa.

“Jonah é a pessoa desaparecida de quem falei”, sibilo para Aled.

“Ah, sim, coitada. Por isso ela tem enchido a cara desse jeito. Perder alguém que se ama é terrível.”

“Alguém que se ama?” Cooper faz uma careta. “Achei que Jonah fosse...”

Saco. “Isso, isso”, interrompo. “Pronto! Cheguei em casa. Ah, como é bom voltar pra casa. Tudo! Lar, doce lar!”

Quando me viro para dar boa noite, vejo Aled estreitando os olhos para Cooper. “Você me parece familiar. A gente se conhece?”

“Tenho certeza de que não”, fala Cooper, cortante. Então, sem se despedir ou olhar para trás, dá meia-volta e desce a escada depressa, passando por Aled e voltando para seu apartamento.

“Talvez ele só tenha um rosto meio comum”, comenta Aled.

“Um rosto de um cara pé no saco e bem comum, você quer dizer.”

“Ah, eu o achei bem agradável. Só meio mal-humorado, como se o Timothée Chalamet...”

“Tivesse um irmão babaca!”, concluo por ele, com uma risadinha.

"Exatamente!" Aled sorri e se apoia no corrimão. "Você dá conta de ficar sozinha agora, né? Porque estou mesmo exausto. Mas eu te ligo amanhã pra ter certeza sobre esse lance de sermos melhores amigos. Pra ver se você não mudou de ideia."

Assinto, reconfortada pelo fato de que Aled não tem meu celular e posso deixar os livros que peguei emprestado na caixa de devolução que fica do lado de fora da livraria e por isso nunca mais vou precisar olhar na cara dele. "Combinado. Muito obrigada pela ajuda."

"Imagina."

Fecho a porta do apartamento, vou até o quarto, dou cinco passos na direção da cama e meio que caio de cara entre dois travesseiros. Pego no sono em menos de um minuto.

Doze

Já se passaram três dias. Acordo toda suada de um sonho terrível no qual Gen e Ryan me batiam com um par de microfones Sennheiser e transmitiam tudo ao vivo pelo YouTube.

"Que coisa mais bizarra, Delphie", murmuro para mim mesma, me sentando e começando imediatamente a experimentar a sensação horrenda do meu cérebro tentando escapar da caixa craniana por meio das órbitas. Pego o celular para conferir as horas. Cinco da manhã? Que horror.

Uma onda de terror percorre meu corpo na mesma hora. Em geral, não preciso de motivos específicos para não me sentir bem — de acordo com minha médica, é mais um "mal-estar geral que melhoraria com uma boa alimentação, atividade física regular, terapia e vinte miligramas de fluoxetina por dia". Mas neste momento, tenho uma série de motivos.

"Aaaargh." Enterro a cabeça nas mãos. Então eu me lembro. "O sr. Yoon!" Merda. Fiquei tão bêbada ontem à noite que me esqueci de verificar o gás e os cigarros na casa dele. O fato de eu não ter acordado morta e queimada por uma explosão já é um bom indício, mas qualquer outra coisa podia ter acontecido.

Saio da cama e pego minha cópia da chave do sr. Yoon, que fica pendurada ao lado da porta da frente. O mais silenciosamente possível, entro no apartamento dele. O roncar leve dele funciona quase como um remédio para toda a minha ansiedade. A sala está clara e fresca. Verifico o forno e o cinzeiro. Tudo certo. Ótimo. Muito bom.

As bitucas estão todas apagadas, mas o cinzeiro está lotado.

Se eu o lavar agora, posso acordar o sr. Yoon, por isso só levo o cinzeiro até a cozinha, esvazio as bitucas no lixo e me agacho para procurar um cinzeiro no armário à esquerda, para que ele tenha um limpo à disposição quando acordar.

O armário está entulhado de *coisas*, e memorizo em minha lista mental que preciso organizá-lo quando tiver um tempinho. Encontro um cinzeiro atrás de um porta-retratos. Me esforçando para não fazer barulho, tiro o porta-retratos da frente. Eu o coloco no chão, com a foto virada para a luz da manhã que entra pela cortina. Caramba! Aquilo ali é uma foto do sr. Yoon jovem? Sim. Tenho certeza de que é ele. Está de pé em um palco gigante segurando um violino e um arco em uma mão e um troféu na outra. Tento ler o que está escrito no troféu, mas a foto é velha e está em baixa qualidade. De qualquer maneira, agora sei que o sr. Yoon toca violino! E é tão bom nisso que recebeu um prêmio. Fico me perguntando por que ele nunca contou sobre isso nos bilhetes que escreve para mim.

"Que legal, sr. Yoon", sussurro sozinha, e devolvo o porta--retratos ao armário. Deixo o cinzeiro limpo na mesa. Ao lado das ervilhas-tortas que trouxe na semana passada tem um saco enorme de balinhas de Coca-Cola que venho tentando evitar que ele chupe. Onde caralhos o sr. Yoon foi achar isso? Será que ele tem contatos? Um contato que fica espreitando na entrada do prédio e troca, na miúda, dinheiro por sacos de balas?

Estalo a língua em desaprovação e volto para o meu apartamento. Quando entro, meu pé escorrega de leve em um envelope que foi passado por debaixo da minha porta.

Eu o pego, abro e tiro duas folhas de papel de lá de dentro. Desdobro a primeira e fico aliviada quando vejo uma foto impressa em preto e branco de Jonah. Do Jonah certo, no caso. Ele é ainda mais bonito do que eu me recordava, com olhos brilhantes, sorriso simpático e confiante. Balanço a cabeça. Quem me deixou isso?

Desdobro a outra folha. É um bilhete escrito em caneta preta numa letra bem redondinha e nítida.

Delphie,

Pesquisei um pouco mais e esse aqui me pareceu o homem que você está procurando? Infelizmente, pela baixa resolução dessa imagem, não sei dizer se os olhos dele parecem "lindos", mas fora isso, acho que pode ser o cara. O nome dele é Jonah Truman. As redes sociais são todas trancadas e ele não aceita mensagens. Depois de investigar mais um pouco, descobri que ele faz parte de um grupo de corredores que se reúne no Kensington Gardens todo dia às sete da manhã. Espero que consiga encontrá-lo, se for mesmo o Jonah com quem você mandou ver.

Até mais,
Cooper

Meu deus do céu! Encontrei o Jonah! E Kensington Gardens é aqui do lado! Será que ele mora em Paddington? Em Notting Hill? Será que sempre esteve por perto e eu nunca o vi?

Nossa.

"Jonah", sussurro para mim mesma. Fecho os olhos e imagino os lábios dele pressionados contra os meus. Na Eternidade, ele olhava para mim como se tudo o que fosse necessário para ele me beijar fosse um pedido meu. Simples assim. Como se fosse um personagem de filme dos anos 1940. *Me beija, seu idiota!* Mas isto aqui é o mundo real. Vou precisar me preparar. Vou ter que, no mínimo, convidá-lo para beber alguma coisa.

Uma onda de adrenalina percorre meu corpo quando penso na ideia de estar sentada em um pub na frente de Jonah com os olhos deslumbrantes dele brilhando à luz de velas.

"Ahahaha!", grito para o ar, no caso de Merritt estar me assistindo. "Consegui em menos de dois dias! Aposto que você está toda arrependida por ter tirado uma com a minha cara." A empolgação de rever Jonah, sem mencionar o enorme alívio de conseguir salvar minha própria vida, me faz ignorar a dor de cabeça e entrar no chuveiro. Escovo os dentes com capricho porque, embora pareça improvável que Jonah vá me beijar assim que me ver, é melhor estar preparada para o que vier.

Embora eu tenha muitas roupas que seriam apropriadas para um dia de calor na rua, não me restam muitas opções que sejam a) apropriadas para correr, pro caso de Jonah já estar em atividade quando eu o encontrar; e b) sedutoras a ponto de fazer um homem me convidar para tomar um café, jantar fora ou sair para dar uma volta que seja — de preferência rápido — e depois me beijar e acabar salvando minha vida no processo. Escolho minhas roupas pensando na praticidade delas, e Jonah dificilmente vai se sentir atraído por mim se eu estiver usando uma camiseta larga do Victoria and Albert Museum e uma bermuda jeans.

Abro o guarda-roupa e reviro freneticamente tudo o que tenho. Como esperado, não há nada ali dentro que poderia ser considerado atraente. Então tenho uma ideia. A sacola cheia de coisas que minha mãe não levou com ela para a comunidade de artistas! Talvez seja uma saída? Todo mundo achava minha mãe atraente. Bom, todo mundo menos meu pai, né, no fim das contas.

Arrasto uma cadeira da cozinha até o armário que fica em cima da minha porta da frente e, na ponta dos pés, puxo o saco plástico. É muito mais pesado do que eu imaginava, e bate na minha cabeça antes de cair no chão com um baque surdo, me levando junto.

Me recupero e desfaço, ansiosa, o nó que o fecha. Assim que consigo abrir, sou assaltada por um aroma que desperta uma onda inebriante de emoções. Tristeza, saudade, nostalgia e raiva se reviram no meu estômago. Puxo um vestido de algodão branco de lá de dentro, com coraçõezinhos vermelhos estampados. Como pode essas roupas ainda cheirarem a Chanel Nº 5, amaciante Lenor e protetor solar Nivea? O mesmo cheiro da minha mãe? Fiz questão de lavar tudo antes de guardar — minha intenção era levar a um brechó, o que acabei não fazendo.

Levo o vestido ao nariz por um milésimo de segundo. Sou recompensada por minha idiotice com uma torrente de lembranças da minha mãe. Na minha memória, ela nunca fica parada. Está sempre passando de um cômodo a outro, correndo para realizar as tarefas da casa, organizando festas, conversando com as amigas no telefone, ajudando Gen e eu com a lição de casa, porque a mãe de Gen estava sempre trabalhando. Minha mãe tratava a vida familiar igual a um projeto de trabalho, dando tudo de si, esforçando-se para obter sucesso. Depois que meu pai partiu o coração dela, foi como se de repente ela tivesse passado a encarar esse projeto todo como um grande fracasso. Não só o casamento deles, mas a vida dela toda, incluindo eu.

Minha mãe passou os seis meses seguintes sem conseguir ser minimamente funcional, ficando na cama até as cinco da tarde, bebendo desde as onze da manhã, chorando alto no banho. Depois que chegamos da escola um dia e encontramos minha mãe desmaiada no sofá com uma panela queimando no fogo, parei de convidar Gen para vir em casa. Eu não suportava que Gen soubesse que, desde que meu pai tinha nos abandonado, a vida em casa era desse jeito. Quando minha mãe se recuperou, Gen já havia decidido que me odiava. E depois disso minha mãe conheceu Gerard e os dois se mudaram para a tal comunidade de artistas no Texas, e ela decidiu que queria voltar a criar arte como antes de engravidar de mim.

A poeira acumulada nas roupas guardadas me faz espirrar quatro vezes seguidas. Quando me recupero, procuro qualquer peça de roupa no saco que possa ser apropriada para um beijo importante no parque.

Ahá! Aqui está! Desenterro a roupa que minha mãe costumava usar para correr. Só que é bem mais aberta do que eu me lembrava. Um top cinza com listras laranjas nas laterais e legging combinando. Minha mãe era muito menor que o XG que costumo usar, mas isso pode ser até bom. Se os programas de tevê forem uma boa referência, roupas coladinhas podem ser uma boa para o meu objetivo. Me visto depressa. Não tenho um espelho de corpo inteiro para verificar se ficou bom, mas me parece que serviu. Verifico o top no espelho do banheiro. Está tão apertado que meus peitos estão quase pulando pra fora. De resto, tudo certo. É bem melhor para correr do que qualquer coisa que eu tenha no meu guarda-roupa.

Ligo o secador na função fria para pentear o cabelo e faço as tranças de sempre, prendendo-as firme no alto da cabeça com dez grampos e um monte de spray. Então passo corretivo em um esforço inútil de cobrir as olheiras em consequência dos drinques de ontem à noite.

Calço meu bom e velho Nike e saio correndo do prédio.

Treze

Não tenho certeza se já saí de casa assim tão cedo. As quatro ruas que cercam meu prédio estão muito mais tranquilas sem os turistas indo e vindo da estação e dos hotéis em volta. Apesar da hora, o tempo já está bem quente e o cheiro do asfalto queimando pesa no ar. Fico grata por estar usando tão pouca roupa. Quando atravesso a rua, a dona da banca de flores perto da imobiliária acena. Olho para trás, para ver quem ela está cumprimentando, mas aí me dou conta de que sou eu. Aceno de volta, hesitante, porém quando estou me aproximando ela me olha de um jeito muito estranho. Parecendo estar horrorizada e achando graça ao mesmo tempo. Exatamente do jeito que Gen e seus amigos costumavam me olhar sempre que eu levantava a mão para responder a uma pergunta na sala de aula. Normalmente, minha resposta vinha seguida de um coro de risadinhas e às vezes um chiclete dava um jeito de encontrar meu cabelo (foi por isso que comecei meu ritual de tranças bem apertadas).

Fecho a cara para a mulher e me repreendo por ter me esquecido de que não devo acenar para as pessoas. Passo depressa pela fileira de casas brancas e corto caminho por uma ruazinha de paralelepípedos bem bonita. Levo menos de cinco minutos andando até o Italian Gardens, no Kensington Gardens, e quando chego lá fico impressionada com a serenidade do lugar. As fontes rebuscadas lançam uma leve névoa onde um pequeno arco-íris se forma. Tem uma garça empoleirada em uma estátua. Para cima e à esquerda, um homem abre espreguiçadeiras com listras verdes em fileiras aleatórias. Tem uma mulher usando chapéu de aba larga sentada em um banco de madeira, tomando um picolé de café da manhã.

Não é à toa que minha mãe costumava vir aqui todo dia de manhã. É um lugar tranquilo e espaçoso, com pessoas passeando com cachorros e gente que corre passando de tempos em tempos.

Beleza. O bilhete de Cooper dizia que Jonah faz parte de um grupo de corrida que se reúne aqui todo dia, às sete. Pego o celular, que está preso no elástico da cintura da calça de lycra que estou vestindo. São seis e cinquenta e nove.

Não tenho ideia de qual é a entrada do Kensington Gardens pela qual Jonah vai chegar, então decido que a melhor opção é caminhar em círculos o mais rápido possível e começar a correr só quando o vir. Tenho certeza de que meu corpo só aguenta uns cinco minutos de corrida de verdade, e não quero desperdiçá-los antes que seja absolutamente necessário.

Passo por um cara correndo. Ele fica secando meus peitos.

"Perdeu alguma coisa na minha cara, porra?", digo. Tenho noção de que peitos pulando pra fora do jeito que os meus estão podem ser atraentes para algumas pessoas, mas isso não dá o direito de ninguém ficar me encarando. O cara fica vermelho na mesma hora e se afasta depressa, dando só uma olhadinha para trás.

Balanço a cabeça e sigo em frente, mas aí uma mulher correndo com um carrinho passa me encarando também, não exatamente meus peitos, mas meu corpo inteiro, os olhos dela subindo e descendo pelo meu corpo.

"Perdeu alguma coisa na minha cara?", repito, um pouco ultrajada que as pessoas estejam olhando assim de forma tão descarada, mas também me perguntando se... será que essa roupa me deixa gostosa?

Quando três outras pessoas que frequentam o parque não conseguem tirar os olhos de mim, concluo que a combinação, de alguma forma, me transformou em alguém inegavelmente sexy.

Eu me sinto poderosa de um jeito meio incomum. Até agora, a única pessoa que tinha olhado para mim como se eu fosse um ser sexual havia sido Jonah. De repente, cinco pessoas seguidas acabaram de me secar. Uau. Deve ser assim que a Gal Gadot se sente todos os dias da vida dela.

Eu me preparo e, usando toda a energia que estou sentindo por toda aquela atenção repentina, uma mistura de ultraje e lisonja, arrisco uma corridinha. O que vem bem a calhar, porque, à minha frente, chegando por um caminho estreito à direita e disparando na direção do lago Serpentine, tem um grupo de umas oito pessoas dividido em duplas.

Um dos corredores vira o rosto para dizer algo à pessoa que está ao seu lado. Quando vejo aquele queixo, tenho certeza de que é ele! Jonah! Meu Jonah, correndo com o grupo dele, exatamente como Cooper falou que ele estaria!

"Jonah!", grito, mas estou a quarenta metros de distância, e ele não me ouve. Aperto o passo. Não que eu seja lenta, mas ele é bem rápido. Minha concentração também não é das melhores com todo mundo que passa arregalando os olhos para mim desse jeito. Me passa pela cabeça que se eu começasse a usar essa roupa com mais frequência provavelmente poderia escolher meu primeiro parceiro sexual. Mas eu quero o Jonah, claro. O homem mais bonito e fofo em quem já pus os olhos. Minha alma gêmea, literalmente! Que engraçado. Eu já estava conformada com a ideia de nunca transar com ninguém até conhecê-lo. Mas desde o momento em que Jonah levou as mãos aos meus braços, não consigo parar de imaginar como seria. E aí é claro que logo depois desse pensamento tão agradável vem toda uma ansiedade quando me questiono como eu me daria bem numa coisa que nunca nem experimentei. E se eu não for boa *naquilo*?

Acho que estou começando a recuperar o atraso porque a distância entre mim e Jonah parece encurtar. Mas quando chego a uma distância que parece que ele vai me ouvir se eu chamar seu nome, um grupo de cachorros passa bem na minha frente, com coleiras de várias cores voando ao vento. Meu pé engancha na coleira de um deles, que está logo na frente do bando, e trupico.

"Ai." Eu me estatelo, ralando o joelho e a base da mão.

Atordoada, eu me sento e observo, horrorizada, Jonah indo para cada vez mais longe de mim. Fico em pé e tento me livrar do emaranhado de coleiras, mas agora os cinco cachorros vêm para cima de mim, pulando no meu peito e lambendo meu rosto com aquelas línguas pegajosas.

"Sai, sai, Gremlins!", grito. Os cachorros ignoram meu pedido e ficam ainda mais empolgados agora que estou falando com eles. Quero correr atrás de Jonah, ver se consigo alcançá-lo, mas também não tenho coragem de largar esses cachorros sozinhos. Uma mulher meio tilelê vem correndo, afobada, por um caminho lateral. Seguro a confusão de coleiras e tento me manter em pé enquanto o maior dos cachorros, tão grande quanto um ursinho de pelúcia gigante, esforça-se ao máximo para me derrubar outra vez.

"Não sei o que aconteceu!", solta a mulher, arfando, quando chega. Ela é só um pouco mais nova que eu, com o cabelo loiro-escuro ondulado chegando até a cintura. Está usando um vestido roxo que imita chiffon e chinelos. O sotaque dela é do Leste Europeu, acho. "Sou profissional", prossegue ela, enxugando o suor da testa. "Levo esses cinco pra passear todo dia de manhã e nunca aconteceu de nenhuma coleira escapar! Minha mão só fez assim." Ela dobra o punho. "Não consegui mais segurar e eles saíram correndo. Sinto muito!"

"Tá tudo bem", respondo, com os ombros caídos ao ver Jonah dobrar a última curva antes do Serpentine Lido. "Pelo menos estão todos bem."

A mulher tem lágrimas nos olhos, embora, analisando bem agora o quanto estão vermelhos, eu chutaria que já vinha chorando muito antes da nossa conversa. "Fui traída de novo." Ela olha de soslaio para os cachorros e balança a cabeça. "Faz cinco anos que passeio com eles, e na primeira oportunidade que têm é sempre isso: *Tchauzinho, fui.*"

"Acho que eles só ficaram meio empolgados."

"Você foi a minha maior decepção, Ian." Ela repreende o menor cachorro do grupo, um chihuahua minúsculo de pelo cinza. "Você deveria ser o sensato aqui. O alfa da alcateia! Enfim..." A mulher suspira e volta a olhar para mim. "Muito obrigada por ter segurado os cinco. Todo mundo parece que está fugindo de mim ultimamente. Haha."

A risada dela não tem um pingo de alegria, e eu entendo as lágrimas em seu rosto. Até eu conheço a cara de alguém que acabou de levar um pé na bunda.

Hesitante, ergo uma mão na intenção de dar um tapinha reconfortante em seu braço, mas no último minuto me pergunto se não seria um pouco demais e acabo meio que só roçando a manga do vestido no braço dela. Baixo os olhos e vejo um dos cachorros mijando no caminho, o fluxo de xixi se aproximando perigosamente dos meus tênis. Dou um gritinho e me afasto com um pulo, me protegendo atrás de um quadro de avisos que dá para o lago. No meio do quadro tem um cartaz que mostra um grupo de pessoas felizes exibindo com orgulho desenhos em carvão.

Ai, meu deus.

Solto outro gritinho.

Uma das pessoas felizes no cartaz é Jonah.

Catorze

Será possível? Olho mais de perto. "Isso!" Jonah está bem ali, sorrindo para a câmera com seis outras pessoas. Os cínicos diriam que isso é só coincidência. Dois dias atrás, eu estaria entre eles. Só que agora, sabendo o que sei sobre almas gêmeas, vejo claramente que esse é um sinal de que Jonah e eu estamos destinados a nos encontrar, exatamente como Merritt disse. Passo os olhos pelo cartaz — é um anúncio de uma aula de artes semanal chamada Desenhando ao Vivo. Então o Jonah desenha? Eu *também*! Quer dizer, eu costumava desenhar. Mas ainda assim. Quer dizer que ele também se interessa por arte? Já consigo até ver nós dois juntos passeando pelas salas cavernosas da National Gallery, discordando educadamente quanto a quem é a verdadeira estrela do pós-impressionismo. Ele acabaria reconhecendo que tenho razão e minha opinião é superior, me pegaria nos braços perto de um Cézanne e me daria um beijo no nariz.

Sinto patas nas minhas panturrilhas e me viro, constatando que o grupo de cachorros desobedientes e a mulher responsável por eles continuam aqui.

"Passo por esse quadro de avisos todo dia", comenta ela, olhando para o cartaz. "E sempre penso: *Nossa, esse cara é muito gato.*" Fico esperando que ela aponte para Jonah, mas ela aponta para o cara ao lado dele. Um careca de gole rolê preta. "Eu bem que gostaria de fazer essa aula. Mas sou péssima desenhando."

Dou de ombros. "Acho que não importa. Desenhar tem mais a ver com a ação em si, na minha opinião. Tem mais a ver com a ação de criar uma coisa do nada e a sensação que isso traz. No começo, não importa muito se o resultado é bom ou não, porque...”

Eu me interrompo. Que direito tenho eu de falar qualquer coisa sobre desenho? Não desenho há mais de dez anos.

“Tá pensando em fazer a aula?”

Segundo o cartaz, elas acontecem em Notting Hill uma vez por semana — e amanhã vai ter! Embora esperar um dia inteiro não seja o ideal, pelo menos sei que Jonah vai estar lá, e parado num lugar só. Fora que, por mais gostosa que eu fique na roupa que estou vestindo agora, prefiro não estar suada quando o encontrar.

Aceno que sim com a cabeça enquanto tiro uma foto do cartaz com o celular, para guardar o endereço.

Os olhos da mulher se arregalam. “Se você for, eu vou também. A gente pode ir juntas! Pra se apoiar. Sempre fico nervosa nesse tipo de situação.”

Sacudo a cabeça depressa. “Ah, não... não, imagina! Eu consigo ir sozinha. Nem vou ficar a aula toda. Só preciso falar com uma pessoa.” *E fazer com que essa pessoa me beije o mais rápido possível.*

“Vamos juntas. A gente vai de migas.”

Pronto, agora a coisa já tá bem desconfortável. “Eu... não tenho migas”, digo. Os cachorros continuam pulando em cima de mim e o menor tenta subir pela minha perna.

“Por que não?” A mulher inclina a cabeça para o lado.

“Bom... não sou exatamente o tipo de pessoa que tem ‘migas’.”

Ela faz uma careta. “Como assim?”

“Eu não costumo fazer *tanta amizade assim* com outras pessoas. Muito menos com gente que eu nem conheço.”

Ela faz outra careta. “Bom, desse jeito as pessoas vão continuar sendo só desconhecidas mesmo, se você nunca fizer amizade com elas. Nunca vão virar migas.”

“Exatamente.”

A mulher dá um suspiro fundo enquanto arranca um saco plástico do bolso para recolher o cocô de um dos cachorros e o fecha depressa, dando um nó eficiente. "Eu adoraria ter mais amigos, mas é difícil fazer amizade aqui em Londres, sabe? Eu só tenho amigos cachorros. E às vezes eles não são amigos muito bons. Tipo o Ian, que, como você bem sabe, é o próprio Maquiavel disfarçado de cachorro fofo. Antes eu tinha Gant... meu namorado. Mas agora ele se foi." A mulher abaixa a cabeça de maneira solene.

"Puta merda. Ele morreu?"

"Não. Ele caiu no feitiço de outra pessoa."

Fico tentando identificar por que a expressão dela me é tão familiar, mas é difícil. Então me dou conta. A cara que ela acabou de fazer é idêntica à minha no vídeo *Esta aqui foi sua vida* que Merritt me mostrou. Completamente cabisbaixa.

"Tá." Solto todo o ar acumulado nas bochechas de uma vez. "A gente vai juntas então."

"A gente vai de migas?"

"Não. Sem essa história de migas. A gente pode entrar juntas na sala, se você quiser. Mas eu não vou ficar para desenhar, então não vai achando que eu, tipo, vou ficar lá esperando você ou coisa do tipo."

"Por mim tudo bem!" A mulher sorri e estende a mão. "Meu nome é Frida."

"O meu é Delphie", digo, apertando a mão dela brevemente.

Frida hesita por um momento antes de se inclinar na minha direção e falar baixinho:

"Se fôssemos migas, minha função seria te avisar que essa calça que você está usando te deixa com... como é mesmo que vocês falam aqui na Inglaterra? Capota de fusca?"

Capota de fusca? Oi? Sigo os olhos dela até a minha virilha e fica muito claro que a expressão que ela está procurando é "capô de fusca". Por isso que todo mundo estava olhando para mim. Socorro. Uso o quadro de avisos para me esconder enquanto tento fazer a operação de resgate da minha calcinha, mas o tecido da calça é tão elástico que volta na hora para a mesma posição, parecendo uma capa de filme pornô.

"Não ficava assim na minha mãe", reclamo, voltando a puxar o tecido.

"É só que você deve ter uns lábios mais cheinhos. Algumas pessoas têm lábios assim mesmo, mais gulosos. Isso é perfeitamente natural, não precisa ficar chateada."

Morta de vergonha, eu me afasto de Frida antes de me virar e começar a voltar trotando para casa, escondendo com as mãos minhas partes íntimas.

"Te encontro lá amanhã às sete e vinte e cinco!", Frida grita para mim. "Porque agora você saiu correndo e não peguei seu telefone!"

"Tá bom!", grito, passando pelas fontes para sair pela Bayswater Road. Corro o mais rápido possível porque, se eu parar, aquilo de que ninguém conseguia tirar os olhos vai ficar aí, em exposição pra quem quiser dar uma espiadinha.

Quando chego à Westbourne Hyde Road, diminuo o passo e volto a esconder a virilha com as mãos. Vejo Leanne me olhando da vitrine da farmácia. Ela acena para mim e depois franze a testa ao notar a posição das minhas mãos. Assinto em cumprimento e me apresso em abrir a porta do prédio.

Entro no corredor só para dar de cara com a imagem desconcertante de uma mulher de cabelo escuro usando leggings agarrada a Cooper. Os dois estão colados à porta do apartamento dele, em uma despedida matinal que parece estar se prolongando. Ela beija o pescoço de Cooper, que solta um gemidinho e raspa os dentes no lóbulo da orelha dela. Então abre os olhos e fazemos um contato visual bem breve. Fico vermelha na mesma hora e me apresso, com as mãos devidamente posicionadas para cobrir minhas vergonhas. O som da porta da frente batendo tira a mulher de seu transe. Ela balança os dedos para Cooper em um adeus relutante. Quando passa por mim, vejo que suas pupilas estão dilatadas.

Cooper continua parado na porta de seu apartamento. Não quero que ele testemunhe o caimento dessas calças em mim, por isso atravesso o corredor de lado feito siri até chegar à escada.

"Delphie."

Ai, que ódio.

Cooper vem até o primeiro degrau. "A pesquisa que fiz depois, hoje de manhã. Ajudou? Aquele era o cara certo?"

Continuo subindo a escada, de costas para ele, o que significa que Cooper está tendo uma bela visão da minha bunda indo pra cima. Não é o ideal, mas é a melhor opção que tenho no momento. "Ajudou, sim", digo, por cima do ombro. "O nome dele é mesmo Jonah Truman. Muito obrigada, mesmo mesmo. Foi bem legal da sua parte. Vou encontrar Jonah amanhã à noite e finalmente resolver tudo isso. Então tá. Tchau!"

Subo mais alguns degraus.

"Espera aí. Preciso te pedir uma coisa."

Paro e viro a cabeça o máximo possível sem mover o restante do corpo. Tipo como se estivesse em *O exorcista*. "Que coisa?", pergunto, querendo que ele me deixe em paz. "Eu já atualizei as instruções de entrega para o meu endereço no site do mercado. Não vão tocar no seu apartamento de novo."

Cooper sobe dois degraus. Saco. Se passar pela minha frente, vai ver *tudo*. Eu me sento no degrau de cima e puxo os joelhos para junto do corpo, cobrindo a área entre eles e minha cintura. Cooper parece cansado, com os cachos de seus cabelos bagunçados e olheiras mais escuras que o normal. Me irrita que isso faça com que ele pareça uma versão mais descolada de si mesmo. Como se fosse baterista de uma banda. Se eu passasse a noite inteira comendo gente com a frequência que ele passa, meu rosto também ficaria todo inchado e meus olhos remelentos.

Para ser justa, Cooper não parece ter notado que meus peitos estão pulando pra fora do top, ou pelo menos não fez nenhum comentário sarcástico, se notou.

"Não tem a ver com as compras." Ele parece inquieto. "Lembra que você disse que faria qualquer coisa se eu te ajudasse?"

"Claro que lembro, porque foi *ontem mesmo*. Mas eu já topei aquele lance bizarro da selfie, então estamos quites."

"A selfie foi por eu ter rastreado todos os Jonahs T de Londres. Mas depois eu ainda descobri o Jonah certo e passei a informação do grupo de corrida, então consequentemente você ainda está me devendo uma."

"*Consequentemente*? Credo."

"Consequentemente."

Suspiro. "O que você quer?"

Ele me avalia por um momento. "Você está livre hoje à noite?"

Cruzo os braços. "Me diz pra que e depois te digo se estou livre."

Cooper sobe e desce um dedo pelo corrimão. "Então... existe uma possibilidade de eu ter dito para os meus pais que a gente namora. E agora eles querem conhecer você." Ele faz uma careta. "Hoje à noite, no caso."

"Eita. Por quê? Aquela selfie que você tirou tem a ver com isso?"

Cooper dá de ombros. Sinto uma pontada de orgulho por ele ter pensado que pareço alguém que poderia ser namorada dele. Apesar de ser um cretino, não posso negar que Cooper é bonito, pelo menos para quem curte uma mistura de poeta francês e motoqueiro descolado. Aquelas mulheres que entram e saem do apartamento dele o tempo todo são bem mais bonitas que eu.

Meu rosto deve estar transmitindo alguma coisa, porque Cooper pigarreia. "Meus pais estão tentando me juntar com uma antiga vizinha, Veronica. Eu precisava de alguém pra tirar uma foto naquela hora pra que os dois parassem de bancar o Cupido. Entrei em desespero e você estava bem ali, no meu apartamento. Não teria sido minha primeira escolha, claro, mas..."

"Vai se foder!" Eu me levanto de um pulo, mas volto a me sentar no mesmo instante, com medo de expor meu capô de fusca. "Não, não estou livre hoje à noite. Pede pra uma das outras."

"Uma das outras?"

"Das outras mulheres? Que vêm até aqui pra transar com você? Dá até pra escolher sua preferida. Por que não pediu pra essa que acabou de ir embora?"

Cooper balança a cabeça. "Porque mandei uma foto *sua*. Agora meus pais querem que a gente participe da noite de jogos deles, e se eu disser que você não topou, vão com certeza convidar a Veronica. Sinceramente, eu não suporto aquela mulher, mas meus pais acham que ela é a última bolacha do pacote."

"A última bolacha do pacote, é? Mesmo assim, não."

Começo a me arrastar até meu apartamento. Faço isso de bunda, para não ter que me levantar e me arriscar a revelar o que quer que seja a Cooper.

"Por que está se arrastando desse jeito?" Ele franze a testa, em confusão, e um vinco se forma sobre seu nariz.

"Eu... gosto de dar uma mudada. Andar o tempo todo cansa."

Cooper balança a cabeça, como se não conseguisse me entender. Então se recosta no corrimão. "Você não está nem aí pro que os outros pensam de você, né?"

Dou de ombros. "Meio que não."

"Como faz isso?" Ele estreita os olhos. "Minha irmã costumava me dizer que eu me importava demais com o que as pessoas achavam de mim. Que isso me prejudicava."

"Ué, você claramente não se importa com o que eu acho de você. Ou não seria assim tão antipático comigo o tempo todo."

Cooper dá de ombros. "Só sou antipático com você porque você é antipática comigo."

"Bom, você foi antipático *primeiro*."

"Sua memória está meio esquisita, então, Delphie. Tenho certeza de que foi você que começou com" — ele aponta para nós dois — "isso."

Bufo. "Não tenho tempo para *isso*."

Cooper passa uma mão pelo cabelo e uma mecha cai e tampa um de seus olhos. "Bom, eu me importo bastante com o que meus pais pensam de mim. O que eu vou falar pra eles?"

Jogo as mãos para o alto. "Sei lá. Que você tem outros planos pra hoje à noite, que precisa ficar de bobeira ouvindo aquelas suas músicas de merda ou o que quer que você faça no seu tempo livre."

"Já falei pra eles que estou livre porque queria *mesmo* ir à noite de jogos. *Sozinho*. Mas aí eles convidaram você e não consegui pensar em uma desculpa aceitável, então... vamos, vai.

Achei que a gente estivesse firmando um acordo que beneficia as duas partes aqui."

"Não sou exatamente o tipo de pessoa que os outros levam pra conhecer os pais", arrisco. Que é só um jeito de dizer que na verdade nunca nem tive um namorado, quanto mais conheci os pais dele.

"Bom, eu sei disso muito bem, mas é que..."

"Retira o que disse."

"Perdão." Cooper esboça um sorrisinho. "Minha frase foi *mesmo* meio antipática. Mas, sabe, seria só hoje. Só pra eles me deixarem em paz. E além do mais, se não fosse por mim, você não teria conseguido o sobrenome do Jonah."

Isso é verdade mesmo. Cooper pode ter literalmente salvado minha vida. E, se Merritt permitir que eu continue por aqui, gosto da ideia de que ele vá ficar me devendo uma. Talvez eu possa pedir para usar a lareira dele sempre que quiser no inverno. Ou pedir que ele entregue minhas encomendas na minha porta, para não precisar ficar descendo e me arriscar a encontrar a sra. Ernestine, que é assustadora. Aah, talvez eu pudesse até pedir para ele cobrir alguns turnos meus na farmácia? Queria ver se Cooper ia conseguir manter toda essa arrogância depois de ser forçado a verificar quinzenalmente a infecção na unha do dedão da sra. Wren, que nenhum antibiótico consegue resolver.

"Tá", digo, abrindo um sorriso simpático. "Eu topo. Que horas?"

Ele pega o celular do bolso da calça jeans justa. "Me passa seu telefone. Vou confirmar com meus pais e te mando uma mensagem."

Recito meu número revirando os olhos e Cooper finalmente me deixa em paz. Vinte minutos depois, meu celular vibra.

> Te encontro no corredor às sete. Você tem alguma alergia? Atenciosamente, Cooper.

A você, digito, com uma risadinha. Então apago e mando só: Não.

Quinze

Eu já estou atrasada para a passadinha no sr. Yoon, por isso só tomo um banho rápido e visto uma camiseta velha que sei que não mostra nada e um short bem largo. Enquanto faço isso, meu celular vibra, então sei que a mensagem não é de Merritt.

> Oi, Delphie! Você estava falando sério ontem à noite? É o Aled, caso você não saiba.

Faço uma careta porque qualquer lembrança do que eu disse ontem à noite, e para quem, já está enterrado no fundo do meu cérebro. E como é que o Aled agora tem meu telefone? Fico confusa por um momento antes de me lembrar que precisei preencher aquele formulário para conseguir fazer a carteirinha da biblioteca. Revirando os olhos, enfio o celular no short e vou bater no apartamento ao lado.

O sr. Yoon está na mesa da cozinha fazendo as palavras cruzadas de sempre. O sol forte ilumina seu cabelo grisalho, fazendo com que pareça prateado. O cinzeiro limpo que separei já está com três cigarros.

Penso na manhã seguinte ao aniversário em que recebi um cartão do sr. Yoon. Apesar de eu ter me esforçado bastante para comer o bolo sozinha, acabei não conseguindo, por isso decidi levar um pedaço para ele em agradecimento. O sr. Yoon dividiu o pedaço no meio, para comermos os dois, e nós nos sentamos à mesa da cozinha, em silêncio, porém de alguma maneira sabíamos que ambos precisávamos daquilo.

"Bom dia", digo com animação, já abrindo a geladeira para pegar o leite. A caixinha está quase vazia. O sr. Yoon costuma não falhar em manter a despensa abastecida, mas parece que dessa vez simplesmente não fez compras. Olho para o botão de emergência que ele mandou instalar na parede da cozinha alguns anos atrás. É de uma empresa chamada London Home Team. Caso ele tenha algum problema ou um mal súbito, é só apertar o botão vermelho que alguém aparece para ajudar. Não sei se é um serviço privado ou público, mas penso em ligar para o número ao lado do botão. Talvez eles também tenham algum serviço de compra e entrega de comida. Ou talvez possam mandar alguém para dar uma mão para o sr. Yoon no que quer que seja. Se eu empacotar mesmo, é melhor ter certeza de que ele vai ter a ajuda de que claramente está começando a precisar.

Depois que terminamos de comer a torrada com abacate que fiz, vou até o armário e pego a foto que vi mais cedo. Quero que o sr. Yoon saiba que acho megalegal que ele toque violino tão bem que tenham lhe dado até um prêmio.

"Isso aqui é incrível." Coloco o porta-retratos à frente dele na mesa. "Adoro violino. Nem acredito que ganhou um prêmio. E olha só o tamanho desse palco! O senhor devia ser incrível."

Ele olha para a fotografia por um momento, depois seu rosto se contrai, primeiro em tristeza, depois no que parece ser raiva. Abre a boca algumas vezes, mas não fala nada, é claro. Está na cara que errei feio, porque, embora às vezes o sr. Yoon me faça cara feia ou bufe para mim, ele nunca pareceu ficar irritado de verdade. Faço menção de pegar o porta-retratos para devolvê-lo ao armário, mas antes que eu consiga, o sr. Yoon o varre da mesa com uma energia impressionante para alguém da idade dele. O vidro se quebra ao bater contra o piso de taco.

"D-desculpa!", gaguejo, sem entender muito bem o que fiz para provocar tal reação. "Vou limpar."

O sr. Yoon balança a cabeça furiosamente, com os lábios comprimidos. Aponta para a porta com uma mão trêmula, depois para mim e então de novo para a porta.

"O senhor... quer que eu vá embora?"

Ele assente três vezes, e sua boca se curva para baixo tal qual a expressão de tristeza de um personagem de desenho infantil.

"Mas... quem vai limpar a... o senhor pode pisar no vidro e..."

Não consigo concluir a frase porque o sr. Yoon bate o pé e volta a apontar para a porta, a irritação deixando seu rosto vermelho.

Ergo as mãos. "Tá bom, tá bom, estou indo embora. Pode ficar tranquilo e respirar. Já estou indo, credo." Eu me afasto até sair do apartamento e vou direto para o meu. Minhas mãos tremem diante do choque que sinto com a fúria do sr. Yoon.

Caminho devagar até o sofá e me sento no braço.

Então faço algo que não faço há muito, muito tempo.

Choro.

Levo uns vinte minutos para conseguir me controlar. Nossa. Enxugo os olhos e respiro fundo e de maneira trêmula. Tudo bem. Está *tudo bem*. Foi só um ataque. O sr. Yoon está puto comigo, talvez por eu ter sido uma enxerida, talvez por nunca ter perguntado se podia ir à casa dele todo dia fazer o café da manhã, xeretar e interferir.

Vou até o banheiro pegar papel higiênico para assoar o nariz, mas deparo com Merritt sentada na beirada da banheira, sorrindo para si mesma no espelho. É a coisa mais bizarra que já vi.

"Puta que o pariu!", grito.

Merrit vira o rosto na minha direção.

"Não temos espelhos na Eternidade", ela diz, alisando a camiseta com RESPEITE A FICÇÃO ROMÂNTICA! estampado. "Algumas pessoas perdem o reflexo quando chegam, e espelhos criariam uma onda de inveja entre os Falecidos, o que é claro que não queremos. Mas como é bom me ver de novo. Eu tinha me esquecido de como meus olhos são encantadores. Uau. Olha só pra eles... pra esses olhos lindos!"

Ela arregala os olhos e olha para baixo por um momento, depois volta a olhar para mim.

"O que veio fazer aqui?" Balanço a cabeça e desvio dela para pegar papel higiênico para assoar o nariz.

Merritt me pega pelo braço e me arrasta até a sala de estar. Ela olha em volta, desconfiada, e quando volta a falar, é com a voz baixa.

"Então... é que estão de olho na gente, querida."

"Oi?"

"Estão de olho. Na gente. Tenho que maneirar nas mensagens por um tempo. Aquele maldito daquele Eric me viu no celular e perguntou o que eu tanto mexia nele. Achei melhor mentir e dizer que estava jogando Tetris. Mas eu nunca soube mentir, tenho um coração puro demais. Enfim, ele ficou desconfiado e fez um monte de perguntas. Vou tentar mandar umas mensagens quando puder, mas..."

"Não entendi. Por que você não pode mandar mensagem para mim?"

Merritt morde o lábio e começa a remexer na gola da camiseta. "Sabe quando a gente se conheceu e eu falei que nunca quebraria as regras da Eternidade? Então, talvez isso fosse assim um pouquinhozinho mentira. Trazer você aqui de volta por dez dias... não foi lá tão... sabe... aprovado."

"Não entendi. E a cláusula Franklin Bellamy?"

Merritt solta todo o ar que está segurando nas bochechas. "Tá. Então, tecnicamente, a cláusula só pode ser usada para coisas muito importantes. Tipo salvar vidas ou impedir desastres. Eu meio que dei uma forçadinha mandando você de volta pro meu entretenimento. Tipo, no geral eu não tenho permissão pra me comunicar com pessoas na Terra sob nenhuma circunstância. Mas ando tão entediada e, como falei, meus chefes diretos estão de férias, você é toda esquisitinha e a coisa me pareceu tão divertida e romântica, feito um livro gostoso da Sophie Kinsella, que eu..."

"Ow! Eu não sou esquisitinha! Isso é horrível de se dizer de alguém."

"Não tô falando, tipo, fisicamente. Você é bem bonitinha, Delphie. Mas emocionalmente? PUTZ! *Quelle horreur.* Entendeu?

É exatamente esse o tipo de narrativa que me atrai. A do peixe fora d'água. Não tô acreditando que você não entendeu."

Cruzo os braços. "Não. Eu não entendi."

"Hum. A questão é: os Superiores não podem descobrir nada do que tá rolando aqui, de jeito nenhum, ou..." Ela deixa a frase morrer no ar, arregalando os olhos com o que parece ser medo genuíno.

"Ou o quê?"

"Ah, eles acabariam me demitindo, com toda a certeza. Se isso acontecer, o Eternity 4U nunca vai ser lançado, e tem tanto potencial... Fora que, né, tem você também..."

"O QUE TEM EU?"

"Se eles descobrirem o que tá rolando e Jonah *não* te der um beijo, talvez não te deixem nem voltar."

"Pra Eternidade?"

"É."

"E pra onde eu iria, então?"

Merritt dá de ombros. "Sei lá, porra. Eles mantêm esse tipo de coisa em segredo. Mas ouvi rumores sobre um lugar chamado Nulidade. Aparentemente, música acústica e homus de ervilha caseiro fazem muito sucesso por lá. A rádio peão diz que é um ambiente totalmente livre de telas. Não tem nem tevê."

"Parece horrível."

"Eu sei. E uma vez ouvi Eric mencionar um lugar chamado Intelectualidade, onde as pessoas só se comunicam em grego antigo e fazem provas pra se divertir."

"Socorro."

"E até onde eu sei, essas aí são as opções, assim, caso a coisa não fique tão feia... *enfim*, a questão é: não vai dar pra eu te mandar mais tanta mensagem e, sinceramente, quanto antes as coisas rolarem com Jonah, melhor. Assim posso parar de tentar falar com você e nós duas nos damos bem."

Balanço a cabeça. "Jonah é mesmo minha alma gêmea ou você mentiu a respeito disso também, só pra poder se entreter com o circo que você criou na minha vida pra diminuir o tédio que é o seu trabalho?"

"Ah, claro que ele é!", responde Merritt, sem dar muita importância à minha pergunta. "Então é melhor você andar logo com isso."

Claro que Jonah é minha alma gêmea. Sinto um quentinho por dentro. Uma pessoa foi *feita* para mim.

"Pera aí...", digo. "Você ainda vai me tirar um dia por não ter cantado 'All That Jazz'?"

Merritt balança a cabeça. "Eu pensei muito no assunto, mas cheguei à conclusão de que você pelo menos tentou. E tentar fazer algo que te assusta é quase tão bom quanto fazer de fato. Mas seria ótimo se você desse uma acelerada."

"Vou encontrar Jonah amanhã à noite. Na aula de desenho."

Ela sobe e desce as sobrancelhas. "Pois ééé. Ow, talvez você pudesse desfazer essas tranças antes de ir. Seu cabelo é tão lindo. Deixa ele solto! As tranças te deixam com cara de séria. Como se você fosse uma mistura da diretora Trunchbull, de *Matilda*, com uma bailarina russa que continua dançando, mesmo com dor. *Très rigide*."

Perco a paciência. "Você não disse que nem deveria estar aqui?"

"Isso! Claro." Merritt bate palmas uma vez. "Mando mensagem quando puder. No meio-tempo, boa sorte aí com o Jonah. E falando sério, gata. Repensa essas tranças. Ele precisa querer beijar você o mais rápido possível, ou..."

Merritt faz um gesto aterrorizante, cortando a própria garganta, e depois se transforma em um brilho iridescente, desmanchando-se no ar.

Dezesseis

Ligo para o médico do sr. Yoon e para o London Home Team, mas ambos parecem relutantes em falar comigo porque não sou parente dele. Considero a possibilidade de ir até a casa dele e pedir que assine uma declaração me designando como seu contato de emergência para eu entregar em ambos os lugares. Mas então eu me recordo de que: a) no momento, o sr. Yoon me odeia; b) pode ser que eu esteja me metendo um pouco demais na vida dele, mesmo, e talvez devesse dar uma maneirada.

Odeio quando as pessoas se metem na minha vida, e o jeito do sr. Yoon é muito parecido com o meu, então entendo por que ele está puto por eu ser uma futriqueira. De qualquer maneira, o sr. Yoon é o que tenho de mais próximo de um parente em Londres — quase um avô postiço —, e a ideia de tê-lo chateado me fez chorar como não choro desde... bom, desde antes de usar tranças presas no alto da cabeça. No fim, acabo decidindo entrar em contato com a prefeitura para ver se tem alguém que possa coordenar o tratamento do sr. Yoon, para que ele possa ter uma folguinha de mim quando quiser.

Ligo o ventilador do meu quarto e procuro no Google por "Gen Hartley". Desde que pensei nela ontem à noite, seu rosto tem rondado meu cérebro de forma irritante e fico curiosa para saber como ela está hoje em dia. Diferente de Jonah, a primeira ocorrência já é a certa. Trata-se de um artigo de jornal. Gen Hartley e Ryan Sweeting aparecem segurando um daqueles cheques enormes ridículos, sorrindo para a câmera. Passo os olhos pelo texto. *Gen e Ryan Hartley* — ele passou a usar o sobrenome dela? — *entregam o cheque com a doação que fizeram para a arrecadação de fundos beneficente da própria empresa de organização de eventos que criaram, a Eventos Queridinhos.*

Reviro os olhos e vejo a data do artigo. É de um ano atrás. Leio mais um pouco.

> Gen e Ryan retornaram recentemente à zona oeste de Londres, lar de Gen, com seus dois filhos, Freya (9) e George (6), depois de terem passado dez anos em Nova York. Isso porque finalmente conseguiram abrir a empresa com que sonham desde a adolescência, quando se conheceram na escola Bayswater.

Franzo a testa. Ela estava morando em Nova York e agora voltou para Londres?

> Desde o lançamento, a Queridinhos — apelido pelo qual os dois eram conhecidos na escola — já organizou eventos beneficentes para celebridades como Benedict Cumberbatch, Niall Horan, do One Direction, e Paul Hollywood, do programa *The Great British Bake Off*.
>
> Sobre o evento da noite de ontem, Gen comenta: "Desde que nos conhecemos, Ryan e eu queríamos criar experiências que trouxessem alegria às pessoas, mas também que contribuíssem para causas importantes para nós. Estamos muito felizes por termos voltado à zona oeste de Londres e espero continuar organizando eventos beneficentes em nosso cantinho da cidade e muito além".

Aff. Se fosse um jornal físico, eu atearia fogo nele. Mas está na internet, então só mostro o dedo do meio para a tela e faço cara feia. Como Gen e Ryan continuam conseguindo enganar as pessoas? Os dois querem contribuir com causas com que se importam? Pois antes, tudo o que importava para eles era a melhor maneira de me humilhar para darem uma de gostosos para cima dos outros alunos. Alunos que nem gostavam deles, mas tinham medo de fazer qualquer coisa que impedisse que os dois me aterrorizassem.

Entro no link que leva ao perfil de Gen no Instagram. Ela parece radiante em todas as fotos, cercada pelos amigos e pelos filhos — que tenho que admitir que são muito fofos. Ela tira férias no interior, vai a festivais de literatura, anda a cavalo com Ryan. A casa dela, que era meio detonada na infância, agora tem pisos aquecidos e um conjunto de panelas Le Creuset.

Um cantinho escondido do meu coração fica feliz por minha amiga nerd ter conseguido tudo o que queria. Ele é imediatamente sufocado por uma onda de ultraje diante da injustiça de Gen e Ryan terem conseguido tudo isso quando eu...

Consegui exatamente o que *eu* queria.

Não é?

Como continua muito calor, tomo meu terceiro banho do dia às seis e quinze da tarde e visto uma regata leve de algodão e uma calça branca larga. Passo um pouco de corretivo no rosto ligeiramente queimado e rímel à prova d'água. Não tenho coragem de desfazer as tranças, mas pego uma presilha de borboleta que era da minha mãe e prendo a franja, já úmida de suor, para o lado.

Quando desço as escadas, vejo Cooper de camiseta preta, como sempre, mas jeans claro, em vez de preto. Ele não parece notar que fiz um esforço, o que me deixa ligeiramente envergonhada pela presilha. Assim que chego, ele me entrega um saco de papel que reconheço como sendo da farmácia.

Dou uma olhada lá dentro e vejo uma caixa de comprimidos. É Canesten, um antifúngico. Também tem um folheto sobre candidíase. Atrás dele, um bilhete escrito a caneta azul.

Querida Delphie,

Percebi mais cedo, quando passou na frente da farmácia, que está enfrentando dificuldades relacionadas à região da sua vulva. Meu primeiro palpite foi candidíase, por isso estou enviando um remédio que vai tirar isso aí com a mão. Vou descontar o valor do seu pagamento. Se estiver com queimação ao fazer xixi, sugiro marcar uma consulta com ginecologista, porque talvez esteja enfrentando alguma coisa que exija receita médica, como cistite ou infecção urinária.

Espero que continue tendo uma boa semana de folga.

Tudo de bom,
Leanne (da farmácia Meyer)

Sinto as bochechas arderem. Enfio o bilhete de volta no saco e guardo tudo na bolsa.

Olho de soslaio para Cooper.

"Você abriu o pacote da farmácia?"

"Claro que não abri o pacote da farmácia."

"Leu o bilhete?"

"Eu não poderia estar menos interessado na sua saúde, Delphie." Ele dá uma conferida no relógio de pulseira de couro preto. "É melhor a gente ir, ou vamos nos atrasar."

Eu me afasto e estreito os olhos, procurando por indícios no rosto dele de que esteja mentindo. Não encontro nenhum, então assinto, devagar.

"Beleza, então. Vamos logo com isso."

Dezessete

O carro de Cooper é mais bagunçado do que seria de esperar de alguém tão pé no saco. Tem pilhas de papéis e livros no banco de trás, várias cargas de caneta Bic vazias e garrafas de água espalhadas no chão. Cooper é tão grande que eu meio que fico espremida no canto do carro, e meu rosto se projeta para fora da janela como se eu fosse um cachorro.

Os pais de Cooper moram na zona norte de Londres, e no caminho fica claro que nem eu nem ele estamos a fim de puxar papo. Por isso, eu me debruço sobre meus joelhos e ligo o rádio. Já liga numa estação chamada Jazz Noir, o que *é a cara dele*.

Cooper desliga o rádio na mesma hora.

Ligo outra vez.

Ele desliga outra vez.

Ambos tentamos apertar o botão ao mesmo tempo, e nossos dedos roçam. Recolho a mão imediatamente, como se tivesse me queimado. Cooper pigarreia.

Quando suas mãos estão de volta ao volante, ocupadas, dou o play no CD e bufo ao constatar que é a exata mesma música que estava tocando no rádio.

"Seu gosto não é dos mais ecléticos, hein?", comento.

"Quem diz que tem gosto eclético é porque não entende nada de música."

"Ah, desculpa aí, não sabia que você escrevia pra *Rolling Stone*."

Faço menção de pegar os CDs que estão no compartimento

acima do rádio para dar uma olhada, mas Cooper me impede com o braço.

"A gente precisa alinhar algumas informações de nível básico."

Credo. Quem é que fala assim?

"Meus pais se chamam Amy e Malcolm. Eles são muito simpáticos e muito intrometidos. Eu... bom, eu disse que a gente se conheceu três semanas atrás, em um..." O fim da frase sai tão baixo que não consigo ouvir.

"O que foi que disse?"

"Em um tributo a Charlie Parker."

"Onde? Ainda não ouvi."

"Você ouviu, sim."

O desconforto dele me deixa feliz por dentro, mas continuo fazendo cara de inocente.

"Eles não vão achar que a gente sabe tudo um sobre o outro porque estamos... *namorando*... há só algumas semanas. Mas vamos estabelecer o básico pra não cometer erros absurdos."

"Você primeiro."

Cooper entra na North Circular e pega imediatamente a pista mais rápida. Fecho a janela para conseguir ouvi-lo melhor.

"Tá. Eu trabalho de casa, como programador. Programo linhas de código, testo programações, esse tipo de coisa. Tenho trinta e três anos. Gosto de música, vinho bom de verdade, livros, explorar Londres e..."

"Você tá citando pra mim o que escreveu no site de namoro do *Guardian*?"

"E você?", pergunta ele, ignorando minha pergunta.

"Trabalho como assistente na Farmácia Meyer e tenho vinte e sete anos."

"E?"

"E... só."

"Não é hora de fazer graça. O que vou dizer aos meus pais quando apresentar você? *Esta é Delphie, ela é assistente de farmácia, tem vinte e sete anos e... ah, mandou ver com um homem chamado Jonah, que depois desapareceu.*"

Eu me remexo no banco, desconfortável, e olho feio para ele por ter mencionado outra vez a expressão infeliz que usei para dizer que havia dormido com Jonah.

"É sério", fala Cooper. "Me conta algo de verdade sobre você."

A verdade é que não sou muito mais que isso. Não tenho hobbies. Não sou do tipo que tem hobbies. E o que faço além de trabalhar, ir ao apartamento do sr. Yoon e ver tevê? Acho que amo desenhar. Bom, costumava amar, pelo menos.

"Gosto de arte", constato.

Cooper me olha com interesse. "Boa. Quem é seu pintor preferido?"

Sorrio comigo mesma. "Modigliani. Com certeza. Ele tem um ponto de vista muito único. As linhas alongadas, a melancolia..."

"Você tá citando pra mim o que leu no site da National Gallery?"

"Você tá citando pra mim as minhas próprias piadinhas?"

"Haha! Eu também gosto do Modigliani. *Mulher ruiva* é meu quadro preferido."

"O que artistas têm com cabelos ruivos, né? Parece obsessão."

"Bom, eu entendo eles." Ele dá de ombros.

Olho de esguelha para Cooper. Isso aí foi... ele flertando comigo? Seus olhos permanecem na estrada, seu rosto se mantém sério. Não. Claro que não. Que ideia mais absurda.

Estalo a língua em desaprovação e ajeito meu cabelo ruivo, desconfortável.

Cada um de nós se perde em seus próprios pensamentos por um momento, e acabamos entrando em uma rua que é a cara do subúrbio. Cooper encosta o carro. "Droga. Achei que a gente fosse ter um pouco mais de tempo pra combinar as coisas, mas é a minha mãe ali na janela. De olho na gente."

Levanto o rosto e vejo uma mulher sorrindo com o rosto entre as cortinas. Não tenho como confirmar, mas parece que ela ergue e abaixa as sobrancelhas para nós.

Pelo modo empolado de falar de Cooper e seu comportamento no geral, seria de imaginar que seus pais morassem em uma mansão em Hampstead ou Richmond. No entanto, estamos em Barnet, que é muito menos refinado, parados em uma rua que claramente é de classe média.

"Bom, só vai na minha", instrui ele, parecendo ligeiramente nervoso, o que me deixa nervosa também. Hum, isso parece bem importante para Cooper. Então ele realmente se importa com o que os outros pensam, e está morrendo de medo porque não tinha ninguém para trazer além de mim.

Ergo o queixo e decido usar a noite de hoje como treino para quando encontrar Jonah amanhã e, com sorte, quando conhecer os pais dele um dia. Vou ser o oposto do que todo mundo espera que eu seja. Vou ser encantadora *pra caralho.*

Estou me saindo muito bem. Elogiei o vestido de Amy, mãe de Cooper, e o prosecco que ela me serviu. Malcolm, o pai dele, me disse que meu aperto de mão é tão forte que rivaliza com o de seu velho amigo Doug, conhecido por seus cumprimentos impactantes. Lester, tio de Cooper, também está aqui. Ele é muito mais velho que Malcolm e já virou três taças de prosecco nos quinze minutos desde que chegamos.

Estamos os cinco sentados em uma mesa retangular perto da janela da frente. Tem algumas cumbucas de batatinhas e uma com trufas de chocolate, assim como uma pilha de jogos de tabuleiro que incluia Operando e Imagem & Ação. Por dentro, estou empolgada. Adorava jogar Imagem & Ação quando pequena.

Dou um gole no prosecco — tomando o cuidado de ir devagar, porque ontem à noite bebi mais do que costumo beber o ano todo —, e passo os olhos pela sala. Livros e jornais em todas as paredes, o sofá é grande e parece aconchegante e tem um tapete persa rosa no chão. Gostei.

"Cooper não costuma gostar de mulheres como você!", comenta Amy, empurrando uma cumbuca de batatinhas na minha direção. Pego uma e mordisco delicadamente, o que a faz se quebrar, e uma parte cai na mesa. Recolho depressa e enfio na boca. "São lindas, claro. Sempre são. Mas você é muito diferente das outras namoradas dele."

"E qual costuma ser o tipo de Cooper?"

"Bom, já faz um tempo que ele não traz ninguém, mas quando trazia era uma depois da outra e todas eram iguais."

Cooper revira os olhos, mas seu pai solta uma risada.

"Como é que a Em costumava descrever as garotas?", pergunta Malcolm.

Amy dá risada também. "Uma sequência de Wandinhas Addams contratadas para desfilar para a Chanel."

Solto uma risada e penso na mulher de cabelo castanho que encontrei à porta de Cooper. Ela batia com a descrição. "Quem é Em?"

A expressão de Amy se desfaz. Ela olha chocada para Cooper. "Você não contou para a Delphie sobre a Em?"

Dá para ver as narinas de Cooper se dilatando. Ele vira o copo d'água como se fosse o prosecco que recusou quando eles ofereceram, porque está dirigindo. "Não, tá tudo bem", digo para todos à mesa. "Você não precisava ter me contado nada ainda! A gente só se conhece há umas semanas."

"Em é a irmã gêmea dele", fala Malcolm, com suavidade. "*Era*. Ela morreu em 2018."

Sinto um aperto no coração por Cooper. Por todos eles. "Parece que ela era muito bem-humorada."

"Ah, ela era mesmo. Quase matava a gente de rir." Os olhos de Amy ficam um pouco marejados. "E era inteligente pra caramba também. A primeira da turma em gramática, igual ao irmão, tanto que recebeu bolsa integral para estudar no Trinity College. E este aqui foi pra Oxford." Ela aponta com o polegar para Cooper.

"Como imagino que ele tenha mencionado nos primeiros dois segundos em que te conheceu", acrescenta Lester.

"Eu tenho muito orgulho dos meus filhos", vocifera Amy, para abafar a voz de Lester.

Cooper era o primeiro da turma em gramática e estudou em Oxford? Isso explica o jeito dele de falar, considerando que sua família é bem típica da zona norte de Londres.

"Sinto muito pela sua perda", digo, me dirigindo a Cooper.

Perdi algumas pessoas ao longo dos anos, mas não porque morreram. Não consigo imaginar a dor.

"Eles eram unha e carne." Malcolm suspira e leva uma mão ao braço do filho. "Era sempre Em e Cooper, Cooper e Em."

Cooper pigarreia e tira a mão do pai de seu braço com delicadeza. "Vamos mudar de assunto", responde, animado. "A ideia hoje é que vocês conheçam a Delphie."

"É mesmo, você tem razão, querido. Fala de você pra gente, Delphie!" Amy acaricia meu ombro. Eu me encolho, porque não estou acostumada a ser tocada. Mas sei que isso é maluquice, então disfarço com uma dancinha improvisada.

Cooper arregala os olhos. Sei muito bem que está nervoso porque os holofotes foram voltados para mim.

Que se foda ele. Eu consigo ser encantadora. Me preparo.

"Trabalho em uma farmácia na zona oeste de Londres. Adoro correr em Kensington Gardens. Na verdade, faço parte de um grupo de corrida. Também gosto de..." O que mais mulheres encantadoras fazem? Só dramas de época me vêm à cabeça, com mulheres educadas para serem cultas e prendadas. É uma referência meio ultrapassada e idiota, mas é tudo o que me vêm à mente no momento. "Ler poesia e, hã, de vez em quando fazer... crochê?"

"Você não me parece muito segura disso", retruca Lester, com as palavras já atropelando umas às outras.

Malcolm, no entanto, adora minhas respostas e se inclina para a frente, com o queixo nas mãos.

"Adoro poesia. Lester leu 'Ela caminha em formosura', do Lord Byron, quando Amy e eu nos casamos. Vai, recita alguma coisa aí para nós, Delphie, por favor."

Ah, merda. Por que eu fui falar que gostava de poesia? Não conheço nenhuma. Agora já era, vou ser desmascarada. Cooper estava certo em ter medo do que eu fosse fazer.

Ele pigarreia. "Ah, não vamos constranger a Delphie!", diz, com uma animação fingida.

"Ela não se importa!", responde Amy, voltando a me tocar. "Eu também adoro ouvir poesia. É tão romântico. Uma declamação na nossa sala de estar!"

Não consigo mais sentir o rosto. Viro o resto do prosecco da minha taça e, num estado de puro pânico, me levanto de repente, com as pernas trêmulas. Respiro fundo.

Uma poesia... uma poesia... pense em algo que rime, pelo menos, Delphie, porra.

"Eia, recuem agora e deem espaço para mim. Estou prestes a... explodir, foi aceso o estopim."

Pronto. Agora eu já comecei e não posso mais parar.

"Por favor, por favor, tenham misericórdia de mim, a vida toda presa assim. No palco, no entanto... sou livre, eu canto."

Ouço uma risada escapar. Cooper cobre a boca com as mãos, os olhos arregalados e os ombros se sacudindo. Os pais dele e Lester lançam um olhar curioso para ele, mas não parecem se dar conta de que estou adaptando de improviso a letra de "Boom! Shake the Room" para que pareça menos hip-hop e fique mais... poética.

Quando termino, eles aplaudem, um pouco confusos. Cooper se junta aos parentes. Conseguiu controlar o riso, mas o rosto ainda está um pouco vermelho e seus olhos brilham de um jeito que não vejo desde as primeiras semanas que mudou para o prédio.

"Que interessante", solta Amy. "Eu não conhecia essa."

"Quem escreveu?"

"Acho que o nome dele é William Smith", responde Cooper, muito sério. "É um poeta moderno com uma obra bastante relevante. 'As loucas aventuras de James West' é a minha favorita."

"Nossa", comenta Malcolm. "Obrigado por nos apresentar a ele, Delphie."

"As outras namoradas de Cooper não reconheceriam Keats nem se ele fosse uma cobra pronto para mordê-las."

Rio com vontade, apesar de também não fazer ideia de quem é Keats.

"Bom, não vim aqui para ouvir poesia." Lester se serve de outra taça. "Vamos jogar."

"Você pode escolher o jogo, Delphie", afirma Cooper, o que leva a mãe a murmurar um 'awn' como se ele tivesse acabado de me oferecer um rim.

Assinto, olhando a pilha de jogos de cima a baixo, e acabo apontando para o meu preferido. "Quero Imagem & Ação."

Pode até ser que eu não jogue Imagem & Ação há anos, mas continuo tão boa quanto antes. Amy armou um cavalete no meio da sala e é claro que minha dupla é Cooper, que acabo de descobrir que é uma merda nesse jogo. Estamos sendo humilhados por Amy, Lester e Malcolm. E não ajuda em nada que os desenhos de Cooper sejam megarrelaxados, sem nenhum planejamento e com as linhas todas tortas.

Quando chega a minha vez de desenhar, a voz de Cooper sobe uma oitava — em uma tentativa malsucedida de esconder sua frustração.

"Você está sombreando esse desenho? Agora vai querer me humilhar com os seus desenhos, Delphie? O tempo está passando."

"O motivo para eu não ter entendido nenhum dos seus desenhos até agora é que nenhum deles transmitiu informações básicas, Cooper", retruco, com os dentes semicerrados. Se ele está conseguindo se controlar, não sou eu que vou ficar toda nervosinha.

"Isso aqui é um jogo, Delphie. Não me vem com essas besteiras de chiaroscuro. Só desenhe o que está escrito na carta."

"Eu *estou* desenhando o que está escrito na minha carta, Cooper." Acelero minha representação de "festa surpresa" porque só nos restam quinze segundos.

"Vai, vai!" Cooper se levanta do sofá e os cachos do topo de sua cabeça quase alcançam o teto.

"Por favor, evite de falar se não for dar um palpite, filho."

"Olha, o sexo deve ser mesmo muito bom", comenta Lester, visivelmente bêbado, sorrindo de orelha a orelha. O restante de nós prefere ignorá-lo.

Com um floreio final, faço a boca surpresa da pessoa para quem a festa é. "Pronto. Vai! Não é possível que você não tenha entendido..."

"Ah... ah! É uma festa... uma festa surpresa!", grita Cooper, com as mãos nos joelhos.

"Isso!", grito também, dando um soco no ar.

Cooper atravessa a sala e me dá um abraço em comemoração. Enrijeço na mesma hora. Não sou tão exagerada, mas faço de uma forma que ele perceba. Cooper se afasta rapidamente. Não pede desculpas, porque isso pareceria muito esquisito para sua família, mas ergue levemente os ombros na minha direção, como se estivesse arrependido.

"Não sei por que vocês estão tão empolgados", diz Lester. "Perderam do mesmo jeito."

"Valeu, tio Lester."

"Parabéns para vocês", digo, com uma leve reverência. "Mereceram vencer. Foi um ótimo jogo."

"Na verdade, acho que a nossa maior vitória foi conhecer você hoje", solta Amy, me puxando para um abraço. Dessa vez estou preparada e não fico toda dura. Meio que me permito derreter um pouquinho nos braços dela enquanto o cheiro suave de sua blusa de algodão me enche de uma sensação reconfortante. Ela acaricia minha cabeça de leve. Para meu horror, meus olhos se enchem de lágrimas. Ótimo. Fazia mais de dez anos que eu não chorava e de repente choro duas vezes no mesmo dia?

Amy se afasta e sorri para mim, mantendo as mãos em meus ombros. "Você vai tomar conta dele, não vai? Meu filho anda precisando de um pouco de alegria."

"Mãe", diz ele, num tom de censura. "Meu deus. Delphie e eu... estamos juntos há *três semanas*."

Amy dá de ombros. "É só que... eu gosto de ver você sorrindo, só isso."

"Ele quase não sorri mesmo", digo, enxugando uma lágrima furtivamente antes que role pela minha bochecha.

Cooper fica inexpressivo. Passa a mão pelos cachos e olha para o relógio de pulso. "Acho que a gente precisa ir."

"E você tem um sorriso tão lindo", prossegue Amy, como se o filho não tivesse dito nada. "Vai, filho. Mostra pra gente esse seu sorriso lindo."

"É, vai", acrescenta Malcolm. "Abre aquele sorriso de arrasar corações pra sua mãe. Daí acho que ela vai ficar pelo menos uma semana sem falar que você não sorri mais."

Amy se vira na direção de Cooper com uma expressão entre esperançosa e ligeiramente desesperada.

Cooper fecha os olhos por um momento, como se preferisse estar em qualquer outro lugar. Penso em como ele me mandou à merda naquela manhã fria, quando lhe pedi para baixar a música. "É, Cooper, mostra esses dentes brancos lindos." Eu me inclino na direção de Malcolm. "O que mais gosto nele são os dentes."

"É mesmo?", diz Malcolm, rindo. "Os *dentes* dele?"

Confirmo com a cabeça. "São tão retinhos. É até meio hipnótico."

"Foram anos de aparelho", responde Amy. "Nunca deixei que ele perdesse uma consulta."

"Tá bom!", resmunga Cooper. Então abre um sorriso exagerado, como o de Wallace, de *Wallace e Gromit*. Depois de só um segundo, a expressão dele retorna para aquela rude de sempre, embora seus olhos pareçam um pouco mais carinhosos.

"É, acho que foi um começo." Amy ri e nos acompanha até a porta. "Foi ótimo conhecer você, Delphie."

"Foi ótimo conhecer vocês também", digo. A confusão me inunda por dentro quando me dou conta de que não estou apenas sendo educada. Estou sendo sincera.

No caminho para casa, penso em minha mãe e mando uma mensagem contando que amanhã vou fazer aula de desenho. Não que eu esteja pensando em desenhar quando estiver na aula, mas ver a relação de Amy e Cooper me lembrou de como minha mãe e eu gostávamos de desenhar juntas. Quando chegamos na Westbourne Hyde Road, Cooper abre a porta do carro para mim.

"Obrigada", digo. "Você tá com chave ou prefere a minha?"

Cooper tira sua chave do bolso da calça jeans e abre a porta.

Ele segue pelo corredor até o próprio apartamento, mas se vira para mim quando chega à porta. "Obrigado pela ajuda hoje à noite." Os olhos dele ficam brandos de novo. "Foi mais divertido do que eu esperava. E imagino que vá manter a tal da Veronica afastada, por hora."

Dou de ombros. "Sem problema. Seus pais são legais."

Cooper não faz menção de abrir a porta.

Dou um passo à frente. "Eu... sinto muito pela sua irmã...", digo.

Ele engole em seco e abre a porta. "Melhor mudar de assunto, né? Imagino que estejamos quites agora. Eu fiz um favor a você, que me retribuiu. *Quid pro quo*."

O comportamento dele baixa a temperatura no corredor em pelo menos um grau.

"Beleza, então", digo, mantendo o tom para cima.

"Espero que dê tudo certo com Jonah."

"Espero que dê tudo certo com... seu vinho bom de verdade", concluo, na falta de uma resposta mais inteligente. "A gente se vê por aí, Cooper."

Ele não responde. Só entra no apartamento e fecha a porta sem fazer barulho.

Dezoito

Estou no quarto dia. O quarto de dez, e não só ainda não seduzi Jonah a ponto de receber um beijo como nem falei com ele. Meu estômago revira de ansiedade quando penso no que pode me acontecer se isso não rolar. Preciso criar algum vínculo com Jonah na aula de desenho de hoje.

Eu me sento na cama com o cabelo úmido de suor. Verifico o telefone e gemo quando vejo que hoje vai ser ainda mais quente que ontem. Os primeiros dias da onda de calor foram agradáveis — é gostoso ver o sol depois de meses de céu nublado. Mas agora já é desconforto demais e estou querendo uma chuvinha. Fico animada ao ver que recebi uma mensagem da minha mãe e a abro, ansiosa para saber o que ela acha sobre o fato de que vou fazer uma aula de desenho.

> Nessa foto, Larry e eu estamos com um curador de Nova York. Ele tem uma galeria no Brooklyn e adora meu trabalho!

Ela deve estar ocupada.

Não sei bem se o sr. Yoon quer me ver, mas a atitude mais responsável, enquanto vizinha dele, seria pelo menos tentar. Não que eu me importe. Quer dizer, não muito. Só vou dar uma conferida no senhor muito idoso que mora aqui do lado. Pego uns ovos e bacon da geladeira e bato na porta dele, depois enfio a cabeça para dentro do apartamento. O sr. Yoon está sentado à mesa, concentrado em suas palavras cruzadas, com o lápis na boca e um cigarro na mão.

"Me dá um sinal se quiser que eu vá embora", grito lá para dentro. "Acena ou bate os pés, sei lá... o senhor é bom nisso."

Ele me olha sem expressão, mas não parece mais furioso, o que entendo como um bom sinal. Vou direto para a cozinha e constato que o sr. Yoon não lavou a louça. Lavo rapidinho e coloco os ovos para cozinhar.

Levo o maior susto quando sinto uma mão seca no meu ombro. É o sr. Yoon. Ele me dá dois tapinhas. Com os olhos brandos, me lança um sorrisinho de desculpa. Para minha surpresa, meu instinto é abraçá-lo, mas não quero ultrapassar mais nenhum limite dele. Então só assinto. "Não se preocupa, está tudo bem. Às vezes nem eu me aguento."

O sr. Yoon retorna às palavras cruzadas e eu inspiro fundo. Tem um cheiro ruim no ar. Acho... acho que pode ser o sr. Yoon. O cheiro dele está meio vencido. Agora ele também está se esquecendo de tomar banho? Há quanto tempo isso está acontecendo?

Hoje está muito quente. Ele não pode passar o dia fedendo assim.

Termino de fazer o café. Quando nos sentamos para comer, comento, casualmente: "É bom tomar um banho frio nesse calor. O sol está torrando lá fora".

Ele assente em concordância, então assim que acabamos eu o levo até o banheiro, peço que tire a roupa e garanto que vou manter os olhos fechados enquanto ele entra na banheira. Depois que o sr. Yoon se senta — com sua privacidade preservada —, abro as torneiras e coloco uma boa dose de espuma de banho na água, para cobrir bem.

Eu me posiciono no canto da banheira, pego o chuveirinho e molho o cabelo do sr. Yoon. Quando passo xampu, ele solta um suspiro, que eu espero que indique que ele está gostando, e não que estou esfregando demais. Nunca lavei o cabelo de outra pessoa.

Se o sr. Yoon sente algum desconforto, não demonstra, mas isso também não diz muita coisa porque eu mesma costumo me sentir desconfortável e não demonstrar. Então tento começar uma conversa leve e conto sobre ontem à noite.

"E aí o Cooper disse que eu estava perdendo tempo com as sombras e..."

Quando menciono o nome do Cooper, o sr. Yoon se vira para me olhar, com a cabeça cheia de espuma.

"O senhor conhece o Cooper?", pergunto. "Vocês já se trombaram por aí?"

O sr. Yoon assente uma única vez.

Baixo a voz. "Ele é meio chatinho, né?"

O sr. Yoon assente duas vezes, o que me faz gargalhar. "Então o senhor concorda. Bom, acho que ele só estava com inveja do meu claro talento artístico. Mas a gente perdeu. E a culpa foi dele. Se minha dupla fosse Amy ou Malcolm, eu com certeza teria ganhado."

Depois que enxaguo o cabelo do sr. Yoon, pego a esponja e o sabonete da prateleirinha de madeira acima das torneiras.

"Vou deixar o senhor lavar... o resto. Não vou fazer isso de jeito nenhum, e tenho certeza de que o senhor não ia querer que eu fizesse também."

Entrego a esponja para ele, que assente.

Depois que o sr. Yoon sai do banho e veste um roupão limpo, seco o cabelo dele com o secador que fui buscar no meu apartamento e o penteio, repartindo o cabelo dele de lado perfeitamente. Então eu o levo até o espelho para dar uma olhada. Ele sorri para o próprio reflexo e solta até uma risadinha. Vou buscar o desodorante no quarto dele e finjo que estou passando em mim mesma. "Hoje o senhor vai precisar de bastante", digo. O sr. Yoon pega o desodorante e me dá um tapinha no braço. Sorrio e dou um tapinha no braço dele também. Então ele me dá outro tapinha, porque deve ter se esquecido de que foi ele quem começou essa história. Retribuo e digo: "Quem parar primeiro perde". O sr. Yoon me dá outro tapinha, com a boca aberta em uma risada silenciosa. Então leva as mãos à barriga, o que me faz ter um acesso de risos.

Rir junto com alguém tem esse efeito que faz todo o desconforto ir embora, porque você e a outra pessoa estão compartilhando de um mesmo sentimento. Eu tinha me esquecido disso.

* * *

Quando volto para o meu apartamento, recorro outra vez à sacola de roupas da minha mãe e encontro uma variedade de vestidos pequenos e blusas de náilon brilhantes que são a cara dos anos 90. Então desenterro uma saia marrom de suede. É macia, bonita e me faria suar tanto que eu morreria em menos de trinta segundos, por isso decido devolvê-la para a sacola.

Acabo encontrando um vestido de botão curto, branco e com margaridinhas prateadas. Perfeito.

Imagino Jonah me beijando, passando as mãos pelo meu cabelo. Ninguém consegue passar as mãos por tranças apertadas do jeito que estão as minhas. Penso no que a Merritt disse, na sugestão de que eu ficaria melhor de cabelo solto. Tiro todos os grampos do meu cabelo, que cai em ondas pesadas sobre os ombros.

Hum. Acho que não estou tão diferente assim.

Dezenove

"Seu cabelo! Você está parecendo a Ofélia! Está parecendo *O nascimento de Vênus*!"

Levo um segundo para reconhecer a voz da mulher que conheci no parque. Ela também parece ter feito um esforço como o meu para ficar gostosa, embora a versão dela envolva uma coroa de flores e um vestido de renda clara de manga comprida que balança toda vez que ela se mexe.

Eu me ajeito, desconfortável, quando alguns clientes de um café próximo olham para mim e parecem não estar vendo Ofélia ou qualquer outra figura pré-rafaelita, mas uma mulher ruiva suada e constrangida a bordo de um vestido curto demais e tênis surrados.

"Para com isso!", digo. Depois: "Desculpa, acho que você me disse seu nome no parque, mas não consigo lembrar".

"É Frida."

Estendo a mão. "É mesmo. O meu é Delphie."

"Nossas mãos juntas é tipo sopa."

"Oi?"

"Nossas mãos suadas, coladas uma na outra. Parece uma sopa."

"Ah é."

Eca. Enxugo as mãos nas costas do tecido do meu vestido. Frida faz o mesmo, sorrindo para mim como se estivéssemos tendo uma interação agradável. Ela dá um tapinha na própria bolsa de patchwork com borlas. "Trouxe lápis e canetas pra aula. Você trouxe também?"

Balanço a cabeça. "Ah não, não, não. Não vim desenhar. Vim atrás de Jonah, o cara do cartaz. O de olhos azuis."

"Ah. Achei que ele fosse o modelo-vivo."

Pisco. De alguma maneira, essa possibilidade não me ocorreu. Achei que Jonah fosse um aluno, ou talvez até o professor. Mas o *modelo-vivo*? Como isso vai funcionar? Como vou me apresentar com ele lá, peladão? Já tenho o bastante com que me preocupar.

Sigo Frida para dentro, subindo uma escada que leva até uma sala. Todas as janelas estão escancaradas e mesmo assim o lugar está insuportável de quente. Cadeiras estão dispostas em círculo, cada uma com um cavalete na frente. No meio fica um tapete em que está uma mulher de cabelo curto simplesmente linda, sentada de pernas cruzadas e usando quimono.

"Bem-vindas, bem-vindas!", diz o careca que estava no cartaz. O cara que Frida disse que achava bonito. Ouço quando ela, empolgada, solta um barulhinho ao meu lado.

"Olá!" Ela acena para os outros alunos, uma seleção variada. Alguns parecem ter vindo direto do escritório, uma pessoa usa um uniforme de supermercado e uma delas é uma adolescente com o cabelo tingido de preto na altura do queixo e um piercing de cada lado do nariz.

Frida se senta e acena com a cabeça para que eu faça o mesmo. "Vem, Delphie. Senta do meu lado pra gente poder ficar de duplinha."

"Cadê o Jonah?", pergunto ao careca, que se apresenta como Claude. "Na verdade eu vim porque preciso falar com ele."

Claude olha para o relógio em seu pulso. "Kat é a modelo da nossa primeira sessão." Ele aponta para a mulher sentada no tapete. "Jonah é o da segunda."

Então ele é *mesmo* o modelo-vivo!

"E desculpa perguntar, mas que horas é a segunda sessão?"

"Daqui a uma hora."

Concordo com a cabeça. Uma hora. Uma hora não é nada quando a alternativa é a Eternidade.

Eu me sento, rígida, na frente de um cavalete. Enquanto

Claude se encarrega de cumprimentar quem chega, meu celular vibra com uma mensagem de Cooper.

> Me dei conta de que talvez eu tenha sido um pouco antipático ontem à noite. Peço perdão. Atenciosamente, Cooper.

"Você não trouxe material?", pergunta Claude, me distraindo antes que eu consiga responder. Enfio o celular de volta na bolsa.

"Ah. Não. Desculpa. Não achei que eu fosse... eu vim só para encontrar... hum... não. Não trouxe."

"O que você costuma usar? Carvão? Lápis? Tinta? Acho que temos acrílica, se quiser, mas a pia não está funcionando, então pode ser que não seja uma boa ideia, pensando na sujeira."

"Carvão?", arrisco. Não sei bem por que, já que nunca desenhei com carvão. Talvez por isso mesmo. Penso no meu desenho a lápis do sr. Taylor, nas cópias penduradas por toda a escola. Fecho a lembrança na caixa da perdição que fica trancada e escondida no meu cérebro e sorrio em agradecimento quando Claude me entrega algumas folhas de um papel fino e um pedaço de carvão comprido.

"Muito bem, pessoal." Claude bate palma uma vez, como um dançarino de flamenco. "Vamos fazer uma série de sessões de dez minutos, com Kat trocando de pose. Depois vamos fazer uma sessão de meia hora. Aí fazemos um intervalo e depois é a vez do Jonah."

Não consigo acreditar que vou rever Jonah daqui a uma hora. Sorrio sozinha enquanto nos imagino conversando outra vez. Ele me olhando com aqueles olhos gentis e bondosos. Colocando a mão em meus braços. Como se não tivesse problema nenhum com a ideia de estar morto, desde que fosse comigo.

"Delphie?", sussurra Frida ao meu lado. Levanto a cabeça e descubro que todo mundo já começou a desenhar. Kat se levantou e tirou o quimono. Está com os braços erguidos e as mãos unidas em prece. "Você saiu do ar", Frida me avisa.

Pego o carvão e o pressiono contra o papel. Ele quebra no

meio na mesma hora. Droga. Não tenho ideia do que estou fazendo. Apoio metade do carvão no cavalete e olho para Kat. A pele dela é tão uniforme que parece que está usando um filtro. Dá para ver as costelas marcadas dela, mas não é magra. Tem uma faixa estreita de pelos pubianos tão certinha que parece que foi desenhada. Será que é assim que deveria ser? Porque eu nem saberia por onde começar a fazer isso.

Merda. Jonah já viu Kat pelada. Será que eles já transaram? Devem ter transado. Duas pessoas geneticamente abençoadas assim se vendo peladonas toda semana.

"Delphie!", Frida me chama outra vez. "Você está bem?"

Enquanto eu me preocupava, ela terminou seu desenho, que não ficou ruim. Um alarme toca e Kat muda a pose. Então ela abre um quase espacate no chão e leva uma mão à orelha, como se ouvisse algo à distância.

"Tô bem, sim! Estou desenhando!", digo, dispensando a preocupação de Frida. Pressiono o carvão contra o papel com menos força e começo a desenhar o contorno do corpo de Kat.

Então o alarme toca de novo, e Kat está agachada, abraçando os joelhos, e depois está em pé, numa postura de combate de arte marcial. Entro num transe, com apenas o cheiro do pó de carvão e o som do papel sendo arranhado na minha consciência.

"Acabou o tempo!", grita Claude. Pisco, como se tivesse acabado de acordar de um longo sono. Uma enxurrada de emoções me atravessa. De um jeito bom, quase eufórico. Meu coração está acelerado como se eu tivesse tomado café demais.

Isso foi... não desenho desde o incidente na escola. Cara, tava com saudade.

"Uau", diz Frida, debruçando-se para ver meus desenhos. Ela pega os papéis um a um, parecendo encantada com cada um deles. "Você não me disse que era profissional." Frida ergue uma mão espalmada para que eu bata nela. Faço questão de ignorar.

"Não sou profissional."

"Não é", murmura Claude atrás de mim, estranhamente perto do meu pescoço. "Mas talvez possa ser... um dia."

Frida lhe entrega os papéis e Claude os examina, fazendo comentários sobre as linhas e as escolhas de composição que não compreendo muito bem. Tudo o que sei é que a sensação é boa. O que quer que esteja acontecendo agora, gosto muito.

"Você trabalha bem com a forma feminina", diz Claude. "E vai ter bastante tempo com Kat hoje, porque, infelizmente, Jonah mandou uma mensagem dizendo que não vem."

Dou um pulo, e meus papéis se espalham pelo chão. "Quê? Não! Achei que ele fosse o modelo da segunda sessão. Vim até aqui só pra falar com o Jonah."

Claude ergue as mãos. "Desculpa! Desde que Jonah posou pro David Hockney, no ano passado, bastante gente aparece só por causa dele." Claude revira os olhos. "Mas o interesse dos alunos deveria ser na arte, e não no modelo! A gente não tá no show de um artista pop, sabe?"

Ao meu lado, Frida solta uma risadinha.

"Jonah posou pro Hockney?!", pergunto, num ganido. Adoro David Hockney. É meu artista preferido depois de Modigliani. E Jonah *posou* para ele? É muita coincidência.

Claude só assente, como se não fosse nada demais. "Jonah é um modelo excelente. É capaz de fazer as posturas mais impressionantes com o corpo."

Me pergunto, deslumbrada, quais seriam essas tais posturas que Jonah é capaz de fazer com o corpo. Que posturas eu conseguiria fazer com o meu corpo? Será que Jonah vai gostar delas? Balanço a cabeça depressa e me forço a me concentrar na questão mais importante. *Preciso* ver Jonah hoje à noite. O tempo está acabando. "Você disse que ele mandou mensagem... preciso entrar em contato com ele a respeito... de uma coisa. Pode me passar o número dele?"

Claude leva uma mão ao peito. "Eita, claro que não. Não posso sair distribuindo o contato dos meus modelos pra quem aparecer. A segurança deles é muito importante para mim."

"Segurança? Não vou machucar o cara!"

"Eu não tenho como saber disso. Como é que eu vou ter certeza?"

"Ela *nunca* machucaria Jonah", declara Frida, indignada, como se me conhecesse há mais de sessenta e cinco minutos no total.

"Sou... *amiga* dele. Não faria nada para machucar Jonah, nunca. Por favor, me passa o telefone dele."

"Se você realmente fosse amiga dele", Kat se intromete, "Jonah teria te mandado uma mensagem para avisar sobre o freela que apareceu pra ele de última hora." Freela? Que tipo de freela? "Parece que é um evento de dança exclusivo no Shard", continua Kat. "É por isso que ele não pode vir hoje. Jonah está megaempolgado. Imagino que tenha mandado mensagem pra todos os amigos. Mandou pra mim. Mas não pra você. Você nem tem nem o número dele. O que me leva a acreditar que vocês *não são* amigos."

Kat. A tonta. "Ah, é mesmo, é mesmo", digo, pegando o telefone e apontando para a tela apagada. "Você tem razão! O evento de dança! No Shard! Era sobre isso aquela mensagem! Que horas ele disse que vai ser o evento, mesmo?"

Ela chega a abrir a boca, mas Claude silva para que ela fique quieta. "Kat! Está na cara que é mentira. Fica quieta."

Kat faz um gesto como se trancasse a boca a chave.

Me aproximo dela. "Kat, e se você me passasse o número do Jonah? De mulher pra mulher. É importante."

Ela aponta para a boca trancada.

"Esquece", digo.

E tá tudo bem, mesmo. Não é o ideal, mas tudo bem. Eu tenho uma pista. Ele vai estar no Shard hoje à noite.

Recolho meus desenhos, enfio tudo na bolsa e saio marchando com determinação.

"A gente já vai?", pergunta Frida. "Mas a gente pagou pelas duas horas!"

"Ué, você pode ficar!", digo. "Mas preciso ir pra um outro lugar."

O metrô está em greve, por isso pego o celular e entro num aplicativo para chamar um motorista. Tem um carro disponível a dois minutos de distância. Devo chegar no Shard em...

cinquenta minutos? Isso é uma eternidade. Frida vê a tela por cima do meu ombro. "Fica caro ir até lá desse jeito, sua doida. Mas dá pra pegar um ônibus."

"Não dá tempo", digo, apertando o botão para chamar o carro.

"Eu vou com você", anuncia Frida, me trazendo de volta ao presente.

Balanço a cabeça depressa. "Ah, não. Não precisa. E não era você que queria chamar o Claude pra sair?"

Frida dá de ombros. "Acho que a personalidade dele é diferente do que o cartaz sugeria, sabe? No cartaz, ele me parecia megaintenso. Na vida real, é mais como se tivesse um pedaço de carvão enfiado onde o sol não bate."

Quando o carro para, entro no banco de trás. Ignorando minha rejeição educada à sua companhia, Frida entra pelo outro lado, afivela o cinto de segurança e faz sinal de positivo. "Que legal", solta, com os olhos brilhando de empolgação. "Moro em Londres há um tempão e nunca fui ao Shard. Sempre insistia com o Gant pra gente ir, mas ele ficava todo 'Cala a boca, Frida'. Acho que falo demais mesmo."

"Gant parece um babaca", resmungo.

Frida dá de ombros e assente devagar. O movimento faz seus brincos dourados em forma de lua balançarem. "Ele não era tão ruim assim." Vejo seus olhos marejarem pela segunda vez. Parece que o cara partiu o coração dela mesmo.

Enquanto o carro sai, devagar, Claude se aproxima trotando do carro. "Você é uma destrambelhada e talvez seja um perigo para o meu modelo-vivo mais famoso!", grita ele, para o vidro aberto, e as palavras bem pronunciadas ecoam em meus ouvidos. "Mas tem muito potencial artístico!"

Vinte

Uma busca rápida no Google me informa que existe um único evento de dança no Shard hoje à noite — uma "discoteca silenciosa" num espaço chamado View. Uma discoteca *silenciosa*?! Nunca ouvi falar nisso. Quando entramos no elevador, Frida leva uma mão ao peito.

"Olha só pra mim! Finalmente visitando o mundialmente famoso Shard."

Quando chegamos ao septuagésimo segundo andar, a porta se abre com um ruído baixo.

Frida começa a sacudir os ombros, já entrando no clima, enquanto seguimos na direção das portas de vidro através das quais dá para ver pelo menos cem pessoas em um salão iluminado em roxo e cor-de-rosa. Todo mundo está de fone de ouvido. Ahhh! Então as pessoas estão *de fato* ouvindo música, mas imagino que cada um escolha a própria música. Que ideia excelente! Não que eu tenha frequentado qualquer discoteca nos últimos tempos, mas seria legal ter uma trilha sonora pessoal se quisesse ir.

Tem uma mulher alta e larga com uma prancheta na mão e headset na cabeça. Atrás dela, uma placa pede que todos os visitantes "estejam com os ingressos em mãos". Não temos ingressos. Droga. Talvez se eu explicar à mulher que estamos só procurando alguém rapidinho ela... nos deixe entrar? Mas se for para levar em conta a curva que a boca dela faz, claramente irritada, duvido que seja do tipo que abre exceções. Ela balança a cabeça furiosa quando nos aproximamos. Passa os olhos pelo meu vestido e depois os pousa na coroa de flores na cabeça de Frida.

"Vocês estão atrasadas!", sibila ela.

"Oi?"

"É melhor não irem embora mais cedo, igual fez o último cara. Que falta de profissionalismo. Agora eu tô no mato sem cachorro. Nunca mais vou contratar ninguém do Maurice Alabaster", ofega ela. "Mas pelo menos agora ele mandou duas pra substituir aquele."

Do que ela está falando? Quem é Maurice Alabaster? Quem ela acha que somos?

Abro a boca para fazer essas perguntas, mas Frida é mais rápida que eu. "É isso mesmo, ele mandou nós duas", repete ela, com o queixo erguido. A mulher abre as portas de vidro e nos deixa entrar no espaço. Começo imediatamente a passar os olhos pelo ambiente, investigando qualquer sinal de Jonah. Não encontro nada, mas não deve demorar para eu conseguir encontrar um cara tão alto e magnético nessa multidão.

"Vocês duas ficam ali." A mulher aponta para uma plataforma iluminada em rosa no canto esquerdo. Em cada canto do espaço amplo há uma plataforma com dançarinos em cima. Dançarinos profissionais. Dançarinos profissionais *dançando*. Então me dou conta de que estão todos usando coroas de flores iguaizinhas às de Frida. A mulher acha que viemos até aqui para *dançar*?

"Cadê sua coroa?", ela me pergunta, revirando os olhos para deixar claro que está prestes a perder a paciência.

"Foi roubada!", revela Frida, enquanto fico parada ali, ansiosa para ver no que isso vai dar. "Na rua, isso. Alguém arrancou da cabeça dela. Foi um senhorzinho, na verdade. Ele tinha cabelo grisalho comprido e era vesgo de um olho só. Mas a Delphie é a melhor dançarina de Londres. Ninguém vai nem ver que ela não tá usando uma coroa."

Reparo em Frida de canto de olho. Como ela consegue mentir assim tão bem? A mulher brava me olha de alto a baixo. "Beleza", e estala a língua em desaprovação. "Mas vou reclamar disso com Maurice. Todos os dançarinos deviam vir até aqui caracterizados."

"Sentimos muito", cantarola Frida enquanto a mulher retorna a seu posto, do lado de fora das portas de vidro. "Vamos!", diz Frida para mim, apontando para a plataforma. "Ela ainda tá vigiando a gente." Olho para onde Frida está olhando e deparo com a mulher, agora do outro lado das portas, olhando para nós através do vidro.

"Eu é que não vou subir nessa plataforma!"

"É o único jeito de entrar sem ingressos."

"Mas eu... não sei dançar."

"Todo mundo sabe dançar!"

"Não tem música tocando!"

Frida pega minha mão e a leva ao meu peito. "A música... está bem aqui."

Puxo minha mão de volta. "Como os outros dançarinos estão se virando? Nenhum deles está de fone!"

"Não dá pra usar fones de ouvido com essa coroa", responde Frida, como se isso fosse óbvio e eu fosse uma tonta. "Vai. Da plataforma vai dar pra ver tudo. Vai ficar bem mais fácil de localizar Jonah."

E é verdade mesmo. De lá de cima, vai dar pra ver o salão inteiro. Volto a olhar para a mulher brava do outro lado da porta de vidro. Ela faz gestos furiosos para que a gente se apresse.

Porra.

Sigo Frida — que parece estranhamente ansiosa para começar — e subo na plataforma com toda a elegância possível enquanto meus olhos procuram pela cabeleira brilhante e marrom clara de Jonah. Por um momento, a visão que a parede de janelas me proporciona do sol se pondo me distrai. Vejo as curvas do Tâmisa, a Tower Bridge dourada, as luzes de milhares de prédios brilhando, se exibindo como se soubessem que tem alguém olhando. O sol se põe preguiçosamente, e o céu é uma mistura de tons de roxo, açafrão e rosa. Tudo parece sereno daqui de cima. Tão mais *simples*.

Penso no que Jonah disse sobre Londres ser mágica. Na

hora, desdenhei daquilo, mas preciso admitir que, deste ângulo, a cidade parece mesmo muito especial.

"Dança, Delphie!" Sou trazida de volta por Frida acotovelando minhas costelas. Ela balança os quadris, movimentando os braços com delicadeza e dando às mangas esvoaçantes de seu vestido a chance de brilhar.

Puta que me pariu. Hesitante, começo a sacudir os quadris de um lado para o outro, fazendo os únicos movimentos de dança dos quais consigo me lembrar com tanta pressão assim, que para minha surpresa e meu horror, são os passinhos em que eles sacodem as mãos na cena do baile de *Grease*.

"Não entra em pânico", murmuro para mim mesma, batendo os punhos fechados um contra o outro e depois sacudindo as mãos espalmadas de um lado pro outro.

Devo estar fazendo um bom trabalho, porque a mulher brava parece aprovar minha dança com um aceno de cabeça antes de ir embora, provavelmente para reclamar com Maurice Sei-Lá-Quem. Merda, e se ela descobrir que ninguém mandou a gente até aqui? Que não podíamos ter entrado? E se formos expulsas antes de eu conseguir dar um oi, que seja, para o Jonah?

Espera aí. Algumas pessoas na multidão se viram na nossa direção como se fôssemos mesmo dançarinas profissionais. Olho para Frida, que começou a fazer a dancinha de *Grease* também, talvez em solidariedade ou porque tenha achado legal? Toda essa atenção faz meu coração saltar no peito. Cada célula do meu corpo grita para eu sair correndo. Então me dou conta de que o que a multidão está fazendo é bastante útil — se todos os rostos se virarem para mim, vou acabar encontrando Jonah com mais facilidade! Acelero os movimentos, para torná-los ainda mais impressionantes. Frida arregala os olhos, mas continua dançando igual a mim sem se abalar. Funciona, e mais pessoas se viram, algumas delas cutucando as outras e expressando o que acredito que seja admiração. Depois de mais ou menos um minuto, praticamente todos estão olhando pra gente. Sorrio animada e continuo fazendo a dança das mãozinhas de *Grease* enquanto passo os olhos pela multidão.

Não encontro Jonah em lugar nenhum. Droga. Ele tem que estar aqui em algum lugar. Kat disse que estaria — que estaria *trabalhando* aqui. Ele *tem* que estar aqui, porra.

Sem saber o que fazer, pigarreio e grito para o salão: "Estou procurando pelo Jonah Truman". Minha voz soa cortante no ambiente silencioso daquele espaço. "Jonah Truman!", grito outra vez, ainda mais alto. "Você tá aí? A gente precisa conversar! Jonah Truman?"

Frida para de dançar, inspira fundo e grita para o salão: "Jonaaaaaaaaaah!".

Essa situação não tem nada da vibe divertida e despretensiosa que eu queria. Mas o que eu vou fazer? Não posso ter vindo até aqui e voltar de mãos abanando — o tempo está acabando!

Agora que não estamos mais dançando, a multidão começa a nos dar as costas. Desço da plataforma com um suspiro frustrado. Onde caralhos esse cara se enfiou? Tenho certeza de que Kat falou que ele ia estar no Shard!

Meu estômago se revira diante da perspectiva de que eu nunca vá encontrar o Jonah. Não posso morrer de novo. Não posso ir parar na Eternidade, ou na Nulidade, ou no inferno de Intelectualidade. Ganhei uma chance. Quantas pessoas têm essa sorte? Não posso desperdiçá-la.

Estou ajudando Frida a descer da plataforma para podermos decidir o que fazer depois daqui quando uma mulher de cabelo bem curto usando um vestido coberto de pedras coloridas se aproxima.

"Vocês conhecem o Jonah?", pergunta ela, animada, olhando de uma para a outra. O sotaque dela é da zona norte e a voz é ligeiramente rouca.

"Conheço, conheço sim", digo. "Aham. Você conhece? Ele está aqui? Onde?"

A mulher suspira. "Bem que eu *queria* conhecer o Jonah! Ele esteve aqui faz uma meia hora, dançando bem aí onde vocês estavam." Ela aponta para a plataforma.

Jonah dançou bem aqui?

“Eu estava na sacada porque saí pra dar uma fumada”, prossegue a mulher, “e ele saiu ‘pra pegar um ar’, pelo que falou. Começamos a conversar e cinco minutos depois o cara recebeu uma ligação do hospital onde trabalha como voluntário. Parece que uma pessoa não apareceu e ele precisou cobrir o turno dela.”

O Jonah é voluntário em um hospital?

“Que hospital?”, pergunto, frenética. “Ele mencionou onde fica?”

A mulher balança a cabeça. “Tudo o que Jonah disse foi que não podia deixar as crianças na mão.”

Então ele não apenas é voluntário em um hospital, como trabalha na ala infantil? Caralho, o Jonah é um ser humano muito melhor do que eu. Se Merritt não estivesse tão convencida de que o cara é minha alma gêmea, eu diria que ele é areia *demais* para o meu caminhãozinho.

“Tem certeza de que ele não mencionou qual era o hospital? Ou o bairro pra onde estava indo?”

“Nada. Ele só desapareceu na noite, como se fosse um super-herói bonitão e moralmente superior.”

“Desculpa, mas não estou pagando vocês pra conversarem.” Dou meia-volta e vejo a mulher brava com o headset fazendo cara feia para a gente, com as bochechas vermelhas de raiva. Ela joga as mãos para o alto. “Nunca tive que lidar com tanta falta de profissionalismo assim. Vocês estão demitidas. Podem pegar as coisas de vocês e ir embora, por favor. Se Maurice Alabaster tiver o mínimo de noção, vai tirar vocês da lista de prestadores dele sem pensar duas vezes.”

Fico de queixo caído, com o orgulho estranhamente ferido por ter sido demitida de um trabalho que nem é meu.

Frida se coloca na minha frente, com os braços cruzados. “Você não pode demitir a gente, sabe por que, querida? Porque a gente SE DEMITE!”

Fico de olhos esbugalhados quando Frida pega minha mão e me puxa na direção da saída. “Vem, Delphie. Vamos vazar desse buraco.”

Vinte e um

Assim que saímos, Frida irrompe em risadinhas. “Eu sempre quis dizer isso, *EU ME DEMITO!*” Os olhos dela brilham. “Mas nunca tive muita chance, considerando que minha profissão é levar cachorros para passear. Haha! ‘Vamos vazar desse buraco!’”, repete ela. “Não acredito que falei isso!”

Não consigo evitar sorrir diante da empolgação dela, apesar do pânico cada vez maior que sinto. Não apenas perdi Jonah de novo como as chances de encontrá-lo em um dos inúmeros hospitais de Londres, muitos deles enormes, é próxima de zero.

Preciso voltar para casa e pensar em outro plano. Talvez eu consiga convencer Merritt a me dar uma pista. Ela deve ter visto que, por mais que eu me esforce, a sorte não está do meu lado. Eu e Frida andamos até o ponto de ônibus mais próximo só para descobrir que tem pelo menos trinta pessoas na fila, por conta da greve do metrô. Um ônibus passa direto, lotado, sem se dar ao trabalho sequer de parar.

Abro o aplicativo e chamo um carro, apesar do preço. De alguma maneira, não tenho medo de gastar como antes — eu não tenho nada a perder!

“Sinto muito por não termos encontrado o Jonah”, diz Frida, quando já estamos sentadas no banco de trás do táxi, que, ainda bem, está com o ar-condicionado no talo. “Dá pra ver que você está muito a fim dele. Você causou na aula de desenho só por isso. Será que vão deixar a gente voltar?”

“É muito, muito mais do que uma questão de eu estar a fim

dele", murmuro. "Eu não teria causado daquele jeito se fosse só isso."

"Ah. Eu bem que gostaria de ficar mais do que a fim de alguém." Por um momento, os olhos de Frida parecem sonhadores. Ela se recosta no apoio do banco, com os braços atrás da cabeça. "Mas mesmo isso de ficar só a fim já é bem difícil. Achei que fosse conhecer um monte de gente em Londres, mas todo mundo está sempre..." — ela começa a imitar um robô — "cabeça baixa, não fala comigo, não faça contato visual no metrô. Achei que talvez o Claude, da aula de desenho, fosse ser um cara legal, mas não era. Achei que Gant fosse minha alma gêmea, mas ele me abandonou. O que eu faço agora?"

"Uma vez uma pessoa me disse que a gente pode ter até cinco almas gêmeas", comento, pensando no que Merrit me falou na Eternidade.

"Quem foi que disse isso?" Frida tira os braços de trás da cabeça e se inclina para a frente. "Foi a Gwyneth Paltrow? Porque não confio nela. Jurei que não ia mais confiar nem nela, nem naquela revista dela."

Solto uma risada. "Vou precisar saber o que ela fez pra te deixar assim brava."

"Não vou contar. É muita humilhação."

"Não, não foi a Gwyneth Paltrow que me disse isso. Foi uma mulher que conheci faz uns dias. Ela... bom, foi ela que me apresentou ao Jonah. Foi ela que percebeu que tinha algo de especial entre a gente. E me falou pra ir atrás dele."

"Ela parece uma pessoa muito sensível. Eu adoraria conhecer essa mulher."

"Confia em mim: você não ia querer conhecer essa mulher."

"Acho que eu faria o que fosse preciso pra encontrar o amor. Andei aprendendo sobre bruxaria e, embora ela ajude em vários sentidos, não traz amor verdadeiro. Isso é papel do Destino."

Decido ignorar a casualidade com que Frida se refere à bruxaria porque como eu questionaria qualquer sugestão sobrenatural quando sou literalmente uma pessoa que morreu e voltou para a Terra por um tempo limitado? Em vez de comentar sobre isso, peço que ela me conte mais sobre Gant. Frida narra que eles passaram dois anos juntos, mas que Gant terminava com ela mais ou menos uma vez por mês porque vivia mudando de ideia sobre o amor que sentia por ela.

"Fui solteira a vida toda", digo, quando entramos na minha rua. "Não é tão ruim quanto parece. Acho que Gant ter te abandonado na verdade foi uma coisa boa."

"Meu cérebro sabe disso, mas acho que meu coração vai demorar um tempo para aceitar."

Quando paramos na frente do meu prédio, vejo Aled recostado na porta da frente, olhando para o celular. Descemos do carro.

"Aled!" Me sinto imediatamente culpada por não ter respondido a mensagem dele, além de um pouco preocupada que isso o tenha feito vir até a minha casa. "O que veio fazer aqui?"

Ele me cumprimenta com um aceno. "Você não me respondeu. Essa mudança de ser toda simpática comigo para depois nem me responder me deixou preocupado que você tivesse bebido demais de novo ou que algo terrível tivesse acontecido com você."

"Desculpa", digo. "Mas estou aqui. Viva!"

Por quanto tempo, não sei. Mas pelo menos neste momento sei que estou.

"Quem é esse?", pergunta Frida, com uma voz esquisita.

"Esse aí é o Aled. Ele trabalha na biblioteca Tyburnia. Aled, esta é a Frida. Ela trabalha levando cachorros pra passear."

"Sou amiga da Delphie." Frida estende uma mão.

"Eu também sou!" Aled perde o ar diante de tamanha coincidência, como se devesse ser investigada por especialistas.

"Obrigada pela companhia, Frida", digo, abrindo a porta e entrando em meu prédio. "E por... sabe? Ter dançado comigo."

"O prazer foi meu." Frida vem atrás de mim. Aled nos segue. Será que eles estão esperando que eu os convide pra subir? Não costumo receber pessoas. Nunca convidei ninguém pra subir. "VAMOS VAZAR DESSE BURACO!", ela grita de novo, com as mãos na cintura. Aled ri com vontade, embora não faça ideia do que isso significa.

Em questão de segundos, Cooper aparece no corredor para ver quem está fazendo tanto barulho.

Ele olha para mim com curiosidade, como se não me reconhecesse, então ergue as sobrancelhas, concentrado no meu cabelo. Espero pelo comentário sem graça que já sei que ele vai fazer, mas Cooper só olha na direção de Aled e de Frida com uma expressão intrigada no rosto.

"Desculpa a baderna." Frida ri. "A gente foi ao Shard procurar por um homem. Foi uma tarde muito divertida e estamos meio exaltadas."

"Encontrou o cara?", pergunta Cooper, com as sobrancelhas ainda erguidas. Balanço a cabeça e abro a boca para agradecer pelo pedido de desculpas, mas antes que eu faça isso, Aled solta um suspiro alto de indignação.

"Espera aí!" Ele estreita os olhos para Cooper. "Eu *sabia* que te conhecia!"

Os ombros de Cooper caem.

"Você é o R. L. Cooper!"

Faço uma careta. "Quem é R. L. Cooper, porra?"

"Ué, um dos melhores escritores policiais da nossa geração!" A empolgação faz a voz de Aled subir uma oitava. "Seus livros estão sempre emprestados na biblioteca. Mas faz tempo que você não lança nada. Por quê, hein? Nossa. Estou falando com o R. L. Cooper EM PESSOA. Como foi que você fez pra escrever aquela parte do assalto a banco de *O dinheiro corrompe, o dinheiro mata*? É genial. Qual é o seu processo de escrita? De onde você tira inspiração?"

Cooper é escritor? De romances policiais? Achei que fosse programador. Espera aí, é por isso que ele tem acesso à base de dados da polícia? Escritores de livros policiais em geral têm contatos na polícia que os ajudam com a pesquisa. Ou pelo menos é o que acontece em um dos meus programas de tevê preferidos, *Assassinato no Belo Vilarejo*. Foi assim que ele conseguiu encontrar Jonah tão depressa? Olho para Cooper e vejo que ele titubeia, claramente desconfortável com o interrogatório de Aled.

"Então tá!" Bocejo de uma maneira tão exagerada que fica impossível que Aled ignore. "Agora eu preciso mesmo entrar. Frida, você consegue chegar em casa daqui?"

"Claro! São só cinco minutos de caminhada até a Edgware Road."

"Eu passo pela Edgware Road para voltar pra casa!", comenta Aled, animado.

"Vamos juntos, então?" Frida sorri, simpática. "Eu adoraria ouvir tudo sobre a biblioteca." Não consigo evitar de sorrir. Não entendo por que Frida não tem montes de amigos. Nunca conheci ninguém que se sentisse tão confortável assim conhecendo pessoas. Sinto um desconforto quase físico quando preciso jogar conversa fora — já ela parece gostar disso.

"Eu volto outro dia, então!", diz Aled para Cooper enquanto Frida já vai saindo. "Precisamos marcar um evento com você na biblioteca. Delphie, eu entro em contato sobre o lance de sermos melhores amigos. Não vai pensando que eu me esqueci!"

Quando fecho a porta da frente, Cooper pigarreia.

"Obrigado pela ajuda. Faz tempo que não sou reconhecido."

Bocejo outra vez. "Relaxa."

Ele parece prestes a dizer alguma outra coisa quando a porta da sra. Ernestine se entreabre e ela enfia a cabeça para fora, o rosto enrugado todo contraído. "Tá parecendo a porra da estação King's Cross aqui fora. Vocês não têm casa, não? Estou tentando comer minha lasanha e ver *Breaking Bad*, mas só consigo ouvir essa baderna e portas batendo. É tanto entra e sai que parece uma via pública."

Morro de medo da sra. Ernestine. Sempre que a vejo, está discutindo com alguém. Seja na rua, seja no corredor. Às vezes, quando passo pela porta dela, ouço ela gritando lá dentro, vai saber com quem. Fora que ela tem tatuagens nos nós dos dedos que dizem NUNCA MAIS. Já me perguntei várias vezes o que significa, e todas as conclusões a que cheguei me deixaram ainda mais determinada a desaparecer da vista dela.

"Desculpa, sra. Ernestine", digo, com o máximo de educação, chegando até a abaixar um pouco a cabeça.

"Sim. Sentimos muito", Cooper acrescenta, baixando a cabeça também.

Será que ele está tirando uma com a minha cara?

A sra. Ernestine revira os olhos e volta para o próprio apartamento, olhando feio para nós dois até que sua porta se feche.

Cooper estende uma mão na minha direção que me faz acreditar que vai tocar minha bochecha. A mera ideia faz meu rosto pegar fogo, porém sua mão desvia até o meu cabelo e pega algo ali, sem pressa.

Ele segura uma pétala amarela entre o polegar e o indicador. Levo a mão à cabeça, envergonhada. Deve ser da coroa de Frida.

"Obrigada", digo, tensa, antes de me virar, correr para meu apartamento e bater a porta atrás de mim.

Lá dentro, pego o laptop e procuro na mesma hora pelo nome de Jonah seguido dos termos "dançarino" e "Shard".

Nenhum resultado? Credo.

"Por que você é assim tão arisco, porra?" Bufo. "Minha vida literalmente depende disso."

Fico imaginando Jonah sorrindo para mim, passando uma mão pelo lindo cabelo cor de caramelo. *Eu valho o esforço*, diz ele na minha imaginação. Depois imagino a mim mesma passando as mãos pelo cabelo dele e um calafrio de prazer aplaca minha ansiedade por um momento breve e maravilhoso.

"Merritt, você precisa me ajudar", murmuro. "Estou fazendo tudo o que posso, você não tá vendo? Por favor!"

Fico esperando por uma mensagem, uma aparição, *qualquer coisa*. Mas não acontece nada. Com um suspiro, tiro meus desenhos da bolsa e os abro na mesa da cozinha, usando o saleiro e o pimenteiro para segurar as extremidades abertas. Passo um dedo leve por um deles, o do rosto de Kat desenhado em um estilo livre, quase caricato. Apesar de tudo, meu coração se anima. Ficou bom *mesmo*. Olho para as tintas a óleo que sempre compro e tenho medo de abrir. Começo a pensar, por um momento, como teria sido a minha vida se eu não tivesse parado de produzir arte. Será que eu ainda estaria na situação em que me encontro? Afasto esse pensamento.

Alguém bate firme à porta.

Meu coração dá um pulo. Será que é a Merritt? Mas acho que ela não faria algo tão mundano quanto *bater na porta.*

Atendo e dou de cara com Cooper parado na minha frente, de braços cruzados e apertados sobre o peito.

Suspiro. "Se pretende me dizer qualquer coisa que possa ser minimamente estressante, devo implorar que retorne ao seu próprio apartamento. Está sendo um dia difícil."

"'Devo implorar que retorne'? Por que está falando desse jeito?"

Estreito os olhos. "Na verdade, sei lá. Acho que é essa sua formalidade toda. Sabe, essa coisa de falar certinho. Acho que estou só te copiando."

"Falar certinho?"

"Ah, vá. Vai dizer que você nunca reparou", digo, voltando a entrar em meu apartamento enquanto ele dá uma passada larga para dentro e fecha a porta atrás de si. "Eu chegaria inclusive a dizer que você faz de propósito."

"Você também, com esse seu talento para parecer uma loba solitária. Porque é mesmo um talento, sabe?"

"Você deve mesmo saber o que é talento, já que ganha a vida *inventando* coisas."

"Eu não faço mais isso." Cooper pigarreia, atravessa a sala e se senta no sofá, apesar de eu não tê-lo convidado para entrar. A barra de sua calça jeans sobe um pouco e eu vejo que a meia que está usando é amarela.

Jogo as mãos para o alto. "O que você quer? Eu estava tentando encontrar uma maneira de sair de uma situação bastante complicada e não tenho muito tempo."

"Entendi. Posso ajudar com alguma coisa?"

Estreito os olhos outra vez. Se Cooper está oferecendo ajuda, então... "Não vai me dizer que precisa de outro favor?"

Ele se ajeita no sofá e passa uma mão pelo maxilar. "Preciso. Eu ia te pedir lá embaixo, mas você saiu correndo", fala Cooper, com descrença na voz.

Estalo a língua em reprovação. "Eu já falei, estou sem tempo. E você não ouviu quando eu disse que não quero problemas pro meu apartamento?"

"Ah, do mesmo jeito que você trouxe para o meu, insistindo que eu te ajudasse? Olha, sinto muito por ter sido grosseiro no outro dia. Minha irmã... eu não gosto de falar sobre ela. Nunca. Com ninguém."

Decido pegar mais leve. "Eu entendo. Não deveria ter me intrometido. Como posso ajudar?"

A boca de Cooper se curva para um dos lados. "A minha mãe..."

"A Amy, sei."

"Ela está te convidado para ir com a gente até o aquário. Pra conhecer minha tia Beverley. Amanhã de manhã."

Faço uma careta. "Desculpa, não vai rolar. Preciso voltar ao parque pra ir atrás do Jonah."

"Você ainda não falou com ele?"

Bufo. "É meio... complicado."

Cooper inclina a cabeça para o lado e cruza as pernas. "Já considerou a possibilidade de que ele talvez esteja te evitando?"

Faço outra careta. "Jonah não é assim."

"No entanto..."

"Beleza, já acabou, Cooper? Eu estou mesmo ocupada."

Ele se inclina para a frente. "Imagino que você não deva levar mais do que alguns minutos para informar a Jonah... da questão. Depois vai estar livre, não?"

Suspiro. Se fosse simples assim... mas não é. Não apenas tenho que localizar um homem que parece nunca ficar muito tempo no mesmo lugar como depois preciso fazer com que ele me beije praticamente do nada. Não tenho tempo pra perder visitando um aquário com tudo isso rolando.

"Talvez outro dia." Fico intrigada por um momento, e não consigo evitar de perguntar: "Mas por que sua mãe quer que eu conheça sua tia?".

Cooper encara as botas que sempre usa, analisando um dos cadarços desamarrado. "Ela, bom, ela, hã, gostou muito de você. Por algum motivo que não entendo, minha mãe adorou você."

"Que choque alguém ter desfrutado da minha companhia, né?"

Cooper suspira. "A tia Bev embarca em um voo para o Nepal amanhã à noite. Quando minha mãe comentou que você era 'ótima', ela insistiu em te conhecer antes de ir… e a tia Bev é bem insistente. Minha mãe tem um pouco de medo dela. Todos nós temos, pra ser sincero."

Meu coração fica até quentinho quando penso que Amy gostou tanto assim de mim. Também gostei muito dela. Gostei da sensação de quando ela levou a mão à minha nuca. Engulo em seco, sentindo um estranho aperto no peito.

"Por que vocês escolheram o aquário?"

"A tia Bev adora essas coisas de turista", diz ele. "Além disso, sabe, peixes tropicais são bem legais."

Concordo com a cabeça. Peixes tropicais são bem legais *mesmo*. E a ideia de rever Amy me agrada. Muito. Mas não posso. Estou em uma situação de vida ou morte, e a sorte não parece estar do meu lado. Não posso perder tempo visitando criaturas marinhas. "Desculpa", digo, com um leve dar de ombros. "Não posso mesmo."

Cooper assente depressa. "Tudo bem. Imagine, tudo bem. Minha mãe queria que eu convidasse você, por isso, sabe, decidi vir até aqui. A gente vai se encontrar pra tomar café no Laurents antes, caso mude de ideia."

Concordo com a cabeça. "É melhor você amarrar isso aí", digo, apontando para o cadarço desamarrado.

Ele amarra depressa e dá um nó duplo com tanta força que me pergunto como vai fazer para desamarrar depois.

Assim que Cooper se levanta, eu digo: "Então, esse tempo todo, morei em cima do melhor escritor de romances policiais da nossa geração?".

"Ah, não. Nunca fui o melhor. E hoje em dia já nem escrevo mais."

"Você largou um trabalho legal desses pra se tornar programador?"

Cooper aponta para a porta. "É melhor eu ir embora."

No caminho, ele para na mesa da cozinha, analisando meus desenhos de nus. Merda.

"Isso é particular!", digo ríspida, já correndo até ele.

"São lindos", murmura Cooper, dobrando os joelhos para olhar mais de perto e inclinando a cabeça para o lado.

Faço um gesto para apressá-lo. "Não são tão bons assim. Eu parei de desenhar. Foi só dessa vez."

Cooper endireita o corpo e olha para mim. "São lindos, Delphie", repete ele, com uma voz irritantemente gentil.

Engulo em seco e baixo os olhos para os meus pés. "Obrigada", murmuro, sentindo um sorriso repuxar os cantos da minha boca.

"Beleza, então", solta ele, com a confiança retornando à própria voz. "Boa noite."

Eu o vejo atravessar o apartamento e sinto uma pontada de decepção. Volto a olhar para os meus desenhos, tentando vê-los pelos olhos de Cooper.

Talvez sejam lindos, mesmo.

Pego o celular e tiro algumas fotos para mandar para a minha mãe.

Vinte e dois

Em vez de ficar tentando adivinhar em que lugar do parque Jonah pode estar, fico plantada na frente do Serpentine Lido na esperança de que o grupo do qual ele faz parte siga a mesma rota todo dia de manhã. Compro uma garrafa de água de um carrinho e me sento em um banco que proporciona uma visão dos caminhos que vem da esquerda e da direita. Assim, vou saber com antecedência da aproximação dele, independentemente do caminho pelo qual Jonah venha. Enquanto aguardo, fico observando o pessoal que chega cedo para nadar e imaginando como deve ser boa a sensação da água fria nessa onda de calor insana. Vejo um casal idoso brincando na água ao longe e rindo como adolescentes. Me pergunto como se conheceram e se souberam, na mesma hora, que eram almas gêmeas.

Meu celular vibra.

> Só estou mandando isso porque minha mãe insistiu. Ela quer que eu te avise que vamos nos encontrar no Laurents às nove, caso queira dar uma passada antes de irmos para o aquário. Atenciosamente, Cooper.

Digito uma resposta.

> Estou esperando pra ver se Jonah veio correr de novo, mas até agora nada. Acho que é melhor ficar mais um pouco. Agradece sua mãe pelo convite.

Envio.

Daí não consigo me segurar e digito:

Você assina suas mensagens? E ainda por cima com "atenciosamente"?

Tem uma sugestão melhor?

Mordo o lábio e penso por uns segundos.

Sei lá, acho que você nem precisaria assinar. Talvez devesse só mandar um emoji que tenha a ver.

Alguns segundos depois:

🖕

Solto uma risada alta. Então me dou conta de que não deveria estar olhando para a tela do celular, considerando que Jonah pode passar por aqui a qualquer minuto. Respondo com um 👎 e enfio o aparelho no bolso.

Depois que uma hora se passa sem sinal de Jonah, penso em pelo menos mudar de lugar. Mas e se bem na hora em que eu mudar de lugar ele passar por aqui?

Depois de duas horas esperando, ligo para o centro recreativo só para descobrir que o grupo de corrida não vai mais se reunir pelo restante da semana por conta da temperatura elevada. Quando imploro que a mulher do outro lado da linha me passe o contato de Jonah, ela reage da mesma maneira que Claude na aula de desenho — como se fosse um absurdo eu pedir que faça algo tão pouco profissional.

Volto cabisbaixa para o meu apartamento com as ideias girando, as axilas suadas e o coração apertado sem saber o que fazer agora.

"Merriiiiittttt, me ajudaaaaa!", sussurro, já sabendo que ela vai continuar se escondendo e não vai me responder. Penso em Kat, da aula de desenho. Talvez eu tivesse conseguido arrancar mais dela se não fosse pela interferência de Claude. Será que eu conseguiria o contato dela? De que jeito? Sei ainda menos sobre ela do que sei sobre Jonah.

"Aaaaargh", resmungo comigo mesma enquanto desço até a Craven Road. Tiro o celular do bolso e faço uma busca rápida no Google: "Kate modelo nua Londres".

O que é um grande erro. Nossa, tem várias mulheres querendo que "esmaguem a rata delas" por aí.

"Delphie! Você veio!"

Sou tirada da minha pesquisa escandalosa no Google por Cooper, Amy e uma mulher perfeitamente redonda e perfeitamente bem arrumada tomando café gelado na parte externa do Laurents. Ah, merda. O Cooper me avisou que eles iam se encontrar aqui agora de manhã. Eu devia ter ido por outro caminho.

"Oi!" Aceno com educação. "Na verdade, eu estava indo..."

"Que bom que você conseguiu vir!" Amy pula de sua cadeira e me puxa para um abraço apertado que, de certa maneira, acalma meu coração acelerado. "Fiquei tão decepcionado quando Cooper disse que não ia dar pra você vir. Eu sabia que se a gente esperasse mais um pouco você acabaria aparecendo."

"Na verdade, eu..." Começo a querer explicar que tinha me esquecido de que eles estariam aqui, mas Amy leva a mão de novo à minha nuca e as palavras desaparecem da minha língua.

Assim que ela me solta, sou puxada para o segundo par de braços do dia, dessa vez mais rechonchudos, que pertencem à outra mulher. O perfume dela tem um aroma de cedro sutil e muito agradável. Ela usa uma blusa sem manga, o que faz com que a pele dos meus braços dê uma grudadinha na pele dos braços dela. Essa deve ser Bev, a tia "insistente".

"Muito prazer", digo, com o rosto esmagado contra seu pescoço.

"Minha querida!", exclama Bev, afastando-se para me examinar como se eu fosse uma amiga de anos que ela não visse há muito tempo. "Que maravilha! Assim que Amy me contou que você faz o nosso menininho marrento dar risada, falei para ela: preciso ver isso com meus próprios olhos pelo menos uma vez! Ele passou esses últimos anos tão tristinho. A gente até sugeriu que ele fizesse terapia, mas é claro que ele acha que sabe mais do que os mais velhos e *muito* mais sábios. Talvez o que estivesse faltando esse tempo todo na vida dele fosse *amor*."

"Faz só algumas semanas que a gente está junto, Bev." Cooper suspira e termina o café que está em sua xícara.

Bev estala a língua em desaprovação. "Eu e o seu tio Jerry, que deus o tenha, soubemos em meio segundo que era amor. O tempo não tem nada a ver. É a química que conta!"

Cooper não me encara quando arregalo os olhos para ele. A indiscrição de sua tia faz as bochechas dele corarem um pouco. Solto uma risadinha que não consigo segurar ao ver seu desconforto. Nada acaba com a pose de uma pessoa tão rápido quanto conhecer a família dela.

"Vamos pegar um táxi até o aquário, então?"

Faço uma careta. Preciso voltar para casa e pensar em outro plano. Mas Amy parece tão feliz em me ver... e Bev está toda empolgada, me contando sobre seus peixes preferidos. Fora Cooper, que me olha com cara de cachorro que caiu da mudança. Ele claramente quer manter o sorriso no rosto da mãe. Eu entendo. Só deus sabe o quanto eu mesma tentei fazer minha mãe sorrir depois que meu pai foi embora.

"Não vai ser muito demorado", murmura Cooper no meu ouvido. "E aí eu fico te devendo. *Mais uma*."

Pensando bem, eu acho que nem avançaria muito no que preciso fazer na próxima hora, de qualquer forma. E quando a gente chegar em casa, uma ajudinha do Cooper pode *mesmo* ser tudo o que eu preciso. Talvez ele possa fazer aquela mágica com o computador para encontrar Kat, que eu acho que poderia acabar me passando o celular de Jonah se eu insistisse só mais um pouquinho.

"Então vamos", digo, animada. "Mas preciso dar uma passadinha em casa pra tomar banho. Estou um pouco suada."

"Ah, você toma banho depois." Bev diminuiu a importância disso com um gesto. "Estamos entre amigos aqui."

"É só mais uma suada!", solta Amy, me envolvendo com um dos braços.

"Somos todas suadas!", acrescenta Bev, enlaçando um braço ao meu e acenando para um táxi como quem tem experiência nisso.

"Me incluam fora dessa", solta Cooper, tampando o nariz enquanto nós quatro entramos no táxi.

Nunca entrei no aquário de Londres. Sempre imaginei que seria um lugar vazio e sereno. A iluminação seria baixa e teria uns nerds de peixe conversando num tom sussurrado. Mal sabia eu. O aquário de Londres é barulhento pra caralho, cheio de gente se empurrando, gritando ou colando o rosto ou o celular nos vidros. Bev nos leva direto para os singnatídeos, e eu fico aliviada ao descobrir que o andar de baixo é muito mais tranquilo. As pequenas criaturas com espinhos nos aquários não chamam tanta atenção quanto os tubarões e as águas-vivas, porém ainda assim são mágicas.

"São menores do que eu imaginava", digo, apontando para os cavalos-marinhos e inclinando a cabeça para ver mais de perto. "Mas são lindinhos. Parecem joias."

"Nem parece que estão vivos", solta Amy. "Que respiram."

"Ahá!", exclama Bev, e aponta para as informações ao lado do aquário. "O *Hippocampus histrix*, mais conhecido como cavalo-marinho-espinhoso, tem um único parceiro a vida toda! Quando eu trazia o Cooper e a Em aqui pequenininhos, eles corriam direto para cá. Ficavam sentadinhos ali na frente do tanque e enganchavam os mindinhos igual aos cavalos-marinhos enganchamam a ponta da cauda."

Olho para Cooper, que parece concentrado em uma placa na parede que indica SAÍDA.

"Olha só praqueles dois ali! Estão com a ponta da cauda enganchada!" Amy aponta para um canto mais distante dos corais, onde tem mesmo dois cavalos-marinhos com as caudas enganchadas.

"A gente precisa tirar uma foto", atesta Bev, decidida. "Venha, Cooper, querido. Delphie. Vamos. Fiquem parados aqui. Ah, e deem um beijo! Eu quero uma foto de vocês dois se beijando ao lado dos cavalos-marinhos. Que romântico!"

Amy arrasta Cooper da placa de saída para a frente do aquário enquanto Bev me puxa com tanta força que quase tropeço.

"Não, não precisa de foto." Cooper balança a cabeça depressa. "E se a gente guardasse o dia de hoje na memória?"

"Isso!", concordo, com firmeza. "É mais analógico. Fora que assim a gente não atrapalha os outros."

Bev faz uma careta. "Não sejam ridículos. Não tem mais ninguém aqui." Ela dá um passo para trás e pega o celular. "Vai. Agora deem um beijo do lado dos cavalos-marinhos. Vocês vão me agradecer por isso quando se casarem."

A boca de Cooper é uma linha séria, os ombros curvados como nunca. Olho em volta, em pânico. Não posso beijar Cooper, nem de mentirinha.

Amy solta uma risadinha. "Bev, deixa os dois."

Solto o ar. *Obrigada, Amy.* Mas aí ela parece pensar em outra opção. "Vocês não precisam se beijar na frente de todo mundo se não estiverem confortáveis. Mas talvez possam olhar um para o outro só para tirar a foto. Nos olhos um do outro, digo."

"Isso! E fiquem de mãos dadas. Olhem pro olho um do outro e deem as mãos!"

Inferno.

"É melhor a gente só fazer isso e deixar quieto", murmura Cooper de canto de boca.

Suspiro e me viro para ele na frente do tanque de vidro.

"Eu quero vocês de mãos dadas!", grita Bev.

"Você tem razão, ela é mesmo insistente", sibilo. Cooper faz menção de pegar minhas mãos, mas eu as tiro do alcance dele.

Ele aperta a ponte do nariz. "Experimenta contrariar a Bev quando ela enfia uma ideia na cabeça. Passei a vida toda tentando. A única que conseguia vencer minha tia no cansaço era Em."

Olho na direção de Bev. Abro a boca para dizer a ela que isso é ridículo, que ela não pode nos forçar a tirar uma foto romântica na frente dos cavalos-marinhos. Mas aí vejo Amy ao seu lado. Observo as mãos entrelaçadas dela junto ao peito, o jeito como sorri, como se fizesse um bom tempo que não se divertisse tanto.

"Tira logo a foto", digo, com toda a educação que consigo, abrindo um sorriso falso e olhando para Cooper. Ele pega minhas mãos. Então, tão devagar que nem sei se está mesmo acontecendo, curva o indicador e o passa pela palma da minha mão. Engulo em seco e franzo a testa de leve. A expressão dele não se altera. Não deve nem ter percebido que fez isso. Minhas narinas dilatam em alarme diante das sensações que o dedo de Cooper causa. Devo estar tão desacostumada ao toque humano que até mesmo um roçar acidental de alguém de quem não gosto me faz ficar toda vermelha.

"Três! Dois! Um!", conta Bev.

Enquanto Cooper e eu nos encaramos, noto que a luz que vem do aquário cria a ilusão de que seus olhos estão dançando.

"Ah, droga... apertei o botão errado", resmunga Bev. "Pera, vou tentar de novo."

Cooper continua olhando para mim, parecendo não se abalar. Suor começa a escorrer pela minha nuca.

"Pelo amor de deus", cantarolo, ainda com o sorriso falso no rosto. Está quente demais aqui. Quero que Bev ande logo.

"Ah, pera aí, queridos. Acho que eu apertei pra abrir a calculadora."

"Não é aqui?", arrisca Amy, tocando a tela do celular. "Ai que ódio. O que foi que eu fiz?"

A música "Killing Me Softly", da Roberta Flack, começa a tocar baixinho.

"Amy, você entrou no Spotify. Não se mexam, vocês dois! Fiquem aí nessa pose. Ah! Ahá! *Esse aqui* é o negocinho da câmera."

"Quem quer morrer sou *eu*", murmuro.

Cooper pressiona um lábio contra o outro, deixando as pontas de um tom pálido. Que sorriso mais estranho. Aperto os olhos. Será que ele está se sentindo bem?

Os ombros dele começam a balançar. Então sua boca se abre e ele dobra o corpo para a frente. Uma gargalhada ecoa.

O choque diante do som me faz dar um pulo e levar as mãos ao rosto. Então a visão desse homem tenso e arrogante rindo tão gostoso me faz soltar uma risadinha também. O descontrole de Cooper me faz rir mais e mais, e antes que eu perceba estamos ambos dobrados para a frente, gargalhando a ponto de ficar sem ar.

De canto de olho, noto um flash disparando.

"Eu disse que ela fazia Cooper rir", constata Amy.

"Eu não teria acreditado nunca." Bev ri também. "Mas olha só, é verdade! E agora tenho uma foto provando!"

Depois de passearmos pelo restante do aquário, vou ao banheiro. Quando estou diante da fileira de pias para lavar as mãos, vejo que um dos espelhos tem uma mensagem escrita com um batom tão laranja que só pode ser de Merritt.

Está se divertindo no aquário, é? Pois vai ter que se esforçar um pouco mais, querida. Você só tem mais cinco dias para encontrar Jonah, ou não terei escolha a não se te trazer de volta para o mundo dos mortos! Você assinou um contrato!!!

Estremeço, desconfortável. Ela tem razão. Estou me divertindo no aquário. Já passei tempo demais aqui. E cinco dias não são nada.

"Então me ajuda!", grito para o nada, frustrada, assustando uma mulher que sai de uma cabine. Ela passa longe de mim, preferindo manter os olhos fixos no espelho. Abro a torneira até o talo e refresco os pulsos na água fria. "Eu tô tentando, e esforço não é o problema", digo, para onde quer que Merritt esteja. "Mas empaquei. Não sei o que fazer agora, de verdade! Vou pedir que Cooper me ajude a procurar Kat quando voltarmos pra casa, mas fora isso, estou perdida, além de, sinceramente, assustada. Então me dá uma forcinha."

Aguardo por uma resposta.

Nada. Ela sumiu de novo.

"Legal. Bem legal, mesmo. Valeu aí, Merritt."

Suspiro e jogo água fria nas bochechas quentes e grudentas. Já procurei na internet, no Orchestra Pit, no parque, na aula de desenho e no Shard! Toda vez dei azar e deparei com um monte de obstáculos. Penso no que Cooper me disse ontem à noite, sobre Jonah estar me evitando de propósito. Mas não pode ser. Ele nem sabe que eu existo, sabe?

Depois que a água fria ajuda a baixar minha temperatura, fecho a torneira e noto um pequeno logo na borda da pia. LONDON ALABASTER. Então meu cérebro dá um clique, primeiro soltando só uma faísca e depois me atingindo como um raio. Lembro da mulher irritada do Shard ontem à noite, perguntando se foi Maurice Alabaster quem nos mandou, dizendo que ia reclamar com Maurice Alabaster. Depois eu me lembro que a moça com sotaque da zona norte e vestido de pedras coloridas disse que Jonah havia dançado na plataforma antes de mim. Hum... será que Maurice Alabaster é agente dele, ou algo do tipo?

Seco as mãos com papel e desbloqueio o celular para fazer uma pesquisa. Ahá! Existe uma Agência de Talentos Maurice Alabaster! Passo os olhos rapidamente pela lista de dançarinos e — meu deus do céu — aqui está ele! É o Jonah — uma foto em preto e branco do rosto dele, todo lindo, megafofo e bonzinho, do mesmo jeito que eu tinha visto na Eternidade. Mas o nome dele no site não é Jonah Truman, e sim Jonah Electric. Hum. Será que é um nome artístico? Será que foi por isso que ele não apareceu em nenhuma das minhas buscas na internet?

Passo os olhos pela biografia dele e meus olhos se arregalaram quando vejo que ele é ator e dançarino e que fez parte do elenco da montagem de *Cats* de um cruzeiro pela Riviera Francesa no ano passado. Imagino ele com um figurino peludo e bigodes pintados no rosto. Imediatamente jogo essa imagem direto na caixa da perdição escondida no meu cérebro e retorno à foto do site para admirar os olhos calorosos e brilhantes dele. Finalmente. Jonah — ator, dançarino, meu herói e minha alma gêmea.

Volto a olhar para as palavras escritas em batom no espelho, então digito uma mensagem para Cooper.

Descobri uma coisa bem boa sobre Jonah e preciso ir. Pede desculpa pra Amy e pra Bev.

Fico pensando que se eu encontrar Jonah, vai ser legal sair com elas de novo. Mas se eu não encontrar, não vou poder sair com mais ninguém além de Merritt e os Falecidos que ela escolher para mim no aplicativo de encontros bizarro que criou.

Cooper responde com um emoji de joinha, o pior e mais eficiente dos emojis. Mas já é melhor do que "Atenciosamente, Cooper", pelo menos.

"Talvez eu nem precise da sua ajuda!", grito para Merritt. "Talvez eu consiga resolver tudo sozinha."

Desço a escada do aquário correndo, passo depressa pelos turistas e nerds de peixe e saio na direção da claridade do sol.

Vinte e três

Olha só, minha coleção Abstract 23 esgotou! Todas as peças foram compradas antes da exposição!

Que ótimo, mãe. Parabéns! Você viu meus desenhos? Será que seu telefone está com algum problema? Tentei te ligar, mas ninguém atende.

Em geral, evito tudo o que não fica no meu cantinho, na zona oeste de Londres, mas acima de tudo, evito o Soho. É a região mais suja, indecente *e* esnobe de toda a cidade. As calçadas são sempre estreitas, as pessoas circulando são todas detestáveis e tem tantos barulhos, cheiros e cores estranhos que eu precisaria passar uma hora deitada em uma sala escura depois para conseguir descansar de tantos estímulos.

Para piorar, a Agência de Talentos Maurice Alabaster fica em cima de um pub na Old Compton Street, bem no meio da muvuca. Depois das tentativas desastrosas de encontrar Jonah nos últimos dias e da indisposição de Merritt de me ajudar em qualquer coisa, não tenho escolha a não ser ir até lá.

Chego ao pub e vejo uma portinha preta à esquerda com um interfone na parede de tijolos. Passo o dedo pelos nomes e botões. Ahá! Aqui está. Agência de Talentos Maurice Alabaster. Interfono e logo sou saudada por uma voz feminina.

"Nome."

"Delphie. Delphie Bookham."

"Um momento... seu nome não está na lista. Você chegou

a confirmar o retorno pela internet? Acho que o sistema tem dado uns problemas, mesmo."

"Vim pra falar com Maurice Alabaster. Estou procurando por Jonah Truman... que vocês devem conhecer como Jonah Electric... e achei que Maurice pudesse ajudar."

A mulher solta um suspiro. "Hoje Maurice só vai atender quem veio para a segunda fase da audição. Não tem tempo pra mais nada. Você pode mandar um e-mail, se quiser. Tchau."

O som do interfone é cortado. Droga. Estou com pressa demais para mandar um e-mail.

Uma jovem de cabelo castanho passa na minha frente e aperta o mesmo botão do interfone.

"Nome?", diz a mulher outra vez.

"Vim para a segunda fase da audição. Ellie Damson. Está marcado pras três e meia."

Ouço um barulho e a porta abre para que a jovem entre. Passo junto com ela e a sigo, sem que me veja, até a recepção meio zoada de um escritório. As paredes estão repletas de fotos em preto e branco como a que vi de Jonah no site.

"Por ali." A recepcionista aponta com o polegar para um corredor com carpete marrom, mal olhando para mim ou para Ellie Damson, das Três e Meia.

Passamos para uma sala de espera pequena onde estão várias outras jovens de cabelo castanho. Uma porta se entreabre e um homem com cabelo e bigode branco enfia a cabeça para fora. O rosto dele é enrugado e bronzeado, os olhos cinzas levemente entediados. Eu o reconheço do site como o próprio Maurice Alabaster. "Rachel Calloway?", ele chama, com um suspiro desanimado, olhando para o papel que tem na mão. "Três e vinte?"

Ninguém responde.

"Rachel Calloway?", repete Maurice, um tiquinho mais alto. Ellie Damson balança a cabeça para outra jovem. Uma delas estala a língua para negar.

"Rachel Calloway, última chamada."

Antes que tenha tempo de pensar, eu me apresento. "Sou eu!", digo. "Isso, meu nome é Rachel Calloway!"

Maurice Alabaster me convida a entrar em um escritório retangular bem pequeno e se acomoda atrás da mesa. Tem um laptop cinza e velho sobre pilhas de papéis e fotos, além de post-its colados em todas as superfícies. Na parede atrás dele foram penduradas aleatoriamente fotos de Maurice abraçando pessoas que reconheço vagamente de programas de tevê antigos. Todas as fotos estão autografadas.

"Não me lembro de você da primeira fase da audição, Rachel", diz ele, colocando os óculos quadrados e apertando os olhos para o laptop. "Você tingiu o cabelo? Pediram especificamente morenas."

Ah, é mesmo. Rachel Calloway. Ele acha que eu sou a Rachel Calloway. Abro a boca para explicar que, na verdade, meu nome é Delphie Bookham e que sinto muito por entrar com segundas intenções, mas estou atrás de Jonah Truman/Electric. Mas aí eu me lembro da reação de Claude, da aula de desenho, quando pedi informações de Jonah. Ele ficou imediatamente combativo e na defensiva, como se eu fosse perigosa ou coisa do tipo. Hum. Não quero nem um pouco que isso aconteça de novo. Maurice não estaria mais trabalhando na área se distribuísse informações de seus clientes levianamente, muito menos para alguém que entrou em seu escritório tentando se passar por outra pessoa.

Percebo que não pensei num plano quando entrei aqui. Estava concentrada demais em conseguir entrar, e agora...

"Tingi o cabelo", explico, com a voz tão controlada quanto consigo. "Mas posso tingir de volta."

Maurice pigarreia alto e mexe em seus papéis. Olho em volta e noto um arquivo no canto. Aposto que ele guarda as pastas dos clientes ali. Beleza. Agora eu tenho um plano. Preciso arranjar uma maneira de tirar Maurice da sala para poder pegar a pasta de Jonah no arquivo e encontrar o contato dele.

"Como sabe, a audição é para o papel de uma policial recém-chegada em *Assassinato no Belo Vilarejo* e..."

Meu cérebro viaja por um momento. Adoro *Assassinato no Belo Vilarejo*! Faz anos que está no ar, é praticamente um clássico da tevê britânica. Antes do meu pai abandonar a gente, ele e minha mãe assistiam todo domingo à noite.

"Hoje, queremos conhecer um pouco mais cada uma de vocês, e aquelas que forem chamadas para uma terceira fase vão se reunir com os produtores. Tudo certo?"

Assinto depressa. Maurice toma um gole de um copo pela metade de suco verde e faz uma careta. Então se recosta em sua cadeira desgastada. O peso de seu corpo a faz ranger, e ele solta um breve "ah" de prazer. Não parece que ele pretende se levantar tão logo, porém preciso me livrar dele para mexer no arquivo.

"Estou vendo aqui que você estudou na Academia Real de Artes Cênicas, muito bom", diz Maurice, concentrado, lendo o que imagino que seja o currículo de Rachel Calloway. "Você preparou um monólogo?"

Passo os olhos de um lado para o outro da sala, como se a solução para o que devo fazer neste cenário megaespecífico estivesse ali por cima.

A expressão de Maurice fica mais branda. "Está nervosa? É um papel *bem* importante, mesmo." Ele se inclina para a frente e baixa a voz. "Bom, tenho uma dica pra você. Estamos procurando alguém que consiga parecer *furiosa*, puta da cara. A policial Buttersby tem personalidade forte e todo mundo que entrevistei até agora..." Maurice faz um gesto desdenhoso. "É um pouco sutil demais. Sei que isso tá na moda agora com a HBO e na prestigiosa tevê americana ou sei lá o quê, mas estamos falando de uma série britânica que passa no domingo à noite, por isso estou procurando alguém que não tenha medo de, sabe... soltar os cachorros." Ele sorri. "Ajudei?"

Não, Maurice. Você não me ajudou em porra nenhuma. Se quisesse me ajudar, sairia daqui para eu poder bisbilhotar seus arquivos e encontrar a única pessoa na Terra que pode salvar minha vida. Preciso de mais tempo para pensar em um plano decente. Preciso fazer alguma coisa.

"Então pode começar." Maurice assente.

Respiro fundo. "Hã... deixa eu ver. Hum... Na, na, na, na, na, na-na. Na, na, na, na, na-na. Mandando ver", digo, depois fecho a boca.

Por quê, Delphie? Por que em momentos de grande estresse e pressão a primeira coisa na qual você pensa é no Will Smith? O Maurice está esperando um monólogo. Não isso, o que quer que seja isso! Ele vai te mandar embora.

Merda. Tá. Fúria. Ele disse que quer alguém que saiba ser furiosa. Eu sei ficar furiosa. Eu tô sempre furiosa! Franzo o rosto e cruzo os braços. Penso nessas pessoas irritantes que dizem 'Uau. Só... uau'. Penso em como é péssimo que o sr. Yoon não tenha familiares por perto. Penso em quando tenho que limpar o ralador de queijo. Penso em como a época da escola foi péssima. Penso na minha mãe, que nunca me liga de volta. Penso nas piores coisas, mas, para meu horror, em vez de ficar furiosa, meus olhos se enchem de lágrimas. Enxugo-as freneticamente com as mãos. Eu sou uma ridícula. Sou só uma ridícula, isso não vai funcionar! Eu deveria ir embora, ficar esperando por Merritt em casa. Deveria aceitar meu destino. É inevitável.

Maurice suspira como se isso acontecesse o tempo todo. "A gente fala do monólogo depois, então." Ele toca a tela do laptop. "Diz aqui que você estudou dança para teatro com Pauline LaRue Toussaint! Excelente. Pauline e eu somos velhos conhecidos. Ela é uma amiga muito querida."

Estou prestes a me desculpar por desperdiçar o tempo dele quando noto algo chocante acontecendo atrás da cabeça de Maurice. Numa foto de Maurice com uma pessoa que parece ser uma Judi Dench bem nova, palavras começam a aparecer na mesma caligrafia preta do autógrafo dela. Perco o ar. Merritt? Olho para a frase rabiscada.

Derruba o suco verde!

Ela está tentando me ajudar! Finalmente! Meus olhos vão na direção do copo na mesa. Claro! Se eu derrubar o suco em Maurice, ele vai ter que sair para se limpar e vou ficar sozinha com o arquivo!

"Isso!", digo, animada, voltando a me concentrar. "Pauline de la Ru Croissant. Foi ela que me ensinou a fazer isso."

Começo a fazer a primeira dancinha que me vem à cabeça, de novo aquela que usa as mãos, de *Grease*, considerando o sucesso que fez ontem à noite. Maurice se ajeita na cadeira, boquiaberto, enquanto eu me movimento em sua direção. Faço um movimento exuberante para a frente e quando vou cruzar os punhos, estendo a mão e derrubo o suco verde no peito dele.

Ele dá um grito e pula da cadeira, olhando consternado para a camisa listrada.

"Me desculpa!", digo, mas ele nem me ouve. Já está passando pela porta, murmurando alguma coisa sobre a camisa ter sido um presente de Sir Anthony Hopkins.

Isso! Isso, isso! Corro até o arquivo. Começo pela primeira gaveta. Só que... caralho. Não abre. Está trancada. Não! A chave. Preciso da chave do arquivo. Corro até a mesa de Maurice, abro a primeira gaveta e reviro. Nada. Tento as duas outras de baixo. Nada também.

"Pode dar mais uma ajudinha aqui, Merritt?", murmuro, procurando um porta-chaves nas paredes.

Nadinha.

Enquanto reviro a mesa bagunçada, noto respingos de suco verde na tela do laptop.

"Merda. Cadê a chave?", resmungo para mim mesma.

Ah, não. Ouço a voz de Maurice lá fora. Ele está voltando. Então, sem que eu o toque, um folheto azul voa da mesa para o chão. "Merritt?!", sussurro. Eu o pego e vejo um post-it rosa-choque colado no canto. Aperto os olhos para ele. Tem o nome de Jonah escrito, além de algo que não tenho tempo de ler, porque Maurice irrompe pela porta. Arranco o post-it do folheto e o guardo no sutiã. Maurice enxuga a camisa com um chumaço enorme de papel-toalha.

"Sinto muito, sr. Alabaster", digo, passando depressa por ele e pensando que talvez eu devesse mandar um dinheiro para pagar a conta da lavanderia assim que puder.

Já na rua, recupero o fôlego e apoio a cabeça na parede de tijolos do prédio ao lado. Então enfio a mão no sutiã e pesco o post-it rosa-choque. Meus olhos absorvem, ávidos, a informação.

Jonah Electric
Baile de gala anual na Mansão Derwent

Tem uma data rabiscada na parte de baixo do post-it. É depois de amanhã.

Bingo.

Vinte e quatro

Assim que chego em casa, pego o laptop e procuro o baile de gala anual na Mansão Derwent. Caio em um site que traz uma cara de coisa megachique e exclusiva. Entro na parte de eventos, onde uma galeria de imagens revela a casa mais glamourosa que já vi. Embaixo, em uma tipografia elegante, tem uma descrição do evento:

> *Junte-se a Lady Derwent no evento anual de arrecadação de fundos realizado no glorioso salão de baile de sua casa de campo. O tema deste ano é casais históricos famosos. Esperamos ultrapassar o evento do ano passado e levantar uma soma recorde para a instituição beneficente deste ano, a Chega de Bullying.*

Uau. Jonah deve ser um dançarino incrível, se vai se apresentar em algo assim refinado. Fecho os olhos por um momento e imagino nós dois no salão de baile, rodopiando pelo piso de taco polido. Nessa visão, não faço a dança da mãozinha de *Grease*.

Rolo a página e perco o ar ao ver o preço dos convites: mil e quinhentas libras por pessoa.

"Caralho."

Quer dizer, eu poderia usar minhas economias? Elas não vão me servir de nada se eu estiver morta. Clico no botão para comprar ingressos.

Ingressos esgotados.

Nããããão. Enterro o rosto nos braços para abafar um grito. É uma frustração atrás da outra. *Preciso* ir a esse baile! Entro na página do evento no Facebook e escrevo um comentário.

> Oie! Será que alguém teria um ingresso sobrando? Quero muito ir, e só preciso de um. Não tenho acompanhante. Se alguém puder ajudar, me marca ou manda mensagem.

Meu comentário recebe três respostas imediatas. A primeira, de uma mulher chamada Gloria Montpellier, que diz: Você não pode ir sozinha. O tema é casais famosos, então você precisaria de um acompanhante. Em seguida, recebo outra resposta, dessa vez de um cara que usa uma foto sua em uma cachoeira em uma foto de perfil: apenas uma sequência de três emojis rindo. A última resposta é dos próprios organizadores do evento:

> Ah, sentimos muito. Todos os ingressos foram vendidos e são intransferíveis. Você pode fazer uma doação pelo site e assinar nossa newsletter para receber notícias sobre o evento do ano que vem.

"Não vou estar aqui pro evento do ano que vem, porra!", grito para a tela, fechando o laptop com força e massageando as têmporas. Uma onda de cansaço me derruba. Acho que nunca aconteceu tanta coisa na minha vida ao mesmo tempo. É exaustivo. Com um grunhido, volto a abrir o laptop e procuro os nomes de Jonah, o real e o artístico, afunilando a busca para as últimas vinte e quatro horas, caso algo novo tenha aparecido. Nada! Para alguém que se diverte tanto em Londres, Jonah parece ser um recluso digital.

"Merritt?", grito. "Você está aí? Estou claramente fracassando! Acho que não consigo fazer isso."

Espero alguns minuto, mas não recebo qualquer resposta. Então tento de novo. "Muito obrigada pela dica do suco, aliás! Mas estou de novo num beco sem saída."

Aguardo, esperançosa, indo até a sala, caso ela apareça

ali. Depois até o banheiro, onde tem um espelho. Nada. Nem um sinal.

Olho para o meu reflexo. Peguei uma corzinha nos últimos dias. O bronzeado ressalta o brilho dos meus olhos e os deixa mais claros, além de acentuar as sardas no meu nariz.

"Pelo menos quando eu morrer pela segunda vez, vou estar com uma aparência um pouquinho melhor que da primeira", comento, abatida. Estalo a língua em desaprovação para minha imagem no espelho. Tive a sorte de conseguir entrar na discoteca silenciosa sem ingresso. Mas num baile de gala em uma mansão? Eu não faço ideia de como faria.

A não ser que... tão de repente como se a lembrança tivesse sido inserida no meu cérebro, me lembro do que Aled disse sobre Cooper ter escrito um livro sobre um assalto a banco. Se ele pode escrever uma história plausível sobre personagens se infiltrando em um banco, então *certamente* saberia como alguém conseguiria invadir, vamos dizer, uma festa beneficente elegante em uma mansão... né?

Além disso, tem o detalhe de que só dá para entrar de casal.

Pego o celular e escrevo uma mensagem.

PRECISO DE AJUDA.

O sino da porta da farmácia toca alegre quando irrompo na manhã seguinte. Jan, que estava assistindo à filmagem oficial de *Hamilton*, feita na Broadway, dá um pulo. A expressão dela se suaviza quando vê que sou só eu, e não uma pessoa desesperada para aliviar uma diarreia — um tipo de cliente mais comum do que gostaríamos.

"Como você está, querida?", pergunta Jan, toda simpática. "Leanne me contou sobre... sabe..." Ela baixa os olhos para a minha virilha. Mas deixa a frase morrer no ar e fico grata pela sensibilidade.

"Sobre a possível candidíase!", grita Leanne, e sua voz ecoa lá do fundo. Uma senhora escolhendo uma esponja me olha de alto a baixo. "Vinagre de maçã. Um galão de vinagre de maçã."

“Estou... bem. Muito bem”, digo a Leanne, forçando um sorriso. “Obrigada pela ajuda.”

Ela sai de trás do balcão e leva às mãos à cintura. “Você está diferente.”

“Estou?” Dou de ombros. “Acho que não.”

“Está, sim... o que será que é? Tem alguma coisa estranha...”

“Espera aí...”, diz Jan, envolvida. “Acho que ela está sendo *simpática.*”

“Caramba, é isso mesmo. Ela está sendo simpática”, concorda Leanne, como se a mera ideia fosse absurda. “O que aconteceu?” Ela leva as costas da mão à minha testa, para verificar minha temperatura.

“Ei!”, reclamo, e a afasto.

“Falando sério. O que aconteceu?”

Eu me pergunto o que aconteceria se eu dissesse a elas que estou sendo simpática porque preciso de ajuda para me infiltrar em um baile de gala para encontrar um homem que precisa me beijar em menos de quatro dias ou vou morrer de novo e ser varrida para um além-vida incerto e possivelmente servindo de rato de laboratório para o app de cupido de uma louca.

“Na verdade, vim até aqui porque, hã, vou a uma festa à fantasia e preciso da ajuda de vocês.”

As palavras saindo da minha boca parecem estar em uma língua estranha. Nunca esperei que diria algo do tipo. Nunca quis dizer.

“Qual é o tema?” Leanne inspira fundo, as unhas verde-neon levadas ao peito.

“Casais históricos famosos.”

“Ah, legal, clássico. No que você estava pensando?”

“Acho que minha ideia era que fosse uma coisa que parecesse cara, embora num valor que eu consiga pagar. É uma festa chique pra caramba e eu queria me vestir de acordo.”

“Ah, que tal Celine Dion e René Angélil?”, sugere Jan, animada. “Eles são *mega*chiques.”

Balanço a cabeça. “Não sei se o cara com que eu vou conseguiria se passar por René.”

"Então tem um cara, é?" Leanne ergue uma sobrancelha.

"É um amigo. Na verdade, nem isso."

"Que tal Barbra Streisand e James Brolin?", arrisca Jan. "Você poderia usar um coque que nem o dela em *Funny Girl*!"

"Gosto... mas... não sei se as pessoas vão reconhecer a fantasia."

"Então você *quer* que seja mais reconhecível?"

"Quero estar bonita, mas não quero chamar a atenção. Então não pode ser nada extravagante... eu só quero estar à altura."

"Tá, então... algo básico. Bom, vocês podem ir de Gatsby e Daisy. Você usa alguma coisa brilhante e o seu amigo-na-verdade-nem-isso vai de smoking. Resolvido."

Boa. "Acho que esse aí eu conseguiria."

Contraio o rosto e tento me lembrar da última festa a que fui. Não consigo, mas tudo bem, porque as festas que vejo na televisão sempre parecem um pesadelo. Com aquela gente alegre de um jeito meio performativo, comida sem graça, papo furado, DJs.

Leanne desbloqueia o celular e abre o aplicativo de calendário. "Quanto tempo tenho para pensar no figurino? Posso fazer tudo a preço de custo, mas vou precisar cobrar pelo tempo e pelas provas, e você vai precisar de acessórios e..."

"Ah, não, você não entendeu", digo, cortando-a. "O baile é na quinta à noite."

"Você quer dizer esta quinta à noite? Tipo, amanhã?"

Confirmo com a cabeça.

Leanne balança a cabeça. "Não dá. De jeito nenhum que consigo fazer pra amanhã. Meu deus, Delphie. Você tem que me avisar das coisas. Não pode chegar aqui e exigir uma folga e fantasias espetaculares assim de bate-pronto!"

Faço uma careta, mas ela tem razão. "Desculpa", digo. "Você conhece uma loja de aluguel de fantasias?"

Leanne franze o nariz. "Até parece, eu não vou deixar você alugar a roupa. Tudo que as lojas tiverem de bom já vai ter sido pego, e o tecido desses lugarzinhos é sempre péssimo. Uma vez aluguei uma fantasia de sereia e tinha *uma mosca* no bustiê. Não, sem chance. Fora que certeza de que você vai passar a noite toda se coçando, o que não vai ser nem um pouco chique."

"Ahm...", solta Jan, enquanto empacota um xarope para a tosse para alguém claramente incomodado com a falta de atenção que está recebendo.

"O que foi, mãe?"

"Lembra daquele vestido que você usou na festa de setenta anos da vovó Diane? De seda cinza, com aquele... negócio aqui?" Ela aponta para os ombros.

"De manga cavada?" Leanne leva um dedo ao queixo.

"Você estava um pouco mais gorda na época, e acho que serviria na Delphie hoje em dia. Vocês duas têm mais ou menos a mesma altura."

Leanne fecha os olhos e começa a murmurar para si mesma. "Precisaria de franjas e de algum tipo de brilho. É, se eu deixasse as mangas e aí usasse as penas do... daí pro cabelo dela eu podia..."

Ela abre os olhos, depois me olha de alto a baixo três vezes, me gira com a mão e assente. "Que horas você precisa sair amanhã?"

Penso no que combinei com Cooper. "Vamos sair às cinco. O baile começa às oito."

"Neste caso, você vai precisar chegar aqui às duas."

"Duas? Até parece! Tá zoando com a minha cara? Não preciso de três horas pra me arrumar!"

"Bom, estou imaginando que você vai precisar de ajuda com a produção..."

"Produção?"

"Cabelo e maquiagem." Jan franze os lábios, com uma expressão sabichona no rosto. "Você não tem Instagram, Delphie? Todas as estrelas de cinema contratam produção. Elas contam com toda uma equipe só pra isso."

Balanço a cabeça. "Não, eu não tenho Instagram. Tem vídeos demais de pessoas apontando para palavras."

Não falo pra ela que cheguei a entrar no Instagram e publicar uma selfie que só recebeu uma curtida, de um médico da Marinha dos Estados Unidos. Depois ele me mandou uma mensagem perguntando se eu não queria dar uma nota para o pinto dele. Apaguei o aplicativo em seguida.

Leanne e Jan trocam um olhar.

"Beleza, só... deixa comigo", fala Leanne. "Esteja aqui às duas."

"Ah, e antes que vá embora, chegou isso aqui pra você", diz Jan, me passando um exemplar de *O dinheiro corrompe, o dinheiro mata*, de R. L. Cooper.

"Você abriu?", pergunto, chocada.

"Achei que fosse pra mim. Você nunca recebe encomendas. Não sabia que gostava de romances policiais!"

"Eu não gosto."

Mas estou curiosa para saber por que Aled ficou tão empolgado ao conhecer Cooper, e não queria correr o risco de que o livro fosse entregue no apartamento errado e ele descobrisse que comprei o livro dele.

Enfio o romance no fundo da sacola de pano e olho para o relógio na parede. "Merda. Tenho que correr. Marquei manicure!"

"Manicure? Quem é você e o que fez com a Delphie?" grita Leanne para mim quando já estou de saída da farmácia.

Ando me perguntando a mesma coisa.

Vinte e cinco

Hoje é o sétimo dos dez dias que Merritt me concedeu. *Tem* que ser o dia em que finalmente conheço minha alma gêmea na vida real. *Tem* que ser o dia em que salvo o destino de Merritt na Eternidade e também, sabe, a minha vida. Em meio ao pânico, tenho uma estranha sensação de que era assim que deveria ter sido o tempo todo. De que o destino não queria que eu reencontrasse Jonah num parque, numa aula de desenho ou numa discoteca silenciosa. Ele quer que eu o reencontre num evento grandioso e inegavelmente romântico. E o que pode ser mais romântico que um baile chiquérrimo? Claro que vai ter um monte de gente lá, o que não é o ideal. Mas também vai ter champanhe, uma iluminação espetacular e provavelmente algum tipo de música ao vivo.

Ontem à noite, antes de me despedir do sr. Yoon, avisei que havia encomendado o jantar dele de hoje e que tudo o que ele precisaria fazer seria atender a porta. Disse que só voltaria quando ele já estivesse dormindo, por isso nos veríamos no café de amanhã. Em resposta, ele me escreveu um bilhete dizendo: *Seja jovem e se divirta!* Isso me deixou meio triste, mas não entendi muito bem por quê.

Quando já estou de saída para a farmácia, Cooper põe a cabeça para fora de seu apartamento.

"Como você fez isso?", pergunto. "Como sabia exatamente a hora em que eu passaria pelo corredor? Ou você ficou enfiando essa cabeça para fora da porta a cada cinco minutos só pra saber quando eu ia passar? Que maluquice. Ou, pera aí...

você instalou uma câmera escondida no corredor?" Olho para os cantos do teto.

"Você não anda de uma forma assim tão graciosa, Delphie", solta Cooper, apoiando uma mão na moldura da porta. "Todo mundo que mora aqui no térreo sabe disso."

"Sério?"

Ele acena com a cabeça para a porta da frente. "A sra. Ernestine diz que sabe quando você está descendo porque parece que tem uma manada de elefantes atravessando as planícies do Serengeti."

"E tinha algum motivo pra você precisar falar comigo?"

Cooper franze a testa e me sinto imediatamente culpada por meu pavio curto, e faço uma nota mental para dar uma melhorada nisso se eu ficar viva. O Cooper se mostrou surpreendentemente disposto a me ajudar quando pedi. E continuou disposto mesmo quando eu disse que ele provavelmente precisaria ir a um baile de gala comigo — um favor enorme para se pedir tão em cima da hora. Eu deveria mesmo tentar ser mais legal com ele.

"Está tudo bem?", pergunto, suavizando o tom.

"Só queria emprestar isso aqui pra você", fala Cooper. "Eu não sabia onde estava, mas acabei encontrando no fundo de um armário."

Ele me passa uma caixa vermelha grande com CARTIER escrito em letras prateadas na tampa. De perto, vejo que a caixa está velha, desbotada e tem marcas de uso.

Abro a caixa e perco o fôlego. Lá dentro tem um par de brincos enorme, com pérolas e diamantes numa forma triangular intricada.

"Eram de Em", explica Cooper. "Ela comprou em uma das vendas de garagem que tanto adorava. Sei disso porque Em não parava de falar sobre a sorte que tinha sido encontrar uma coisa dessas pelo preço que pagou. Os brincos são de 1922, que, como você deve saber, é exatamente o ano em que *O grande Gatsby* se passa."

Eu não fazia a menor ideia disso. Mas os brincos são incríveis independentemente disso, muito mais que qualquer coisa que eu já tenha usado. "Você... tem certeza?"

Parece uma coisa bem importante. Os brincos devem ter valor sentimental para Cooper, e ele não me conhece tão bem assim para confiar que não vou perdê-los (o que, vamos encarar, não é totalmente improvável).

Cooper não dá a mínima importância pra minha hesitação. "A gente tem que se antecipar e ser esperto. Com brincos de diamante e pérolas desse tamanho, ninguém vai desconfiar que você entrou de penetra."

"Espera, os diamantes são *de verdade*?", pergunto, indignada.

"Claro que sim. A Cartier não trabalha com zircônia cúbica."

"Puta merda. Devem valer..."

"O bastante para eu te pedir para tomar cuidado com eles, com certeza."

Eu me imagino circulando pela festa sem tirar as mãos das orelhas, com medo de que os brincos caiam.

"São tão pesados", comento, sentindo-os nas mãos e ficando encantada com o brilho que produzem na luz do corredor.

"Os lóbulos das suas orelhas parecem fortes", diz ele. "Acho que você dá conta."

"Vou entender isso como um elogio."

"A intenção foi essa mesmo."

"Essa foi a primeira coisa simpática que você já me disse, sabia, Cooper?"

Ele balança a cabeça depressa. "Eu disse que tinha gostado do seu cacto na primeira vez em que fui entregar uma encomenda no seu apartamento."

"Você ainda se lembra disso?"

"Eu me lembro de tudo, Delphie."

Os olhos dele brilham quando me dirige uma expressão perturbadora que dura um segundo mais do que seria esperado. Penso nos dedos dele em minha mão no aquário.

"Enfim!", meio que grito. "Agora eu preciso ir!" Ergo os brincos. "Vou malhar as orelhas pra elas darem conta desses dois aqui. Será que existe um pesinho em miniatura para lóbulos? Haha."

Cooper ergue uma sobrancelha.

Me despeço com uma espécie de aceno, dou as costas para ele e saio correndo do prédio.

Quando chego à farmácia, encontro Leanne segurando asas de anjo pintadas com tinta spray dourada e um sorriso no rosto sem rugas.

"Achei que tivesse dito que seríamos Daisy e Gatsby!"

"Você não confia em mim? Depois de todos esses anos?"

"Não!", digo, olhando para Jan, que botou três tipos de dispositivos que esquentam diferentes para o cabelo na tomada.

"Ah, entendi tudo. Agora que você já conseguiu o que queria, não vai mais ser fofa e divertida comigo igual estava sendo. Eu sabia que era bom demais para ser verdade."

"Só não tenho certeza de que quero usar asas de anjo. Eu disse que não queria nada extravagante!"

"Você não vai usar as asas, sua boba. Vou arrancar as penas para usar na sua fantasia, e só dá pra saber quais e onde depois que você tiver provado o vestido."

"Ah."

"Pois é. *Ah*", imita Leanne. "Beleza, então vamos lá, mãe." Ela bate palmas uma vez e me olha de alto a baixo. "Temos muito trabalho pela frente."

Já se passaram três horas, e eu senti cada minuto de cada uma delas. Primeiro veio a cinta modeladora, na qual Leanne insistiu em me ajudar a entrar (e que ela prometeu que nunca foi usada, muito embora os olhos dela se desviassem de vez em quando para Jan enquanto falava). Depois, Jan enrolou meu cabelo devagar como uma lesma com uma espécie de pinça de metal que chegou perigosamente perto do meu olho quatro vezes. Isso sem falar dos quinze minutos de surto de Leanne porque eu não conseguia manter meus cílios parados para que ela colocasse os postiços por cima, para criar "uma vibe olho de gato".

"Vai fazer tanta diferença assim?", perguntei, no que ela falou que precisava sair "pra tomar um ar".

Quando terminam, as duas recuam um passo e trocam cotoveladas, sorrindo.

"Vai lá na sala de aferição de pressão pra dar uma olhada", sugere Jan.

Faço o que ela manda e abro a porta do armário, que tem um espelho ondulado da Ikea colado. Demora um pouco pra eu perceber, de verdade, que a pessoa que me encara no espelho sou eu. Delphie Bookham. Estou... gata pra caralho. O vestido está colado no meu corpo como se tivesse sido feito sob medida. As franjas prateadas balançam quando me viro para a esquerda e depois para a direita. Leanne colocou penas douradas da asa de anjo nas mangas do vestido, o que o deixou mais dramático e chique. Meu cabelo agora tem ondas uniformes por toda a sua extensão. Está preso atrás das orelhas, caindo sobre um ombro, deixando os brincos incríveis de Em bem à mostra.

"Não deu tempo de fazer *finger waves* de verdade, igual o que elas usavam nos anos 20, mas vi um tutorial no YouTube de como reproduzir o efeito com babyliss", comenta Jan, tirando fotos do meu cabelo com o celular. "Ficou excelente! Acho que vou fazer em mim mesma um dia. Aposto que, se fizer, Den, da mercearia, vai me notar."

Eu me aproximo do espelho para olhar para o meu rosto mais de perto. Minha pele parece lisa e reluzente, as sardas no meu nariz contrabalanceando a maquiagem pesada que vejo nos olhos. Meus lábios estão pintados de um tom brilhante de bordô, espelhado pelo blush ameixa das minhas bochechas.

"Como você fez pros meus olhos ficarem assim tão grandes?", pergunto, impressionada. "Estou parecendo minha mãe."

"Ah, usei uns truques aí", diz Leanne, com modéstia. "Mas os seus olhos já são bem grandes."

Lágrimas se acumulam em meus olhos grandes.

"Nem pensar, porra", sibila Leanne, pulando na minha frente e enxugando meu rosto com tapinhas leves.

"Eu... eu..." Engulo o nó que se forma em minha garganta. "Obrigada." Olho para uma e depois para a outra. "Vocês não precisavam ter feito isso... mas fizeram mesmo assim? Sem esperar nada em troca."

"Bom, acho que agora a primeira *e* a segunda rodada podem ser por sua conta."

Se isso funcionar e eu recuperar a minha vida, pago todas as bebidas que Leanne e Jan quiserem. Para sempre. Por mim, vamos juntas no pub toda semana.

Digo isso para elas e Jan finge um desmaio.

"Agora vai logo, senão você vai acabar se atrasando." Leanne me bota para fora com um sorriso no rosto. Solto mais uma rodada de agradecimentos para as duas e saio da farmácia.

Enquanto atravesso a rua, meus lábios se abrem em um sorriso enorme. Não tem nem jeito de Jonah não querer me beijar depois de me ver do jeito que estou. Tenho certeza absoluta.

Penso no beijo dele. Deve ser suave. E doce. Tipo musse de chocolate. Então me ocorre que durante a minha vida inteira, eu beijei só uma pessoa. E foi péssimo. Merda, e se tiver sido péssimo por culpa minha? E se Jonny Terry na verdade beijava megabem e foi por minha causa que foi tudo tão desconfortável e desajeitado? A ideia faz meu estômago se revirar.

E se, depois de ter chegado até aqui, eu nem souber como beijar alguém? E se, quando chegar a hora, eu passar uma cantada e Jonah perceber no mesmo instante que não tenho ideia do que estou fazendo? E por conta disso eu acabar espantando ele?

Afasto a ideia da cabeça e tento me concentrar na maneira como Jonah me olhou na Eternidade. Na sensação de segurança que experimentei na presença dele.

Eu vou conseguir. Merritt nunca disse que precisava ser um beijo perfeito. Só disse que ele precisava me beijar.

Vai dar tudo certo.

Tem que dar.

Vinte e seis

Aguardo Cooper chegar ao lado do carro dele, com o celular na mão enquanto procuro "regras de etiqueta em bailes de gala" no Google, na esperança de encontrar algumas dicas.

"Delphie."

Levanto a cabeça e deparo com Cooper à minha frente. Ele está usando um smoking preto de corte perfeito e seu cabelo, que normalmente está bagunçado, agora está penteado e brilhante. Agora ele parece o irmão mais velho extremamente alto, mal-humorado, babaca e *gato pra caralho* do Timothée Chalamet. Os olhos dele se arregalam para o meu vestido e depois para o meu rosto. Ele lambe os lábios discretamente. Fico pensando que vai me elogiar, mas em vez disso passa uma mão pelo maxilar e solta: "Achei que as mulheres dos anos 20 usassem penas na cabeça, e não nos ombros".

"Valeu aí, Miranda Priestly."

"Quem é Miranda Priestly?"

Reviro os olhos.

"Seu smoking é lindo", digo, ignorando a pergunta. "Fico surpresa que tenha conseguido alugar um que servisse tão em cima da hora." Entramos no carro e noto imediatamente que as canetas e garrafas da outra noite desapareceram. Tem um aromatizante novinho pendurado no retrovisor. Segundo está escrito, tem cheiro de "couro toscano". Eu me inclino para sentir. Nada mal. Na verdade, é até gostosinho.

Cooper faz uma careta. "Esse smoking é meu", responde ele, como se fosse *óbvio* que todo os homens do mundo tivesse um smoking à disposição para quando precisassem.

"Ah, foi mal aí. Esqueci que você é um escritor famoso que precisa ir a um monte de eventos chiquérrimos onde as pessoas puxam seu saco e te dão prêmios."

"Sua visão da vida de escritores está completamente equivocada. A maior parte do trabalho envolve ficar sentado sozinho na frente do computador, parando de vez em quando para atender a porta ou para passar outro café que eu talvez nem quisesse."

"Ah, então deve ser igual a sua vida agora. Só que sem escrever mais nenhum livro?"

"Você tem um talento especial para fazer o comentário mais maldoso possível em qualquer situação."

Dou de ombros e arrumo uma manga porque tem uma pena cutucando minha pele. "Sabe quando alguém te diz uma coisa horrível e você só consegue pensar numa resposta só bem depois? Tipo quando você pensa em algo perfeito no meio da noite e fica cada vez mais irritado consigo mesmo por não ter pensado nisso na hora?"

"Sei."

"Bom, meio que meu ensino médio inteirinho foi assim. Então acabei desenvolvendo essa habilidade de ter respostas prontas quando alguém me irrita. E você me irrita demais. Tem sido bom pra treinar."

"É uma habilidade incrível", comenta Cooper, passando a marcha enquanto a cidade vai ficando para trás.

"Eu devia incluir no meu currículo."

"Nota máxima em todas as disciplinas, três turmas avançadas, graduada em réplicas automáticas impactantes."

"Com mestrado em aporrinhação." Dou risada. "Mas agora falando sério. O Aled ficou todo empolgadinho quando te conheceu. Acho que, se eu conseguisse fazer algo que deixasse as pessoas assim encantadas comigo, nunca pararia de fazer. Você não sente saudade dessa época?"

"Muita."

"Então por que não...?"

"Por que você tem caixas e mais caixas de tinta fechadas no seu apartamento?"

Ele me lança um olhar e entendo o que ele quis dizer. Fecho a boca.

Enquanto ele continua dirigindo, noto que, à esquerda, tem vacas e ovelhas em um pasto. "Vacas e ovelhas!", comento, empolgada.

"Você nunca saiu da cidade?"

"Fui pra Barnet uma vez..."

"Você está se referindo àquele outro dia, em que fomos até a casa dos meus pais? É sério que você nunca saiu do centro de Londres?"

"Fui pra Grécia sozinha uma vez. Mas, fora isso, nunca me aventurei muito. Eu tenho tudo o que preciso em Bayswater."

"Você nunca viajou com a sua família? Com seus amigos?"

"Minha mãe mora em Marfa", digo.

"Marfa? Onde fica isso?"

"É uma cidade no meio do deserto no Texas. Ela mora lá com Gerard, o namorado dela."

"E o que sua mãe faz lá?"

"Arte."

"Que legal. Você sempre vai visitar?"

Balanço a cabeça. Quando minha mãe foi para Marfa, disse que, depois que eu terminasse as provas, me compraria uma passagem de avião para eu ver o que achava do lugar e se queria me mudar para lá também. Mas aí quando eu me formei, ela sugeriu que seria melhor que eu ficasse cuidando do apartamento em Londres, porque Marfa era quente demais para mim e todos os outros membros da comunidade tinham mais de quarenta anos, então eu provavelmente me sentiria desconfortável e deslocada.

"Nunca fui", digo. "É quente demais pra mim."

Algo na minha voz aparentemente faz com que Cooper me lance um olhar meio empático.

"Não tem problema", digo, animada. "Ela está feliz, o que é ótimo. De verdade. Mas vamos mudar de assunto. Falar disso é chato."

Cooper pigarreia. "Tá. Então você não tirou um ano pra

viajar depois da escola? Nunca foi pra nenhuma despedida de solteira no exterior? Pra nenhum casamento na Itália?"

"Pra nenhum casamento na Itália? Haha!" Balanço a cabeça. "Esse tipo de coisa nunca me interessou. Acho esse negócio de casamento meio chato, e viajar me parece um desperdício de dinheiro." Não menciono que nunca sequer fui a um casamento, muito menos a um casamento na Itália.

Falo com toda a convicção que consigo, mas mesmo para os meus próprios ouvidos os argumentos soam forçados. O que é estranho, porque *todos* os planos que já fiz na vida foram pensados para viver fechada em meu casulo, sem ninguém para me incomodar. Então por que sinto uma pontada de decepção?

"Tem tanta coisa pra se ver no mundo", murmura Cooper. "Tantas experiências para se viver."

"Ah, valeu pela dica, Michael Palin. Vamos ligar o rádio?"

Não espero ele responder. Ponho na London Pop FM e aumento o volume.

Duckett's Edge é a cara de uma das cidadezinhas pitorescas de *Assassinato no Belo Vilarejo*. As casas são enormes e têm telhado de palha e portas pintadas em cores brilhantes. As ruas são sinuosas e ladeadas por canteiros de flores coloridas. Cooper para no estacionamento de um pub chamado Bee and Bonnet e desliga o motor.

"Você já veio aqui?", pergunto, saindo do carro e alongando as costas. O sol está baixo no céu, lançando um brilho dourado suave sobre nós. Procuro dar uma ajeitada no vestido para que não pareça tão amassado. Então afofo as penas e pego o pó na bolsinha de seda que Leanne me emprestou, depositando com cuidado sobre a testa e o nariz.

"Não." Cooper tranca o carro e alisa as pernas da calça. "Mas fiz uma pesquisa na internet e descobri que esse pub fica a quinze minutos a pé da Mansão Derwent, uma distância conveniente."

"Quinze minutos?" Faço uma careta, olhando para os sapatos de salto um pouco apertados que Leanne me fez usar. "Não sei se você notou, mas eu nunca uso salto. Nunca mesmo. E o tempo tá megaquente. E eu estou o mais próximo que vou chegar de um dia parecer perfeita, dentro das minhas possibilidades. Se eu suar, já era."

"Falei quinze minutos, não quinze quilômetros. E, se você suar, é só passar mais desse negócio aí de novo."

Cooper não comenta a coisa de eu estar perfeita. Na verdade, desde que nos encontramos, ele não falou absolutamente nada sobre a minha aparência, muito embora eu saiba que nunca estive tão bonita.

Pego o celular na bolsa. Tem uma mensagem do restaurante italiano na Kensington Park Road dizendo que meu pedido foi entregue para o sr. Yoon. Ótimo. Mas só então eu confiro a hora.

"Espera aí... se levarmos quinze minutos para chegar lá, vamos estar atrasados! Achei que tivesse dito que seríamos discretos. Se entrarmos depois que tiver começado, vamos chamar a atenção pro fato de que não temos convite!"

"Meu plano envolve chegarmos com quinze minutos de atraso."

"Ah, é?"

"Embora tenha se equivocado em vários pontos sobre a vida de um escritor naquela hora, estava certa quanto à história dos prêmios. Ganhei dois Daggers."

"Não faço ideia do que isso significa."

"Significa que escrevo livros sobre roubos que conquistaram o respeito e a admiração dos meus pares. Entrar em um baile de gala beneficente sem convite não é um problema pra mim."

Hum. Não sei se acredito.

"Vamos chegar rapidinho", diz Cooper, confiante, quando começamos a atravessar o estacionamento do pub.

Meu calcanhar está sangrando. Estamos no que parece ser uma estrada rural sem fim, com uma ovelha solitária nos seguindo e balindo de tempos em tempos, como se para avisar que continuamos andando na direção completamente errada.

"Tem certeza de que é pra cá?", pergunto, e não é a primeira vez.

Cooper para e passa uma mão pelo maxilar. "Por favor, para de me perguntar isso. Já confirmei mais de uma vez. Que ódio, eu passei quase o dia inteiro ontem me certificando de que isso ia dar certo."

"Sério?", pergunto, surpresa. "O dia inteirinho?"

"É", garante ele, exasperado. "Eu disse que ia dar um jeito. E *este* é o único jeito de chegar aos fundos da Mansão Derwent sem sermos vistos. Quando a gente chegar lá, te conto o resto do plano."

"Não entendo por que não pode me contar agora. E se não for um bom plano e eu tiver que fazer ajustes? Você precisa entender que é muito importante para mim que isso funcione!"

Cooper dá um passo na minha direção. O nariz dele fiz a poucos centímetros do meu. Noto que seus olhos verde-escuros são salpicados de um tom mais claro de verde. Eles brilham, me lembrando de esmeraldas. "Se eu não te contei ainda, Delphie", responde ele, em voz baixa, "é porque você faz comentários cínicos em todas as oportunidades e pergunta *muito* além da conta." Cooper passa os olhos pelo meu rosto. "Por acaso já planejou um *roubo*?"

"Não, nunca planejei", digo, notando que ele fez a barba. Os pelos, que normalmente ficam desgrenhados, estão mais curtos e certinhos.

"Pois eu já planejei vários." Cooper aperta a gravata-borboleta.

"Na ficção. Não na vida real."

"Você não pode ter um pouco de fé, porra?"

Pisco.

Fé. Hum.

Na falta de uma resposta espertinha apropriada, faço que sim com a cabeça.

"Tá."

"Tá."

"*Tá*." Os olhos dele se demoram em mim por um momento antes de voltar a descer a estrada, comigo mancando em seu encalço e a ovelha perdida trotando logo atrás.

Pouco depois, dobramos uma curva e os fundos da Mansão Derwent entra em nosso campo de visão. É uma propriedade grande, maior ainda do que parecia nas fotos que vi na internet.

"Nossa", solto. "É maravilhosa. E tão antiga! Será que é assombrada? Será que Lady Derwent dorme numa daquelas camas de dossel? Ah, você acha que tem copa?"

Cooper me ignora e continua caminhando com propósito na direção da cerca preta de ferro fundido que contorna os fundos da propriedade. Estou prestes a perguntar como ele acha que vamos passar quando ele começa a contar as grades baixinho. "É para ter uma fechadura umas cento e cinquenta grades à esquerda", murmura ele.

Começamos a contar as grades juntos. Como ele disse, tem uma fechadura na de número cento e cinquenta. As grades ali são ligeiramente mais grossas, e no meio de uma tem um espacinho enferrujado onde cabe uma chave.

"É um portão secreto!", solto, simplesmente encantada. Acho que se divertir deve ser assim.

Cooper leva a mão ao bolso de dentro do paletó e tira um canivete suíço de lá. Ele insere uma das ferramentas na fechadura e a sacode de um lado a outro, e sua língua escapa por entre os dentes.

"Você vai arrombar!", exclamo, genuinamente impressionada.

"Você vai ficar aí narrando tudo mesmo?" Cooper me olha antes de dar uma última sacudidela firme na fechadura. As dobradiças se abrem com um rangido que sugere que isso não acontece há um século.

"Vamos ter que te deixar aqui", digo para a ovelha atrás

de nós. "Gostaríamos que você fosse junto, mas é muito perigoso."

Cooper se vira para a ovelha. "Obrigado por nos ajudar a chegar até aqui", ele acrescenta, com uma expressão séria e sincera. "Mas seu cheiro levantaria suspeitas demais."

"Nunca vamos esquecer você." Estendo a mão para dar uma batidinha na cabeça dela, mas acabo desistindo, porque Cooper tem razão sobre o cheiro, e *aroma de ovelha* não é uma boa para alguém que pretende atrair o homem dos sonhos.

"Adeus, agente especial Balthazar", diz Cooper, curvando a cabeça solenemente.

Agente especial Balthazar?

Solto uma risada tão alta que fico chocada, e a ovelha literalmente caga na grama.

"Vamos, Delphie", Cooper me repreende, como se não fosse ele fazendo graça agora há pouco. "Essa história está longe de terminar." Os olhos dele brilham de empolgação, as bochechas ligeiramente coradas. Será que... Cooper está fazendo graça?

Subimos por um caminho gramado até chegar a uma espécie de dependência ligada à casa principal.

Cooper enfia a mão no bolso e tira um pedaço de papel dobrado, então o abre para revelar o que parece ser uma planta de Derwent.

"É da mansão?", pergunto. "Você imprimiu uma *planta*?"

"Claro. De que outra maneira eu saberia que havia uma dependência?"

Ele me passa o papel e sobe um degrau para espiar pela janela da dependência. "Preciso de uma pedra."

Finalmente, uma tarefa para mim. Procuro a melhor pedra possível. Pego duas e as descarto ao encontrar uma redonda maior e mais pesada que as anteriores.

"Ótima pedra", assente Cooper em aprovação, e volta a descer o degrau enquanto a passa de uma mão para a outra. "Agora vou jogar a pedra por aquela janela." Ele aponta para o alvo. "De acordo com o último relatório de segurança contra incêndios, tem um detector de fumaça do lado de dentro, um pouco à esquerda da janela. Vou fazer com que dispare, então todo mundo vai ser obrigado a sair e vamos poder nos misturar à multidão. Aposto que os convidados vão ficar tão irritados com a interrupção que ninguém vai ter coragem de pedir que mostrem os convites outra vez. Então você e eu vamos poder entrar tranquilamente, junto com os outros. Como se tivéssemos estado aqui desde o começo."

Sorrio. "Estou impressionada, Cooper."

"Não vamos descansar até ter uma taça de champanhe nas mãos. Só então vamos saber que conseguimos nos infiltrar no evento."

"E aí eu finalmente, *finalmente*, vou poder encontrar Jonah!"

Ele assente, com o rosto de repente sério outra vez. Então recua um pouco e, com muito mais força do que me pareceu necessário, atira a pedra contra a janela.

Vinte e sete

O vidro faz tanto estardalhaço ao espatifar que tenho medo de que todo mundo na festa tenha ouvido.

“Porra, Cooper! Isso aí foi alto pra caralho! E se...”

“Tem uma banda de swing de dez integrantes tocando no salão”, Cooper me tranquiliza, voltando a se aproximar da dependência para enfiar o braço com cuidado pela janela quebrada. “Ninguém ouviu.” O rosto dele se contrai por um momento enquanto tateia a parede interna. Então seus olhos se iluminam. “Achei! Beleza. Quando disparar, vamos para a frente da mansão e nos misturamos à multidão. Pronta?”

Assinto com vigor, sentindo o coração disparar. “Pronta!”

Cooper aciona o alarme de incêndio. Uma sirene estridente soa tão alto que a força da vibração faz meus peitos e minha barriga chacoalharem um pouco.

Ele volta a descer e, juntos, damos a volta na mansão o mais rápido possível sem correr. Manter a calma é mais difícil do que achei que seria. Por dentro, estou em pânico, mas preciso manter a fachada de tranquilidade. Vejam só como eu deveria estar aqui! Vejam como eu ando pra lá e pra cá como se este fosse só mais um dia da minha vida maravilhosa! Lanço um olhar para Cooper e solto um gritinho ao notar que está escorrendo sangue da mão dele.

“Merda. Cooper!”

“O que foi? Está vendo alguém? Fomos pegos?”

“Não! Você está sangrando!”

Ele baixa os olhos para a própria mão. “Parece que estou, mesmo.”

"E tá sangrando real, de verdade. Você deve ter se cortado no vidro quebrado."

"Delphie, pega o lenço que tem no bolso de dentro do meu paletó", ele instrui. "Não posso correr o risco de sujar o smoking."

Eu me apresso a abrir o paletó para revirar o bolso. Encontro um monte de pedacinhos e caroços, mas nenhum lenço.

"Não estou achando", digo, mexendo a mão freneticamente.

"Tem mais um bolso do outro lado. Tenta o outro bolso."

Eu tento, e agora estou tão perto de Cooper que consigo ver como a camisa branca de algodão se agarra a seu peitoral. Consigo sentir o cheiro de seu sabonete. Meu coração começa a martelar. Deve ser por ter visto sangue. Nunca tive problema com isso, mas os últimos dias têm sido um pouco demais para alguém que até a semana passada só havia falado com quatro pessoas durante o ano inteiro.

"Não tem lenço aqui também!"

"Nossa. Eu devo ter me esquecido." Cooper cambaleia um pouco, se por estar perdendo sangue ou por descobrir que falhou em alguma coisa? Eu não saberia dizer.

O sangramento aumenta bastante. Está tão forte que, em alguns minutos, teremos um problema sério. O alarme de incêndio para de soar, e ouvimos os convidados saindo.

"A gente precisa entrar, tá? Precisamos que alguém dê uma olhada nisso aí. Não importa se nos descobrirem. Não quero que nós dois morramos por uma besteira dessas."

"Morrer? Quê? Não. O sangramento vai parar a qualquer minuto."

"Vamos usar seu paletó pra estancar."

"Não posso ficar com o paletó todo cheio de sangue!"

"Quem liga pra essa porra agora? Pra alguém que estudou em Oxford, você às vezes é meio tonto."

Faço Cooper se sentar na grama. Ele não parece ser do tipo que desmaia, mas é melhor garantir que não serei esmagada por seu peitoral largo. Então tenho uma ideia. Enfio a mão no bolso dele outra vez e pego o canivete-suíço que vi lá dentro. Ergo a barra do vestido e, usando a faquinha, abro um rasgo no meio da coxa do short da cinta modeladora que uso por baixo e arranco uma tira de tecido inteira. Então a tiro, me ajoelho e enrolo na mão de Cooper, apertando o máximo que consigo.

"Está funcionando", sussurro. A mão de Cooper permanece surpreendentemente firme enquanto a minha treme. "Não tá doendo?", pergunto.

"Não. Mas vamos nos atrasar. E estragar tudo."

"Isso não importa agora."

Continuo segurando o tecido no lugar até o sangramento cessar. Então volto a pegar a faquinha e corto uma tira da outra perna do short. Enquanto faço isso, noto que Cooper repara nas minhas pernas, com os olhos quase pretos. "Pois é, existem mulheres que de fato têm carne nos ossos", digo, em resposta à expressão estranha que se forma no rosto dele. Então meu coração volta a acelerar. Ignoro isso para enrolar a nova faixa de tecido em sua mão e amarrar embaixo.

"Pronto", digo. "Parece uma atadura preta toda chique."

Cooper se levanta para vistoriar a mão, depois baixa os olhos para minhas coxas, cuja gordura agora escapa do que resta da cinta modeladora.

"*Jonah* gosta de mulheres cheinhas", digo, voltando a descer o vestido.

Ouço o burburinho de vozes ficando mais baixo na frente da mansão. Cooper também.

"Eles já estão voltando pra dentro. Vamos! Rápido."

Quando chegamos à entrada, os últimos casais desaparecem pelo pórtico grandioso.

"Merda. Merda, nãooooo!", murmuro, ao ver um cara de walkie-talkie ali, olhando com desconfiança para nós dois enquanto nos aproximamos.

"Fica tranquila", fala Cooper, seguindo em frente com determinação.

"Posso ver os ingressos de vocês, por favor?"

“É claro que não”, retruca Cooper na mesma hora, com o tom imperioso que conheço tão bem, já que é o mesmo que usa comigo praticamente desde que nos conhecemos. “Os celulares ficaram no bolso dos casacos, que acabamos deixando dentro da mansão quando tivemos que sair em meio ao pânico provocado pelo alarme. É deveras irritante que uma coisa dessas tenha acontecido no meio da festa.”

“Casacos?”, pergunta o homem. “Nessa onda de calor?”

Cooper percebe o erro que cometeu e seus olhos se arregalam em pânico. Esse homem realmente não está nem um pouco acostumado a cometer deslizes. Preciso fazer o segurança se esquecer dessa história de casacos porque vamos acabar nos enrolando. Tenho uma ideia. Já vi vários filmes antigos nos quais as mulheres usam a astúcia feminina para desarmar o inimigo. Vou me arriscar.

Eu me coloco na frente de Cooper e solto um sorriso para o segurança, sabendo que nunca estive tão bonita em toda a minha vida. Bato os cílios postiços, abro a boca com gloss e me ocorre na mesma hora que *nunca* dei em cima de ninguém. Nunca mesmo. Não tenho ideia do que estou fazendo.

“Você... é muito bonito... de rosto...”, tento, começando imediatamente a ficar agitada.

“Como é?”

“Gostei dos seus... botões.” Desço a mão pelos botões da camisa preta do segurança. Credo. Uma parte de mim sabe que estou me saindo megamal, mas não consigo parar. “São brilhantes. Gosto de botões brilhantes.”

Dou uma piscadela para o homem.

Uma *piscadela*.

Cooper se coloca na minha frente.

“Hehe. Desculpa aí, parceiro. Talvez a gente tenha tomado um pouco de champanhe de graça demais. Você sabe como é...”

“Tomar champanhe de graça demais? Não, parceiro, infelizmente não sei como é.”

O segurança estreita os olhos para nós e tenho a certeza de que vamos ser pegos. Mas aí ele baixa os olhos para os meus joelhos, depois volta a se concentrar em Cooper. Tento ver para o que o cara está olhando. Cooper tenta pentear freneticamente os próprios cachos, que voltaram a se rebelar depois de toda a história da janela. O segurança assente devagar e solta uma risadinha. "Ah, por isso que vocês estavam escondidos... foram ali dar uma rapidinha, né? Minha esposa também adora pegação ao ar livre."

Oi? Olho para os meus joelhos e vejo um pouco de grama neles, de quando me ajoelhei para enfaixar a mão de Cooper. O cara achou que a gente estava transando?

Eu me debruço para a frente. "Então sua esposa e eu temos muito em comum!" Dou uma risadinha. "Mas agora estou esgotada. Você sabe como é..."

"Claro, querida", responde o segurança, fazendo sinal para a gente passar. "Entra, bebe alguma coisa. Você fez por merecer."

Eca. Eeeeeeeca.

Enlaço o braço de Cooper e o arrasto comigo até o saguão da mansão, onde um garçom segura uma bandeja cheia de taças de champanhe de cristal. Cooper pega duas, passa uma para mim e brinda comigo.

"Você gosta de botões brilhantes?", pergunta ele, e pelos cantos de seus lábios se erguendo sei que está achando graça. "Essa é nova."

Viro meu champanhe e já pego outra taça.

"Vamos fingir que isso nunca aconteceu."

Vinte e oito

A mansão é deslumbrante e intimidadora. Toda a ostentação me faz perder o fôlego quando entramos no salão. Tem lustres maiores que meu banheiro, as paredes são de um tom de azul tão escuro que quase chega a preto. Tem centenas de pinturas a óleo impressionantes exibidas em molduras douradas. E puta merda, será que aquilo que vejo ali é um quadro do Ticiano?

Em um palco largo, uma banda de swing com piano toca "Mambo Italiano", da Rosemary Clooney, enquanto os convidados giram e dançam no lugar, bebericando champanhe e conversando como se este não fosse o evento mais ridículo de luxuoso a que já compareceram. Passo os olhos pelo salão, mas não vejo nenhum dançarino profissional. Talvez eles ainda estejam se arrumando, ou se aquecendo em algum lugar. Então me ocorre que, se já tem convidados dançando por conta própria, por que contrataram profissionais?

Cooper me cutuca e aponta na direção de outro casal de Gatsby e Daisy. Vejo mais dois conversando perto de uma mesa com uma escultura de gelo de um querubim rechonchudo lendo um livro grosso. Além de Daisys e Gatsbys, identifico casais de Adão e Eva, Justin e Britney, Elton John e David Furnish e Julia Child e Paul Cushing Child.

"Cadê ele?", murmuro, na ponta dos pés, procurando por Jonah. "Acho que é melhor eu circular por aí. Tentar encontrar o cara. Quanto mais tempo ficarmos aqui, maiores as chances de nos botarem pra fora. Ele pode estar em outra sala ou alguma coisa assim."

Cooper toma um gole de champanhe parecendo totalmente à vontade. Uma mulher vestida de Elizabeth Taylor olha para ele de alto a baixo e oferece um sorrisinho coquete ao passar. Cooper ergue a taça para ela, os olhos brilhando como os de um lobo.

"Eu disse que vou circular por aí", repito. "Atrás de Jonah."

Ele assente, ainda de olho na Elizabeth Taylor. "Espero que seja uma boa caçada", deseja, distraído.

Fico puta na mesma hora.

"Isso não é uma caçada", resmungo, me remexendo desconfortável porque o tecido apertado da cinta enrolou e está incomodando minhas coxas. "Vou cumprir meu dever com um pobre homem sofrendo de doença venérea! Já te ocorreu que alguns de nós querem mais do que só uma sequência de corpos sem nome com quem trepar?"

Cooper pisca e me encara, com as pontas das orelhas vermelhas. Os olhos dele encontram os meus. "Tenho certeza de que Jonah vai ficar muito satisfeito em ver você tão... bem, Delphie. Você está muito bem."

Levo as mãos ao peito e finjo que vou desmaiar. "Bem, muito bem! Que elogio arrebatador, Cooper. Obrigada por aumentar minha confiança. Não é à toa que as mulheres te acham irresistível, com todo esse seu jeito encantador."

Misericórdia. Eu nem me importo com o que ele pensa. Provavelmente só concordou em me ajudar para poder encontrar alguma ricaça meio pervertida para levar pra cama hoje à noite.

Viro o resto do meu champanhe antes de pegar o de Cooper e virá-lo também. Então lhe devolvo as duas taças vazias e sigo a passos firmes para o meio do salão, determinada a encontrar Jonah.

Já circulei por oito ou nove rodinhas de pessoas, tentando identificar se Jonah estava nelas. Não estou com sorte. Não ajuda em nada que vários convidados estejam de peruca, praticamente disfarçados. E se Jonah foi contratado para dançar fantasiado? Então eu nunca vou encontrá-lo!

Não. Pense positivo. Você chegou até aqui, Delphie. Ele está aqui. Tem que estar. E, depois que você o encontrar, vai ficar tudo bem.

Pego uma taça de champanhe para mim e outra para oferecer a Jonah *quando* o encontrar. Sigo na direção de um corredor para conferir se não há um camarim improvisado por ali, mas quando estou prestes a sair do salão, a banda para de tocar. O barulho de alguém batendo em um microfone ecoa, e é seguido pelo tom tilintado de uma voz que faz minha barriga gelar. Uma voz que eu preferiria nunca mais ter que ouvir de novo.

Giro o corpo, sentindo o salão girar um pouco, se devido ao champanhe ou ao choque, não sei.

No palco, vestida, é claro, com o vestido pink de Marilyn Monroe em *Os homens preferem as loiras*, está Gen Hartley. Ao lado dela está Ryan Sweeting, um pouco mais corpulento do que no passado, mas ainda bem bonito, vestido de Joe DiMaggio, o lendário jogador de beisebol. Quem diria que depois desses anos todos ele ainda não teria abandonado a personalidade de atleta?

Respiro fundo e tento controlar meu coração, mas quando ouço a voz de Gen, tão bonita e melódica, parece que tem alguém arrancando minhas entranhas pouco a pouco usando uma concha.

"Como sabem, é uma honra ser a anfitriã deste evento em nome de Lady Derwent, que está em algum lugar por aí!" Gen protege os olhos das luzes ofuscantes para se dirigir à multidão, acenando enquanto os convidados batem palmas para Lady Derwent, onde quer que ela esteja. "Como sempre, Lady Derwent e eu escolhemos uma causa digna para receber as contribuições que conseguirmos reunir esta noite. A Chega de Bullying ajuda a oferecer treinamento e apoio a professores para que estejam mais bem preparados para proteger nossas crianças do bullying, que, com o advento das redes sociais, continua sendo um assunto muito sério."

Uma instituição beneficente que combate o bullying? Meus ombros curvados relaxam um pouco. Será que essa foi a maneira que Gen encontrou pra tentar compensar um pouco as coisas? Será que ela se sente culpada por tudo o que me fez passar?

"Eu mesma fui profundamente afetada pelos traumas sofridos em mãos alheias quando fazia o ensino médio na zona oeste de Londres", prossegue Gen. "Brincadeirinhas de mau gosto, exclusão, guerra psicológica. Tanto que acabei indo embora daqui. Foi só recentemente, com a ajuda do meu marido e dos meus dois preciosos filhos, que criei coragem para retornar, quando a oportunidade de comprar minha amada casa de infância se apresentou. Foi bastante desafiador voltar pra cá. Mas eu sabia que aqui era meu lugar."

Ryan acaricia o ombro da esposa ao seu lado, assentindo em apoio.

Que porra é essa? Gen está usando minha história como uma maneira de cair nas graças dessas pessoas? Quer que acreditem que ela é a vítima? Era *ela* quem fazia o bullying. Era ela quem excluía, quem fazia brincadeirinhas de mau gosto. O salão volta a girar um pouco. Não posso me permitir me sentir desse jeito de novo. Olho para minhas mãos e tento me concentrar nas unhas lindamente esmaltadas. Mas é claro que ainda consigo ouvir Gen falando naquele tom altruísta de quem nunca cometeu um erro na vida.

"As atrações da noite vão continuar com as apresentações de John, o mágico, e de Elbow, o cachorro cantor. Nesse meio-tempo, acessem os links em seus convites digitais para doar o que puderem. O anúncio do total arrecadado será feito daqui a mais ou menos uma hora. Queridos convidados, adoraríamos que o evento deste ano superasse todos os anteriores. Pelas crianças. Então se *você* odeia o bullying, prove!"

Os convidados aplaudem com vontade, e não sei se é a adrenalina ou só o caos dos últimos dias, mas de repente sinto que uma onda de energia varre meu corpo. Nunca senti nada igual. Ela faz os pelos dos meus braços se eriçarem e meu coração bater nos ouvidos ao ritmo de um tambor, me preparando para a batalha. Como ela se atreve? Como ela *se atreve*? Sigo a passos firmes na direção do palco. Eu *quero* que Gen me veja.

Quero que saiba que eu sei que está mentindo. Que nem todo mundo aqui se deixa levar por sua falsa doçura e sua voz melosa.

Quando Gen me nota, seus olhos se arregalam. Ela cutuca Ryan. Ele só aperta os olhos na minha direção, como se tentasse se lembrar de quem sou.

Como eles têm coragem de subir no palco e falar sobre fazer o bem quando fizeram da minha vida um inferno? Como são capazes de sustentar esse fingimento todo?

A fúria abre caminho pelo meu corpo, tão quente que tenho certeza de que meus olhos estão flamejantes como se estivéssemos num filme de ficção científica. Eu me aproximo do palco e encaro Gen.

"Delphie Bookham?" Ela me olha de alto a baixo de queixo caído. "Não acredito..."

"Ah, para com essa porra, Gen." Meu coração dispara. A energia que circula por meus braços e minhas pernas faz com que eu me sinta capaz de levantar um caminhão. Minha cabeça é inundada por cenas da escola — uma montagem triste, como a do vídeo de Merritt.

"Delphie!", sibila Gen. "O que você...?"

"Eu disse pra parar com essa porra", repito, e o microfone próximo faz minhas palavras reverberarem por todo o salão. Minha voz, combinada com o chiado agudo do retorno, faz as conversas pararem na mesma hora. Um silêncio desconfortável toma conta do lugar. Meus olhos se enchem de lágrimas. Eu os aperto. Não vou chorar na frente deles.

"Então o bullying arruína vidas?" Minha voz sai trêmula, apesar do champanhe que me entorpece. "Vocês fizeram bullying comigo! Arruinaram a *minha* vida. E por qual motivo?" Balanço a cabeça. "Até hoje não sei, porra." Dou um passo na direção de Gen e baixo a voz. "O que foi que eu te fiz? A gente costumava ser melhores amigas. E você passou a me tratar como se me odiasse. Por quê?"

Gen se aproxima de mim com a intenção de afastar o microfone que está captando toda a nossa conversa. Por um breve e aterrorizante momento, fico pensando que vai me empurrar, me derrubar ou grudar algo em meu cabelo. Por instinto, atiro o champanhe de uma das taças em seu rosto. É uma atitude desesperada de me defender, que percebo logo em seguida que não era necessária. Gen só fica ali, piscando, com champanhe escorrendo do rosto e manchando seu vestido. Os lábios dela se curvam em fúria. Deixo a taça no chão e abro a boca para dizer alguma coisa, mas a adrenalina raivosa amplificada pelo álcool que corria em minhas veias um momento atrás foi consumida e se esvaiu. Não tenho mais nada a dizer.

Eu me viro e vejo que todo mundo no salão nos observa. Cooper está bem no meio, ao lado da Elizabeth Taylor. Os lábios dele estão franzidos numa linha reta.

Então, logo atrás, localizo os olhos azuis deslumbrantes em que venho pensando desde que os vi pela primeira vez. Ele está usando uma camisa de flanela xadrez branca e preta e calça cáqui. Só pode ser uma fantasia, mas não sei de quê. Mesmo com uma roupa feia dessas, ele continua maravilhoso, com o cabelo perfeitamente arrumado, os ombros largos. Me olha de uma forma curiosa, com a cabeça inclinada para o lado. Merritt disse que as lembranças dos visitantes acidentais da Eternidade são apagadas depois que saem de lá. Preciso dizer a ele quem sou.

Sigo na direção dele.

Vinte e nove

Estou com ele. Na frente dele. Só nós dois em um pequeno depósito, saindo do salão principal. Ele pareceu surpreso quando lhe pedi que me acompanhasse, mas veio do mesmo jeito. Na cabeça dele, sou uma completa desconhecida. Sinto um friozinho na barriga.

Ele olha em volta, e faço o mesmo. Estamos num depósito forrado de prateleiras com velas e castiçais, lâmpadas de todos os tamanhos e formas, lustres precisando de reparos.

"Um cômodo inteiro só para essas tranqueiras relacionadas à iluminação", comento, com a voz meio trêmula.

"Coisa de rico", acrescenta ele, totalmente concentrado em mim.

"Meu nome é Delphie", digo.

"Jonah." Ele estende a mão para um cumprimento. Quando eu a aperto, um calorzinho preenche minha barriga com a lembrança da primeira vez que nos tocamos, quando ficamos ali, de mãos dadas, como se fosse a coisa mais natural do mundo. Ele sorri para mim. Não parece se importar muito que eu o tenha afastado da festa. Me pergunto o que ele pensa que está acontecendo. Talvez eu devesse explicar as coisas pra ele.

"Você veio para dançar?", pergunto, em vez disso, adiando a conversa necessária. "É freela?"

Ele franze a testa de leve. "Como sabe que sou dançarino?"

"Ah! Então... ouvi alguém mencionando isso no salão. Foi um cara qualquer? Disse que vocês tinham o mesmo agente..."

"Tem outro órfão do Alabaster aqui hoje?" Ele dá risada.

"Desculpa. É uma piada interna. Meu agente não anda muito eficiente nesses últimos tempos. Não. Não estou trabalhando. Vim acompanhar uma pessoa."

Ah! Maurice deve ter anotado a informação no post-it não porque se tratava de um trabalho, mas para se lembrar de que Jonah não estaria disponível hoje. "E você veio vestido de quê?", pergunto.

Jonah ri e tira um fiozinho do peito da camisa de flanela. "Pra ser sincero, acho que é uma coisa meio nichada. Você já assistiu *Os fantasmas se divertem*?"

Faço que não com a cabeça.

"É um filme do Tim Burton dos anos 80. Eu amo. Quando minha namorada me convidou pra vir hoje, sugeri que a gente se fantasiasse de dois personagens do filme, Adam e Barbara. Como eu falei, é uma coisa meio nichada."

"Sua... namorada?"

"É. É bem recente, mas está indo bem, acho! Eu... por que você me chamou aqui? Fiquei curioso. Não é todo dia que uma Daisy Buchanan misteriosa me traz correndo pra um armário."

"Ah, pois é, foi mal por ter te arrastado até aqui como se eu fosse uma esquisita. É que lá fora está o caos. Você deve ter achado bizarro."

Ele dá uma risadinha leve. "Você parecia estar bem brava lá fora. Eu que não ia negar nada pra você. Fora que estou meio curioso." Ele se recosta na parede. "Por que queria falar comigo?"

Porque ele é perfeito. Perfeito, gentil e minha alma gêmea. Respiro fundo e abro a boca para explicar por que precisamos conversar. Então paro. Apesar de não ter conseguido evitar de pensar nesse encontro nem por um segundo, não tenho ideia de como começar a explicar. Como a gente faz pra começar uma conversa assim tão importante? Que tiraria o chão de qualquer um? Não posso dizer que já nos conhecemos, mas ele não se lembra, porque estávamos ambos mortos na época. Mas também não posso ir devagar demais, porque demorei muito para encontrá-lo e agora não dá mais tempo de a gente se conhecer melhor primeiro. Só preciso que ele me beije. O mais rápido possível. Depois, mais para a frente, explico tudo em um ritmo que não faça o cérebro dele fundir. Talvez a gente possa até sair pra um encontro de verdade...

Ergo o queixo e encaro Jonah. Estou mais do que "bem, muito bem" hoje. Estou bonita. Talvez até linda. E, se Jonah gostou de mim usando camisola e meias verde, tendo acabado de morrer, *com certeza* não vai se importar se eu só... lhe der um beijo. E, se for um beijo bom — o que, considerando que somos *almas gêmeas*, eu acho que vai ser, sim, apesar da minha falta de experiência —, ele vai retribuir o beijo. O beijo vai me vir por *instinto*, muito diferente daquele horrível que dei em Jonny Terry aos dezoito anos. E... bom, não preciso pensar muito além disso. Só preciso que ele *retribua* o beijo. É o que Merrit quer. Que ele me beije. Isso é o mais importante de tudo.

Tá. Tomei minha decisão. Não adianta aguardar mais. Estendo as mãos para pegar as dele, como fizemos na Eternidade. Franzo a testa quando a faísca que se acendeu dentro de mim da primeira vez que nos tocamos não se repete. Então olho em seus olhos, e um buraco se forma no meu estômago quando percebo que não demonstram interesse e nem mesmo tesão, como quando nos encontramos na sala de espera. Eles vão da esquerda para a direita, como se procurassem ajuda. Baixo os olhos para nossas mãos e me dou conta de que as dele não têm qualquer firmeza. Então as solto.

"Hum... me desculpa", digo depressa. "Achei... achei que a gente tinha... e só queria..." Deixo a frase morrer no ar.

Jonah mexe no colarinho da camisa de flanela. "Você é muito bonita. De verdade. Mas, como disse, tenho namorada. Ela está ali fora no salão..." Ele para de falar e olha para a porta, desconfortável. O pânico martela meu coração. Ele não pode ir embora! Se for, tudo estará perdido!

"Não! Fica aqui! Sua namorada pode esperar, isso é importante!"

"Como assim?", ele pergunta, e de repente o tom que usa comigo é cortante.

Por que eu fui falar isso? E por que agora minha voz está saindo aguda? Pareço uma doida.

Jonah arregala os olhos. Está assustado? Merda. Não quero assustá-lo. É melhor começar de novo. Usar outra tática. Uma abordagem mais gentil, menos maluca, mais sóbria. Mas ele já está se afastando.

Preciso de mais tempo com Jonah. Ele precisa me conhecer. Só que não vou ter mais tempo, a menos que...

"Só me beija!", grito, em pânico, inclinando meu corpo para a frente. Jonah escapa para o lado, de modo que meus lábios tocam apenas o ar.

Ele olha em volta, assustado, procurando a maçaneta da porta atrás de si, então a abre e sai correndo, de costas para o corredor e para o salão.

"Jonah, não!", grito. "Você não entendeu! Deixa eu te explicar!"

Eu o sigo aos tropeços, por causa dos sapatos idiotas que estou usando. Então os tiro e saio correndo atrás dele. Não posso perdê-lo de vista. De novo, não. Depois de tudo isso, não. Não tenho mais tempo!

Chego só um pouco depois dele ao salão, onde a banda agora toca uma música do Harry Connick Jr. enquanto os belos convidados giram com elegância na pista. Jonah desaparece na multidão. Não, não, não. Não posso perdê-lo outra vez! Foi tão difícil encontrá-lo. É minha única chance!

"Jonah!", grito, e minha voz sai estridente de novo. O som é tão horripilante que a banda para de tocar.

"Essa aí de novo...", alguém murmura perto de mim. A multidão se abre e vejo Jonah, no meio da pista. Corro até ele. Os outros olham para a gente.

"Eu... não sei o que você quer, mas não estou interessado." Ele abre as mãos, as palmas viradas para mim como se tentasse me pedir calma.

"Você está, sim", digo. "Deixa eu te explicar..."

"Talvez outra hora." Ele recua um passo.

"Não tenho tempo de deixar pra outra hora!" Ergo os braços no ar, em frustração. "Você nunca estava onde deveria estar! Não apareceu na aula de desenho, não te vi no Shard..."

Eu me interrompo assim que o queixo de Jonah cai. Ele parece genuinamente assustado. Ao lado dele, uma mulher bonita de cabelo escuro usando um vestido florido pega sua mão e me olha com curiosidade.

"Nããããão", murmuro, só que sai mais como um lamento que como um murmúrio.

Merda. Eu estou deixando tudo muito, muito pior.

"O que está acontecendo aqui?" É Gen. O vestido dela ficou manchado, mas já está seco, e seu cabelo continua perfeito. "Tudo bem aí, Jonah?", pergunta ela. Então Gen o conhece?

"De onde vocês se conhecem?" Franzo a testa para os dois.

Gen franze a testa para mim. "Jonah é um amigo querido. Dançou em muitos dos meus eventos."

"Verifiquei mais uma vez para ter certeza e ela não está mesmo na lista", interrompe Ryan, apontando para o iPad. "Entrou de penetra", ele acrescenta. "É assim que se diz, linda? Penetra? Ou o termo é 'depenetra'?"

Gen o ignora. Só faz um sinal discreto para que a banda volte a tocar e afasta delicadamente a multidão que se reuniu à nossa volta. Jonah me encara, com o belo rosto contraído em confusão. A acompanhante dele aperta sua mão.

Meus olhos voltam a se encher de lágrimas. Eu os enxugo, furiosa. De canto de olho, vejo Cooper se aproximar.

"Você veio até aqui pra se vingar ou algo do tipo?", pergunta Gen, com a testa franzida. "Me perdoa e segue em frente! Eu era uma idiota na época da escola. Ryan também. Éramos dois perdidos tentando encontrar nosso caminho. O ensino médio é uma selva, você sabe disso."

"Você acabou de usar o que fez comigo de modo distorcido no palco pra *se* fazer de vítima! Precisa assumir a responsabilidade pelas suas ações, Gen."

"Eu já estou apoiando o Chega de Bullying! Estou assumindo a responsabilidade!"

"Você nunca veio falar comigo. Durante todos esses anos,

você podia ter entrado em contato. Nunca pediu desculpa." Minha voz falha. "Por quê?"

Ela parece cansada. Por um momento, baixo a guarda e vejo a menina com quem costumava brincar. Aquela que me deixou usar seus patins quando os meus quebraram. Aquela com que eu dava risada até as duas da manhã quando ela passava a noite em casa. Isso faz com que eu me recorde da menina que eu era também. Destemida e aberta.

Gen exala devagar. "Pra ser sincera, eu tinha me esquecido completamente de você, Delphie. De qualquer maneira, eu era uma cretina com todo mundo na época, não foi pessoal."

"Linda, a gente não era tão ruim assim", interrompe Ryan, ajeitando a calça justa do uniforme de beisebol. "Pelo menos não na minha memória. Apesar de que minha memória não é muito boa. Você é a Delphie, né? A ruiva que fez aquele desenho?" Ele solta uma risadinha. Gen dá uma cotovelada no marido.

"Você se esqueceu?", gaguejo. "Se esqueceu de que eu existia?" Ouvir isso é um soco no estômago.

Pensei em Gen e em Ryan todos os dias desde que saí da escola.

Olho de um para o outro. O celular de Gen vibra. Ela o pega da bolsinha prateada e confere a tela rapidamente antes de voltar a olhar para mim.

"Tenho que anunciar a próxima apresentação. Você perdoa a gente?"

Abro a boca, mas não sai nada outra vez. Eu me sinto vazia. Cansei. Me viro para me desculpar com Jonah, para tentar consertar as coisas, mas ele desapareceu de novo. Provavelmente fugiu para garantir a própria segurança ou escapuliu pra beijar a namorada, em vez de mim.

"Está pronta para ir embora, Delphie?", pergunta Cooper atrás de mim, parecendo distraído, então pega meu braço. "Estou entediado."

Gen perde o ar. "Ah, nossa, você é R. L. Cooper, né?" Ela abre um sorriso amplo, como se nossa interação já fosse uma lembrança distante. "Sou Gen. Gen Hartley. Nós nos conhecemos dois anos atrás, no festival Harrogate. Organizei um evento beneficente com Peter Johnson para o Fundo Literário Real."

"Não tenho nenhuma lembrança disso", diz Cooper, com o mesmo sorriso que parece fazer todas as mulheres suspirarem. Gen não é exceção. Ela fica cor-de-rosa, e consigo entrever sua língua.

"É claro, devia ter um monte de gente se alvoroçando pra cima de você aquele dia." Gen morde o lábio. "Ah, será que a gente pode tirar uma foto rápida pro meu Instagram?" Ela passa o telefone para o marido e faz sinal para que ele se encarregue disso. Ryan só assente feito um bobo, pronto para obedecer sem questionar, como sempre fez.

Cooper balança a cabeça, um sorriso ainda mais largo no rosto. Ele baixa a voz e se inclina na direção dela. "Nossa, fico lisonjeado, Gemma, mas acho que eu preferiria enfiar alguma coisa nos meus olhos a trocar mais uma palavra que seja com você. Tenham uma ótima noite, vocês dois." Ele assente para Ryan, que faz sinal de positivo. "Vamos embora, Delphie."

Trinta

Só quando já estamos lá fora que percebo que deixei meus sapatos na mansão. Por sorte, estamos em meio a uma onda de calor, e o caminho gramado está completamente seco. No entanto, agora que o sol se pôs, está tudo um breu, o que é um pouco desconcertante. Eu poderia pisar em alguma coisa.

Cooper usa a lanterna do celular para iluminar o caminho.

"Você está bem?", pergunta ele, enquanto passamos pelo pasto agora livre de ovelhas.

Acho que a resposta é não.

Não porque vi Gen e Ryan, o que já teria sido ruim por si só, mas porque agora tenho certeza absoluta de que desperdicei a oportunidade que Merrit me deu. Eu o perdi. Perdi Jonah. Ele me olhou como se estivesse com medo de mim. Não me beijou. Nunca mais vai me beijar. O que significa não apenas que perdi um dos amores da minha vida em potencial, mas que vou morrer de novo em três dias. E, embora eu nunca tenha achado que minha vida fosse lá muito especial, os últimos dias viraram tudo no que eu acreditava de cabeça para baixo. As coisas passaram a ser mais estressantes, esquisitas, assustadoras e opressivas. Mas de certa maneira, eu venho me sentindo mais viva do que achava possível.

"Estou bem", respondo, embora sinta as lágrimas que agora parecem me vir tão naturalmente quanto dizer "oi". Só deus sabe o que vai acontecer com o sr. Yoon.

"Estou começando a desconfiar que você não estava precisando encontrar esse Jonah para informar sobre uma IST."

"Nunca foi sobre uma IST!", retruco, bem quando um graveto frágil quebra sob meu pé descalço. "Nunca nem... eu só... eu inventei isso porque nem te conhecia. Achava que podia rolar alguma coisa entre eu e o Jonah... e precisava que tivesse... *precisava* que ele fosse..." Deixo a frase morrer no ar. É difícil demais explicar, e ainda mais para alguém como Cooper. Solto um suspiro pesado. "Só fodi com tudo, como sempre faço."

"Tenho certeza de que não é tão ruim assim."

"Cooper, acabei de perseguir um homem e humilhar nós dois diante de um salão lotado."

"Tenho certeza de que ele ficou lisonjeado com a sua determinação."

"Aham, até parece..."

"Às vezes, quando as pessoas querem ir embora, é mais fácil deixar que partam", responde ele, em um tom mais brando.

"Não quero falar sobre isso", digo, enxugando outra lágrima indesejada. "Muito menos com você. Só quero ir pra casa."

"Eu entendo."

Continuamos a caminhar pela estrada em um silêncio infeliz quando de repente ouvimos um estranho farfalhar acima de nossas cabeças. Ambos paramos e olhamos para o céu. Somos recompensados pela nossa curiosidade com a chuva repentina nos atingindo em cheio. Um raio inesperado ilumina nossos rostos chocados, e é imediatamente seguido pelo barulho do trovão. Agora? Vai cair uma tempestade com raios e trovões *bem agora*, porra? Estamos vivendo o verão mais quente de que se tem notícia, faz um mês que não chove. Então a chuva decide vir quando estou presa fora da cidade, descalça, destroçada, constrangida e esperando pela morte certa?

Dou risada. Dou risada, choro e balanço a cabeça. "Perfeito!", grito para o céu, por cima de uma trovoada. "De verdade. É a porra do momento perfeito!"

"Vai logo, Delphie!", grita Cooper, com o cabelo já encharcado. "Não fica parada aí!"

Olho para meus pés. A chuva já está amolecendo a terra, antes seca, em que piso. Levanto um deles e ouço o chapinhar.

"Vamos. A gente vai ficar ensopado."

Não consigo levantar os olhos. Vou estar morta em três dias. E daí se eu me ensopar? Se me afogar nessa chuva? Nada mais importa.

Cooper se aproxima. "Vou carregar você até o carro, tá?"

Dou de ombros, desanimada, meio que esperando que ele me pegue no colo e me leve, como se eu não pesasse nada. Mas não. Não é isso que ele faz. Ele me pega no colo, sim, sem parecer fazer esforço nenhum, e me bota em cima do ombro como se eu fosse uma porra de um saco de batatas, o que, sinceramente, depois dessa merda toda, eu poderia muito bem ser. Fico com a cabeça caída contra as costas dele. Quando Cooper começa a correr, ela meio que bate na bunda dele.

"Cooper! Me bota no chão!", grito, porque é humilhação demais, até mesmo para mim. Mas a chuva e os trovões ecoam tão alto que ele não me ouve. Me pergunto por um momento se vou ficar com um hematoma, considerando que, ainda que a bunda de Cooper seja um pouco mais redonda que a média, também é feita de puro músculo. É como ter uma bola de basquete acertando minha cabeça.

Desisto e me deixo levar, e logo chegamos de novo no estacionamento, onde Cooper me coloca de pé ao lado do carro. Ele enfia a mão em um bolso do paletó, procurando pela chave, depois no outro. Encontra o canivete-suíço, as plantas da mansão e sua carteira. Depois tira o paletó e começa a revirar os bolsos da calça.

"Puta que o pariu", solta Cooper. "A chave do carro. Deve ter caído quando você procurou o lenço. Você não ouviu nada?"

"Claro que você vai botar a culpa em mim", grito, enquanto a chuva faz o rímel escorrer para dentro dos meus olhos. Levanto as mãos e tento proteger o rosto. "Você pode ter perdido a chave em qualquer outro momento. Usa o canivete-suíço pra arrombar. Funcionou com o portão!"

Cooper me encara, um cacho de seu cabelo molhado caindo sobre o olho. Ele o afasta. "Não vai funcionar. É uma fechadura especial. Mandei fazer justamente pra não conseguirem arrombar."

O paletó dele está pendurado no ombro e a camisa se encontra tão molhada que ficou transparente e colada em seu peitoral tão duro quanto a bunda. Não consigo tirar os olhos dele. Sinto a boca seca. Sinto a chuva nos lábios e pego um pouco com a língua. Cooper fica me olhando por um momento, arfando, com gotas de chuva caindo dos cílios.

"O pub", diz ele de repente, apontando para a luz amarela e quente do Bee and Bonnet. Sem pedir licença, ele volta a me pegar no colo, me bota em cima do ombro e corre na direção do estabelecimento, fazendo minha cabeça bater outra vez contra sua bunda, que agora está ensopada. Que caralho.

Cooper abre a porta do pub e, uma vez lá dentro, me põe de pé.

"Cacete", grito. Só que agora estamos em um ambiente fechado, e o pub está muito, muito tranquilo. O som do rádio está baixinho e toca Adele, e tem apenas três clientes ali — um casal com os cabelos grisalhos úmidos e um pug de pelos grisalhos.

O atendente olha para a molhadeira que estamos fazendo no piso de pedra e suspira. Então vai para os fundos e volta com uma toalha que parece já ter sido usado pelo casal de cabelos grisalhos e pelo cachorro. Cooper a pega e a esfrega no cabelo e no rosto antes de passá-la para mim. Faço e mesmo e depois levo a toalha ao chão, para enxugar meus pés e a molhadeira que fizemos. Por fim, devolvo a toalha ao atendente, que a pendura em um gancho, à espera de mais clientes molhados, imagino.

"Vocês têm quartos disponíveis?", pergunta Cooper.

"Quartos?" Faço uma careta. "Não posso ficar aqui. Por que não liga pro seguro? Eles dão um jeito. Ou chamamos um táxi. Só quero ir pra casa."

Cooper bufa. "Eu não me sentiria confortável pedindo pra uma pessoa levar a gente pra casa nessas condições. Você se sentiria?" Ele olha para mim como se eu tivesse sugerido que ele cagasse num envelope e mandasse pelo correio para a própria a mãe.

Mas Cooper tem razão. O tempo lá fora está quase apocalíptico. Não quero obrigar ninguém a dirigir nessa tempestade. Balanço a cabeça.

"Olha", diz Cooper, com os olhos um pouco mais brandos. "A gente espera um pouco e eu ligo pra um amigo pela manhã. A chave reserva fica com ele."

Que escolha temos?

Olho para o atendente. "É isso aí. Precisamos de quartos."

"Sem problemas", responde o homem, indicando o pub vazio. "Agora, o que vão querer beber?"

"Álcool", solta Cooper, direto e reto.

"Em grandes quantidades", acrescento, levando a cabeça molhada às mãos.

Em se tratando de pubs, o Bee and Bonnet não é a pior opção onde ficar preso — é aconchegante, tem cadeiras confortáveis e bebidas pela metade do preço de Londres. Cooper e eu nos acomodamos em um canto, junto a uma parede cheia de pinturas a óleo de mulheres, cada uma em um estilo diferente — um nu abstrato, uma mulher em um jardim impressionista, um retrato clássico meio renascentista. Cooper está bebendo uísque puro, porque isso é a cara dele, e eu estou tomando martíni de vodca sem azeitona. Os martínis foram feitos com um vermute muito velho, muito doce e possivelmente vencido, porque, segundo o atendente disse, "isso aqui não é um bar de hotel de luxo".

Procuro alguns grampos na bolsa e tranço meu cabelo como costumo fazer, prendendo-o bem.

Uma jovem extremamente bonita usando short jeans passa pela nossa mesa. Fico esperando Cooper lançar um daqueles olhares sedutores dele, o que não acontece. Ele fica brincando com o porta-copos com a testa franzida.

"Você está se sentindo bem?", pergunto. "Uma mulher muito gata acabou de passar e você nem percebeu."

"Eu não sou o Casanova que você acha que sou."

Ergo uma sobrancelha.

"Fala isso pra fila de mulheres esperando na porta do seu apartamento."

Cooper balança a cabeça. "Humanos precisam de companhia."

"Claro", digo, revirando os olhos. "*Companhia.*"

Então ele me encara, sério. "Imagino que você nunca tenha se sentido solitária. Se tivesse, não julgaria uma pessoa que fizesse o possível para evitar esse sentimento." Cooper suspira de leve. "Mesmo que não funcione."

"Sinto muito", digo, erguendo os olhos para encará-lo também. "Eu não sabia."

Ele rasga a pontinha do porta-copos. Eu o vejo brincar com o pedaço de papelão, me sentindo uma idiota por fazer suposições. Posso dizer que conheço ele a esta altura.

"Então...", faço menção de perguntar, mas fecho a boca.

"O quê? Pode falar."

"Por que não escolher uma única mulher? Se você se sente sozinho, com certeza ver uma única pessoa de forma mais regular seria melhor."

Cooper deixa o pedaço de papelão de lado. "Não namoro porque nunca conheci ninguém que me fizesse querer..."

"Ah, merda!", grito, sentindo um aperto repentino no coração ao me dar conta de algo. "Não vou poder dar uma passadinha no sr. Yoon hoje à noite."

"Por que você precisa passar pelo apartamento do sr. Yoon?"

Dou de ombros. "Sempre confirmo se ele apagou os cigarros e desligou o gás. Esse tipo de coisa."

"Ele já deixou algum cigarro aceso?"

"Bom, não. Mas a cabeça dele não anda boa. Ele está bem esquecido ultimamente."

"O sr. Yoon vai ficar bem", atesta Cooper, tomando um gole do uísque. "Pode estar envelhecendo, só que ainda é mais esperto que nós dois juntos."

"Como sabe disso?"

"Por que ainda não consigo ganhar dele no pôquer."

Franzo a testa. “Você joga baralho com o sr. Yoon?”

Cooper assente, girando o porta-copos nas mãos. “Três tardes por semana. Almoçamos e jogamos.”

“Você faz almoço pra ele?”

“Eu *compro* almoço. Ele não ia gostar da minha comida.”

“Espera aí. Foi você que viciou o sr. Yoon naquelas balinhas de Coca-Cola?”

Cooper dá risada. “Teve uma vez que levei um pacote. Ele devorou, então continuei levando.”

Solto o ar. “Você precisa parar com isso. Não faz bem pra ele.”

“Delphie, o sr. Yoon tem oitenta e tantos anos. Deixa o cara ter alguma alegria.”

“Só quero que ele fique bem”, digo. Mordo o lábio quando o pensamento do que vai acontecer com o sr. Yoon depois que eu for embora me atinge.

“Olha.” Eu me debruço na direção de Cooper. “O sr. Yoon está aguardando uma avaliação da prefeitura. Ele precisa de mais cuidados. Só que a lista de espera é longa.”

“Ah. Eu não sabia disso.”

“Pois é. Eu ia me encarregar dos cuidados dele até isso ser resolvido, mas... se por algum motivo eu... sabe...”

“O quê?”

“Tipo, se eu vier a ficar incapacitada ou alguma coisa assim, você...”

Cooper se recosta, erguendo um canto dos lábios como quem acha graça. “Por que você ficaria incapacitada, Delphie?”

Estalo a língua em desaprovação. “Estou falando em termos hipotéticos, tá? Só quero saber que vai ter alguém pra cuidar do sr. Yoon caso algo aconteça comigo.”

Cooper mantém os olhos fixos nos meus como se tentasse ler minha mente. “Você se importa mesmo com ele, né?”

Desvio o olhar do dele e tomo uma golada de martíni. “Só quero que tenha alguém tomando conta do sr. Yoon, sabe? Cuidando dele.”

“Tá. Caso você venha a ficar incapacitada, o que é improvável, juro solenemente que vou cuidar do sr. Yoon. Claro.”

Volto a encarar Cooper. O alívio e a vodca me aquecem por dentro. "Sério? Vai mesmo? Tipo... você faria isso? Caso eu, hã, venha a ficar..."

"O sr. Yoon vai ficar bem", assegura Cooper, cortante. "Mas acho legal que ele tenha você pra ficar de olho nele."

Meus ombros relaxam, embora não tanto quanto eu gostaria, com a promessa de Cooper de que ele vai cuidar do sr. Yoon depois que eu morrer. Porque o fato é que eu só tenho três dias aqui na Terra e agora estou presa nesse lugar com o meu vizinho, que preciso admitir que não é tão desprezível quanto eu imaginava, em vez de estar em algum lugar beijando minha alma gêmea e literalmente salvando minha vida.

Mas então começo a pensar no que eu faria nos meus últimos três dias de vida se não estivesse nessa situação. Se não tivesse aceitado essa missão ridícula de Merritt. Provavelmente estaria em casa, no apartamento onde nasci. Encarando os últimos cadernos e lápis comprados, inventando algum motivo para não os usar. Estaria assistindo a documentários sobre crimes reais nos quais mulheres inocentes são mortas por homens que amavam — um gênero com uma variedade tão grande de títulos para escolher que chega a ser deprimente. Também estaria dando uma passadinha no sr. Yoon, claro. Estaria trabalhando na farmácia, mas provavelmente evitando falar com Leanne e Jan além do necessário para a minha função de merda. Mas estaria passando a maior parte do tempo sozinha. Escondida. Minha vida seria uma sequência de "dias típicos", como no DVD de Merritt. Provavelmente nada que figuraria nos meus piores momentos. Mas também nada que fosse digno de entrar para os melhores.

Então a realidade me atinge feito um soco no estômago.

Perdi minha chance.

Desperdicei minha vida.

Peço licença e vou para o banheiro para ligar para a minha mãe.

Ela não atende.

Trinta e um

"Não, não, nem pensar. De jeito nenhum."

O atendente olha em volta, sem saber o que fazer. Acompanho o olhar dele e fico surpresa ao constatar que o pub lotou enquanto eu e Cooper bebíamos em nosso canto. "Não achei que fosse ficar assim tão cheio", comenta ele. "Uma quantidade impressionante de gente ficou presa na chuva e agora está quase todo mundo atrás de quartos. Vocês não são mesmo um casal?"

"Não", declara Cooper.

"De jeito nenhum", digo ao mesmo tempo. "É exatamente por isso que pedimos dois quartos."

O homem dá de ombros. "Bom, vocês vão ter que dividir um quarto, então. Os outros já pagaram."

"Droga."

Cooper solta uma risada inesperada.

"Tá achando graça, é?" Cruzo os braços.

"Não, é que eu me lembrei de..." Ele percebe que estou furiosa e não conclui o pensamento. "Nada. Não se preocupa. A cama deve ser dessas gigantes. A gente dorme invertido."

A situação não poderia ficar pior.

"Na verdade, é uma cama de casal meio pequena", diz o atendente, como quem pede desculpas.

Encaro Cooper. "Não quero ser a egoísta que te faz dormir no chão, mas é melhor você nem pensar em encostar em mim."

Cooper dá um passo à frente, que faz com que seu peito quase toque o meu. Os olhos dele passam por meu cabelo, depois pelos olhos e pelo nariz, descansando nos meus lábios por um momento e voltando a encontrar meus olhos. Um sorrisinho passa depressa por seu rosto. "Eu não encostaria em você nem se me implorasse, Delphie."

O atendente sorri, olhando de um para outro, mas para quando o encaro com frieza. Estendo a mão para pegar a chave, que o cara solta na minha palma.

Assim que entro no quarto, vejo que "meio pequena" é uma maneira generosa de descrever a cama. Na verdade, ela é só um pouco maior que uma cama de solteiro. Pelo menos o lugar é agradável — os lençóis de algodão branco estão limpos e o papel de parede adamascado e prateado é bonito. Se eu estivesse sozinha, ficaria plenamente satisfeita com a ideia de passar a noite aqui. Mas não estou sozinha.

"Posso ir tomar banho ou quer ir primeiro?", pergunto, fazendo uma careta para meus pés sujos e meu vestido molhado, que embora fosse perfeito para uma festa chique, deve ser péssimo como camisola. Abro o guarda-roupa e fico satisfeita ao ver que tem mais lençóis. Vou usar um deles para enrolar em volta do corpo e não correr o risco de uma ponta de pena arranhar meu olho sem querer durante o sono.

"Pensando bem, vai você", digo. "Preciso desfazer as tranças."

Sem dizer nada, Cooper vai para o banheiro. Ouço o barulho do chuveiro e um vapor perfumado começa a vazar por debaixo da porta. Contra minha vontade, imagino Cooper lá dentro. Argh. O vapor deixa o quarto ainda mais quente. Tento abrir a janela. A maçaneta está meio emperrada e preciso puxar três vezes até conseguir.

Organizo os travesseiros para que fiquem um em cada ponta da cama, depois me sento com cuidado na beirada e aguardo, impaciente, Cooper sair de lá de dentro para eu poder lavar esse dia do meu corpo e ele ir pelo ralo junto com a água do banho. Quando ele finalmente emerge do banheiro em meio a uma nuvem de vapor com uma toalha enrolada na cintura, tenho que engolir em seco, como um personagem de desenho animado nervoso. Os braços dele são grossos e parecem fortes;

o peitoral é tão musculoso quanto eu desconfiava, e parece brilhar com algumas gotas persistentes que percorrem seu corpo depois do banho. Nunca vi um homem nu assim de perto e, caralho, é desorientador. Como alguém com o rosto de um professor de inglês ranzinza pode ter o corpo de um dothraki, de *Games of Thrones*? Eu me pergunto como não deve ser passar a vida sabendo que se tem tudo isso por baixo da roupa. Aposto o que você quiser que deve ser por isso que Cooper leva tantas mulheres pro próprio apartamento. Ele provavelmente precisa de alguém para se mostrar. Estalo a língua em desaprovação.

Com um sorriso surpreso no rosto, Cooper fica totalmente imóvel, me observando olhar para ele. Então ergue uma sobrancelha.

"Meu interesse é puramente científico", solto. "Nunca vi um homem nu tão de perto. Estar meio curiosa é natural."

"E quanto a Jonah? Ele estava de roupa quando vocês mandaram ver?"

Merda. Meu cérebro não está funcionando direito. "Preciso de água quente!", digo, inexplicavelmente, então entro no banheiro e me recosto à porta fechada para recuperar o fôlego.

Quando saio, devolvo os brincos a Cooper. Ele já está deitado, com a cabeça nos pés da cama.

O lençol faz bem as vezes de camisola — consegui dar duas voltas em torno de mim e prendê-lo por cima de um modo tão seguro que parece que foi costurado ao meu corpo.

"Pronto", digo, colocando os brincos nas mãos dele. "Muito obrigada por me deixar usá-los." Massageio o lóbulo das orelhas, que parecem ter sido esticados pelo menos alguns milímetros pelas joias.

Cooper guarda os brincos no bolso de dentro do paletó, que está pendurado no pé da cama perto dele.

"Sinto muito pelo Jonah", diz, levando as mãos até atrás da cabeça. Ele substituiu a atadura improvisada com minha cinta por um band-aid que deve ter encontrado no kit de primeiro-socorros do armário do banheiro.

Me aproximo da janela para fechar a cortina, então me dou conta de que está emperrada. Puxo com força, levantando um pouco de pó. Decido deixar assim mesmo; a chuva deu uma refrescada, porém continua quente, e a janela dá apenas para um aglomerado de árvores altas.

"A fantasia dele me pareceu meio obscura."

"Eu gostei", digo, baixinho.

Eu gostava de tudo em Jonah. Ou, pelo menos, pensava gostar. Então, no baile, a faísca, a conexão mágica que havia sentido na Eternidade, tinha sumido.

Quando desligo o abajur, o brilho forte e prateado da lua cheia ilumina tudo, incluindo Cooper, que parece uma escultura prateada.

Desvio os olhos e subo na cama, me mantendo tão perto da beirada quanto possível sem cair.

Uma brisa entra pela janela, trazendo o aroma de folhas molhadas e do ar fresco que se segue à chuva. Fico impactada com como é gostoso — o cheiro de campo, madressilva, solo. Nunca senti nada igual em Londres. Tudo bem que existe uma Diptyque na Eternidade, mas tenho certeza de que só a terra tem esse cheiro. Puxo o ar e tento registrar aquele exato aroma na lembrança.

"Você está chorando?", pergunta Cooper, em meio ao silêncio.

"Não. Não estou, não."

Ele se mexe e, ainda com a cabeça nos pés da cama, pega minha mão. O choque me faz perder o ar. Mas não puxo a mão da dele. Não consigo.

As lágrimas param de rolar.

Ficamos em silêncio por uns cinco minutos, de mãos dadas. Estou começando a me perguntar se Cooper pegou no sono quando, devagar, o polegar dele começa a traçar círculos na base do meu. Ele deve demorar uns bons quinze segundos para concluir cada um. Sinto uma onda de desejo se formando bem na boca do meu estômago, o que me surpreende tanto que dou um pulo e meu pé toca o rosto de Cooper.

"Porra!", resmunga ele, soltando minha mão para se sentar na cama. Levanto na mesma hora e o vejo cobrindo o nariz com as mãos.

"Você fez de propósito."

"Claro que não!"

Cooper tira as mãos do rosto, mas seus olhos se fixam aos meus. "Claro que fez."

O choque no rosto dele faz uma risada subir pela minha garganta, como uma bolha. "Foi um acidente." Eu me inclino para a frente para ver melhor. "Nem está sangrando!"

"Hum. Bom, você me avisou que não era para eu te tocar", murmura ele, em um tom mais leve.

"E você disse que não faria isso nem que eu implorasse", respondo, meio rouca.

Noto que os olhos de Cooper estão completamente pretos. Como se as pupilas tivessem engolido as íris. Minha respiração acelera.

"A gente se diverte juntos, né?", ele murmura. "Nós dois."

Penso em como Cooper é irritante. Na frustração que sinto sempre que ele está por perto. Em como, antes de pegar no sono, comecei a pensar em respostas espertinhas para dar a ele, do tipo que faria os lábios dele se contorcerem em divertimento.

"É", sussurro, com o coração acelerando também.

Cooper vira a cabeça de lado, estica a mão e enrola com delicadeza as pontas do meu cabelo no pulso.

"Esse Jonah é um idiota do caralho", diz ele, baixinho.

Solto o ar, sentindo o corpo esquentar com o leve puxão em meu cabelo. "Bom, posso ter sido um pouco agressiva com o cara. Tipo, eu meio que me tranquei com ele num depósito. Foi burrice. Burrice total. Eu devia ter ido devagar. É uma lástima que o tempo não esteja a meu favor."

Por que estou falando assim rápido? Por que estou usando palavras como "lástima"?

O olhar de Cooper se suaviza. Ele tira a mão do meu cabelo e o usa para segurar meu queixo entre o indicador e o polegar, então o levanta de modo que meu rosto fique parcialmente iluminado pela lua. Então, quando já estou meio que torcendo para que aconteça, Cooper se inclina para a frente e pressiona os lábios com cuidado contra os meus.

E é... ah, não. Eu não deveria me sentir *assim*.

Cooper se afasta e me encara com a respiração acelerada também. Então se ajoelha na cama, me enlaça com o braço e me puxa de modo a me colocar de joelhos também, com o tronco completamente colado ao dele.

Engulo em seco. "Tá... tá fazendo isso porque está se sentindo sozinho?", pergunto, com as bochechas corando. "Porque eu..."

"Não, Delphie. Estou fazendo isso porque hoje foi o primeiro dia em cinco anos em que não me senti sozinho. Nem um pouco."

Cooper pega meu rosto com ambas as mãos e me beija de novo, sua língua encontrando a minha com suavidade. Eu me derreto. Meu corpo todo começa a pulsar em sincronia com meu coração, o ritmo acelerando até um zumbido. Retribuo o beijo, envolvendo o pescoço de Cooper com os braços, passando uma mão por seus cachos escuros, descendo a outra por seu braço, sólido e firme sob meus dedos. Aperto e solto um barulhinho que acho que nunca me ouvi fazer — meio que arfando, meio que gemendo.

"Achei que você me odiasse", murmura Cooper, abrindo caminho pelo meu pescoço com a boca. O lábio inferior dele transmite uma sensação de veludo pela minha pele.

"Eu odeio", solto, inclinando a cabeça para trás, porque o que quer que ele esteja fazendo é mágico. "Mas você também me odeia, então..."

"Eu te desprezo, Delphie", murmura Cooper contra minha boca.

Meu corpo assume o controle e eu o beijo com mais vontade, minha língua explorando a dele. Sinto o quanto Cooper está duro e a expectativa pelo que está para acontecer me deixa tonta.

Recuo um pouco com a respiração pesada. "Eu... eu..."

"O que foi?", pergunta Cooper, inclinando-se para beijar meu ombro, depois minha orelha, depois minha boca outra vez.

"Nuncafizisso", solto.

Cooper se afasta e noto o peito dele subindo e descendo depressa. "Nunca fez o quê?"

"Sou virgem", digo. Então começo a rir porque isso parece megaimprovável e me deixa meio constrangida. Sei que não deveria estar me sentindo assim porque a antiga Delphie tinha certeza de que essa era a escolha certa. Só que agora tudo mudou. E eu sei que só tenho mais três dias de vida. E se essa aqui é a sensação de beijar um cara desprezível, embora inegavelmente gostoso, de forma lasciva à luz do luar, acho que fui uma idiota completa por ter evitado isso por tanto tempo. E, sim, dormir com meu vizinho provavelmente é uma péssima ideia, mas e daí? Em três dias a gente nunca mais vai se ver. Não é como se Cooper fosse se importar. Ele está acostumado com essa coisa de trepar sem se apegar. Imagino que seja especialista nisso.

Ele não faz perguntas. Não fala sobre Jonah e a história de termos mandado ver. Em vez disso, olha bem nos meus olhos. "Você quer que eu pare? É só dizer."

"Você... *você* quer parar?", pergunto, mexendo na ponta do lençol enrolado no meu corpo. "Porque, bom, não sei muito bem o que fazer. Como fazer. Tipo, na teoria, eu sei, tipo, *como* se faz. Mas tem uma falha na extensão do meu conhecimento. Então podemos parar agora. Claro. Se você quiser."

Cooper engole em seco, sem desviar o rosto de mim. "Eu preferiria enfiar alguma coisa no meu olho neste momento a parar o que quer que esteja acontecendo", diz ele, o que me arranca outra risada. "Mas é você quem está no controle. Vai ser como você quiser, Delphie. De verdade."

Examino o rosto dele à luz prateada. Penso no modo como enrolou meu cabelo no pulso, em como foi a coisa mais sexy que já me aconteceu.

Não tenho nada a perder, literalmente — este é o único momento da minha vida em que nada do que eu fizer vai me trazer consequências.

Apesar de tudo, meus ombros relaxam. Confio em Cooper. Me sinto segura com ele, e para minha surpresa, não me sinto desconfortável ou constrangida. Só empolgada.

"Eu quero", digo, com firmeza, embora a ansiedade marque minha respiração. "Quero... quero saber como é."

"Então eu vou te mostrar", sussurra Cooper no meu ouvido, me puxando de novo para si.

Trinta e dois

Minha primeira vez não dói como achei que doeria. É envolvente e diferente, de um jeito bom. De um jeito bom pra caralho. Cooper explora meu corpo, que de uma coisa cheia de medo e ansiedade se transforma em um conduíte carregado de eletricidade. Conforme ele investe contra mim, ergo os quadris na direção dele me sentindo mais segura a cada estocada, até ser eu quem está acelerando o ritmo.

Quando Cooper goza, me aperta tão de leve contra si que sinto os batimentos cardíacos dele reverberarem pelo meu peito todo.

Ficamos deitados de costas na cama, sem fôlego, entorpecidos.

Então Cooper se apoia em um cotovelo e sorri para mim. "Uau."

Assinto, enquanto espero que as estrelas desapareçam da minha vista. "Uau." Solto uma risada alta.

Cooper ri também. "Por que está rindo?"

"Nunca pensei que a primeira pessoa com quem eu transaria seria o vizinho do andar de baixo, que me mandou à merda só porque pedi pra ele baixar o volume da música às seis da manhã."

Cooper franze a testa. "Como assim? Eu não fiz isso."

Cutuco de leve seu ombro. "Fez, sim. Cinco anos atrás. Um dia depois do Halloween. Lembro porque você tinha lanternas de abóbora na sua janela. Acho que você deu uma festa?"

Cooper puxa o ar. "Não me lembro de ter mandado você à merda."

"Talvez ainda estivesse bêbado."

Ele balança a cabeça. "Não. Na verdade, foi na manhã daquele dia que a Em morreu. Minha cabeça estava... *eu* estava longe." Ele acaricia meu ombro, fazendo os pelos de todo o meu braço se eriçarem. "Sua pele parece porcelana."

"Tipo um prato?"

"Tipo um bibelô. Mas sexy. Um bibelô sexy."

Dou de ombros. "Eu nunca saio de casa."

"Eu também nunca achei que isso fosse acontecer", solta Cooper. "Embora *soubesse* que você me achava bonito."

"Ah, é? Como?"

Ele dá risada. "Por causa daquela véspera de Natal depois que eu me mudei. Abri sem querer uma encomenda sua. Uma caixa de tintas, acho. Aí levei pro seu apartamento e você estava claramente puta, com uma garrafa de xerez aberta na mesa."

Uma garrafa de xerez velha que eu tinha encontrado na despensa. Eu estava me sentindo triste naquela noite. Sozinha.

"Merda. O que eu te disse?"

Os olhos de Cooper brilham. "Você disse que eu era bonito de rosto. Eu não me lembrava da expressão exata até você dizer pro segurança hoje."

Levo as mãos à cabeça. "Misericórdia."

"Eu gostei." Ele ri. "Falei que também te achava bonita de rosto. Mas aí você me falou que era uma loba solitária, incapaz de amar ou ser amada. Foi alguma coisa assim. E me mandou embora, então eu fui."

"Que vergonha."

"Achei que você não se importasse com o que as pessoas pensassem a seu respeito."

"Com o que a maioria das pessoas pensa. Não todas."

Isso o faz sorrir.

Eu me sento. "Acho que não vou conseguir dormir."

"Nem eu. Quer beber alguma coisa?" Cooper se estica como um suricato e dá uma olhada na chaleira. "Tem... chá. Só chá."

"Chá pra mim tá ótimo."

Cooper se levanta, enrolando-se no lençol. Ajeito um travesseiro na cabeceira e me sento para vê-lo colocar a água para ferver e mergulhar os saquinhos de chá nas canecas grandes e amarelas que já estavam no quarto quando chegamos.

"Açúcar?"

"Acha que tenho doze anos de idade?", digo, imitando Cooper. "Dois cubos, por favor." Não vou mais precisar de dentes saudáveis, então por que não?

Ele me passa a caneca e eu tomo um gole, então suspiro satisfeita. "Que chá gostoso."

"Como falei, ser escritor envolve, na maior parte do tempo, fazer uma bebida quente enquanto se surta pensando no que se vai escrever a seguir. Pratiquei por anos."

Cooper sobe do outro lado e apoia o travesseiro no pé da cama, de modo que ficamos frente a frente. Acendo o abajur e o rosto dele fica todo iluminado. As bochechas estão coradas e os lábios mais vermelhos que de costume, como se todo o sangue de seu corpo tivesse corrido para aquela região.

"Por que você não escreve mais? Cansou?"

Cooper baixa os olhos para a caneca e franze o nariz. "Não. Parei de escrever quando Em morreu. É como se meu cérebro tivesse se esquecido de como faz." Ele solta uma risadinha desprovida de alegria. "Não houve bebida quente que ajudasse. Sempre que eu me sentava na frente do computador, sentia o coração vazio. Como se nada mais importasse porque eu não podia mais discutir com Em sobre aquilo."

"Ela lia seus livros?"

Ele faz que sim com a cabeça. "Lia todos os rascunhos iniciais. Crime não era muito a dela, mas Em foi a primeira pessoa a me levar a sério como escritor. Antes de eu conseguir uma agência literária ou um contrato de publicação. Ela lia tudo e deixava comentários. Comentários úteis. Às vezes rudes, mas bons. Em enxergava as coisas com muito mais clareza do que todos pensavam. É por causa dela que acrescentei uma história de amor ao meu primeiro livro. Em disse que ninguém daria a mínima para um ladrão de bancos se ele não tivesse alguma coisa importante a perder. Se não tivesse amor na jogada."

"Ela devia ser inteligente."

Cooper abre um sorriso triste. "Em era brilhante. Você teria gostado dela."

"Como foi que...?"

"Embolia pulmonar. Ela voltou de avião de uma convenção em Los Angeles. Aparentemente, tinha trombose venosa profunda. Os médicos disseram que foi rápido e indolor. O que imagino que seja melhor."

Balanço a cabeça. "Não consigo nem imaginar como eu me recuperaria de uma coisa dessas."

"Não tem como. Ou, pelo menos, eu não me recuperei. Nunca vou me recuperar. Eu nasci e cresci do lado de Em, e ela nasceu e cresceu do meu lado. Mesmo quando a gente não estava junto fisicamente, ela continuava comigo, sabe? Eu sentia a presença dela. Sentia quando estava alegre, triste ou brava. E ela sentia o mesmo comigo."

"Você... você percebeu quando ela morreu? Tipo, sentiu alguma coisa?"

Cooper confirma com a cabeça. "Eu tinha dado uma festa. A tal da festa de Halloween. Então, umas seis da manhã, acordei com uma sensação estranha. Como se meu coração meio que vibrasse e uma onda de tristeza se espalhasse pelo meu corpo inteiro. Foi tão forte que acordei. Tentei ligar pra Em na mesma hora, claro, e ninguém atendeu. Sabia que era maluquice pensar que algo havia acontecido, mas não conseguia voltar a dormir. Então liguei a vitrola no máximo, para me distrair daqueles pensamentos assustadores. Acho que foi neste momento que você bateu no meu apartamento? Não lembro direito. Mas eu sabia. Sabia que tinha acontecido alguma coisa."

Repouso a caneca e pego a mão dele nas minhas. "Aposto que, onde quer que Em esteja, ela está bem."

Cooper solta uma risada triste. "Durante mais ou menos um ano depois da morte dela, eu via minha irmã em todo lugar. Na rua, atuando como figurante em qualquer filme que eu estivesse assistindo, nos meus sonhos. E sempre que me dava conta de que era só minha mente me enganando, era como se a realidade me derrubasse de novo. Minha mãe quis contratar uma médium, acredita? As pessoas enlouquecem mesmo quando estão sofrendo de saudade."

"Então você não acredita em vida após a morte?"

"Ha! Não. Não, não acredito."

"Eu não acreditava também", murmuro.

Cooper se vira para mim. "E o que mudou?"

Abro a boca para falar. Ele vai pensar que sou uma maluca. É maluquice mesmo. Aperto os lábios. "Eu, hum, assisti a um programa de tevê incrível chamado *Ghost Whisperer*, já ouviu falar?", pergunto, sem emoção na voz. "Me convenceu total."

Cooper ri alto e balança a cabeça. "Pesado, Delphie. Pesado."

"Será que você me faria mais um chá?", pergunto, passando a caneca a ele. "Dessa vez com três cubinhos de açúcar?"

Passamos a hora seguinte esticados em cantos opostos da cama "meio pequena", conversando sobre tudo e sobre nada.

Cooper me conta sobre quando foi fazer uma leitura de seu livro na Waterstones e uma única pessoa apareceu — uma mulher com joanete que procurava um lugar para descansar os pés. Conto a ele sobre a aula de desenho e as poses hilárias de pernas abertas que Kat fez, depois conto sobre quando eu tinha dez anos e queria tanto um apelido que tentei convencer os professores a me chamarem de Lil D e fiquei sem entender nada quando eles se recusaram terminantemente.

Conto a Cooper sobre a saudade que sinto da minha mãe. Ele me conta sobre como parece que o coração dele está estilhaçado. Tipo como se amigos, parentes, livros, vida e alegria pudessem até ajudar a remendar, mas que ele sabe que, sem Em no mundo, nunca mais vai voltar a ser inteiro.

Quando Cooper me pergunta sobre Gen e Ryan, mudo de assunto bem rápido. Não quero mais pensar nesses dois. Então listo meus cinco programas de tevê preferidos e falo sobre como a luz do lado de fora da janela às oito da noite nos últimos dias de agosto assume um tom lilás tão perfeito que me deixa sem fôlego toda vez, todo ano. Pergunto qual foi a melhor coisa que já aconteceu com ele e Cooper me conta que foi Em ensiná-lo a andar de bicicleta, depois me conta sobre quando os dois tinham dez anos e passaram o verão inteiro andando de bicicleta no Hyde Park com os avós, parando para nadar no Serpentine, tomar sorvete e ler — ele, a série Goosebumps; ela, Judy Blume.

Enquanto conversamos, sorrimos um para o outro, às vezes rindo, porque o sol já começa a aparecer e não deveríamos estar acordados. Só que não queremos dormir.

"Vem cá", pede Cooper.

Obedeço, engatinhando pela cama e dando um gritinho quando ele me puxa para seu colo e o lençol cai, expondo meus seios à luz dourada do nascer do sol.

Os olhos de Cooper parecem apreciar meu corpo como se fosse um banquete. "Porra, como você é linda."

"Cala a boca."

"É sério."

Estreito os olhos. "Não vem com cantada pra cima de mim."

Cooper se ajeita, e eu sinto o pau duro dele embaixo de mim. Isso me dá coragem para enfiar a mão por baixo do lençol e tocá-lo. A pele quente e suave me faz morder o lábio. Movimento a mão, e o pau grosso dele pulsa em resposta.

Ele apoia a cabeça no pé da cama. "*Uau.*" A voz dele sai tão rouca e profunda que juro que a sinto vibrar na minha barriga.

Cooper pega uma camisinha da carteira e a coloca. Monto nele e deslizo por seu pau, arfando ao ser preenchida.

Começo a me movimentar, hesitante e devagar no começo, mas depois mais rápido, ganhando ritmo. Cooper me observa com os olhos verdes escuros feito carvão. Eu o observo me olhando e a intensidade do olhar dele, o sol brilhando forte em nossos rostos e nossos corpos juntos fazem meu coração bater mais forte e a adrenalina me envolver.

Os dedos dele dançam suave por minha caixa torácica. Então Cooper leva uma palma ao meu seio, passando o dedo do meio suavemente pelo mamilo. Ele levanta a cabeça e me pega de leve entre os dentes.

"Meu deus." A faísca de sensação mais maravilhosa começa a se formar em minhas entranhas.

Cooper responde à minha exclamação me virando e segurando meus braços acima da minha cabeça, depois entrando tão profundamente em mim que perco o ar. Encontramos um ritmo e nos movimentamos um contra o outro enquanto Cooper grunhe "Porra" a cada estocada.

"*Ai, meu deus*", solto, quando a faísca na minha barriga pega fogo e se espalha para o corpo todo, com chamas de prazer lambendo todos os meus membros. Sou apenas carne, umidade e energia pura.

Cooper geme, com a testa pressionada contra a minha, os olhos fixos nos meus. Olhando para mim.

Recuperamos o fôlego. Ele passa a língua pelo lábio inferior inchado. Fico olhando e concluo que é o lábio inferior mais sexy que já vi. Como nunca notei isso?

Cooper me encara como se eu fosse a primeira mulher com quem ele estivesse fazendo isso, e seus olhos bruxuleiam levemente, parecendo intrigados. Eu sei com certeza que sou só mais uma entre muitas. Mas não consigo evitar me sentir bem com ele me olhando desse jeito.

Merda.

As coisas saíram totalmente do controle.

Trinta e três

No fim das contas, talvez eu tenha sido uma vagabunda reprimida por todos esses anos, esperando a oportunidade perfeita para desabrochar. Porque, mesmo depois que o amigo de Cooper aparece com a chave do carro e pegamos o caminho para Londres, não consigo pensar em nada além de sexo. Com Cooper, especificamente. Essa é a única coisa que ao menos parece conseguir distrair minha mente a) da minha morte iminente em dois dias; e b) do arrependimento generalizado por não ter experimentado transar antes.

Cooper para o carro atrás de uma cerca viva em uma estrada de terra tranquila, empurra o banco do carro para trás e me faz gozar com a língua. Só que preciso de mais, por isso, quando já estamos perto de casa, pergunto se podemos tentar estilo cachorrinho, no que ele concorda na mesma hora, mas sugere que tomemos um banho antes. Então eu pergunto se podemos tomar banho juntos. E ele responde que podemos fazer o que eu quiser. A ousadia toma conta de mim e não me preocupo mais com as consequências. Isso é o que uma sentença de morte faz com uma pessoa.

Nossas risadinhas são interrompidas quando entramos na Westbourne Hyde Road e percebemos que tem uma ambulância estacionada na frente do prédio. Dois paramédicos tiram alguém em uma maca pela porta da frente. Vejo na mesma hora que é o sr. Yoon, com uma máscara de oxigênio no rosto. Aconteceu um incêndio? Será que ele deixou um cigarro aceso? Abro a porta antes que o carro pare por completo e corro até a maca, que está sendo colocada na traseira da ambulância.

"Sr. Yoon!", grito. "O que aconteceu? O senhor está bem?"

"Você é parente dele?", pergunta o paramédico, quase sem fazer contato visual.

"Eu... não. Sou vizinha dele. E amiga." Faço menção de subir na ambulância, porém sou impedida.

"Só parentes podem ir na ambulância. Ele está indo pro UCL, tá?"

O sr. Yoon estica uma mão na minha direção.

"Eu encontro você lá!", grito para ele, enquanto outra paramédica gruda adesivos com fios em seu peito. O rosto do sr. Yoon parece úmido. Acho que ele está chorando. Não!

"Copper!" Eu me viro e dou com ele encarando a ambulância, pálido.

"Vamos", diz ele. "Corre pro carro."

Voamos até a recepção do hospital e pedimos informações sobre o sr. Yoon, que já deve ter chegado com a ambulância. A mulher ao computador pede o primeiro nome dele.

"Não sei", digo. "Como posso não saber?" Eu me viro para Cooper. "Você sabe o nome completo dele?"

Cooper balança a cabeça. "Ele sempre foi só o sr. Yoon, desde que o conheço."

"Y-O-O-N", soletro para a recepcionista. "Ele nasceu na Coreia e agora mora em Bayswater. Não sei se isso ajuda."

"Yoon. Encontrei", diz ela. "Alguém vai vir falar com vocês em breve."

"Ai, meu deus." Eu me viro para Cooper. "Não vou aguentar."

"Vai ficar tudo bem", ele diz, passando meu nome à recepcionista, depois pegando meu braço e me conduzindo até a área de espera, onde encontramos duas poltronas vazias ao lado de um cara com a testa sangrando e de uma mulher com uma criança pequena terrivelmente quieta.

Esperamos sentados e em silêncio até que uma mulher

alta usando roupa privativa verde e com um estetoscópio no pescoço chama o meu nome. Cooper pega minha mão e vamos até ela, mas não me parece certo, por isso puxo a minha de volta. A mulher nos leva até um lugar reservado.

"Vocês são vizinhos do sr. Yoon?"

"Isso", digo, com a voz trêmula, por conta da ansiedade.

"Sou a dra. Chizimu. Ainda estamos fazendo exames, porque o sr. Yoon apresentou sintomas cardíacos."

"Ah, meu deus. Ah, não. Posso ver como ele está?"

A mulher ergue uma mão. "Parece que se trata só de uma crise de gastrite bem forte que acabou levando a um ataque de pânico grave."

Ataque de pânico? E ele estava sozinho. Meu deus do céu. "Por favor, eu quero ver como está o sr. Yoon."

"Em geral, só permitimos a entrada de parentes."

"Ela é quase da família", interrompe Cooper. "Vai ver o sr. Yoon toda manhã, faz o café, checa se ele tem tudo de que precisa."

Confirmo com a cabeça, porque faço mesmo tudo isso. "Por favor, me deixa vê-lo."

A médica assente. "Tudo bem. Mas ele não pode ficar agitado. Precisa de tranquilidade. Só vou permitir você." Ela aponta para mim.

"Eu espero aqui", diz Cooper, fazendo sinal com o polegar para a recepção.

Sigo a médica até o espaço reservado com paredes de vidro onde o sr. Yoon se encontra, meio sentado, meio deitado, com um monte de fios saindo dele. Parece um pouco cansado, mas fora isso está mais ou menos como de costume.

"Sr. Yoon!", grito, então decido baixar o volume para soar menos frenética e mais tranquila. Eu me sento ao lado da cama e pego o dedão dele com a mão, porque é tudo o que dá para segurar com o acesso venoso na mão dele. O sr. Yoon sorri para mim e revira os olhos como quem pede desculpas.

"Sinto muito por não ter ido ver o senhor ontem à noite. Fiquei presa com Cooper em Duckett's Edge e..."

Ele ri sem produzir som, sacudindo os ombros.

"É sério que o senhor está *rindo*?" Arregalo os olhos. "Tudo bem. É um bom sinal, na verdade. Ótimo. Pode rir. Mas devagar. A médica disse que o senhor precisa de tranquilidade. Então não sacode os ombros desse jeito."

O sr. Yoon ergue a outra mão e a cerra em punho — é o sinal que ele costumava fazer quando precisava de um lápis, antes de eu chegar com uma caixa com cem.

"Quer escrever alguma coisa?", pergunto. "Agora?"

Ele confirma com a cabeça. Vou até o posto de enfermagem e peço caneta e papel. Fico achando que a enfermeira vai reclamar, porque parece ocupada com coisas mais importantes, mas ela sorri para mim, debruça o corpo sobre uma mesa e em seguida me entrega uma caneta e um caderno novinhos, como se recebesse pedidos desse tipo o tempo todo.

Levo tudo para o sr. Yoon, que tenta se sentar direito na cama. Eu o ajudo a arrumar os travesseiros para que possa apoiar um pouco melhor as costas doloridas. O sr. Yoon pisca devagar, e concluo que devem ter lhe dado sedativos.

Ele pega a caneta e começa a escrever, numa caligrafia bonita, embora trêmula.

Você parece viva.

Sinto minhas bochechas corarem. Devo estar com cara de quem fez muito sexo em um espaço curto de tempo.

"Isso é um elogio?", pergunto. "Não sabia que eu andava parecendo morta, mas... obrigada."

O sr. Yoon sorri e volta a escrever.

É bom ver você feliz.

Meu peito dói diante da constatação de que qualquer felicidade que eu possa estar sentindo seja apenas temporária. Jonah nunca vai me beijar por vontade própria, e Merritt não deu mais as caras. Meu destino está selado.

O sr. Yoon logo pega no sono enquanto os monitores apitam indicando estabilidade. Engulo em seco, com a tristeza tomando conta de mim quando penso que o sr. Yoon não tem família. Nem amigos. Só eu. Quando eu me for, com quem ele vai poder contar, além de Cooper? Quem será testemunha da vida dele, para que seja lembrado de verdade depois da morte?

Com delicadeza, retiro a caneta e o caderno das mãos do sr. Yoon. Procuro a médica lá fora. Ninguém veio me mandar embora. Eu me debruço e, sem qualquer pressão, só porque quero, começo a esboçar o rosto do sr. Yoon. Meus ombros relaxam, e logo me perco nas linhas e rugas, nas orelhas grandes, nos lábios finos e sorridentes, no pequeno corte da lâmina de barbear no queixo redondo.

Dou uma olhada no relógio quando a médica aparece e percebo que quarenta minutos se passaram.

"Precisamos fazer mais alguns exames no sr. Yoon só pra garantir que investigamos tudo, mas você pode voltar amanhã de manhã, se quiser. Ainda precisamos dar mais uma investigada, como eu disse, mas o mais provável é que ele receba alta amanhã, depois da aprovação do especialista cardiotorácico."

Alta amanhã. Assinto, soltando o ar e deixando a caneta e o caderno na mesa de cabeceira.

"Se precisar fazer perguntas, ele vai precisar escrever as respostas", sugiro à médica. "Demorei três anos pra ter essa ideia."

A médica sorri e dá uma olhada no meu desenho. As sobrancelhas dela se erguem imediatamente. "Ficou ótimo. Você trabalha com isso?"

"Ah, não", digo, ficando vermelha na mesma hora. "Haha!"

Eu me abaixo e viro as páginas do caderno até chegar na que o sr. Yoon escreveu que eu parecia viva. A médica lê isso também e me dirige um olhar de curiosidade. Meu estômago se revira diante da ideia de que não apenas vou morrer em dois dias como não tenho ideia de como vai ser. Tipo, de jeito nenhum que vou me engasgar com um hambúrguer de novo. Como será que vai ser? Vai doer? Será que vou vir parar aqui, no mesmo lugar em que está o sr. Yoon, sendo tratada por uma equipe de especialistas se esforçando para salvar minha vida quando estou destinada à Eternidade?

Procuro afastar os pensamentos sombrios. "Volto amanhã!", digo, animada, já saindo do quarto. "Você tem meu telefone. Ligue se houver alguma mudança, por favor."

Volto depressa à sala de espera e deparo com Cooper curvado, batendo rapidamente um sapato envernizado no chão enquanto revira o celular nas mãos. Corro até ele. Cooper dá um pulo assim que me vê. Parece em pânico.

"Não recebeu minha mensagem?", pergunto.

Ele olha para o celular e balança a cabeça.

"Mandei uma mensagem para você. Não deve ter sinal aqui. Mas sr. Yoon vai ficar bem."

Cooper solta o ar e seus ombros relaxam de alívio. Ele me puxa para um abraço, mantendo uma mão na minha nuca. Fecho os olhos e sinto uma suavidade se espalhar pelo meu corpo, me acalmando. Será que todo esse tempo, quando meus músculos estavam tão contraídos que chegava a doer e o maxilar rígido, a chave sempre foi ter um corpo humano segurando o meu?

O corpo dele.

Suspiro, devagar e baixo. Tudo seria muito mais fácil se Cooper fosse minha alma gêmea, em vez de só uma pessoa para uma diversão rápida. Já o beijei um milhão de vezes — minha vida teria sido salva um milhão de vezes.

O indicador dele passa distraidamente do meu cabelo para o pescoço e isso me deixa toda arrepiada.

Me solto dos braços dele e fico me censurando mentalmente, porque ter pensamentos eróticos com o meu vizinho de baixo no PS é errado em *muitos* sentidos.

"Vamos embora."

Quando entramos no prédio, ficamos parados no corredor feito dois bobos, só olhando um para o outro.

"Eu...", murmura Cooper, olhando na direção da porta do próprio apartamento.

“Obrigada por...” deixo a frase morrer no ar e dou de ombros, fazendo com que uma pena do vestido cutuque minha bochecha.

“Sinto muito por...”

A porta da sra. Ernestine se abre com um rangido. Ela bota a cabeça para fora, dá uma mordida em uma maçã vermelha e mastiga audivelmente antes de estalar a língua em desaprovação.

“Se nenhum de vocês vai terminar a porra de uma frase que seja, será que podem fazer o favor de ir embora e me deixar assistir *Better Call Saul* em paz? Pelo amor de deus!”

Cooper pede desculpas e abre um sorriso cheio de charme, que não faz a cara feia da sra. Ernestine se alterar em nada. Fico olhando para a tatuagem dela que diz NUNCA MAIS e me pergunto se ela tatuou aquilo para se lembrar de nunca mais matar ninguém.

Não quero descobrir se estou certa, por isso me despeço de Cooper e ambos fazemos como ela manda, entrando em nossos respectivos apartamentos com uma série de perguntas pairando pesadas no ar.

Trinta e quatro

Oi, meu bem! Desculpa não ter te atendido. As coisas estão malucas por aqui. Espero que esteja bem!

Penduro o vestido de Leanne antes de entrar no banho e volto a pensar no fato de que, embora saiba que vou morrer de novo em dois dias e que será às seis da tarde, não tenho mais nenhuma pista do que vai acontecer além disso.

As possibilidades são múltiplas. Não vou morrer engasgada, porque, desde a última vez, tenho mastigado e engolido a comida tão devagar e com tanto cuidado que estou levando o dobro do tempo nas refeições (o que tem seu lado positivo, porque minha digestão melhorou consideravelmente). Mas eu poderia cair da escada. Escorregar no chão molhado do banheiro. Explodir meu apartamento por causa de um vazamento de gás. Ou talvez minha mãe finalmente retorne minha ligação e o choque me mate. Eu me sinto basicamente vivendo no filme *Premonição*.

Saio do banheiro tomando um cuidado especial e sigo a passinhos atentos para o quarto. Um aparelho de ar-condicionado pode cair na minha cabeça enquanto ando na rua. Ou talvez eu caia num bueiro aberto porque vou estar ocupada demais pensando em não morrer e não vou ver um bueiro aberto bem na minha frente. Merda. Talvez eu seja assassinada. A sra. Ernestine pode me matar. E se ela encontrar todos os livros que peguei na biblioteca sobre como esconder um corpo, ninguém vai ficar sabendo.

"Merritt!", grito, desvairada, enquanto coloco o roupão. "Preciso de ajuda, Merritt! De algum tipo de informação sobre o que vai acontecer! Quais são os planos da morte pra mim?"

Uma lufada de ar movimenta as cortinas. De repente, aqui está ela, ao pé da minha cama, a princípio uma imagem vaga e iridescente, depois totalmente sólida, usando um vestido branco estampado com cerejinhas e olhando para mim.

"Você me ouviu!", exclamo.

"A gente já não conversou sobre isso?"

Cerro os dentes. "Desculpa, eu sei que não devia tentar entrar em contato, mas estou surtando. Você vai fazer com que alguém me mate? Vai ser a sra. Ernestine? Porque se for, acho que ela dá conta do recado."

Merritt olha em volta parecendo em pânico. "Sempre que você me chama, meu celular apita. É um apito por frase! Não dá pra botar o celular no silencioso na Eternidade, então imagina só a atenção que não está chamando. Tem que parar com isso. Eles acham que estou no banheiro agora. Tenho certeza de que Eric está me esperando lá fora, pronto para me pegar, e se isso acontecer, já era, Delphie."

"Vocês ainda precisam usar o banheiro na Eternidade?", me surpreendo. "Que injusto."

"Então é isso?", pergunta ela, ignorando o que eu disse. "Você vai só desistir do Jonah? *Pas fantastique!*"

"E o que é que eu vou fazer, Merritt? Ele foi bem claro. Tem namorada. E medo de mim. Eu *encurralei* o cara."

"Em *Crepúsculo*, a Bella literalmente corre o risco de ter seu sangue chupado não só por Edward, mas por toda a família e os inimigos dele, que juntando tudo, era gente pra caramba! E ainda assim ela encontrou uma maneira de fazer com que o relacionamento funcionasse, porque eles eram *almas gêmeas*. Daí você, depois de só um encontrinho de nada que não deu certo, vai desistir? Assim sem mais nem menos? Talvez o amor de vocês não seja instantâneo, talvez seja mais tipo o de Josh e Lucy em *O jogo do amor/ódio*. Não vai dar pro amor de vocês cozinhar em fogo lento se você nem ligar o fogo."

"A gente não tá dentro de um livro, Merritt. Eu tô vivendo a minha vida. E Jonah não gosta de mim. Sei que você disse que ele é minha alma gêmea, mas..." Visualizo Jonathan com aversão nos olhos, fugindo de mim. Vamos encarar, foi terrível.

"Você tem muito medo de ser rejeitada, credo... prefere literalmente *morrer* do que ficar vulnerável de novo? Se for isso mesmo, então chega, não tem como ter esperanças. Imagina só se a Bridget Jones não se permitisse ser vulnerável? Ela provavelmente acabaria em um casamento tóxico com o Daniel Cleaver! Meu deus do céu."

Franzo a testa. "Eu já fiquei vulnerável. Subi naquele palco e dancei. Todo mundo no Kensington Gardens viu o contorno dos meus grandes lábios. Fiz um teste para um papel em *Assassinato no Belo Vilarejo*. Tive que interagir com o casal que tornou minha vida escolar um pesadelo e fiz papel de idiota na frente deles. Deu tudo errado, Merritt! Eu só tenho mais dois dias na Terra e não quero desperdiçar esse tempo dando murro em ponta de faca. E correr de novo atrás do Jonah não seria nada além disso. Mais uma humilhação. Essa semana tem sido um pesadelo completo."

Merritt balança a cabeça. "Um pesadelo completo? É mesmo? De verdade? A semana inteira. Um pesadelo *completo*? Pensa bem, querida."

Pisco. "Eu..." Não termino a frase porque percebo que, pra além de um pouco de frustração e raiva, essa semana também fiquei empolgada, nervosa, surpresa e ansiosa. Talvez, em alguns momentos, cheguei perto até de ser feliz. "Tá, talvez a semana inteira seja meio exagero..."

Ela cruza os braços. "Se vai desistir de Jonah, por que não volta comigo agora? Antes que Eric descubra o que andei fazendo e me entregue? É melhor ir pra Eternidade do que ficar aqui."

Penso no sr. Yoon e em como ele vai precisar de alguém que o acomode em casa amanhã. Preciso fazer uma lista para Cooper, especificando o que ele deve e não deve fazer. Preciso entrar em contato com a prefeitura para verificar como anda o processo dele.

"Não... não posso. São só dois dias. Tenho coisas a fazer. Eu preciso, sabe, resolver pendências. Por favor. Só enrola por mais dois dias. Prometo não te chamar de novo. E, quando voltar para a Eternidade, serei seu rato de laboratório, como combinamos."

"Ah, beleza. Beleza, então, Delphie, porque inclusive chegou um cara ontem que está atrás de uma pessoa especial." Ela estala os dedos e uma espécie de miragem aparece diante do meu guarda-roupa. É um holograma de um homem na casa dos cinquenta anos usando blusa de lã que parece bonzinho.

"O nome dele é Roger Pecker e costumava trabalhar no campo. Na verdade, ele era meio que louco por agricultura. Tipo, *obcecado* por agricultura. Gosta bastante de explicar os benefícios de usar um arado de disco em vez de um arado de aiveca. Daí quando você acha que o assunto já acabou, não. Ele consegue falar muito sobre agricultura. Faz vinte anos que está solteiro, então acho que vai gostar de se apresentar direitinho pra você e contar tudo sobre ele. Então tenha em mente que se o Jonah não te beijar e sua vida não for salva, é isso aí que está te esperando por lá."

"Você parece brava comigo. Achei que *quisesse* um rato de laboratório."

Merritt encara o chão. "Eu queria um felizes para sempre. Eu queria..." Ela deixa a frase morrer no ar e bate os pés no chão.

Balanço a cabeça. "Não existe isso de felizes para sempre na vida real. Você trabalha com gente morta. Deveria saber disso."

A boca de Merritt se transforma em uma linha triste e ela gira um dos muitos anéis que estão em seus dedos, mordendo o lábio.

Alguém bate à porta. Merritt se sobressalta. Nossa, ela está mesmo no limite.

"Dois dias", imploro, unindo as mãos. "Achei que tivesse me dito que era mais esperta que todos aqueles caras. E que

Eric também. Você consegue dar um jeito nele. Já me conformei. Posso até sair com Roger Pecker. Não vou reclamar."

Merritt parece prestes a dizer algo, mas se segura. Então joga os braços para o alto, exasperada, e ergue o queixo. "Só tenta, por favor, Delphie. E, não, eu não vou te prometer que a sra. Ernestine não vai te matar, por isso toma cuidado!"

Ela só pode estar zoando.

Né?

Antes que eu consiga confirmar, Merritt começa a cintilar e volta para a Eternidade.

Abro a porta e deparo com Cooper, com o cabelo molhado e uma camiseta preta com a foto de Jack Nicholson beijando Helen Hunt. Embaixo, está escrito: BONS TEMPOS, SALADA DE MACARRÃO.

"Que legal", digo, apontando para ela.

"Foi um presente."

"Gostei. Você vai...?"

"É, eu estava pensando se..."

Damos risada. Respiro fundo. "Como posso ajudar, Cooper?"

Ele ri também. "Me deixando te levar pra jantar hoje."

"Oi?"

"Hoje. Jantar. Comigo." Ele aponta com o polegar para o próprio peito.

Prendo o cabelo atrás da orelha. "Tipo, um jantar... romântico?"

"Isso."

"Achei que você não fosse desse tipo."

"E não sou."

Sorrio. Nunca tive um encontro de verdade. A última vez que fui a um restaurante foi em 2015, na filial de Paddington do Chicken Cottage. Penso no que o sr. Yoon disse: *É bom ver você feliz.*

Pode ser até que eu não tenha qualquer controle quanto ao tempo de vida que me resta. Mas o quanto vou viver nesses meus últimos dias está nas minhas mãos. O quão feliz vou ser. Não tenho absolutamente nada a perder.

Assinto. "Beleza. Eu deixo você me levar pra jantar."

Isso o faz sorrir, e noto uma fresta discreta entre seus dentes da frente. É um sorriso genuíno. Um sorriso excelente. Um sorriso nem um pouco desprezível. Penso na primeira vez em que o vi lá embaixo, logo depois de se mudar. Em como Cooper baixou a cabeça em cumprimento, com os olhos cintilando. Em como uma possibilidade distante e praticamente inexistente foi o bastante para me dar um friozinho na barriga. E depois, em como Cooper me mandou à merda naquela manhã de novembro e eu fiquei me sentindo uma idiota por ter pensado nele desse jeito. Agora sei que a irmã gêmea que ele tanto amava havia acabado de morrer. É claro que ele mandaria à merda a mulher rabugenta que bateu à porta dele só pra reclamar do volume da música. Mas, na hora, não foi o que pensei. Só pensei que aquele homem estava confirmando o que eu já sabia sobre as outras pessoas. Que elas eram todas horríveis.

Me pergunto como teria sido se eu houvesse tentado puxar conversa em outro momento, se acabaríamos onde estamos agora, só que com mais tempo para ver no que daria.

"Então a gente se vê às sete", solta Cooper, antes de se virar e voltar a passos largos pelo corredor.

Acho que nunca vamos descobrir.

Trinta e cinco

Alguns anos atrás, em um raro rompante de confiança e esperança, comprei o vestido mais bonito e sexy que já tinha visto em uma loja em Westbourne Grove. Foi só quando voltei para o apartamento que me dei conta de que nem tinha onde usá-lo. E, mesmo que tivesse, era chique e colado demais para alguém como eu. Desde então, ele está pendurado no meu guarda-roupa e nunca o usei. Mas decido que chegou a hora de usar o vestido verde-claro com fenda porque não tenho literalmente nada a perder. Se vou me jogar nesses últimos dois dias, posso me afundar de cabeça. Embora a onda de calor tenha arrefecido afinal, continua quente, por isso prendo meu cabelo com uma fita preta e penteio tanto que dá até uma armada, deixando o rabo de cabelo megavolumoso. Fica legal, na verdade. Por causa das bolhas nos meus calcanhares, minha única opção é um par de rasteirinhas prata que comprei no verão passado. Talvez não combinem perfeitamente com o vestido, mas pelo menos vai ser mais confortável de andar por aí.

No rosto, aplico um hidratante que também faz as vezes de base e passo o brilho labial que Leanne me emprestou para o baile.

Cooper tem um compromisso fora logo antes do nosso encontro, então o plano é nos encontrarmos na frente do restaurante. Não faço ideia do que esperar, considerando que este é o meu primeiro encontro da vida inteira, mas enquanto desço a rua com outras pessoas aproveitando o verão, sinto um nervosismo muito diferente daquele com que estou acostumada.

É um nervosismo mais brando, vívido e cintilante, muito diferente das pontadas de pavor que senti no passado.

Nunca estive em Chelsea, por isso uso um aplicativo de mapa no celular para encontrar o restaurante — um lugar que chama Concept and Caramel. Quando chego, vejo que é um lugar discreto e com janelas escurecidas. Tem um grupo de adolescentes sentados na parede oposta. Dois deles riem de uma menina dentuça e cheia de espinhas que parece mais nova.

Fico observando um dos garotos cutucar a amiga como se dissesse *Olha só isso*, depois tirar um chiclete rosa da boca e grudar na cabeça da menina mais nova com um tapa que dá para ouvir do outro lado da rua. Penso em Gen e Ryan fazendo a mesma coisa comigo. Achei que os adolescentes de hoje em dia tivessem criado maneiras novas e mais interessantes de serem cruéis uns com os outros. Mas parece que algumas coisas nunca mudam.

Antes que eu possa pensar no que estou fazendo, atravesso a rua a passos firmes. A garota ri da "brincadeira", enquanto o amigo tira uma foto com o celular. A mais nova tem lágrimas nos olhos. Dá para ver que não é a primeira vez que sofre nas mãos deles.

"Ei, seus idiotas", digo para as meninas mais velhas. "Qual é o problema de vocês, porra?"

O queixo deles cai como se eu fosse a Beyoncé. Tudo bem, eu admito, estou bem bonita hoje. "Nossa", solta o menino.

"Você está bem?", pergunto para a menina mais nova. Ela faz que sim com a cabeça, mas fica claro que não está.

"Você é péssima", digo, apontando para a garota mais velha. "E você é péssimo", digo para o garoto mais velho em seguida. "E querem saber? Vocês vão ser péssimos pra sempre. Fazer as outras pessoas se sentirem mal porque vocês mesmos não têm talento, personalidade ou carisma pode parecer bom agora, mas na verdade é uma armadilha."

A garota mais velha ri.

"Ei!", a menina mais nova diz, com a voz trêmula. "Eles são meus amigos. Só estavam brincando."

"Eles não são seus amigos", digo, sentindo uma pontada no peito diante da tentativa dela de reduzir a importância do que está acontecendo, algo com que eu mesma estou muito familiarizada. "São só dois panacas fazendo bullying com você pra se divertir. Se defende, porra!"

O queixo dela treme um pouco. "Não grita comigo."

"Ei! Delphie! Oi!" Eu me viro e vejo Cooper acenando da frente do restaurante, do outro lado da rua. "Tudo bem aí?"

Pisco e me esforço para engolir a raiva. "Só um segundo", respondo. "Desculpa por ter gritado", digo à menina, então aponto para o chiclete no cabelo dela. "Azeite deve resolver. Não precisa cortar."

Agora é meu queixo que treme.

Ela fica olhando para mim e parece um pouco constrangida. Os outros dois dão risadinhas, mas que me soam bem nervosas.

"Tentem ser mais legais", digo a eles, com um sorriso. "Fazer bullying com os outros é... patético."

Olho feio para os dois uma última vez, dou meia-volta e me dirijo até Cooper para nosso jantar romântico.

Antes que eu possa processar o que acabou de acontecer e pensar em como me sinto a respeito, Cooper e eu somos recebidos na entrada do restaurante por um homem de bigode com as pontas curvadas para cima usando um macacão de veludo verde-neon. De alguma maneira, ele parece fantástico.

"Oi, pessoal. Sou Sullivan, o maître. Bem-vindos a Concept and Caramel: A experiência."

Olho de lado para Cooper, que solta um ruidinho meio nervoso enquanto somos conduzidos por um corredor até um salão grande e branco, com grupos de pessoas descoladas sentadas em mesas grandes também brancas, algumas lambendo o prato, outras comendo com as mãos, a maioria rindo e gritando. Os outros garçons por ali também usam macacões de veludo em cores neon variadas. Então é assim que os restaurantes são hoje em dia? Não é isso que vejo na tevê e nos filmes.

Somos levados a uma mesa no canto esquerdo, onde o maître nos deseja uma noite mágica antes de desaparecer na confusão. Ele é substituído por uma garçonete de rosa-choque que nos pergunta o que gostaríamos de beber. Ela usa lentes de contato que deixam seus olhos da mesma cor do macacão. Só percebo que estou encarando os olhos dela quando Cooper pigarreia. "Delphie? O que você quer beber?"

"Hum...", digo, deslumbrada. "Vocês fazem Liza aqui?"

A garçonete responde com uma careta.

Penso na noite em que fui ao Orchestra Pit e no atendente de bar que usava paetê. "É vodca, acho que com licor de maçã e alguma outra coisa."

"Não fazemos esse drinque em específico, mas oferecemos algo parecido. Com vodca e maçã."

"Ah, sim. Seria ótimo, obrigada."

"E você, parceiro?", pergunta ela a Cooper, que acredito que nunca na vida tenha sido chamado de "parceiro".

"Bourbon com gelo", retruca ele.

"Temos um drinque com bourbon e espuma de chocolate com trufas", sugere ela.

Cooper balança a cabeça. "Só bourbon, por favor."

Ela assente, parecendo decepcionada, então nos entrega dois cardápios e se dirige ao bar. Olho em volta, deslumbrada. O casal da mesa ao lado parece estar lambendo uma gosma doce dos dedos um do outro.

"Desculpa." A voz de Cooper sai meio sofrida. "Procurei no Google por 'restaurantes com uma vibe artística' e esse foi o primeiro que apareceu. Quando vi 'caramelo' no nome, reservei, porque sei que você adora açúcar."

"Parece legal aqui", digo, dando de ombros.

"Na verdade parece meio horrível..."

"É. Totalmente." Dou risada, o que faz Cooper rir também. Quando vemos, estamos os dois gargalhando de toda a esquisitice a nossa volta.

A garçonete volta com nossas bebidas (a minha é uma delícia) e pedimos nossas entradas — bacalhau com missô para Cooper e uma pastinha de cogumelos para mim.

"Então", começa Cooper, quando a garçonete se afasta outra vez. "O que foi aquilo lá fora?"

Minhas bochechas coram. "Hum... acabei vendo uma menina sofrendo bullying e... sabe. Meio que isso mexeu comigo. Na escola, eu..."

Ele faz uma careta. "A mulher do baile."

Meus olhos encontram os dele. "É. Ela fez da minha vida um inferno. Junto com o namorado dela. Agora marido..."

"Aquele idiota com roupa de beisebol?"

Confirmo com a cabeça.

"Sinto muito. Nossa. Até sofri umas provocações na escola, mas nada tão ruim que eu já não tenha me esquecido. Nem consigo imaginar..."

Termino minha bebida e faço sinal pedindo outra. "Isso ocupou uma grande parte da minha vida. Uma parte grande demais, pra ser sincera."

Um canto dos lábios de Cooper se inclina e ele toma um gole da própria bebida. Parece mais colorido que de costume — não está vestindo preto hoje, e sim uma camisa de linho azul-clara. Está... esse tempo todo, moramos tão perto um do outro. E agora... não. Não pensa nisso. É para ser uma noite divertida.

"Já pensou em fazer terapia?", pergunta ele. "Não quero ser esse tipo de cara, mas Em adorava e..."

Me arrepio ao pensar na minha médica. Em como ela disse que estava convencida de que a psicoterapia me traria benefícios. Em como a mera ideia de contar a uma pessoa sobre todos os sentimentos que tenho me dá vontade de vomitar. "E *você*, já pensou em fazer terapia?", retruco.

Cooper me surpreende fazendo que sim com a cabeça. Uma risadinha escapa de sua boca. "Eu... na verdade, era lá que eu estava agora. Foi minha primeira sessão. Concluí que era hora de começar a lidar com Em e pensar em uma maneira de talvez voltar a escrever um dia. Sei que ela odiaria saber que parei."

Minhas sobrancelhas se erguem na mesma hora. "Ah. Isso é ótimo, Cooper. Nossa. Já faz um tempo que você estava considerando a possibilidade?"

Ele balança a cabeça. "Marquei depois que a gente foi visitar meus pais."

"Como chegou à conclusão de que estava na hora?"

Ele baixa os olhos para o próprio copo. "Acho que foi a primeira vez que ri de verdade desde que Em morreu. Foi... um alívio. Fiquei querendo mais."

Perco o fôlego quando me ocorre que talvez tenha sido muita falta de consideração ter me envolvido com Cooper — um homem que ainda está lidando com o luto da irmã — já que em dois dias vou empacotar. Ao mesmo tempo... a gente mal se conhece. Ele provavelmente vai ficar meio triste, mas já teve que lidar com coisa bem pior. E isso que temos é casual, não é? Nossa relação não é baseada só em sexo? Cooper vai ficar bem. Não vai?

"Eu te fiz rir naquela noite", comento, orgulhosa, em uma tentativa de me distrair de meus pensamentos sombrios.

"Pois é. Obrigado por isso."

"Ah, não foi nada." Dou de ombros, com as bochechas corando. "É um talento natural meu."

"Um de muitos", afirma Cooper, em uma voz baixa que transmite um arrepio por todo o meu corpo. É. Definitivamente o que temos é uma relação baseada em sexo.

A garçonete coloca a entrada à minha frente junto com um pote de tinta e um pincel, então explica:

"Tá, então. Isso aqui pode *parecer* tinta, mas é um coulis preparado à perfeição para acompanhar sua entrada." Então ela dispõe um prato quadrado vazio também à minha frente. "Você espalha o molho por este prato do jeito que quiser. Sou fã de manchas densas e abstratas, mas alguns clientes preferem uma camada simples de fundo, ou fazem uma espécie de pontilhismo, mas se escolher essa última opção, talvez a sua comida esfrie mais rápido do que aconselhamos."

Olho para o prato, para o pote de tinta e para o outro

prato, onde está a entrada. Olho para Cooper, que tem um conjunto mais ou menos similar, com um pedaço de peixe e uma tinta de um verde duvidoso que a garçonete diz que é feita de brócolis.

"Mas... por quê?", pergunto, com uma curiosidade genuína.

"Perdão?" A garçonete pisca.

"Por que o prato já não vem com o molho?"

A garçonete fica boquiaberta. "Porque a ideia é vocês pintarem."

"Tá, mas por quê?", Cooper se junta a mim.

Ela balança a cabeça e explica devagar, como se fôssemos tontos: "Porque o prato é a tela".

"Ninguém nunca perguntou o motivo?", insisto.

Ela balança a cabeça antes de se afastar, olhando curiosa na nossa direção.

"Desculpa por isso mais uma vez." Cooper ri. "As avaliações na internet eram boas, então vamos torcer para que a comida esteja uma delícia e nós é que sejamos dois idiotas que não entendem o conceito do lugar."

"Ah, com certeza é isso. Tipo, eu não tenho a menor dúvida de que você é um idiota."

Pego a tinta e jogo tudo em cima da comida. Ela escorre desordenada, chegando às bordas do prato.

Cooper estala a língua em desaprovação. "E você se considera uma artista."

"Eu nunca me considerei uma artista."

"Mas deveria. Seus desenhos..."

Balanço a cabeça. "Eu não desenho mais."

"Você não gosta?"

"Adoro. Mas..." E de um jeito muito estranho, não sei como continuar a frase. Mas o quê? Sofri uma humilhação na escola e desisti? Desisti daquilo que amava mais do que tudo?

Pego o copo de água e bebo em um gole.

Cooper sorri. "Bom, se um dia você decidir fazer uma exposição do seu trabalho, vou ser o primeiro na fila pra comprar uma obra."

Ele leva uma garfada de bacalhau com missô à boca e a engole. Então espera que eu pegue um pouco da minha pastinha de cogumelos, que tem uma consistência pegajosa e gosto de tinta de verdade.

“McDonald’s?”, sugere Cooper, com um sorriso se insinuando nos olhos.

Faço que sim com a cabeça. “Por favor.”

Trinta e seis

Saímos do táxi em Paddington e passamos por um pub onde um grupo de pessoas nas mesas ao ar livre canta "Parabéns pra você" a um homem de bochechas vermelhas. O rosto dele brilha acima do bolo coberto de velas.

Ele parece constrangido por ser o centro das atenções, mas também meio que radiante. Com todas aquelas pessoas ao redor para celebrar a vida dele. Todas olhando para ele de maneira amorosa ou, pelo menos, carinhosa. A sensação deve ser boa.

Assim que Cooper e eu estamos com nossos hambúrgueres, descemos a Craven Road na direção de casa, passando pela fileira de casas brancas.

"Sei mesmo como entreter uma mulher, não acha?" Ele sobe e desce as sobrancelhas na minha direção enquanto morde o quarteirão com queijo, dando uma mordida que quase pega o lanche todo.

"Não tenho muita base pra comparação", digo, tomando um gole do meu milk-shake. "Este é o meu primeiro encontro."

Cooper para na hora. "Sério?"

Confirmo e faço uma careta. "Meu primeiro e único encontro."

E último.

"Bom, então fica tranquila: não dá pra ser mais romântico que isso!" Ele dá risada, pega algumas batatinhas do saco de papel que carrega e passa uma para mim.

"Vou ter que acreditar em você."

Cooper para quando chegamos na frente do nosso prédio,

ficando sério de repente. "Foi uma honra ter sido seu primeiro, Delphie. Eu..."

Ele não consegue terminar a frase porque tem uma mulher sentada nos degraus da nossa porta, olhando na nossa direção. Eu a reconheço na mesma hora. É uma das muitas que vi saírem do apartamento de Cooper — impossivelmente bonita, com pernas compridas e cabelo castanho, usando um chapeuzinho que lembra uma aranha. "Wandinha Addams contratada para desfilar para a Chanel", como a irmã de Cooper diria.

"Lara!", fala Cooper. "O que está fazendo aqui?"

Ela se levanta e espana a saia cor de vinho comprida. Morde o lábio e abre um sorriso significativo para Cooper. "Eu estava por perto e me lembrei de você. Pensei em ver se não queria se divertir um pouco."

Os olhos da mulher mal passam por mim e fico ofendida por ela nem considerar a possibilidade de que Cooper esteja num encontro comigo. Mas é claro que ela não considera, por que pensaria isso?

Tomo outro gole do milk-shake, e o barulho alto que produzo deixa claro para todos por perto que acabou.

"Na verdade, estou no meio de um encontro, Lara", responde Cooper, tranquilo. Olho surpresa para ele. Lara também.

"Você? Num encontro? Haha!"

"É verdade." Cooper ri. "Mas foi legal te ver."

Penso na última vez em que vi os dois juntos, alguns meses atrás, se beijando no corredor; Cooper estava de cabelo molhado e meio sonolento, parecendo um vagabundo. Alguém que nem sonharia em dizer não para uma mulher o convidando a "se divertir um pouco".

Ele pega minha mão e passamos juntos por Lara, que parece perplexa.

Assim que entramos no apartamento de Cooper, ele larga o saco do McDonald's em cima da mesa e me imprensa contra a parede. Então pega meu rosto e me dá um beijo lento e profundo, com o corpo todo colado ao meu, deixando difícil até de respirar.

Cooper para por um momento e passa os dentes pelo lábio inferior. "Estou segurando isso desde que te vi dando uma lição naqueles adolescente na frente do restaurante."

Retribuo o beijo, explorando a língua dele com a minha e sentindo meu corpo derreter com a sensação, como se eu fosse musse de chocolate em forma de gente. Recuo. "Estou segurando isso desde que você comentou que procurou 'restaurantes com uma vibe artística' no Google."

Cooper passa as mãos pelos meus ombros e perde o ar quando a alça de seda do vestido escorrega, expondo a parte de cima do meu seio. Ele se inclina para beijá-lo, depois vai subindo com a boca pela lateral do meu pescoço antes de arrastar os dentes pelo meu maxilar. Sedenta, desabotoo a calça jeans dele e enfio a mão para senti-lo quente nas minhas mãos.

"Uau, Delphie", solta ele, passando uma mão pela minha coxa, erguendo meu vestido e usando o polegar para esfregar exatamente onde preciso, com delicadeza, por cima da calcinha. Ficamos ali nos tocando, ainda vestidos, com os olhos fixos nos dos outro. De alguma maneira, o que estamos fazendo é mais desenfreado e sexy do que qualquer outra coisa que poderíamos estar fazendo neste momento.

"Está bom assim?", murmura ele, enquanto escorrega habilmente a calcinha para o lado e enfia um dedo em mim. Respondo aumentando a velocidade com que subo e desço a mão em seu pau. Cooper tenta me acompanhar e ficamos ambos ofegantes. Recosto a cabeça à parede atrás de mim. Os olhos dele deixam os meus apenas por um milésimo de segundo, quando lambo os lábios e eles vão para minha boca. Gozamos quase no mesmo segundo, e meus joelhos fraquejam. Cooper enlaça minha cintura para que eu não caia.

"Nossa." Ele balança a cabeça.

"Eu sei", digo, com o corpo inteiro faiscando.

Cooper vai ao banheiro e, quando retorna, alguns minutos depois, estou sentada no sofá, ainda tentando recuperar o fôlego e me agarrando às sensações maravilhosas que envolvem meu corpo com um sorriso preguiçoso no rosto. Meu celular vibra do outro lado da sala ao som de "Jump Around".

"Amo essa música", diz Cooper, enquanto corro até a bolsa com o coração acelerado. Vejo a mensagem.

Isso aí é parte do seu plano pra ganhar um beijo do Jonah?

A mensagem cintila e desaparece. Olho em volta. Ela está me observando? Vou para o banheiro e fecho a porta atrás de mim para que Cooper não me escute.

"Você ficou vendo?", pergunto para o nada.

O celular volta a tocar.

Eca, claro que não. Mas reconheço bem esse brilho de quem acabou de transar.

"Para com isso! Nem sei se eu ainda deveria estar te dando atenção", sussurro para o ar. Olho para a porta do banheiro. "Tenho quase certeza de que Jonah não é minha alma gêmea."

Isso nem importa mais, Delphie! Você não deveria estar tentando salvar a própria vida?

Franzo a testa. Me recuso a passar os últimos dois dias que tenho na Terra investindo meu tempo precioso em algo que quase certamente vai terminar em mais humilhação, tristeza e desconforto. Desligo o celular e volto para a sala.

"Quer tomar um banho?", Cooper me pergunta, com um sorriso meio animalesco no rosto e a mão estendida em um convite para me juntar a ele.

"Quero", digo, tirando o vestido. "Quero muito."

Estou deitada na cama de Cooper, com a cabeça apoiada em seu peito. Ele sobe e desce o indicador pelo meu braço. Solto um suspiro.

"O que foi?"

Eu me viro de lado para encará-lo e apoio a cabeça na mão. "Quando a gente estava andando, tinha um grupo nas mesas externas de um pub cantando 'Parabéns pra você' para um amigo deles."

"Eu vi."

"Normalmente eu acharia a ideia de uma festa ou algo do tipo um pesadelo total."

"É mesmo? Por quê?"

Pisco. "Bom..." *Porque ninguém nunca fez uma festa para mim, e eu sempre soube que ninguém nunca faria?* "Sabe, por causa de toda aquela alegria forçada. Credo."

"Que jeito mais zoado de encarar uma festa, Delphie."

"Talvez meu coração seja meio gelado."

"Eu te conheço. Seu coração não é gelado. De jeito nenhum. Se ele tivesse uma cor, seria amarelo. Tipo um girassol."

Dou risada. "Isso é tão cafona, Cooper. Tem certeza de que você é um escritor publicado?"

Cooper se faz de ofendido. "Tá, retiro o que disse. O seu coração é gelado e cinza feito uma lata de tinta velha."

Dou risada e me sento na cama. "O que eu estava tentando dizer é que vi aquelas pessoas cantando 'Parabéns pra você' hoje e entendi. Os convidados, amigos, parentes, sei lá. Eles são testemunhas da vida do cara. O fato de que se reuniram para comemorar a mudança de idade dele, algo arbitrário, é importante. Significa que eles se lembram dele. Que *ele* vai ser lembrado. Mesmo depois que for embora. Porque teve testemunhas."

"Não sei se entendi muito bem o que quis dizer."

Suspiro outra vez. "Agora o sr. Yoon está bem. Mas também está velhinho. Talvez não fique bem por tanto tempo. Por seja lá qual for o motivo, ele vive fechado no próprio apartamento desde que a gente se conhece, há mais de vinte anos. Se o sr. Yoon tivesse morrido hoje de manhã, quem teria testemunhado a vida dele? Quem teria ido ao funeral dele? Nós dois. E a gente nem conhece ele tão bem assim. Fora que logo eu..."

"Logo você o quê?"

Encaro Cooper. Os olhos verde-escuros dele brilham, e tem um sorriso preguiçoso em seu rosto. Ele parece gostar de mim de verdade. Para além do sexo. Fico me perguntando mais uma vez o quão chateado ele vai ficar quando eu me for. Vai sentir saudade? Com certeza não vai ficar tão mal a ponto de não podermos continuar transando pelos próximos dois dias? Tipo, talvez ele pense em mim por uma semana, no máximo. Mas não seria nem perto do que aconteceu quando ele perdeu Em — alguém que conhecia de verdade, com quem se importava profundamente. Acho que Cooper vai me superar rapidinho com a ajuda da Lara e de todas as outras mulheres que vêm visitando o apartamento dele ao longo dos anos.

"O sr. Yoon precisa de mais testemunhas", concluo, afinal. "De mais pessoas que o conheçam. Que vão se lembrar dele. Que vão dar uma checada nele."

"Ele tem a gente."

"Não é o bastante." Mordo o lábio. "Precisamos, sei lá, de uma equipe de contingência."

Tamborilo o joelho e estreito os olhos enquanto um plano começa a se formar em minha cabeça.

"Uma equipe de contingência?"

"É..." Assinto com firmeza e me endireito na cama. "Isso mesmo. Vou dar uma festa para o sr. Yoon. Nada de mais. Sem exageros. Só pra... tipo, sabe, apresentar o sr. Yoon. Para outras pessoas."

"Apresentar o sr. Yoon? O cara tem oitenta e oito anos e parece que gosta de ficar sozinho."

"Oitenta e seis. E será que ele gosta mesmo? Como a gente vai saber? Eu mesma passei a vida toda afastando pessoas. Fiz essa escolha, e agora..." Minha voz fraqueja e engulo em seco. "Mesmo que o sr. Yoon quisesse testemunhas da própria vida, pessoas que se lembrassem das ocasiões importantes da vida dele, isso deve ser quase impossível para alguém que está começando a ter lapsos de memória, não fala e está passando por uma deterioração física. Ele está perdendo muita coisa."

"O sr. Yoon sempre me pareceu satisfeito."

"Vai ser no sábado."

Meu último dia na Terra.

Cooper ri, sem conseguir acreditar. "Você vai dar uma festa para o nosso vizinho de oitenta e seis anos *depois de amanhã*? Por que a pressa?"

Respiro fundo. "Porque a vida é curta demais pra gente demorar a executar uma boa ideia."

Trinta e sete

Na manhã seguinte, a médica confirma que o sr. Yoon recebeu alta, o que é uma ótima notícia. Pergunto se um eventinho estaria fora de questão e ela me diz que, se ele estiver disposto, seria até bom — algo para distraí-lo e animá-lo. Mas também me avisa que, além de uma nova medicação para o estômago, o sr. Yoon deve evitar alimentos picantes e ácidos.

"Chega de balinhas de coca-cola!", repreendo o sr. Yoon, enquanto o ajudo a entrar no táxi. "E o senhor precisa parar de fumar."

Ele ri em desdém como resposta, sacudindo meus ombros como se eu precisasse relaxar.

"Estou falando sério", digo. "Não vou estar aqui pra cuidar do senhor pra sempre."

Isso faz o sr. Yoon parar de rir. Percorremos todo o trajeto em silêncio, porém apoiados um no outro.

Assim que entro na biblioteca, vejo Aled arrumando os livros em uma mesa no meio do salão. Me aproximo, dou uma olhada e constato que são todos de Cooper, e que uma plaquinha escrita à mão indica que se trata de um AUTOR LOCAL. Uau. São dez títulos diferentes, incluindo aquele que comprei e não tive a chance de ler.

"Delphie! Minha novíssima melhor amiga!" Ele sorri ao me ver. Está usando um colete roxo de jacquard sobre uma camiseta marrom. Parece um jogador de sinuca. "Encontrou o corpo do desaparecido que estava procurando, querida?", pergunta Aled, em um tom mais animado do que as palavras sugeririam. Uma pessoa próxima me olha horrorizada.

"Do desaparecido que ainda está *vivo*? Encontrei, sim."

"Ah, que bom. Então agora está pronta pra ler por prazer? Fiz uma lista de recomendações pra você..."

"Não... não, tipo, isso é muito legal da sua parte, Aled, mas vim para pedir outro favor. Um favorzão, na verdade."

"Uuh", diz Aled. "Manda."

"Bom. Eu tenho esse amigo, o sr. Yoon. Um cara muito gente boa. Ele acabou de sair do hospital. Está bem, graças a deus, mas é velhinho. Mora aqui perto há um tempão, só que não conhece muita gente."

"Ele não tem amigos? Que triste. Coitado."

"Algumas pessoas preferem ser mais lobo solitário", explico, porque o tom de pena de Aled me incomoda.

"Ah, eu não. Gosto de ter o máximo possível de gente na minha vida. Coleciono pessoas como se fossem bibelôs. Conheço pessoas diferentes pra coisas diferentes."

Faço uma careta, porque a ideia de colecionar amigos como bibelôs é uma das mais arrepiantes com que deparei recentemente. "Ah é, e eu sirvo pra que, então?", pergunto, porque não consigo evitar. "Como contribuo para a sua coleção?"

"Bom, ainda estamos no início do nosso relacionamento, então ainda não te conheço tão bem. Embora desconfie que tenha entrado na minha vida para fazer as vezes da amiga rabugenta. Aquela que eu me esforço pra amolecer e nunca consigo direito. A gente já fez bastante progresso. No dia em que te conheci, você ficou o tempo todo de cara amarrada. Hoje só franziu a testa uma vez! Acho que o seu papel na minha vida é me ensinar a ser perseverante, sei lá."

Dou risada daquela energia de protagonista que ele emana e retorno ao meu pedido. "*Enfim*. Quero dar uma festinha pro sr. Yoon. Pra comemorar a vida dele e pra que ele também conheça uns vizinhos."

"Bom, parece que a minha amiga rabugenta é uma manteiga derretida por dentro", comenta Aled. "Deixa comigo. Me manda a hora e o lugar."

"Não, mas veja bem, essa é a questão. Eu estava querendo que fosse aqui... na sala de música, na verdade. O sr. Yoon costumava tocar violino. E o espaço aqui é tão bonito."

"Hum. Bom, a gente teria que entrar com um pedido formal. Por sorte, quem decide esse tipo de coisa sou eu, então já posso dizer que a resposta vai ser sim. Pra quando está pensando? Setembro? Outubro? Dezembro é complicado de agendar por causa das festas, mas talvez durante a semana role."

"Na verdade, seria amanhã. Sei que é ridículo de em cima da hora, mas vou passar um tempo fora e não sei quando vou voltar. Então estou meio com pressa."

Aled faz uma careta. "Organizar um evento na biblioteca assim em cima da hora vai contra todas as regras. E bibliotecários adoram regras."

"A gente não termina muito tarde", insisto. "Vai durar só umas horas, no máximo. E acho que não teria mais do que dez pessoas. Seria megatranquilo. Fora que amanhã é domingo. A biblioteca vai estar fechada, ninguém precisa ficar sabendo que vai ter um evento." Junto as mãos em súplica. "Por favor?", peço, com a voz falhando. "A sala de música é tão linda, e no fim, o poderoso guardião das chaves é *você*."

Aled leva uma mão ao peito e olha em volta antes de se inclinar na minha direção e sussurrar: "Sou mesmo o poderoso guardião das chaves, e embora tecnicamente seja contra as regras e isso possa me fazer ser demitido, estou mesmo te devendo uma".

"Por quê?", pergunto, com as sobrancelhas erguidas.

"Ah, a Frida", responde ele. "A gente está trocando mensagens sem parar. Ela é demais. Sabia que ela fala quatro línguas? E que fez curso de banho e tosa?"

"Hum, não", digo, impressionada. "Não faz muito tempo que conheço ela. A gente saiu só uma vez ou duas."

"Ela é maravilhosa, Delphie. Tudo ainda é muito recente, mas tenho a sensação de que Frida pode acabar virando mais do que só a minha amiga mais bonita. Não que você não seja bonita, claro. Mas...” Ele fica vermelho.

“Relaxa.” Bato no braço dele de leve. “Sei que a Frida é linda. E muito fofa.”

“Ela é, né? E se quando você voltasse a gente saísse junto, todo mundo? Ah, a gente podia convidar o R. L. Cooper também. Não seria demais?”

Engulo o nó em minha garganta quando me dou conta de que a ideia de fazer algo do tipo não me deixa horrorizada como certamente deixaria na semana passada. Na verdade, acho que até seria divertido. Não. Pensar em sair com eles num dia futuro não vai me ajudar em nada.

“Tudo bem se for três da tarde amanhã?”, pergunto. “E se eu convidasse entre dez e quinze pessoas?”

Aled assente e pega minhas mãos. “Nunca quebrei as regras”, diz ele, parecendo empolgado.

Pego as mãos dele também e as aperto. “Bom, Aled, talvez tenha chegado a hora de a gente viver um pouco.”

Trinta e oito

Na volta da biblioteca, ligo para o médico de referência do sr. Yoon, o dr. Garden, que me informa que considera absolutamente inapropriado socializar com pacientes. Então vou até a lavandeira e os donos me olham como se eu fosse uma maluca quando convido eles para uma festa de última hora para um desconhecido. Embora essa rejeição doa um pouco, o golpe é amortecido quando o atendente do Orchestra Pit — que me diz que se chama Flashy Tom quando ligo para ele no bar — aceita meu convite de bate-pronto.

Então vou até a farmácia, onde Leanne e Jan compram imediatamente a ideia da festa. Elas não conhecem o sr. Yoon, mas, de acordo com Leanne, embora eu mal fale no trabalho, quando falo é "o sr. Yoon isso" e "o sr. Yoon aquilo": "O sr. Yoon precisa de bananas decentes, então vou aumentar meu horário de almoço em cinco minutos para poder ir à feira"; "O sr. Yoon tem um disco de vinil da Kylie Minogue e fico me perguntando como ele conseguiu, porque quando o coloquei pra tocar, ele tampou os ouvidos". As duas estão mega-animadas para conhecê-lo, porque, como bem disse Jan, para elas, é como se ele fosse uma celebridade.

Quando devolvo o vestido do baile, Leanne me pergunta que tipo de roupa deve usar. Digo que esporte fino e recebo um grunhido decepcionado em resposta. "Não vai ter tema?", pergunta. "Por que não faz outra festa à fantasia? Tipo... Disney? Por que não Disney?"

Penso na reação do sr. Yoon ao deparar com uma sala cheia

de desconhecidos fantasiados de personagens de desenho animado. A cara dele na minha imaginação é de desdém profundo.

"Vai ser tudo mais tranquilo", digo, antes de perguntar se elas têm alguém para indicar que possa estar interessado em ir a uma festa de alguém que não conhece, mas que se conhecesse com certeza gostaria. Jan menciona Deli Dan, da Baba's Deli, que fica mais para a frente na rua. Ela vai buscar os sanduíches que almoçamos todo dia lá e deixa bem óbvio que tem uma queda por ele. Eu mesma nunca o vi. Sinto o nervosismo habitual de quando tenho que conversar com alguém diferente, mas não me resta outra opção — quanto mais pessoas dos arredores eu conseguir convencer a ir para essa festa, mais opções o sr. Yoon vai ter para apoiá-lo na minha ausência. Fora que já enfrentei coisas bem mais assustadoras na última semana.

No caminho até a Baba's Deli, decido entrar em outros estabelecimentos, na esperança de que alguém venha a se interessar pela festa. A primeira é uma loja de esquina. A adolescente mal-humorada que trabalha ali, de piercing no nariz e delineador preto e grosso nos olhos, é a vendedora perfeita para mim, porque nunca tenta puxar papo. Ela fica visivelmente chocada quando eu me aproximo do balcão e a convido para uma festa. Olha em volta e gagueja.

"Está falando comigo?", a adolescente pergunta, parecendo confusa.

"Claro", digo. "Você conhece o sr. Yoon?"

Ela faz que não com a cabeça. Não teria como conhecer mesmo. Devia ser um bebê na época em que ele ainda saía na rua.

"Bom, é um senhor muito simpático que está precisando de mais amigos. Ele não anda muito bem, e achei que talvez se animasse se algumas pessoas da vizinhança aparecessem na biblioteca pra, sabe, tipo, fazer uma festinha pra ele. Sei que é um convite meio esquisito."

A garota estreita os olhos. "É. É meio esquisito mesmo. Mas a bebida vai ser na faixa?"

"Vai, sim", digo, acrescentando "comprar bebida" na minha lista mental de afazeres. "Claro! Toda festa tem que ter, né?"

"Legal. Então eu vou!", responde ela, com os olhos ficando vivos de repente. "Será que minha irmã pode ir também?"

"Pera aí... quantos anos você tem?"

A garota hesita por um momento. "Dezoito."

"E a sua irmã?"

"Tipo... meio que dezoito também?"

Ela só pode estar mentindo. "Talvez seu pai possa ir junto", sugiro.

"Talvez..."

"Ótimo! Vejo vocês três amanhã. Na sala de música da biblioteca Tyburnia. Meu nome é Delphie, aliás."

"Meu nome é Shelley."

"Muito prazer, Shelley."

Enquanto sigo meu caminho até o Baba's, me dou conta de que devo ter sido atendida por Shelley umas quinhentas vezes sem nem saber o nome dela. Como isso nunca me pareceu estranho?

Quando chego à Baba's Deli, tem uma multidão de mulheres gritando por cima umas das outras para atrair a atenção de um homem grisalho bonito e de olhos cinzas que meio que lembram os do Paul Hollywood ou os de uma cabra, não consegui decidir. A plaquinha no uniforme dele me informa DAN BABA. Então este é o Deli Dan, que claramente adora ser o centro das atenções, considerando as piscadelas que lança para as clientes quando entrega os pedidos delas. Aguardo pacientemente na fila enquanto as mulheres à minha frente flertam com ele e compram tortas de porco e de queijo. Quando chega minha vez, Deli Dan me encara e entendo por que Jan e todas as outras mulheres de certa idade do bairro têm uma quedinha por ele.

"Oi, Deli Dan", digo. "Meu nome é Delphie e vim convidar você pra uma festa amanhã. Sei que está meio em cima da hora, mas decidimos fazer ontem à noite."

Diferentemente de Shelley, Deli Dan age como se fosse convidado para festas todos os dias e mesmo um convite vindo de uma total desconhecida não fosse totalmente inesperado.

Enquanto a fila continua aumentando atrás de mim, Deli Dan dá de ombros e diz, com o sotaque típico do East End: "Não vai dar, linda. Estou muito ocupado. O que vai ser hoje?".

"Ah", digo, com os ombros um pouco caídos. "Jan achou que você ia gostar do convite."

Ele deixa de lado o sanduíche de peru que está embrulhando. "Jan Meyer? Da farmácia?"

"Ela mesma", confirmo.

Um dos cantos da boca de Deli Dan se levanta. "Ela é legal, a Jan. Muito legal. E vai estar lá?"

"Vai! Com toda a certeza."

Ele assente, os olhos brilhando um pouco. "Você já decidiu que comida que vai servir?"

Comida? Como não pensei nisso antes? Mas será que não dá mesmo para passar sem comida?

"Não", digo. "A festa vai durar só umas horinhas."

"Não dá pra dar uma festa sem comida, querida", sussurra uma senhora atrás de mim, com um lenço enrolado na cabeça. "Seria bem mal-educado."

"Ah", digo. "Claro, claro."

Deli Dan revira os olhos, com bom humor. "Acho que posso ajudar. Posso levar umas tortas, sanduíches, bolos."

Assinto. "Quanto sairia?"

Deli Dan me passa um valor que parece corresponder aos preços da zona oeste de Londres, ou seja, superfaturado daquele jeito que a gente até lacrimeja. Não tenho como pagar, a menos que recorra a minha poupança. No dinheiro que venho guardando para emergências.

Bom, mas se isso não for uma emergência, então o que é? Posso torrar tudo nessa porra de festa. Foda-se. Não importa, literalmente. Na verdade, vou fazer isso mesmo.

"Fechado!", digo, pegando o celular da bolsa para transferir as economias da minha vida inteira para minha conta corrente. Entrego o cartão de débito a Deli Dan.

"Pode incluir um pouco desse queijo aí?", peço, antes de ele debitar o valor do meu cartão. Aponto para um pedaço grande de um queijo que parece fedido. "Aliás, será que dá pra você cuidar das bebidas também? Ou sabe de alguém que venda mais barato?"

Deli Dan assente. "Vão ser quantos convidados?"

Faço uma careta. "No momento, nove, incluindo você. Estou esperando que sejam uns quinze, no máximo."

"Beleza, sem problemas. Eu resolvo tudo, linda. Cerveja? Vinho? Champanhe?"

"Champanhe", digo, assentindo com vigor. Quem está na chuva é pra se molhar, né? "Muito obrigada!"

Ele dá de ombros. "Faço o que posso pelos vizinhos. A Jan vai mesmo?"

"Com toda a certeza."

"Será que dá pra você andar logo com isso?", a mulher atrás de mim resmunga. A mulher atrás dela tenta retocar o batom com discrição.

"Na sala de música da biblioteca Tyburnia", lembro a Deli Dan. "Às duas e quinze pra gente começar às três."

Passo pela fila de mulheres e saio para a rua com a adrenalina à toda nas veias.

Pronto! Eu, Delphie Bookham, vou dar uma festa!

Trinta e nove

É domingo. Sinto uma dor no coração assim que acordo.

Estou no meu último dia na Terra.

Tudo o que está acontecendo e tudo o que pode vir a acontecer inunda meu cérebro: perguntas, incertezas, alternativas. Procuro deixar isso tudo de lado. Hoje é meu último dia na Terra antes de retornar à Eternidade, de acordo com as regras de um acordo que *escolhi* aceitar. Tomei minha decisão. E parte dela envolve ficar em paz com isso, porque a verdade é que não existe opção. O pânico que pensar nisso tudo me traz chega a ser paralisante, e tenho medo de que se pensar muito eu acabe entrando em colapso. Tenho um monte de coisa para fazer hoje, então um colapso definitivamente não é uma possibilidade. Vou dar uma festa para o sr. Yoon. Não consigo imaginar uma maneira melhor de passar este dia.

Passo a manhã ocupada, anotando em um caderno que comprei ontem na papelaria detalhes da rotina do sr. Yoon, as coisas que sei que ele gosta e as coisas que sei que não gosta, o jeito exato como ele gosta de tomar seu café. Vou deixar o caderno com o Cooper, para que ele o entregue quando alguém da prefeitura aparecer para avaliar a situação do sr. Yoon. Com sorte, não vai demorar muito para isso acontecer, considerando que mandei uns cinco e-mails enfatizando a urgência dessa visita.

Coloco o vestido verde-claro outra vez porque foi caro pra caramba e porque o jeito que me senti quando o vesti me fez ter certeza de que eu deveria ter usado vestidos lindos todos os dias enquanto tive a chance — o que eu estava esperando para usar, caralho? Mesmo que eu ficasse só dentro de casa com eles, me sentiria pelo menos um pouco melhor. Dessa vez, coloco também um par de brincos chamativos em forma de gota que encontrei nas coisas da minha mãe e penteio o cabelo até que ele fique brilhante e caia por cima dos ombros de um jeito bonito. Então faço uma visitinha ao vizinho para buscar a estrela do dia.

Encontro o sr. Yoon se admirando no espelho do banheiro. Olho com aprovação para a camisa azul-marinho e a calça social cinza que ele escolheu. Pergunto se posso pentear a parte de trás de seu cabelo; ele deixa. Fico ao lado dele e sorrimos um para o outro pelo espelho.

"Estamos bonitos!", digo, com as mãos na cintura.

Ele bate levemente com o ombro no meu e faz um sinal de positivo.

"Tem certeza de que isso tudo não é coisa demais?", pergunto. "Não estou parecendo, tipo, uma doida varrida por estar dando uma festa pro senhor no dia seguinte à sua saída do hospital?"

Ele pega o lápis e o bloco na mesa.

Estou adorando. É minha primeira festa em anos.

Penso naquela foto em que ele está recebendo um prêmio como violinista. Em como o sr. Yoon reagiu quando a mencionei. Me pergunto outra vez o que o levou a se esconder do mundo. Das pessoas. O que será que fez ele abandonar o que amava? A última semana parece ter nos aproximado. Se eu tivesse mais tempo, acho que ele chegaria até a se abrir comigo. Talvez ele se abra com Cooper depois que eu partir. Ou com um dos novos amigos que espero que ele faça nessa festa.

O sr. Yoon solta o ar que estava acumulado nas bochechas.

"Está nervoso?", pergunto. "Em conhecer gente nova?"

Ele faz que não com a cabeça, revirando os olhos para a minha pergunta.

"Eu também não", minto. O sr. Yoon ri, sem se deixar enganar.

Já estamos a meio caminho da porta quando ele ergue uma mão para me impedir. Então dá meia-volta e retorna. Fico me perguntando se ele mudou de ideia. Então o sr. Yoon pega a revistinha de palavras cruzadas na mesa da cozinha.

"Ah, o senhor não vai precisar disso!", digo. "É uma festa. Não vai dar pra fazer palavras cruzadas lá."

O sr. Yoon segura as palavras cruzadas junto ao peito e anda até o meu lado, na porta. Tento pegá-las, porque a última coisa de que precisamos é que ele ignore os convidados, mas o sr. Yoon se agarra às palavras cruzadas com tamanha força que fica claro que não devo tentar pegá-las de novo. Ergo as mãos espalmadas. "Tá bom! Nossa. Pode levar, então." Deve ser um objeto que traz conforto para ele. Uma espécie de apoio emocional. Eu entendo. "Mas aposto que depois que chegarmos o senhor vai se divertir tanto que nem vai se lembrar disso."

Em resposta, o sr. Yoon abre as páginas um milímetro, assente depressa e dá dois tapinhas nas palavras cruzadas junto ao peito.

"Eu é que não vou julgar."

Perco o ar quando entro de braços dados com o sr. Yoon na sala de música, e noto que ele também perde.

"Uau."

Ficou maravilhoso. Já era uma sala linda, com a cúpula no teto, as estantes altas em círculo repletas de livros, os instrumentos. Porém Aled pendurou centenas de luzinhas amarelas e colocou uma toalha branca dobrada em cima do piano, para posicionar ali cinco vasos de cristal com rosas amarelas. Vejo Deli Dan num canto da sala. Ele juntou duas mesas de leitura e está dispondo as bandejas de sanduíches e bolos.

"Não tem como errar com luzinhas, né?", solta Aled, saindo de detrás de um contrabaixo com um aparelho na mão.

"Ficou incrível!", digo. "Muito obrigada! Sr. Yoon, este é o Aled. Ele trabalha na biblioteca."

"Isso. Eu comando este magnífico navio. É um prazer conhecer o senhor." Aled aperta a mão do sr. Yoon, radiante com a oportunidade de adicionar mais um amigo à sua coleção. "Delphie me disse que o senhor não fala."

"Que falta de educação, Aled!"

O sr. Yoon sorri e dispensa meu comentário com um gesto. Dá para ver que gosta de como Aled é direto.

"Não quis ofender", fala Aled. "Só estava curioso pra saber se já viu um destes." Aled ergue o aparelho e o liga. Um teclado aparece na tela. "É um gerador de voz automatizado. Temos um aqui na biblioteca para os nossos usuários não verbais. Vocês ficariam surpresos com quantas pessoas nem sabem que isso existe. Enfim, Delphie me disse que o senhor vive feito um ermitão e..."

"Aled!"

O corpo do sr. Yoon se sacode com uma risada silenciosa, o que é um bálsamo para meus olhos. Ele claramente está adorando a honestidade.

"Por isso", continua Aled, com um olhar firme para mim, "achei que o senhor pudesse não conhecer também. É só digitar o que quiser e a máquina fala no seu lugar."

Aled digita OLÁ E UMA BOA TARDE A TODOS. Uma voz masculina, muito parecida com a de Louis Theroux, pronuncia as palavras audivelmente.

"Que legal!", comento.

O sr. Yoon faz menção de pegar o aparelho para dar uma olhada, com um sorriso impressionado no rosto.

"Dá pra deixar algumas frases mais automáticas gravadas também", diz Aled, que o entrega e acessa uma tela onde aparecem caixinhas onde se lê MUITO OBRIGADO, É UM PRAZER e, curiosamente, SAI DE PERTO DE MIM!

O sr. Yoon aperta o botão do MUITO OBRIGADO e assente, parecendo animado quando a voz de Louis Theroux surge de novo. Ele volta para a tela anterior e digita: ISSO É BEM LEGAL.

"É ótimo!", digo, radiante com a empolgação visível no rosto do sr. Yoon.

O sr. Yoon digita de novo: "Meu nome é Yoon Jung-won".

Nem consigo acreditar. "Yoon Jung-won!" Estendo a mão para apertar a dele. "Muito prazer, Yoon Jung-won."

Ele aperta minha mão com vigor.

"Esse aparelho tem várias funcionalidades bastante úteis", comenta Aled, empolgado. "Posso mostrar? Temos alguns minutos até a festa começar oficialmente."

O sr. Yoon passa para a outra tela, já versado, e aperta o botão de SIM.

Aled o conduz até o outro lado da sala e eles se sentam em um sofazinho de veludo, parecendo ambos animados enquanto um fala e o outro responde usando o aparelho.

Sorrio ao contemplar essa cena, certa de que Aled e o sr. Yoon vão se dar bem. Um gerador de voz. Excelente.

"Vejo que os dois já são melhores amigos."

Eu me viro e dou de cara com o visual perfeito de Cooper, vestido numa camiseta preta e calça cinza como se fosse um Gene Kelly de cabelo enrolado. Está carregando uma mochila gigantesca e estou prestes a perguntar por que trouxe um trambolho desses para uma festa quando os olhos dele descem pelo meu corpo e sou levada imediatamente ao momento em que aquelas duas pedrinhas ônix se inflamaram ao me ver gozar. Um arrepio percorre todo o meu corpo. Cooper deve perceber, porque abre aquele sorrisinho que antes eu achava convencido e arrogante, porém agora só me deixa com vontade de testar a velocidade com que consigo tirar nossas roupas.

Meu tesão quase passa quando me ocorre que tem alguém logo atrás de Cooper, olhando em volta com uma expressão impressionada no rosto, que em geral é impassível.

"Sra. Ernestine!", exclamo, olhando de soslaio para Cooper. "Hum, seja bem-vinda."

"A sra. Ernestine não conhece o sr. Yoon, acredita?", explica Cooper. "Me perguntou por que eu tinha me 'embonecado' todo, então pensei que seria legal se ela viesse também."

"A senhora não conhece o sr. Yoon? Faz mais de cinco anos que ele mora no prédio, já, acho?"

"Ele mora no andar de cima, né?", responde a sra. Ernestine, como se isso explicasse a falta de interação. "Na verdade, o único com quem eu falo é este aqui." Ela aponta para Cooper.

"Bom, quanto mais gente melhor!"

"A sala tá bem chique, né? Eu nem sabia que tinha isso aqui, pra ser sincera. Achei que fosse só uma biblioteca."

"Eu também", digo, notando que ela está usando uma rosa atrás da orelha. "Vim aqui pela primeira vez na semana passada. É um prédio sem graça do lado de fora. Ninguém imaginaria."

"Fiquei de ajudar Dan Baba com o gelo para a champanhe", diz Cooper, já se afastando.

Olho para ele como quem diz "não me deixa aqui sozinha com a sra. Ernestine, por favor", e pela expressão dele, sei que me entende, mas escolhe ignorar. Mesmo que agora eu goste do Cooper, ele continua sendo desprezível em alguns aspectos, inclusive no fato de que se diverte com o meu desconforto.

Ele se afasta, com um sorriso no rosto. A sra. Ernestine e eu ficamos ali paradas, nos olhando num constrangimento completo. Consulto o relógio da parede. Faltam três horas para meu retorno à Eternidade. Penso no que Merritt disse sobre não poder prometer que a sra. Ernestine não ia me matar.

"Eu... eu gosto muito das suas tatuagens", dito, feito uma pateta, apontando para os nós dos dedos dela onde se lê NUNCA MAIS.

Ela parece dar uma conferida, depois revira os olhos. "Ah, foi uma bobeira. Fiz quando fui em cana pra parecer durona. É meio vergonhoso, né?"

"Em cana? Tipo, na prisão?"

"Óbvio. Cachaça é que não ia ser, né, espertona."

"Onde você... como você... que crime você cometeu?"

Me seguro para não perguntar se ela tinha se envolvido com assassinato.

As bochechas da sra. Ernestine coram um pouco. "Me

envolvi com as pessoas erradas. Drogas. Tráfico. Foi nos anos 90 e naquela época eu era burra pra caralho."

"Nossa", digo. "E... 'nunca mais' o quê?"

A sra. Ernestine encara os próprios tênis. "Minha filha me viu ser levada pela polícia. Uma vergonha. Prometi a mim mesma que nunca mais daria motivo pra ela me olhar daquele jeito."

"E deu certo?"

A sra. Ernestine me encara. "Deu. Mudei de vida. Não esbanjo nada, não tenho nada pra ostentar, mas levo uma vida honesta, pelo menos. Minha filha virou médica. Chloe." Ela sorri, orgulhosa, e sua expressão em geral carrancuda se transforma em amorosa e experiente.

"Dá pra remover essa tatuagem, se quiser", digo. "Se for algo de que a senhora se envergonhe."

A sra. Ernestine balança a cabeça. "Ah, não. Não gosto da tatuagem, mas meu passado fez de mim quem sou hoje. E tanto as partes boas como as ruins me trouxeram até aqui. Aproveitando um dia de verão nesta sala grã-fina, prestes a tomar uma caralhada de champanhe grátis."

Penso no meu passado e em como ele também me trouxe até aqui. Até esta conversa com a vizinha de baixo "assustadora". Se eu não tivesse engasgado com aquele hambúrguer, poderia ter passado a vida toda sem saber de nada sobre a vida da sra. Ernestine. Sem conhecer Aled e Frida, sem descobrir por experiência própria que sexo é a coisa mais divertida que dá pra fazer na Terra.

"E falando no diabo..." A sra. Ernestine aponta para a mesa onde Deli Dan e Cooper colocam as garrafas de champanhe para gelar. Ao lado, tem uma mesa cheia de taças de plástico e latas de refrigerante, para quem não for beber álcool. Eu nem tinha pensado nisso. Deli Dan me fez um favor enorme. Se eu não estivesse tão louca por Cooper, tenho certeza de que ficaria interessada nele.

Dou risada ao ver a sra. Ernestine pegar uma garrafa inteira de champanhe só para si. Ela a abre e, ignorando as taças, vai se sentar perto de Aled e do sr. Yoon, que estão imersos em uma conversa sobre Bach usando o gerador de voz.

Olho em volta. Enquanto conversava com a sra. Ernestine, a sala encheu, e até algumas pessoas que não convidei apareceram, tipo duas mulheres que estavam atrás de mim na fila da Baba's Deli. Vejo os pais de Cooper indo cumprimentá-lo, Amy batendo os cílios para Deli Dan. Cooper deve tê-los convidado para fazer volume, pro caso de outras pessoas decidirem não vir. Sorrio para ele, que está ocupado demais com a mãe para ver. Shelley, da lojinha da esquina, veio com uma pessoa que imagino que seja sua irmã, e as duas seguem direto para o champanhe. Não vejo nem sinal do pai delas, mas mal tenho tempo de me preocupar com isso porque logo alguém toca meu ombro.

"Frida!" Digo, quando ela me dá um abração. Está cheirando a rosas e limão.

"Adorei ter sido convidada", Frida me diz. "Aled me disse que vamos combinar de sair de casal, eu, ele, você e R. L. Cooper." A expressão dela se desfaz por um momento. "Bom, acho que a ideia é sair de casal. A gente se manda mensagem o tempo todo, mas até agora ele não partiu pra ação."

"Ah, ele gosta de você", digo.

"Você acha?"

"Está na cara." Olhamos para Aled, que está mostrando ao sr. Yoon e à sra. Ernestine uma vitrine cheia de instrumentos de sopro. Cooper se aproxima deles com uma garrafa de champanhe, taças e um sorriso enorme no rosto.

"Ele é bem gostoso", solta Frida, com os olhos brilhando.

"É mesmo", digo, olhando para Cooper, que abre a garrafa de champanhe.

"Ah, sanduichinhos de pão de forma!", exclama Frida, correndo para a mesa das comidas. "Espero que tenha de salada de ovos."

Aceno para Leanne e Jan, que parecem ter trazido três convidados. Estou prestes a ir apresentá-las ao sr. Yoon quando a mãe de Cooper, Amy, se aproxima e me entrega uma taça de champanhe.

"Achei que fosse gostar."

"E estava certa", digo, tomando um gole e desfrutando da sensação das bolhas na minha língua. "Obrigada. Está enchendo. Espero que Aled não se importe."

"Quem aqui é o Aled?", pergunta ela.

"O de colete roxo, que parece uma mistura de jogador de sinuca com professor de ciências."

"Ele parece radiante."

Amy tem razão. Frida se juntou a Aled e as bochechas dele coraram de alegria. Atrás dos dois, vejo Cooper abrindo a mochila gigantesca e tirando um conjunto de alto-falantes portáteis. Ele mexe no celular e em segundos ouço o saxofone de Charlie Parker. Dou risada. Cooper passa os olhos pela sala até que seus olhos encontrem os meus. Ele faz sinal de positivo para mim e para a mãe, com uma empolgação exagerada.

"Cooper *ama mesmo* o Charlie Parker", comento. "Olha só a cara de bobo dele!"

"Adoro ver esse sorriso."

Dou risada quando lembro que Amy exigiu que o filho sorrisse para ela na noite de jogos. O sorriso dele agora está diferente, do tipo que chega aos olhos e os ilumina.

"É um sorriso incrível", concordo, falando baixo.

"Eu nunca tinha visto meu filho apaixonado", comenta Amy, levando uma mão casualmente ao meu braço. "É fascinante. É tipo como se ele se acendesse por dentro."

Pisco. Apaixonado? Espera aí. Ela está querendo dizer que...?

"Ah... Cooper e eu... é um lance casual." Penso no acordo que fiz com ele, de fingirmos que estamos namorando, e corrijo bem rápido. "Quer dizer, a gente está saindo, claro. Mas, sabe, de um jeito casual."

É verdade. Não dá pra negar que eu e o Cooper sentimos tesão um pelo outro, com certeza. E que os últimos dias foram uma distração incrível da pressão de tudo o que está acontecendo — do que está prestes a acontecer. Mas amor? Solto uma risadinha desdenhosa ao pensar na possibilidade. "Não é amor."

Os olhos de Amy procuram os meus, cheios de bondade. “Então talvez seja melhor dizer isso pra ele.”

Balanço a cabeça. “Mas...”

“Eu conheço o meu filho”, responde ela. “Faz muito tempo que ele não sorri assim. Depois que perdemos Em, achei que ele nunca mais fosse voltar a ser como era antes. O homem animado, despreocupado e acolhedor que conhecíamos e amávamos. Aí você apareceu. E foi mágico. Olha só pra ele. Está apaixonado. Perdidinho. Não comenta com ele que eu te falei isso”, acrescenta ela, abrandando o tom. “Acho que ele ficaria meio chateado comigo.”

Olho para onde Amy está olhando. Cooper se aproxima de nós, tocando um saxofone imaginário. Ele sorri para mim, com os olhos calorosos, então se inclina e beija minha bochecha, o lábio superior dele roçando a ponta do meu lóbulo. Os pelos dos meus braços se arrepiam em reação. Olho nos olhos dele. Será que o que Amy disse é verdade? Cooper me ama? E, se amar, o que vai acontecer quando eu não estiver mais aqui? Será que vai destruí-lo de novo? Enquanto eu ainda achava que transar com Cooper era só uma coisa meio divertida que a gente fazia, não me parecia tão ruim que eu precisasse partir. Afinal, por que ele se importaria? Ainda mais considerando que tem uma fila de mulheres muito mais impressionantes esperando à porta dele. Mas se ele anda sentindo alguma coisa de verdade por mim... se está apaixonado...

“Jump Around” começa a tocar alto no meu celular. “Ah, eu adoro essa música”, diz a mãe de Cooper.

Recebi uma mensagem de Merritt! Merda. Será que chegou a hora de ir para a Eternidade? Será que fomos descobertas por Eric ou por um superior? Meu coração acelera. Largo minha taça de champanhe vazia na mão de Cooper e vou correndo para o banheiro. Confirmo se não tem ninguém nas duas cabines, me sento na tampa da privada de uma e abro a mensagem.

Ótimas notícias! Eric não estava desconfiado coisa nenhuma. Só não saía de perto porque, se prepara, ele é louco pra caralho por mim. Tipo, pra caralho. Eu devia ter percebido, mas ando tão distraída com você que minha intuição romântica que antes era perfeitinha vem dando umas falhadas.

E depois...

O Jonah continua por aí.

Pisco para a mensagem. Percebo que faz quase dois dias que não penso em Jonah.

Você querendo o cara ou não, com certeza vale uma última tentativa antes de... desistir. Um beijo dele pode salvar a sua vida. E me parece que você anda se divertindo demais pra abandonar tudo isso aí... pensa bem, Delphie. Será que não vale a pena tentar mais um pouquinho? Beijoca

A mensagem desaparece. Solto o ar, tentando controlar as batidas furiosas do meu coração.

Abro a porta da cabine e ando até o espelho. Minhas bochechas estão vermelhas, meus olhos estão arregalados de medo.

Mordo o lábio e tento me reconectar com quem eu era alguns dias atrás. Uma pessoa que tinha a plena certeza de que deixar Jonah pra lá era a coisa certa a fazer. Uma pessoa que escolheu não desperdiçar os últimos dias que tinha na Terra dando murro em ponta de faca. Porque eu não tinha a menor chance, né, tipo nenhuma, nem um pouquinho. Né? O Jonah nunca me beijaria. Não depois daquela merda toda no baile. Tipo, nunca. Eu até tentaria ir atrás dele se achasse que tinha chances disso funcionar. Quer dizer, eu *venho tentando*. Mas não vou desperdiçar minhas últimas horas atrás de uma maluquice que não vai dar em nada.

Vou?

Quarenta

Quando retorno à sala de música, vejo que todo mundo se juntou numa roda no centro da sala.

"Ela chegou", diz uma voz eletrônica lá do meio. É o sr. Yoon usando o gerador de voz.

"O que rolou?", pergunto, enquanto Aled arma um suporte de metal para partitura e Cooper tira um estojo de violino da mochila gigantesca.

O sr. Yoon apoia o gerador de voz na mesa às suas costas. Depois abre seu livro de palavras cruzadas e o posiciona com cuidado no suporte. Será que ele ficou maluco? Por que está fazendo isso?

Cooper pede silêncio aos outros convidados. Estou prestes a perguntar o que está acontecendo quando o sr. Yoon passa o arco pelas cordas do violino e começa a tocar.

Nossa.

Eu já esperava que ele fosse bom, porque sabia que ele havia ganhado um prêmio. Mas a foto que eu tinha encontrado no armário era antiga e eu nunca tinha escutado ele tocar um instrumento naqueles anos todos em que morava ao meu lado. E achei que nunca fosse ouvi-lo tocar, depois do acesso de fúria dele diante da minha descoberta.

Não reconheço a música, que é lenta, encantadora e de tirar o fôlego de um jeito que faz meu coração se encher de uma ansiedade melancólica. O sr. Yoon fecha os olhos e relaxa, e a música vai ficando mais alta e mais saudosa. Ouço arquejos e murmúrios à minha volta vindos dos outros convidados.

Enquanto fico ali, vendo meu vizinho velho e rabugento tocar violino, percebo que aquela é a coisa mais linda que já ouvi. A coisa mais linda que já vi. A coisa mais linda que já senti. As notas evoluem para um crescendo rápido, animado, e não percebo que estou chorando até o sr. Yoon tocar a última nota, a mão trêmula produzindo um vibrato que oscila no ar. Quando ele abre os olhos, vejo que também estão cheios de lágrimas.

As palmas são altas e entusiasmadas. Eu mesma nunca aplaudi tanto.

"Bravo!", grita Frida atrás de mim.

"Temos uma estrela entre nós!", comenta Jan.

Aos poucos, os convidados voltam a se misturar, procurando se conhecer daquele jeito meio desconfortável e afetado que agora entendo que é basicamente como todos os novos relacionamentos começam. O sr. Yoon aponta para o violino e depois faz sinal para que eu me aproxime.

Quando chego perto, ele bate com o dedo na revistinha de palavras cruzadas e vejo que no meio das páginas impressas foram colocadas duas folhas cobertas de linhas de partitura. Nelas, notas foram escritas cuidadosamente a lápis.

"Foi o senhor quem compôs?" Perco o ar. "Sr. Yoon!"

Ele aponta para a parte de cima da primeira folha, onde vejo escrito, em sua caligrafia miúda e bonita: *Delphie da porta ao lado: uma sonata*. Pela data, é de dois anos atrás. Na verdade, percebo que é do dia seguinte ao meu aniversário. Daquela manhã que levei um pedaço de bolo para ele.

Meus olhos ficam cheios de lágrimas mais uma vez. O nó que se forma em minha garganta é tão apertado que não consigo falar nada. Só recupero o fôlego e sorrio enquanto olho para os papéis cheios de rabiscos tremidos, os mesmos que permitiram a música maravilhosa que acabei de ouvir. Uma música que leva meu nome.

Ele pega o gerador de voz da mesa logo atrás e digita, apertando os olhos para as teclas. Preciso pedir para Cooper marcar uma consulta com um oftalmologista.

O sr. Yoon aperta ENTER.

"Tinha começado a escrever essa daqui há muito tempo, mas nunca terminei. Tinha medo de tocar."

"Por quê?", pergunto. "Por que o senhor tinha medo de tocar? Foi por isso que ficou bravo comigo quando encontrei a foto?"

Ele volta a digitar. "É uma longa história. Fica pra outra hora. Quando você chegou no hospital, entendi como terminar."

"Espera aí... foi isso que o senhor ficou rabiscando ontem à noite?"

O sr. Yoon confirma com a cabeça e ri.

"Ele me forçou a trazer o violino escondido", diz Cooper, que se materializa ao meu lado, mexendo no telefone. Jazz volta a sair dos alto-falantes.

"Posso... posso te dar um abraço, sr. Yoon?", peço.

Ele dá de ombros, sorri e assente.

Nós nos abraçamos no meio da sala de música da biblioteca Tyburnia. O sr. Yoon tem aquele mesmo cheiro do apartamento dele. De fumaça de cigarro, café e blusa de lã, muito embora estejamos no verão e ele esteja de camisa.

"Posso interromper?", pergunta Cooper, após um momento.

O sr. Yoon assente antes de pegar o gerador de voz e ir até Jan e Leanne, que estão conversando com Deli Dan.

Cooper guarda o celular no bolso. "No baile... antes de você..."

"Jogar champanhe na cara de alguém e depois atacar um homem inocente na frente de todo mundo?"

"Isso. Antes disso. Eu queria muito dançar com você."

"E por que não pediu?", murmuro.

"Porque você teria negado."

Ele tem razão. Teria mesmo. Como foi que as coisas mudaram tanto em tão poucos dias?

"Ué, então pede agora."

"Quer dançar comigo, Delphie?"

Seguro uma das mãos dele com a minha. Cooper leva a outra mão à minha lombar e me puxa para si, me conduzindo no ritmo da música, que ele parece saber de cor, embora eu mesma não consiga acompanhar.

Frida e Aled também começam a dançar, ela com as bochechas coradas de alegria, ele balançando sem jeito de um lado para o outro.

Cooper joga a cabeça para trás e olha para o meu rosto. "Chegou a hora de brilhar, querida", solta ele.

Não consigo evitar rir quando Cooper ergue uma sobrancelha de brincadeira ao se referir ao que estava escrito na minha camisola horrorosa na noite do engasgo. Ele sorri e me puxa para mais perto.

Penso na empolgação da mãe dele. Cooper está apaixonado por mim. Apaixonado. Por mim? Será que é isso mesmo, considerando que a gente nem se conhece tão bem? Impossível. Não sei nada sobre amor, mas tenho a impressão de que esse jeito como eu me sinto agora, dançando com ele, é como a gente deveria se sentir. Ansioso. Esperançoso. Animado com os dias que estão por vir. Se eu voltar para a Eternidade, o baque emocional para um homem apaixonado seria... não sei se consigo pensar nisso.

Atrás de mim, Jan e Leanne riem alto de algo que o sr. Yoon digitou no gerador de voz. Aled acabou de beijar a bochecha de Frida. Com ele de costas, ela faz sinal de positivo para mim. Shelley, da loja da esquina, e a irmã bebem champanhe num canto. Flashy Tom, do Orchestra Pit, conversa com a sra. Ernestine enquanto devora um sanduíche da Baba's Deli.

Sinto um aperto no coração e meu estômago embrulha.

Como é que vou fazer pra abandonar tudo isso? Esta... vida? Porque aquilo que eu estava fazendo dez dias atrás não era viver. Mas isto aqui, por outro lado... o barulho, as risadas, o tumulto, o medo e... as pessoas. Os amigos. Talvez o amor.

Não posso perder isso tudo.

Algumas pessoas nesta sala também não querem me perder. Eu importo para elas.

Não posso ir embora. A Eternidade fica muito longe daqui. Não quero morrer.

Porra.

Quero viver.

Olho para o relógio na parede.

Tenho duas horas antes de Merritt aparecer para me levar.

Preciso encontrar Jonah. Agora.

E, pela primeira vez nos últimos dez dias, sei exatamente aonde ir.

Quarenta e um

A festa fica muito mais movimentada quando saio discretamente e pego um táxi com instruções para se dirigir a Ladbroke Grove. Ao avistar a casa, minha garganta se fecha com as lembranças que me passam pela cabeça. Não lembranças horríveis, mas felizes, de antes. De nós duas sentadas naquela mesma grama, brincando de Barbie, ensaiando coreografias, conversando sobre o que queríamos ser quando crescêssemos (eu, uma artista; ela, a Rihanna). Assim que ela atende a porta, os pensamentos felizes cedem lugar a nervosismo, raiva e medo. O meu corpo inteiro quer dar meia-volta e fugir. Mas me mantenho firme. Não estou mais na escola. Sou uma mulher adulta. Com amigos. Agora tenho amigos. Amigos novos, amizades ainda bem no início, mas ainda assim, amizades. Pessoas que gostam de mim. Que gostam do que é bom, certo, divertido e honesto, e não de quem berra mais alto, é mais assustador, mais bonito ou mais cruel.

São quatro e quinze da tarde e Gen está de roupão.

"O que você quer?", pergunta ela, sem demonstrar emoção na voz.

"Posso entrar?", pergunto. "Prometo que vou ser rápida."

Ela hesita antes de revirar os olhos e me convidar para entrar. Embora a decoração interna tenha sido atualizada com um bom gosto evidente, tem brinquedos, correspondência e pilhas de roupas por toda parte.

"Onde estão os seus filhos?", pergunto, curiosa.

"No parque. Com Ryan", diz ela, soltando o corpo no sofá

creme e acenando vagamente para que eu me sente também. "Ele tá sempre por perto... sabe? Desde a escola, sempre por perto. Uma garota precisa de sossego de vez em quando."

Gen pega uma taça quase vazia da mesa de centro e toma um gole. "Quer?"

Faço que não com a cabeça.

Ela solta uma risada desprovida de humor.

Toma outro gole da bebida. "Então você veio se desculpar? Por ter jogado champanhe em mim? Estragou meu vestido, sabia? Me custou quatrocentos dólares." Ela ri. "Não achei que fosse ter coragem de fazer aquilo, sinceramente."

Reprimo a raiva que começa a crescer em meu peito. "Você mereceu", digo apenas. "Usar minhas experiências, o trauma que *você* me causou, em benefício próprio? É horrível pra caralho. Achei que tivesse crescido."

Gen dá de ombros e termina o vinho, servindo-se de mais logo em seguida.

Abro a boca para perguntar o que vim até aqui perguntar. Mas acaba saindo uma coisa diferente.

"Você se esqueceu mesmo de mim?", pergunto. Porque, apesar de tudo, é isso que não consigo superar. Mesmo que ela não tivesse feito da minha vida um inferno... a gente era tão próxima quando criança.

Gen olha nos meus olhos e balança a cabeça. "Não. Eu não me esqueci. Só quis fazer você se sentir mal por não aceitar meu pedido de desculpas."

Assinto. "E conseguiu."

Gen inclina o corpo para a frente. "Lembra quando você cortou o cabelo da minha Barbie porque a gente não tinha um Ken e sua mãe ficou brava?"

A lembrança me faz soltar uma risada, e levo a mão à boca na mesma hora.

"Por que você passou a me odiar?" A pergunta sai com mais desespero do que eu pretendia. "A gente se divertia bastante juntas."

Gen morde o lábio. Um soluço escapa de sua boca. "Eu passei a odiar você porque você passou a me odiar primeiro."

"Quê? De onde você tirou isso?"

"Você parou de me convidar pra ir na sua casa. Sabia que meus pais estavam sempre trabalhando. Sabia que eu não tinha ninguém em casa. Eu praticamente morava na sua casa, e você simplesmente decidiu me afastar por ciúmes."

"Ciúmes? Do quê?"

"De como fiquei próxima da sua mãe."

Penso naquela época. Em Gen, na minha mãe e eu cantando, brincando, cozinhando e fofocando. Em como elas duas se davam bem. Tipo como se fossem duas adultas.

Baixo os olhos para meus próprios pés. "Talvez eu tivesse um pouco de ciúme mesmo. Mas não foi por isso que parei de te convidar pra ir em casa. Minha mãe..."

"Sua mãe o quê?"

"Meu pai abandonou a gente e minha mãe surtou. Ela só bebia e chorava o tempo todo. Eu não queria que você visse isso. Tinha vergonha."

Gen balança a cabeça. "Caramba, Delphie. Eu poderia ter ajudado. Você não me contou."

"Eu... eu... não contei. Verdade. Mas você... você começou a me tratar mal pra caralho, Gen."

Ela suspira e passa uma mão pelo cabelo antes de voltar a fazer contato visual. "Desculpa, tá?"

Uma lágrima rola pela minha bochecha. Eu a enxugo com o punho cerrado.

"Preciso encontrar Jonah", digo, olhando para o relógio na parede. "O mais rápido possível. Preciso que me passe o endereço dele."

Gen faz uma careta. "O que está rolando, hein? Jonah disse que nem te conhece. Mas você foi tão esquisita com ele. Ele mentiu pra mim? Vocês se conhecem?"

Assinto. "Sim, mas não nesse sentido que você está pensando. Eu não posso explicar por que preciso ver o cara, porque, bom, o motivo é ridículo. Mas preciso que me passe o endereço dele. E o telefone. Você me deve uma."

"Você vai tentar beijar o Jonah de novo?", pergunta Gen, contraindo o rosto. "Porque, sem querer ofender, você assustou o cara de verdade. Ele costuma ser todo tranquilo."

Ela fica me olhando por um momento antes de se levantar e seguir para uma cômoda de mogno grande. Então abre a gaveta, pega papel e caneta, rabisca algo e me passa. "Pronto, o endereço e o telefone dele. Só não diz que fui eu que dei."

Solto o ar. Finalmente. Vou fazer dar certo.

Enquanto sigo pelo caminho em meio à grama, Gen chama meu nome. "Ei, Delph."

Dou meia-volta. "Que foi?"

"Você anda transando com o R. L. Cooper?"

Confirmo com a cabeça. "Pra caramba."

"Legal." Ela se recosta na moldura da porta e dá de ombros. "Quer... quer fazer alguma coisa qualquer dia? Sair pra beber?"

Olho para os meus pés antes de encará-la mais uma vez. Uma faísca de compreensão se acende entre nós. Mas não me parece que seja o suficiente. "De jeito nenhum", digo, e ergo o papel no ar. "Mas obrigada por isso aqui", acrescento, antes de sair correndo.

Quarenta e dois

Com menos de uma hora na Terra, entro no meu prédio e ouço risadas vindo do apartamento de Cooper. O que está rolando? Quem está lá dentro com ele?

A porta está entreaberta. Dou uma olhada e descubro que tem um monte de gente que estava na festa ali, ocupando os sofás e no peitoril da janela. Jan está na cozinha, com a cabeça bem próxima de Deli Dan, enquanto Leanne conversa com Cooper e o sr. Yoon. Ela dá risada, jogando a cabeça para trás com alegria.

Quem me vê primeiro é Aled. "Delphie! Fomos pegos!", comenta ele, correndo na minha direção.

"Quê?"

"Minha colega Laurel foi buscar o guarda-chuva que esqueceu na biblioteca e descobriu tudo! Eu não estava contando com a música alta, mas os alto-falantes de R. L. Cooper são bem potentes. Enfim, daí Laurel entrou com tudo do mais absoluto nada dizendo que a gente precisava sair de lá na mesma hora ou ela teria que chamar a polícia."

Frida se junta a eles, em um estado muito mais sóbrio. "Ele gritou: 'Mete o pééééé', que é uma ótima alternativa para dizer 'corram'. Daí a gente saiu correndo. Quer dizer, quase todo mundo. A sra. Ernestine falou para a Laurel que ela era uma vaca desgraçada e que devia ir pro caralho e umas coisas assim."

"Aí o Cooper convidou todo mundo pra vir pra cá", completa Aled, com as bochechas coradas por conta do álcool. "Sentimos sua falta. Pega uma bebida."

Faço que sim com a cabeça e me dirijo a Cooper, que abre um sorriso enorme ao me ver.

O sr. Yoon digita depressa no gerador de voz. "Fomos pegos", diz a voz de Louis Theroux.

"Fiquei sabendo", digo, feliz por poder me comunicar tão rapidamente com ele, embora distraída por minha morte iminente. "Cooper, posso falar com você um segundo?"

Ele franze a testa diante do meu tom urgente. Pego a mão dele e o puxo para o quarto, então fecho a porta, deixando o burburinho animado da festa lá fora.

"Tá tudo bem, Delphie?", pergunta ele, levando uma mão quente à minha bochecha. O que mais quero é fechar os olhos e me aconchegar nele feito um gato, ignorando a realidade e tudo o que está acontecendo ao meu redor. "Aonde você foi? Mandei mensagem, achei que talvez tivesse vindo pra casa respirar um pouquinho. Espera... você andou chorando?"

Olho para o meu reflexo no espelho de parede do quarto de Cooper. O rímel está manchado, e meu cabelo, despenteado, além de eu estar suada da corrida. Estou parecendo uma maluca.

"Preciso de um favor", digo, e as palavras tropeçam umas nas outras. "Pode me dar uma carona? Você não bebeu, né?"

Ele balança a cabeça. "Fiquei na água com gás. Tive medo de que o sr. Yoon se sentisse mal outra vez. O dia tem sido intenso para ele. Tá tudo bem? Aonde você precisa ir?"

Meu coração fica quentinho quando penso na consideração que Cooper está demonstrando com o sr. Yoon. Respiro fundo, para me equilibrar. "Preciso ir até Mayfair. Tipo, neste instante. Eu até pegaria um táxi, mas não tenho como esperar. O trajeto leva uns quinze minutos e não tenho tempo a perder."

Eu me esforço para não parecer angustiada, mas minha voz sai baixa, trêmula e desesperada.

"Mayfair?" Cooper dá uma olhada no relógio de pulso. "A essa hora? Está tudo bem?"

Levo as mãos à cabeça e solto um ruído frustrado diante das perguntas que ele me faz, da falta de urgência com que ele está tratando o assunto. Mas pensando bem, por que ele teria pressa quando não faz ideia do que está acontecendo? "Não. Não está tudo bem. As coisas não poderiam estar *menos* bem. Eu *queria muito* poder explicar essa história direito, Cooper, mas mesmo que eu explicasse você não acreditaria em mim. Não *teria como* acreditar. Então só... vamos. Precisamos ir agora! É literalmente uma questão de vida ou morte!"

Cooper contrai o rosto e se senta na beirada da cama. Não. Agora não é hora de sentar. Ele tem que pegar o carro e me levar até Mayfair, até Jonah, que vou precisar convencer que precisa me beijar de algum jeito, sem explicar nada. Penso no dinheiro que ainda tenho na conta. "Talvez eu possa pagar um valor para ele me beijar", murmuro comigo mesma. Tecnicamente, o beijo continuaria sendo motivado por vontade própria, né? Será que funcionaria? Merritt permitiria uma coisa dessas? Merda, minha cabeça tá girando.

"Talvez a gente devesse se sentar por um momento", diz Cooper, com delicadeza, como se tivéssemos todo o tempo todo mundo. Ela dá um tapinha na cama a seu lado, parecendo preocupado. "Quer... quer uma xícara de chá? Quer que eu ligue pra um médico?"

Então eu me lembro da última vez que ele se ofereceu para ligar para um médico. Quando me encontrou de camisola no chão da sala de casa, falando, confusa, sobre um hambúrguer desaparecido. Merda. Ele acha que estou tendo uma crise ou sei lá o quê. Com as mãos trêmulas, verifico o tempo de espera por um carro no aplicativo — trinta minutos. Não dá.

"A gente precisa ir!", grito, e o pânico faz meu coração bater tão forte que sinto ele em meu nariz. Pego as mãos de Cooper, mas, apesar do meu esforço para não perder o controle ainda mais, começo a soluçar. "Por favor. Se eu não beijar Jonah, Merritt vai me mandar de volta pra Eternidade e eu não quero ter que ir embora, ainda não. Quero ficar aqui. Viva. *Por favor!*"

Cooper solta todo o ar de uma vez, com os olhos atentos. "O que foi que você disse?"

Merda. Só piorei as coisas. Mas em defesa dele, eu estou mesmo parecendo surtada. Cooper se levanta da cama. "Quem... quem é Merritt, Delphie?", pergunta, com a voz baixa e controlada.

Jogo as mãos para o alto. Desisto. "Merritt é minha terapeuta além-vida." Cooper abre a boca para dizer alguma coisa, mas não sai nada. Percebo que isso não deve fazer o menor sentido para ele. Nem pra mim mesma faz. "Sei que vai parecer maluquice. Mas... eu morri. Tá? Faz uns dez dias, eu *morri*, tipo, de verdade. E... conheci uma mulher doida no além-vida que é obcecada por romances e..." Parece que todo o ar foi sugado dos pulmões de Cooper. Ele deixa o corpo cair sentado na cama, como se os próprios joelhos tivessem fraquejado. "Ela precisa que eu beije o Jonah, por isso estou atrás dele, não porque seja o amor da minha vida, mas por causa do acordo que fiz com Merritt. Ela quer um final feliz desses de livro, só que na vida real, ou vou ter que morrer de novo. E eu achei que ficaria de boa com isso, mas hoje... quer dizer, os últimos dias, *você*. Isso tudo me fez perceber que eu não estou de boa. Não quero morrer. Nem um pouquinho. Então por favor, por favor, por favor. Me dá uma carona. Mesmo que você não acredite em mim, e eu entendo total se não acreditar, por favor, só me dá uma carona até Mayfair. Preciso pelo menos tentar! Sei que não faz sentido, mas você tem que me ajudar."

Agora estou chorando de verdade, e espasmos de pânico me escapam de vez em quando. Como posso ter sido tão leviana com isso?

"Obcecada por romances?"

Foi *isso* que ele assimilou de tudo o que eu falei?

"Olha, eu *sei* que parece que inventei, mas juro que é verdade."

Cooper se levanta de novo e me encara, a boca prensada numa linha fina. Ele passa a base da mão pelo maxilar e a sobe até a testa. Lágrimas marejam seus olhos. "Tá falando sério, Delphie? Porque se isso for algum tipo de brincadeira..."

"Por que eu brincaria com uma coisa dessas?" Passo os

dedos pelo meu cabelo todo bagunçado. "Não tem a menor graça."

Cooper engole em seco, balançando a cabeça de leve. Morde o canto do lábio, com as sobrancelhas baixas.

"Por favor", sussurro. "Por favor, me leve até Mayfair. Não tenho outra opção."

Os olhos de Cooper vão de um lado a outro como se ele estivesse considerando as próprias opções, que neste momento são a) fazer o que estou pedindo; ou b) chamar um médico urgente. Cooper solta o ar com vigor antes de pegar minha mão e sair comigo do quarto, passando pelo agito da sala e chegando finalmente ao carro estacionado.

Ele não diz uma palavra sequer enquanto arranca com tamanha urgência que sou jogada contra a janela. Sinto que ele não acredita em mim tanto assim, mas quer ver até onde isso vai dar. Avaliar se acabou se envolvendo sem querer com uma psicopata. De qualquer maneira, estamos finalmente no caminho para a casa de Jonah. Ainda tenho uma chance.

"Endereço", ladra Cooper, tamborilando os dedos no volante, se por impaciência ou irritação, não sei.

Eu me atrapalho com o papel em minhas mãos. "Berkeley Street número 10... Tenho o celular também. Talvez eu devesse ter ligado. Merda."

Com as mãos trêmulas e lágrimas obscurecendo minha visão, tento digitar os números. Quando finalmente consigo acertar a combinação, chama até cair.

Cooper pega a Edgware Road e pisa fundo, de modo que os carros e as árvores dos dois lados passam correndo. Ele me olha de lado e com os olhos apertados, como se não me conhecesse, e sinto um aperto no coração diante de tudo o que passei a sentir por ele em tão pouco tempo.

Cooper. Que sempre esteve ali, no andar de baixo. Meu vizinho cretino que acabou se revelando o homem mais fofo, engraçado, sexy e interessante que já conheci. E acho que mesmo que eu tivesse conhecido todos os homens da Terra e do além-vida, ainda assim continuaria tendo sentimentos só por Cooper… Cooper. Espera… acabei de perceber que não sei o nome inteiro dele.

"Eu… preciso saber de uma coisa", solto, enquanto passamos pela Berkeley Square.

Os olhos de Cooper se voltam para a rua. Ele passa os dentes da frente sem parar pelo lábio inferior. "O quê? Que coisa?"

"O que quer dizer o R. L.? Qual é seu primeiro nome? Quero saber."

"Tá falando sério? Escolheu este momento para perguntar?"

"Eu… só queria saber seu nome. Seu nome de verdade."

As narinas dele ficam dilatadas. "Cacete… tá. Remington Leopold. Meu nome é Remington Leopold Cooper."

"REMINGTON LEOPOLD?", repito, com força total, antes de irromper em risos chocados. Esse cara descolado, inteligente, sexy e desprezível se chama *Remington Leopold*, caralho.

Deve ser o nervosismo, o medo e a confusão em geral, mas depois que começo a rir, não consigo mais parar. Perco o controle do meu corpo até que esteja quase convulsionando de tanto dar risada. Sinto que estou a ponto de vomitar.

Quando consigo parar por um momento, vejo Cooper olhando para mim e soltando uma risada surpresa. Mas aí, quando pegamos a rua de Jonah, ouvimos o som de uma buzina tão alta que meus ouvidos doem. Eu me volto para Cooper, que vira freneticamente o volante para esquerda, com a expressão horrorizada.

Um estrondo alto se segue, e sinto meu corpo sendo jogado para a frente e se chocando contra o cinto de segurança de uma maneira que me tira o ar. Bato a cabeça em alguma coisa. Ouço um grito à distância. Sinto uma dor aguda.

E então nada.

Quarenta e três

"Vai, abre os olhos... isso. Pronto, pronto... hora de acordar... ahá! Oi, querida."

Abro os olhos e vejo Merritt à minha frente com as mãos na cintura. Ela está ao lado de uma máquina de lavar usando um macacão azul-marinho. Palitos rosa-choque de plástico prendem o cabelo dela num coque bagunçado. Ao seu lado está um homem ridiculamente bonito que parece gerado por inteligência artificial. Ele é alto e loiro e tem olhos verde-claros e cílios escuros e compridos que suavizam o efeito de um maxilar tão afiado que bem poderia cortar vidro.

Merritt se vira na direção dele. "Bom, aí está ela. Minha ruína, Delphie Denise Bookham."

O homem acena com um sorriso que poderia estampar uma página dupla da *Vogue*. "Sou o Eric. Muito prazer."

"Eric? O homem que..."

Merritt apoia a cabeça no ombro dele, que usa uma camisa branca. "No fim, parece que o nosso caso é um daqueles clássicos em que rivais viram amantes. Juro, parece coisa de livro. De um livro da Lucy Score, aliás."

Balanço a cabeça, tentando processar o que está se desenrolando à minha frente. Uma batida de carro? Foi assim que eu morri? Estava tão preocupada com bueiros abertos e com a possibilidade de ser morta pela sra. Ernestine que não imaginei que poderia ser algo tão corriqueiro quanto um acidente de carro. Meu estômago se revira quando me lembro de que não consegui chegar até Jonah. Não. Ah, não. Então me lembro de que Cooper estava comigo no carro.

“Cooper! O que aconteceu com o Cooper?!” Eu me levanto da cadeira na mesma hora. “Ele está bem? Ah, meu deus, ele se machucou?”

“Ele está aí do seu lado, Delph.” Merritt sorri, apontando para uma cadeira de plástico atrás de mim. “Que dorminhoco, né? Ele já deveria ter acordado. Não vou poder esperar muito mais. Vou ter que acordar Cooper.”

Ah, não. Meu deus. O Cooper está aqui? Cooper não deveria estar aqui. O que foi que eu fiz?

“Não. Por favor.” Vou até a cadeira de Cooper. A cabeça dele descansa sobre o ombro. Parece que estamos no meio da tarde e ele pegou no sono sentado. Cooper... está *morto*? Fui eu que fiz isso? NÃO. Não era para isso acontecer. Meu deus do céu.

“Acorda!” Levo as mãos aos ombros dele e os chacoalho freneticamente. “Acorda.” Eu me viro para Merritt. “Manda o Cooper de volta. Você tem que mandar o Cooper de volta agora mesmo. Ele não deveria estar aqui! Não deveria. Acorda, Cooper. Por favor.”

“Opa, pera aí”, Merritt me repreende. “Não vai assustar ele.”

Cooper não pode estar aqui. Não pode estar morto. Insisto com Merritt. “Você tem que mandar Cooper de volta. A mãe dele vai... eles já perderam... não. O lugar dele é na Terra! Cooper ainda tem muito o que fazer... livros para escrever, alegrias pra dar pras pessoas, alegrias pra *viver*. Cooper já passou por merda demais!”

Meu discurso deve estar dando certo, porque lágrimas brilham nos olhos de Merritt diante do meu desespero. Ela se inclina e sussurra algo no ouvido de Cooper.

Vejo os olhos dele se abrirem devagar e entrarem num breve pânico antes de encontrarem Merritt agachada a sua frente. Então o medo se transforma em confusão, choque e depois... alegria? *Como assim?*

A respiração dele sai trêmula, e Cooper sussurra: “Ah, meu deus”. Meu queixo cai quando Cooper se levanta da cadeira e puxa Merritt para um abraço forte. Os braços dele a envolvem, puxando a nuca dela com uma mão trêmula. "É você", murmura ele, com a voz rouca. "Você está aqui. Eu... você está *aqui*?"

Merritt descansa a bochecha no peito dele, com os olhos bem fechados, os cantos das bocas erguidos. Cooper se afasta e segura o rosto dela nas mãos, usando o indicador para enxugar as lágrimas que começaram a rolar pela face de Merritt. Os ombros dele, sempre curvados e rígidos, relaxam, acomodando-se em algo que parece alívio. Cooper faz menção de dizer alguma coisa, mas o que quer que seja dá lugar a um soluço, e ele volta a puxar Merritt para si. Ela ri com vontade e então Cooper solta uma risada curta que lembra um latido. Os dois se abraçam desesperadamente, rindo e soluçando de algo que só eles entenderam.

"Isso é real?", Cooper acaba perguntando. "Você é real? Ou estamos num sonho?"

Merritt respira fundo e solta o ar devagar, como se estivesse tentando se recuperar. "É real, Coop. Não o tipo de real com que você está acostumado. Mas eu tô aqui. E você tá aqui." Ela pega as mãos dele nas dela. "Nossa, como senti saudade."

Eric observa tudo com um sorriso indulgente no rosto. Cooper balança a cabeça, pasmo com tudo o que vê ao nosso redor. Os olhos dele estão arregalados. Embora esteja certamente confuso e um pouco zonzo, não parece estar com medo. Parece quase *feliz*. Não entendo.

"Espera...", diz ele, reparando na ambientação. "Que porra é essa? A lavanderia da Franny, que fica em Barnet? Sua esquisita."

"Você sabe que eu adorava aquele lugar", responde Merritt, dando de ombros. "Mas o pessoal não parece estar gostando tanto quanto eu. Aparentemente, o que para mim é um ambiente tranquilizador para outros pode ser meio esquisito. Eu devia redecorar pra alguma coisa bem sem graça, que todo mundo entenda. Tipo o apartamento de *Friends*. Ou um saguão de hotel bege e genérico. O que você acha?"

"Chega!", solto, totalmente confusa. Porra. E se não estivermos na Eternidade? E se tivermos ido parar numa realidade alternativa? E se os Superiores souberam do plano e me mandaram para algum lugar onde meu destino é ficar continuamente perplexa para toda a eternidade? "Por que vocês estão agindo como se tudo isso fosse normal?"

"Delphie?" Cooper finalmente se dá conta de que estou bem ali, na sala de espera. Ele vem até mim com o rosto contraído, como se estivesse finalmente entendendo. "Porra, você está bem?" Ele ergue meu queixo com a mão para inspecionar meu rosto, depois passa os olhos pelo meu corpo. "Você se machucou?" Cooper enfia uma mão nos cabelos, fazendo os cachos se levantarem em ângulos estranhos. Então olha para Merritt. "Quanto tempo a gente pode ficar aqui com você? Quando podemos voltar? Delphie está segura?" Ele volta a se virar para mim e olha bem nos meus olhos. "Assim que você falou que o nome dela era 'Merritt', eu soube que estava dizendo a verdade. De início pensei que fosse uma brincadeira de mau gosto, mas você não é desse tipo. Aí depois você mencionou os romances e eu tive certeza de que era a minha Merritt."

"Sua Merritt? Espera, vocês... vocês estão juntos nisso?"

Lágrimas de frustração ameaçam rolar por minha face.

Cooper pega a mão de Merritt e a puxa até mim. Eric está segurando a outra mão dela, então acaba vindo junto. E bem ali na minha frente se forma uma cadeia de pessoas muito atraentes agindo de uma maneira muito, muito esquisita.

"Delphie, esta aqui é a Em! Sim, *aquela Em*. Minha irmã."

Olho de um para o outro e de repente percebo que os olhos deles não são apenas da mesma cor de verde-esmeralda, como têm o mesmo formato amendoado e ficam posicionados na mesma inclinação no rosto.

"Mas... mas esta aqui é a Merritt. Achei que o nome da sua irmã fosse Emily."

"Na verdade, todo o mundo chama ela de M", explica Cooper. "Tipo, a letra M em inglês."

A consciência me atinge como um chuvisco. Depois, como uma tempestade. Em vem da letra M. de Merritt. Não de Emily. A irmã gêmea de Cooper, que amava livros, é... Merritt.

Só então percebo que ela está usando os brincos que Cooper me emprestou no dia do baile. Merritt deve tê-los surrupiado do apartamento dele no dia em que voltamos. Ela me vê olhando e leva uma mão à orelha.

"Senti falta deles."

"O sotaque irlandês", murmuro, com a testa franzida.

"Estudei no Trinity College. Morei dez anos em Dublin."

Eu tinha concluído sozinha que ela havia estudado no Trinity College de Cambridge. Cooper olha para a irmã, maravilhado. Agora faz sentido ele não estar assustado, e sim pleno, e não parecer se preocupar com o significado disso tudo. Sei o quanto ele sofreu com a perda da irmã. Como foi que descreveu a sensação na outra noite? Como se o coração dele tivesse estilhaçado e, embora fosse possível encontrar maneiras de remendá-lo, ele nunca voltaria a ser inteiro. E agora...

Os olhos de Merritt se alternam entre nós dois. Uma estranha onda de raiva me sobe, em nome de Cooper. Embora ele ainda esteja sofrendo os efeitos do choque e do maravilhamento de rever a irmã falecida, o fato é que foi ela quem nos trouxe até aqui. Foi ela quem tirou a vida dele por benefício próprio. Será que o plano dela sempre foi esse? E eu acabei sendo envolvida nessa porcaria?

Merritt balança a cabeça como se estivesse lendo minha mente.

"Trazer Cooper até aqui nunca foi parte do plano!", protesta ela. "Claro que não, não sou um monstro. O plano inicial era receber você, Delphie, mas aí o destino acabou intervindo, e o destino é uma força maior do que a Eternidade."

"Então a batida... não foi culpa sua?"

"Não!" Merritt leva uma mão ao peito, ofendida. "Um acidente de carro? Eu nunca faria isso. É comum demais. Fora que batidas são coisas meio bizarras. Minha ideia era fazer você cair num bueiro aberto, só pela comédia. Mas aquela batida foi coisa do destino. Cooper estar aqui é coisa do destino. Mas também tem a ver com livre-arbítrio, algo mais poderoso que qualquer coisa que sejamos capazes de fazer por aqui."

De repente, Cooper parece que cai na real. "Então a gente não vai poder voltar, Merritt? Nunca mais?

A expressão de Merritt se altera, os olhos dela se enchendo de lágrimas. "Não está feliz por estar aqui comigo? Aqui é bem legal depois que a gente se acostuma."

Uma pergunta começa a se formar em algum lugar do meu cérebro, mas não chega a ser concluída, porque minha visão começa a embaçar e as luzes da estranha lavanderia, a bruxulear. Ouço um zumbido e depois uma sirene.

"Ah!" Merritt parece perder o fôlego. "Só pode ser zoeira. Quem diria, hein, Delphie? Que reviravolta digna de um livro! Parece que você vai conseguir aquele beijo, no fim das contas..."

Cambaleio um pouco. Antes que perceba, estou nos braços de Cooper.

"Delphie? Está tudo bem? O que está acontecendo, M? O que está acontecendo com ela? Caralho, ela vai desmaiar? Delphie, você está me ouvindo? Delphie! Não. Volta! Me ajuda, M! Faz alguma coisa! Não posso perder..."

Os sons perdem força. Levo a mão ao rosto de Cooper, mas a sensação da pele quente dele desaparece sob a ponta dos meus dedos.

Meu corpo desaparece no mais absoluto nada.

Quarenta e quatro

Quando acordo de novo, sinto uma testa sobre a minha, as narinas fechadas por um indicador e um polegar, lábios pressionando os meus. Sinto também uma lufada de ar que tem gosto de Listerine enchendo meus pulmões e começo a tossir, cuspindo em desespero. O dono da testa grita: "Ela está viva! Ela... salvei a vida dela! Salvei uma vida, nossa!".

A dor me envolve no mesmo instante e sinto meus ombros latejarem, o ar da noite provocando uma ardência numa parte da minha bochecha, além do gosto de sangue na boca. Meu joelho. Parece que alguém deu uma martelada nele.

Me esforço ao máximo para me concentrar no rosto que paira sobre mim, nos olhos azuis, grandes e sinceros que parecem fazer um apelo aos meus.

Jonah.

"Oi", diz ele, baixinho, com a testa franzida. Então toca minha mão e eu me encolho.

Abro a boca para dizer alguma coisa. Jonah balança a cabeça.

"Não. Fica quietinha, tá?" Ele olha para cima e acena com a cabeça para algo ou alguém que não consigo ver. "Os socorristas chegaram. Vai dar tudo certo."

Sinto a cabeça pesada e o coração batendo descompassado. Um monte de coisas começam a acontecer ao mesmo tempo quando uma máscara é colocada em meu rosto e dois socorristas me levantam e me posicionam em uma maca. Estão falando comigo. Sei disso porque vejo a boca deles se mexendo, mas não entendo as palavras, porque só tenho uma coisa em mente.

Cadê o Cooper?

Quando levanto a cabeça, uma pessoa de rosto bondoso volta a deitá-la com delicadeza. Antes, no entanto, consigo ver o carro de Cooper e a Land Rover contra a qual batemos. No chão, diante dos veículos, está o corpo dele.

Cooper está estirado com os braços ao lado do corpo e os olhos fechados como se estivesse fingindo que dorme. À volta dele tem quatro ou cinco socorristas. Um deles pressiona a caixa torácica dele sem parar, o rosto vermelho por conta do esforço.

"Não", consigo sussurrar antes que a maca suba a rampa de entrada da ambulância. Então ela dá a partida, e ouço o lamento alto da sirene.

"Está tudo bem", diz Jonah ao meu lado. *O que ele está fazendo aqui? Por que veio comigo?* "Vai dar tudo certo. Vocês bateram o carro na rua da minha casa. Ouvi o barulho, saí correndo e encontrei você deitada no asfalto. Você deve ter conseguido sair do carro sozinha. Mas agora está segura. Agora está bem."

Eu não estou bem. Nada está bem.

Meu coração martela o peito com uma força que faz meu corpo todo doer. Uma máquina começa a apitar, e de repente o socorrista de olhos bondosos paira sobre mim com uma agulha na mão. Não sinto quando ela entra. Não sinto mais nada.

Acordo só deus sabe quantas horas depois num quarto com paredes de vidro. A dor que sinto no joelho é insuportável. Quando eu me sento, sinto como se meu corpo tivesse sido jogado de uma escada. Estou com o avental do hospital e uma atadura enrolada na perna. Minha mente está confusa e minha boca está tão seca que parece um deserto.

"Ah! Você acordou? Quer água?"

É o Jonah de novo.

Ele está sentado em uma cadeira de plástico ao lado da cama. Oferece uma garrafa de água para mim e deve ter percebido que vou precisar de ajuda, porque a abre e leva aos meus lábios. Bebo o líquido em goladas. Um pouco escorre pelo meu queixo e molha meu peito.

"Você passou por uma cirurgia", informa Jonah. "No joelho. Machucou umas costelas e ficou com um corte perto da orelha por causa do vidro quebrado. Deram ponto. Acho que não vai ficar nem cicatriz."

"Cooper. Cadê o Cooper? Ele...? Ele...?"

"O homem que veio com você... está ali." Jonah aponta para a minha esquerda.

Olho pela parede de vidro e o vejo ali. Deitado na cama, parecendo ferrado no sono. O alívio por ele não estar morto é liberado do meu corpo num soluço alto, seguido por um gritinho de dor, porque o movimento faz parecer que minhas costelas foram apertadas por alguma máquina desumana.

"Ele... hum... tá em coma, acho", fala Jonah.

"Coma. As pessoas acordam de comas. Então ele não morreu. Vai acordar."

Jonah não fala nada. A boca dele forma uma linha estoica. Noto uma leve barba por fazer. Os olhos dele estão vermelhos e a camisa de linho está amassada.

"Você passou a noite aqui?"

"Passei. Queria ter certeza de que você ia ficar bem."

"Estou bem", digo, olhando para Cooper. "Muito obrigada por ter ficado comigo. Mas agora estou bem mesmo. Você devia ir embora. Dormir um pouco."

Jonah assente, mas parece relutante em sair do quarto. Ele puxa a cadeira para mais perto e pega minha mão. "Eu... estou muito feliz por te ver bem."

Solto uma risada desprovida de humor. "Dei dois sustos em você no intervalo de uma única semana."

Ele solta um meio sorriso. "É. Você é bem intensa."

Assinto. "Pode ir, de verdade. Prometo que não vou mais te perseguir."

Jonah respira fundo e se levanta, então alonga os braços e a camisa dele se ergue no processo, o que me permite ver os pelos cor de bronze que se projetam de seu baixo-ventre. Penso em como me senti quando conheci esse cara na Eternidade. Quer dizer... dá pra entender. Mas aquela faísca que surgiu da primeira vez que ele me tocou? Sumiu.

"Melhoras", diz Jonah, hesitando à porta.

"Obrigada, Jonah", murmuro, virando a cabeça para olhar para Cooper.

Ele vai acordar logo. E eu quero que o meu rosto seja o primeiro que ele veja.

A médica me informa basicamente o que Jonah já disse — quebrei o joelho, machuquei as costelas, meu corpo está todo fodido e foi muita sorte eu ter sobrevivido. Quando pergunto a ela a hora em que Cooper deve acordar, a médica reage com uma careta que imagino que não seja assim tão profissional para médicos. Ela me explica que os ferimentos de Cooper são muito graves. Diz palavras que ninguém deveria ter que ouvir na vida: pressão intracraniana, ventilação mecânica, *líquido*. Quando pergunto quanto tempo em média pacientes em coma com ferimentos como os de Cooper demoram para acordar, ela me diz: "Cada paciente é um paciente". O que não me ajuda em nada.

Ainda não posso sair da cama, por isso fico só olhando para ele, que fica lá iluminado pelas luzes duras do teto. Aquele é o corpo dele. Mas e *Cooper*? Está na Eternidade. A ideia de pensar em alguém preso com Merritt me deixaria preocupada, mas ela é irmã dele. E os dois claramente se adoram. Então Cooper está bem. Sei que está. Só que lá não é o lugar dele. Cooper pertence a este mundo. Ouvindo Charlie Parker. Tomando vinho. Planejando golpes fictícios. Sendo desprezível. Me beijando.

Aperto o botão para chamar alguém da equipe de enfermagem. Pergunto se posso passar para uma cadeira de rodas para ficar ao lado de Cooper.

"Ah... vocês deram entrada juntos, né? Você é da família?", pergunta a moça, olhando para o prontuário.

"Sou." A palavra sai da minha boca com absoluta convicção. "Sou da família."

Quando chego ao lado dele, pego sua mão, que tem um hematoma por causa de uma tentativa fracassada de colocar um acesso. Passo o polegar pela palma dele. Cooper parece tranquilo. *Vazio.*

Olho em volta para me certificar de que não tem ninguém por perto.

"Merritt", sibilo, furiosa. "Merritt, você precisa mandar seu irmão de volta."

Sei que é difícil para ela simplesmente aparecer em um hospital movimentado, por isso pego o celular e fico aguardando esperançosa pelo som de "Jump Around".

Mas não acontece nada.

Tento argumentar com Merritt, murmurando que sei que sentiu saudade do irmão, que sei que às vezes fica entediada na Eternidade, mas que agora ela tem Eric. Por que precisaria de Cooper? Aqui é o lugar dele. E por que ela faria isso com os próprios pais? Por que os faria passar por mais essa?

Mas continuo sem qualquer resposta. O silêncio impera, a não ser pelos bipes regulares e pelo barulho da máquina que ajuda Cooper a respirar. Embora Merritt já tenha desaparecido antes, começo a ter a incômoda sensação de que ela nunca mais vai entrar em contato comigo. Cumpri o acordo que fiz com ela na Eternidade. Jonah me deu um beijo que literalmente salvou minha vida. Tecnicamente, pode não ter passado de uma respiração boca a boca emergencial, mas os lábios dele tocaram o meu por vontade própria. O contrato foi cumprido. Recuperei minha vida.

No entanto, enquanto olho para o rosto branco de Cooper e para a testa ligeiramente suada dele, percebo que não estou pronta para saber como seria minha vida sem ele.

Quarenta e cinco

Apesar dos meus protestos, sou transferida para a ala de cuidados intensivos. Não tenho mais meu próprio quarto: fico cercada por outros pacientes, alguns gemendo de dor, a maioria em silêncio. Passei ao hospital o contato dos pais de Cooper e eles agora estão a caminho. Cooper precisa de gente ao lado dele. Liguei também para o Aled, que, para meu alívio, passou a noite de ontem com o sr. Yoon (na verdade, meio que desmaiou bêbado no sofá). Aled me garantiu que não vai faltar gente para dar uma passadinha e garantir que o sr. Yoon esteja bem. Quando ele pergunta de Cooper, não consigo segurar as lágrimas.

"Ele... ele..."

"Ele morreu?", grita Aled. "R. L. Cooper morreu? Não!"

"Ele não morreu, Aled!", digo, brusca. "Está em coma. E vai acordar."

Aled fica em silêncio do outro lado da linha. Consigo até imaginar o rosto dele. Contraído pelo desconforto, como quando perguntei à médica quando Cooper ia acordar.

"Tomara que acorde. Mas talvez seja melhor você se preparar para..."

Com os dedos trêmulos, encerro a ligação. Não quero ouvir o final daquela frase.

Meu joelho começa a latejar outra vez. A máquina ao meu lado apita rápido. Sinto um aperto no peito. Não consigo respirar.

Uma enfermeira chega e verifica meus sinais vitais, depois se senta ao meu lado e traça círculos lentos com a mão em minhas costas. Diz que preciso me acalmar e pede que eu inspire e expire devagar até que os apitos voltam a se espaçar.

"Está com dor?", pergunta ela.

Faço que sim com a cabeça.

"Em uma escala de um a dez?"

Então eu me lembro de que, quando Jonah visitou a Eternidade por acidente, foi por conta da sedação, para um procedimento odontológico. Merritt tinha chamado aquilo de "visita inconsciente".

"Dez", digo na mesma hora. "Preciso do analgésico mais forte que você tiver."

Bom, não funcionou. Para minha decepção, acordo não na Eternidade, mas no hospital mesmo, três horas depois, com a cabeça latejando. Dou de cara com o tio de Cooper, Lester, me observando. Amy e Malcolm estão atrás dele. Os olhos e o nariz dela estão vermelhos. Malcolm está pálido, os lábios da mesma cor da pele. Os dois estão um caco. Já perderam Merritt, e agora isso. E é tudo minha culpa.

Eu me sento e o quarto gira um pouco. Sinto uma pontada de dor no joelho.

"Bom, pelo menos alguém acordou", comenta o tio Lester. Amy olha feio para ele, e Malcolm o manda calar a boca. Tio Lester pressiona os lábios um contra o outro, parecendo, do nada, muito interessado por uma placa na parede que detalha a política de segurança contra incêndio do hospital. Percebi que os olhos dele também estão marejados. Meu estômago se revira. Caralho. Caralho, caralho, caralho.

"Como está se sentindo, meu bem?", pergunta Amy, puxando uma cadeira ao meu lado enquanto Malcolm permanece ao pé da minha cama, as mãos nos bolsos, parecendo quase em transe. Engulo a bile que sobe pela minha garganta.

Fui eu. Eu que fiz isso com eles.

"Sinto muito", digo. "Eu... Cooper estava me dando uma carona e acho que acabei distraindo ele. A gente estava rindo e aí..."

“Ele estava rindo?”, pergunta Amy, e seus olhos brilham, animados, por um momento, antes que a preocupação retorne.

Faço que sim com a cabeça, pronta pra contar que eu tinha acabado de descobrir o nome completo dele, mas penso melhor e desisto, porque afinal foram eles que deram aquele nome para Cooper.

“Quanto tempo você deve ficar internada?”, pergunta Malcolm, com a voz fraca, como se não tivesse mais forças. “A médica disse que você passou por uma cirurgia?”

“Foi. Meu joelho... não vou poder andar por um tempo. E minhas costelas... mas eu estou bem. Parece que vou ficar pelo menos mais uma semana no hospital. Não queria que me tirassem de perto de Cooper. Se dependesse de mim, eu estaria do lado dele agora mesmo.”

“Você precisa de alguma coisa?”, pergunta Amy, pegando minha mão como se não tivéssemos nos visto apenas outras três vezes na vida. Mordo a bochecha por dentro para reprimir o soluço que estava entalado no peito.

Faço que não com a cabeça, mas aí penso no fato de que não tenho nada comigo além da bolsinha que levei à festa do sr. Yoon. Nem uma muda de roupa, nem uma escova de dentes, nem meus remédios.

“Tenho tudo de que preciso”, digo, com o máximo de animação possível. “Muito obrigada por terem vindo me ver, mas estou bem. É melhor ficarem com Cooper.”

Malcolm respira fundo. “Ele mencionou que você não tem família aqui em Londres. Se precisar de ajuda quando sair... está mais do que convidada para ficar conosco. Temos espaço.”

“É muita bondade de vocês, mas não precisa... não faz muito tempo que Cooper e eu começamos a namorar e...”

“Foi tempo o bastante para Cooper estar feliz como não ficava há anos”, corta tio Lester, com o lábio inferior tremendo. “Isso é tudo o que precisamos saber.”

Assinto, sabendo que não vou aceitar a oferta. Eu não poderia causar mais problemas a eles do que já causei.

“Passei a última hora e meia falando com meu filho. Será

que ele consegue me ouvir?", murmura Amy, quase que para si mesma. "Espero que pelo menos saiba que não está sozinho."

Quero desesperadamente dizer a ela que Cooper está com Merritt. Mas sei que isso só complicaria as coisas ainda mais. Traria mais dor e mais perguntas que eu não saberia nem como começar a responder.

"Acho que ele consegue ouvir você, sim", digo. "Acho que, seja lá onde estiver, ele está bem."

E então Amy começa a chorar, alto e com vontade. O corpo dela todo se convulsiona. Tio Lester e Malcolm correm até ela e a ajudam a se levantar.

Quando os três vão embora, começo a tremer. Aperto o botão para chamar alguém da equipe de enfermagem e uma pessoa diferente vem, dessa vez. Digo que estou com dor. De nível dez. Logo, injetam em mim algo que me manda de volta para o calor do nada. Durmo torcendo para que, quando acordar, Cooper esteja de volta ao mundo dos vivos.

Quarenta e seis

Os três dias seguintes não me trazem nada além de ondas esporádicas de consciência. Acordo pela manhã e sou levada na cadeira de rodas para ver Cooper enquanto meu cérebro ainda está ensonado. Passo meia hora falando com ele, suplicando para que volte.

Entre o sono e a vigília, várias pessoas vêm me visitar, embora eu esteja confusa na maior parte do tempo e não seja de muita utilidade para ninguém. Me lembro vagamente de que o sr. Yoon veio me visitar e falou comigo pelo gerador de voz. E que Frida me trouxe camisolas da Marks & Spencer e uma caixa de calcinhas fio dental pretas, porque não tinha da comum. Acho que converso com as visitas, mas a única coisa que fica retida na minha memória são os monólogos sofridos que tenho todo dia de manhã com Cooper.

Depois do quarto dia nessa rotina, aperto o botão para tomar minha dose daquelas drogas que me deixam fora de órbita pontualmente às onze da manhã. Manny, o enfermeiro-chefe da ala, aparece e se senta na beirada da cama.

"Chega", diz ele, direto e reto.

"Quê?"

"Chega de morfina. Chega de sedativos. A médica disse que você não precisa mais, a esta altura."

Estalo a língua. "Mas eu preciso! Preciso muito."

"Sei que seu namorado está na UTI. E isso é terrível, claro. Mas os remédios não vão acabar com a dor, acredite em mim."

"É literalmente pra isso que servem remédios."

"Chega." Ele abre um sorriso cheio de pena. "Seu joelho está melhorando. Sinto muito, Delphie. A médica disse que está na hora de darmos uma reduzida na medicação."

Quando Manny corre para ajudar outro paciente, bufo e pego o celular para me distrair. Vejo que chegou uma mensagem da minha mãe. Aperto os olhos e rolo a conversa para cima, constatando que escrevi para ela ontem. Não me lembro de ter feito isso — devia estar sob efeito dos remédios.

Minha mensagem dizia:

Estou no hospital, mãe. Acidente de carro. Joelho e costelas. Ala 8 do hospital universitário. Sdd bj

Passo os olhos pela resposta que ela me mandou.

Nossa, querida! Sinto muito! Melhoras!

Fico olhando para a mensagem por alguns segundos. Então vou subindo nossa conversa. Sou sempre eu que começo, e é sempre ela que termina. Sinto uma dor no peito. Penso no que Cooper disse na noite do baile, depois que Jonah fugiu de mim. Se a pessoa quer ir embora, às vezes é melhor só deixar.

Entro na agenda e apago o número dela.

Na tarde seguinte, estou mal-humorada como nunca na vida. Pela manhã, a médica me disse que eles não tinham como saber por que Cooper ainda não havia acordado, e que eu precisava me preparar para a possibilidade de que ele talvez nunca mais acorde.

Estou chorando quando Leanne chega. Ela está vestindo um macacão com abacaxis estampados em amarelo e verde, que chama atenção em meio aos azuis pálidos da ala 8. Os cílios dela parecem ainda mais compridos que de costume, tão pesados que deve ser difícil manter os olhos abertos. Leanne carrega um pote e se aproxima com cuidado e mantendo os olhos arregalados, como se eu fosse um leão enjaulado e ela fosse uma criança com vontade de enfiar o dedo entre as grades, mas sem criar coragem. Meu rosto deve estampar perfeitamente meu humor no momento.

"Você está igualzinha", comenta ela.

"Como assim?"

"De cara feia. Como se não quisesse falar com ninguém."

"E mesmo assim você veio falar."

"Trouxe sopa", comenta Leanne, calma, mostrando o pote para mim.

"Por quê?" Eu me inclino para a frente e dou uma fungada. O cheiro está bom.

"Porque é o que a gente faz quando as pessoas estão tristes", responde Leanne.

"É o que a gente quem faz?"

"As pessoas. Os amigos."

"Tá, mas por quê?"

Ela pisca e fica encarando o nada por um momento. "Na verdade, não sei. É só que... sempre vejo isso nos filmes e nos livros. Imagino que seja uma coisa reconfortante."

Nós duas pensamos sobre isso por um momento.

"Quando fiz a cirurgia de endometriose, a comida era horrível", prossegue ela. "As ervilhas vinham amassadas e compactadas em uma bola. Como se fosse uma ervilha gigante e mole. Dá vontade de vomitar só de lembrar. Mas enfim, essa sopa aqui é da Baba's Deli, então vai estar uma delícia."

Ela enfia a mão na bolsa e pega um guardanapo de papel, que desdobra para revelar uma colher de metal. Meu lábio inferior começa a tremer com a gentileza, e me sinto culpada por ter sido grossa com ela. Nunca nem pensei qual é a minha opinião sobre a comida do hospital, porque na maior parte do tempo não tive fome. Só que, agora que a sopa está na minha frente, meu estômago ronca.

"Eu não sabia da endometriose. Que saco."

"Você nunca perguntou."

"Desculpa", digo, com uma careta. "Todos esses anos, pensei que estivesse me protegendo ao me manter distante. Mas agora estou começando a achar que talvez fosse..."

"Uma vaca do caralho?"

Solto uma gargalhada alta, depois grito, porque minhas costelas são puxadas em uma direção para a qual não estão prontas.

"É." Sorrio. "Uma vaca do caralho. Por que você quer tanto ser minha amiga?"

"Porque seria um reflexo muito equivocado da minha personalidade se minha única colega de trabalho fosse minha mãe."

Dou risada.

Leanne dá de ombros. "Falando sério. Gosto de você. E sabe aquela noite em que bebemos vinho depois do trabalho? Você acabou me contando sobre sua mãe ter ido embora."

"Eu contei?"

"Contou. E você era sempre engraçada quando baixava um pouquinho a guarda. Eu sabia que um dia ia acabar te conquistando. Achei que pudesse demorar mais um ano ou dois, mas aqui estamos nós. Dividindo uma sopa."

"Dividindo?"

"É. Achei que você fosse me oferecer." Leanne pega da bolsa outra colher enrolada dentro de um guardanapo. "Não almocei ainda porque minha mãe levou sanduíche de atum, deus me livre."

"Você não gosta de atum?"

"Nossa, você não prestou nem um pouco de atenção esses anos todos? Uma vez, veio uma mulher na farmácia com uma vaginose bacteriana persistente. Desde então, não suporto cheiro de peixe. Só que minha mãe ama atum, então quando ela leva, eu vazo."

Dou risada outra vez, levando as mãos às costelas. "Você não pode ficar me fazendo rir."

"Não vai dar pra eu te prometer nada." Leanne ergue o queixo, com um sorriso orgulhoso no rosto. "Mas vou tentar me segurar até a gente finalmente sair pra beber."

"Sair pra beber?"

"É, lembra que você concordou em sair pra beber com a gente em troca de folgar em cima da hora?"

Ah, é mesmo. Eu concordei. Nossa. Parece que isso faz um século.

Que estranho. Desde o momento em que concordei, comecei a pensar em maneiras de me safar. Mas agora, pensando em como tudo está péssimo, a perspectiva me parece animadora.

Quarenta e sete

A procissão de visitas continua algumas horas depois, com Jan. Já estou chorando de novo quando ela chega, porque parece que isso é tudo que eu sei fazer agora.

Tenho chorado mais por Cooper. Porque, a cada dia que passa sem que ele acorde, mais provável parece ele nunca mais acordar. Quando Amy me disse que Cooper estava apaixonado por mim, nem parei para pensar em como me sentia em relação a ele.

Sim, eu sabia que gostava de Cooper. Sabia que ele me fazia rir de um jeito que fazia com que eu me sentisse livre. Sabia que, por trás de todo aquele mau humor, havia um coração terno e generoso. Sabia que ele havia me ensinado a usar meu corpo como um instrumento de alegria em vez de medo. No entanto, sempre tinha achado que fosse só tesão. Agora, tenho que encarar a possibilidade de não vir a descobrir o que vem depois do tesão.

Eu queria ter a chance de conhecer Cooper. Conhecer de verdade, de um jeito que só é possível ao longo de mais de dez dias. Queria ouvi-lo escovar os dentes, ouvir o que ele acha dos programas de tevê que vemos, descobrir qual é a cor, o cereal, o poeta e o lado da cama preferidos dele. Quero passar a noite acordada com ele, como fizemos depois do baile. Conversando sobre tudo e sobre nada — sobre todas as coisas sem importância que se somam ao ponto de você quase saber o que a outra pessoa vai dizer antes mesmo que ela diga.

E se eu nunca mais sentir aquela sensação boa no estômago, aquela cosquinha, aquele orgulho de quando o fazia rir ou gozar ou balançar a cabeça como se não conseguisse acreditar que eu existo?

"Fiz bastante", diz Jan, me passando dois sanduíches de atum enrolados em papel-filme, além de uma garrafa de Lucozade e um cacho de uvas verdes.

"Muito obrigada." Sei que não vou comer os sanduíches por causa do que Leanne disse mais cedo. Pego um lenço da caixa no gabinete ao lado da cama e assoo o nariz antes de atirá-lo na pilha nojenta de lenços usados que estou construindo, como um jogo de jenga patético. "Desculpa, Jan. Você sabe que antes eu nem chorava. Era durona."

Jan estala a língua em desaprovação. "Bom, isso não é motivo de orgulho."

Penso na minha mãe, que sempre me disse que só os fracos choram. "Os Bookham são casca-grossa."

"Chorar é um sinal de que a gente está sentindo as coisas", comenta Jan. "De que está vivo. De que está amando."

"De que está pegando?"

Jan me ignora. "É um sinal de que a gente se importa."

"Mas é péssimo. Tem um monte de gente vindo aqui. Gente de quem eu gosto. De quem sinto falta. E não consigo parar de chorar. É muito péssimo."

Jan solta uma risada. "Não é! Claro que não é. Bom, é, mas, nossa, a vida não seria um tédio se a gente *nunca* tivesse motivo para chorar?"

Penso nos últimos doze anos da minha vida. Em como fiz questão de garantir que eu nunca tivesse motivo para chorar.

"Sabia que lágrimas de emoção têm mais proteína que lágrimas de irritação?", pergunta Jan, como se isso fosse algo que todo mundo sabe. "Li na internet que essa concentração maior de proteína faz com que as lágrimas rolem mais devagar pela bochecha. Assim aumentam as chances de que alguém veja e te ajude. Seu corpo foi literalmente feito para a vida em comunidade. Lágrimas atraem pessoas. Então pode chorar!"

"Isso é lindo", digo, apesar de tudo.

"Também acho."

"Nunca quis gente por perto. Atrapalha tudo."

"Atrapalhar nem sempre é ruim, querida. O lance com as pessoas é que a gente tem que deixar que elas nos arrastem a lugares que não queremos ir. Que digam coisas que não queremos ouvir. Que nos destrocem e nos remendem. Igual ao meu ídolo Stephen Sondheim escreveu: *Alguém me abraçou forte demais, alguém me feriu fundo demais*. Estar vivo é isso."

"Não sei o que fazer, Jan."

Jan pega minha mão. "Agora a única coisa que você tem que fazer é melhorar. Voltar para a sua rotina tanto quanto possível. E continuar torcendo. Tendo esperanças de que a vida seja como deveria ser."

A bondade nos olhos dela, o interesse genuíno, faz com que eu sinta que vou voltar a chorar. Tento me segurar.

"Você e Deli Dan se beijaram?", pergunto, me lembrando dos dois de papinho na festa.

Jan ergue uma sobrancelha e solta uma risada incomumente rouca para ela. "Fizemos mais que isso, Delphie. Sou louca pelo homem há anos. Nunca achei que ele olharia duas vezes para alguém como eu. Mas é o que eu estava dizendo. O destino tem seu modo de entregar exatamente o que precisamos quando precisamos."

Olho pela janela, para o horizonte, para onde quer que Merritt e Cooper estejam neste momento.

Solto um suspiro longo e baixo. "Espero que você esteja certa."

Algo que Aled diz em uma de suas visitas faz as engrenagens do meu cérebro começarem a girar. Ele me pergunta como foi que Cooper e eu começamos a sair depois de termos morado no mesmo prédio por tanto tempo e nos restringido a ataques verbais ocasionais. Quando conto sobre o pedido de Cooper de que eu fingisse ser namorada dele para que seus pais não tentassem juntá-lo com a vizinha, Aled grita: "Namoro de mentirinha! Meu clichê preferido. Vocês estavam *destinados* a se apaixonar".

Quando ele vai embora, volto a pensar em clichês românticos. Merritt é claramente obcecada por isso, e quanto mais reflito a respeito, mais suspeito me parece que minha terapeuta além-vida seja irmã do meu vizinho de baixo. Não pode ser mera coincidência. Por que Merritt nunca falou nada sobre isso antes?

Pego o celular e procuro "clichês românticos" no Google.

O primeiro site diz que o clichê romântico mais popular é o dos "rivais que viram amantes". Continuo lendo.

> A linha entre o amor e o ódio é muito tênue, e nada empolga mais os leitores que aquela tensão de dar arrepios entre rivais que todo mundo sabe que transariam gostoso se não insistissem em ficar se provocando. As cutucadas! O conflito! A angústia! O tesão!

Mordo a bochecha por dentro. Que estranho. Parece *bastante* com Cooper e eu. Prossigo com a leitura, e expressões como "proximidade forçada", "obrigados a dividir a cama", "triângulo amoroso", "namoro de mentirinha" e "domando o mulherengo" se destacam.

Largo o celular sobre o cobertor com as sobrancelhas franzidas. Cooper e eu fomos forçados a dividir a cama. E, com Jonah, éramos meio que um triângulo amoroso. Hum... antes de mim, ele recebia uma mulher diferente em casa a cada noite. Será que eu *domei o mulherengo*?

Mordo o lábio enquanto minha mente continua trabalhando, estudando as peças do quebra-cabeça que não encaixam direito. Será que essa história toda... será que foi tudo um plano de Merritt para que eu namorasse o *irmão* dela? Será esse o final feliz que ela queria? Não pode ser. Se fosse, será que Merritt não teria me mandado de volta com instruções para beijar Cooper? Por que ela teria me feito perseguir Jonah pela cidade inteira? E por que estaria mantendo Cooper na Eternidade? Para que tudo isso?

Espera...

A menos que...

Perco o ar, endireitando o corpo na hora. A ideia faz meu coração acelerar. Será... será que todo esse tempo Merritt estava planejando a melhor forma de mandá-lo de volta?

Tem que ser isso! Merritt é doida, mas também é inteligente. De jeito nenhum que se daria a todo esse trabalho, chegando a colocar o próprio emprego em risco, só para separar Cooper de mim depois que finalmente nos encontramos. Tipo, ela não seria assim tão cruel com o irmão gêmeo, né? Não. O plano dela provavelmente sempre foi mandá-lo de volta. Ela só deve estar querendo passar um pouco mais de tempo com ele antes de precisar se despedir.

"Sei que você consegue me ouvir", grito para o ar. "Conheço seu joguinho!"

A senhora na cama ao lado se inclina para a frente e me olha através dos óculos grossos. "Claro, querida, gosto de jogar buraco. Você tem um baralho? Quer jogar também?"

"Talvez mais tarde." Sorrio e me recosto no travesseiro, balançando a cabeça. Um sorrisinho aliviado me escapa. Posso esperar. Esperei até agora para sentir algo. Se esperar uma semana ou duas é tudo o que preciso para ter Cooper de volta, é isso que vou fazer com alegria.

Depois de três dias de tratamento e monitoramento, recebo alta. Agora que tenho certeza de que é questão de tempo até Cooper retornar, meu humor está melhor. Bom, quer dizer, o quanto der para estar melhor o humor de alguém que morreu duas vezes e cujo namorado está em coma.

Leanne me prometeu generosamente que vai me trazer ao hospital todo dia de manhã para que eu possa continuar visitando Cooper, segurando a mão dele e atualizando-o sobre tudo. Não sei se ele consegue me ouvir. Deve estar passeando por toda a Eternidade com Merritt antes de retornar para a Terra. Mesmo assim, falo com ele.

Sou levada de cadeira de rodas até a entrada do hospital

por um funcionário simpático. Lá fora, vejo Aled, Frida, Leanne, Jan e Flashy Tom, do Orchestra Pit, o que me surpreende. Eles conversam, fechados em uma rodinha.

Agradeço ao funcionário, pego minhas muletas e vou até eles.

"Oi", digo, notando que na semana que passei presa no hospital esfriou um pouco, e agora a temperatura está bem mais agradável. "Por que vieram todos?"

Aled se vira para mim com os dentes cerrados. "Eu disse que *eu* vinha no grupo do WhatsApp, mas parece que a Leanne não lê as mensagens."

"Estou sempre ocupada!", ela se defende. "E por que você não está dando bronca na Frida e no Flashy Tom? Eles também vieram porque não sabiam."

"Grupo de WhatsApp? Do que estão falando?", pergunto, cambaleando nas muletas até que Leanne me pega por um braço e Frida pelo outro.

"Nosso grupo chamado 'Delphie'", fala Jan, como se a existência de um grupo de WhatsApp com meu nome fosse absolutamente normal. "É o que a gente tem usado para coordenar todas as visitas. Só teve uma confusãozinha hoje de manhã quanto a quem deveria vir te buscar."

"Confusãozinha? Ou falta de atenção?", murmura Aled, com as bochechas corando.

Leanne não consegue evitar retrucar, então Frida lhe diz com toda a calma para não falar assim com ele. Jan revira os olhos para mim.

"Você tem amigos demais", comenta ela, me dando um tapinha no ombro antes de me levar até seu carro enquanto os outros continuam discutindo.

Sorrio, com uma sensação gratificante aflorando no peito e esquentando o corpo todo.

Amigos demais.

Quem diria?

Quando chegamos ao meu prédio, sou surpreendida por uma figura de camiseta preta e boné na porta da frente.

"Cooper?" A empolgação me faz perder o ar.

Então o cara se vira e meu coração se parte.

Jonah. É só Jonah. Sou uma idiota. O Cooper é bem mais alto, mais largo e está num estado bem mais comatoso.

Quando Jonah me vê, abre um sorriso largo. Noto que os dentes dele são um pouco perfeitos demais — brilham igual a balinhas Tic Tac enfileiradas. Será que o procedimento odontológico que ele fez foi estético?

"Delphie! Você chegou. Liguei pro hospital e me disseram que você tinha recebido alta."

"Desculpa, mas agora não é o melhor momento", digo, baixando os olhos para as muletas. Não tenho ideia do que dizer a ele.

A expressão de Jonah se desfaz. "Ah. Eu só queria falar com você."

"Esse é o cara que salvou sua vida?", Jan sibila ao meu lado. "Seja simpática."

Esse é o cara que salvou minha vida. Eu devo tudo a ele.

"Preciso ir, será que você pode ajudar Delphie com a escada? Assim não precisamos esperar os outros chegarem", fala Jan, para minha irritação.

"Claro. Sim. Posso ajudar, sim!", responde Jonah, ávido.

Olho feio para Jan, que já está entrando no carro. Jonah pega minha bolsa, destranca a porta e a mantém aberta para que eu entre com as muletas.

Ele olha para a escada. "Quer que eu te leve no colo?"

Penso instantaneamente em Cooper me pegando no colo na chuva, não muito tempo atrás. Na minha cabeça batendo na bunda dele enquanto trotava em direção ao Bee and Bonnet.

"Não precisa, obrigada", digo. "Eu subo de bunda. Imagino que até chegarmos lá em cima dê tempo de você me dizer o que tem pra falar?"

A boca de Jonah se transforma em uma linha fina e penso em Jan me pedindo para ser simpática.

"Desculpa", digo. "Não quis ser grosseira. É que... a vida anda meio difícil."

Ele assente e me acompanha enquanto subo um degrau excruciante de bunda por vez.

"Então..." Jonah olha para os próprios tênis por um segundo, depois dá uma risada. "Vou direto ao ponto. O lance é... que não consigo parar de pensar em você."

Paro o que estou fazendo na hora, arregalando os olhos. "Quê?"

Jonah tira o boné e passa a mão pelo cabelo. "Tipo, você me deu um susto do caralho no baile. Óbvio."

"Óbvio."

"Mas depois... quando eu... fiz respiração boca a boca em você... senti um negócio. Meio que um puxão no estômago. Uma conexão."

A ironia quase me faz rir.

"Achei que fosse adrenalina por conta do pânico. Mas aí toda noite, antes de dormir, eu só conseguia pensar... bom, em você. Terminei tudo com Lulu hoje de manhã."

"Lulu?"

"Minha namorada."

Ah, sim. A morena do baile. Ele terminou com ela?

"As coisas não estavam dando tão certo... enfim, acho que vim perguntar se você está envolvida com o cara que estava no acidente... não entendi muito bem por que no baile você disse que sentia que nós tínhamos uma conexão. E eu... acho que você tinha razão. Parece que eu te conheço de algum lugar. Como se a gente já tivesse se visto. Antes do baile em si, claro. Por que você estava na minha rua naquela noite?" Ele se agacha no degrau à minha frente. O rosto dele está tão próximo do meu que vejo os pelos dourado-escuros da barba por fazer refletindo a luz em sua mandíbula perfeita. "Não pode ser coincidência você ter ido parar bem ali, de todas as ruas de Londres."

"Eu..."

Contar a verdade para Cooper acabou fazendo com que ele fosse parar no hospital. Talvez Merritt estivesse certa e Jonah seja uma das minhas cinco almas gêmeas. Mas... não importa. Tenho quase certeza de que estou apaixonada por outra pessoa. Por Cooper. Mesmo se Amy estiver errada e ele não sentir o mesmo por mim, sei o que sinto por ele. E estou convencida de que é só questão de tempo até que eu pergunte isso pra ele cara a cara. Talvez dias, talvez semanas. Mas Merritt planejou tudo isso. Cooper vai voltar.

Abro um sorriso triste. Esse Adônis de olhos azuis e sorriso fácil não é para mim. Eu quero o fã de jazz desprezível, de cabelo bagunçado e olhos verdes que está em coma. E, enquanto os aparelhos continuarem apitando, vou esperar por ele.

Jonah olha para mim como se eu fosse a melhor mulher do mundo.

Preciso fazer um favorzão enorme pra ele e acabar logo com isso aqui. Não posso deixar que o cara nutra uma obsessão maluca por mim, que só pode acabar em decepção. Inspiro fundo.

"Sinto muito, Jonah. Você merece alguém maravilhoso. Mas esse alguém não sou eu."

"Mas... eu salvei sua vida."

Pego a mão dele na minha. Não sinto mais qualquer faísca. "E vou ser eternamente grata por isso. De verdade. Mas... não vai rolar nada entre a gente. Sei que eu disse que sentia uma conexão entre nós. Mas, nossa, parece que aquilo aconteceu em outra vida."

"Foi há pouco mais de uma semana."

"Eu era uma pessoa bem diferente naquela época", digo, mesmo sabendo que isso soa ridículo, porque o quanto alguém pode mudar em dez dias?

A resposta para essa pergunta, no entanto, é quase completamente.

Quarenta e oito

DOZE SEMANAS DEPOIS

Enquanto caminho rumo à biblioteca — ainda mancando um pouco, mas finalmente sem muletas —, abro um sorriso, desfrutando das folhas cor de cobre espalhadas pela calçada, que minhas botas fazem barulho ao esmagar. Enfio as mãos nos bolsos do casaco quando passo pela Baba's Deli, cumprimentando Deli Dan lá dentro com um aceno de cabeça enquanto ele fatia um pepino em uma velocidade impressionante. São quatro da tarde e o céu já está cinza. As luzes alaranjadas dos postes tremulam enquanto passo.

Desde que voltei para casa, tenho seguido o conselho de Jan de permanecer esperançosa. De esperar o melhor da vida e das pessoas. Na maior parte, funciona, principalmente porque comecei a fazer terapia, e as sessões estão me ajudando a entender meu cérebro confuso e como posso trabalhar com ele para me impedir de voltar a me isolar.

Tenho visto Cooper todo santo dia, às dez em ponto. Todo dia de manhã, torço desesperadamente para que seja o dia em que ele vai acordar. E todo dia, nada. Só o apito constante e o zumbido das máquinas que o mantêm vivo. Circulam rumores no hospital sobre a possibilidade de Cooper nunca acordar, e a decisão que Amy e Malcolm podem querer tomar sobre os cuidados que devem ser dispensados a ele. Mas não consigo pensar nisso. Então, quando estou com ele, recapitulo de forma minuciosa como anda a vida na Westbourne Hyde Road, número 14.

Conto que o sr. Yoon comprou um gerador de voz e ficou tão rápido no tecladinho dele que Aled (o novo melhor amigo dele *de verdade*) diz que nosso vizinho tem a melhor taxa de palavras digitadas por minuto das redondezas. Conto que a prefeitura aprovou a necessidade de home care para o sr. Yoon e que agora ele tem uma cuidadora ótima chamada Claire, que se certifica de que ele tem tudo de que precisa e está sempre limpo, confortável e bem cuidado. Conto que, com o gerador de voz, meus cafés da manhã com o sr. Yoon levaram a um conhecimento enciclopédico da vida dele, por exemplo, agora sei que o sr. Yoon cresceu com a irmã em uma cidadezinha na Coreia. Os dois tiveram uma briga séria depois que ele teve um caso com a esposa do maestro, foi expulso da orquestra onde trabalhava e impedido de se juntar a qualquer outra em seu país.

Seguro a mão de Cooper enquanto o presenteio com histórias da sra. Ernestine, que passou a se juntar a mim e ao sr. Yoon para o café todo dia de manhã antes de posar para mim. Na minha cabeça, Cooper me pergunta “Posar?”. Daí eu conto que tenho desenhado a sra. Ernestine. Na verdade, tenho desenhado todo mundo que aparece em casa para me visitar. Não tenho muito mais o que fazer, presa à cama com o joelho recém-operado. Até agora, as visitas gostaram de ser desenhadas enquanto conversamos.

É engraçado as coisas sobre as quais as pessoas falam quando acham que você não está prestando atenção. Passei a conhecer as pessoas das redondezas muito mais do que imaginava que um dia aconteceria. Mais do que imaginava que gostaria. Agora, não consigo imaginar como seria não saber da estranha fobia de Leanne a lagartos, que uma vez a fez desmaiar em um passeio da escola a um santuário de répteis. Ou que a sra. Ernestine participou do programa de tevê *Catchphrase* e discutiu, ainda em cena, com a pessoa que ganhou porque achou que estava sendo roubada, o que levou o episódio a ser cortado.

Ultimamente tenho encarado a ideia de coleção de amigos de Aled como algo mais profundo e sincero que um leve desespero, porque ele me revelou que também sofreu bullying, mas na faculdade, e não na escola. A reação dele àquele trauma foi oposta à minha. Enquanto eu me fechei para tudo e para todos que poderiam me magoar, Aled procurou ativamente por pessoas para amar que retribuiriam esse amor. Frida me contou ontem que está se apaixonando por ele.

Também adoro descobrir que Deli Dan, de acordo com Jan, tem "o pênis mais reto e convencido" que ela já viu. "E olha que eu já vi uma quantidade bem significativa de pênis", garante ela. Isso me deixa feliz porque Jan merece tudo de bom. Marcamos de ir ao Orchestra Pit juntas, e só topei porque ela está se tornando rapidamente uma das pessoas de quem mais gosto no mundo.

Abro a porta da biblioteca e passo pela mesa cheia de livros de R. L. Cooper. Engulo em seco o desespero que ameaça dominar meu peito, tão intenso como se eu ainda estivesse naquelas horas perdidas imediatamente depois do acidente. Quando visitei Cooper ontem, implorei novamente para que voltasse. Tinha tanta certeza de que Merritt estava planejando que isso acontecesse logo, mas já se passaram semanas sem que as circunstâncias mudem nada e estou começando a perder a fé.

Devolvo os livros que peguei — uma seleção de romances excelentes mencionados por Merritt e os primeiros dois livros da série de R. L. Cooper em que estou viciada — e sigo para o corredor dos fundos, passando pelos vitrais enormes para entrar na sala de leitura ampla e iluminada onde está minha exposição.

Uma exposição. Minha! É ridículo, na verdade. Acabei de começar a ir às aulas de desenho semanais com Frida e não passo de uma amadora, mas todo mundo que desenhei achou que seria uma boa ideia exibir meu trabalho por uma tarde, para comemorarmos. A princípio, recusei, por puro constrangimento. Mas aí me lembrei do que Jan disse no hospital — que estar vivo é vivenciar toda a gama de emoções. Se não estiver se sentindo puxado, empurrado, assustado e encantado em vez de seguro, então não está fazendo certo. Por isso, decidi encarar. O nome da exposição é "Meu Povo: Personagens da Westbourne Hyde Road".

A maior parte dos convidados já chegou. O sr. Yoon está com Aled e Frida, e os três apontam para um desenho a tinta emoldurado da sra. Ernestine no meu sofá, com a cabeça levemente apoiada nas mãos, antes de seguir para o nu que fiz de Leanne, que por sorte foi um pouco mais discreta em suas poses que Kat, a modelo-vivo da aula. Jan, Leanne e a mãe de Jan, que se chama Diane, estão conversando perto de uma série de pinturas do sr. Yoon que retratam as expressões mais comuns dele: rabugento, rindo, em êxtase ao tocar o violino, fazendo cara feia porque eu o forcei a ouvir o álbum novo da Doja Cat, que é excelente. Flashy Tom tira uma selfie com um desenho que fiz dele vestido de Bernadette Peters em *Annie*.

Circulo pela sala, agradecendo a todos por terem vindo e sem conseguir acreditar que todas aquelas pessoas apareceram só por minha causa. Sem conseguir acreditar que converso por vontade própria e alegria com cada uma delas sobre coisas importantes e frívolas.

Olho para a parede onde meu retrato de Cooper se encontra. Ele não pôde posar para mim, claro, por isso tracei o desenho que fiz dele com base em minha memória e nas visitas que fiz ao hospital. Desenhei Cooper com aquele sorriso convencido. Aquele que me faz ao mesmo tempo querer gritar com ele, acariciar seu rosto e montar em seu colo. Na arte, os olhos dele brilham e o queixo está erguido como se estivesse prestes a rir. Penso na maneira como ele ri com o corpo todo, como se os braços e pernas quisessem participar da diversão. A mera ideia forma um nó na minha garganta, e sinto pontadas atrás dos olhos, com outra leva de lágrimas vindo.

Volto ao corredor úmido da biblioteca e respiro fundo algumas vezes para me recuperar. As pessoas que vieram a essa exposição já me viram chorar o equivalente a uma vida inteira. Não tem cabimento convidá-las para um evento só para testemunharem ainda mais lágrimas, ainda que em um ambiente um pouco mais salubre.

Estou quase voltando lá para dentro e me juntando aos outros quando ouço alguém pigarrear atrás de mim.

"A exposição é por ali", digo, distraída, apontando na direção da sala de leitura.

"Como assim? Não vai fazer nem um comentariozinho ferino para o homem mais insuportável que já conheceu? Seria a primeira vez."

Eu me viro. Bem ali, em uma cadeira de rodas, diante dos vitrais iluminados pelo sol, está Cooper. Ele usa uma camisa branca imaculada e uma calça cargo cinza que fica um pouco larga nas pernas. Os cachos pretos dele estão passando do queixo, os olhos brilhando, intensos. Eles me sorvem, sedentos.

Os lábios dele se erguem em um sorriso pleno e sincero. "Sabe, eu tive um sonho muito estranho com uma mulher que era igualzinha a você."

Começo a rir.

Ele voltou. Cooper voltou.

Quarenta e nove

Eu me atiro nele, passando as mãos por todo o seu rosto para me certificar de que é verdade.

"Você é um fantasma?"

Pego os braços dele e aperto de leve. Parecem reais e sólidos e fortes o bastante para que eu coloque um pouco mais de força.

"Não sou um fantasma." A voz dele sai mais rouca que o normal. Ele pigarreia mais uma vez. "Acordei hoje de manhã. Continuo humano. Um pouco mais magro. Sem conseguir me segurar muito bem de pé. Um pouco detonado, mas nada que uma fisioterapia não resolva. Mas sim. Estou bem aqui."

"Bem aqui", repito, e finalmente desisto da luta que travo contra as lágrimas atrás de meus olhos. Cooper enlaça minha cintura e me puxa para seu colo. "Espera... não quero te machucar. Você não deveria estar no hospital?" Passo os olhos pelo corpo inteiro dele procurando por ferimentos ou sinais de que ele esteja bem o bastante para estar aqui, na biblioteca.

Copper balança a cabeça e ri. "Estou bem. Acordei hoje de manhã como se só tivesse dormido demais. Os médicos disseram que isso acontece às vezes. As pessoas só acordam. Vou levar um tempo pra recuperar totalmente as forças, mas estou bem, de verdade."

"Nem consigo acreditar."

"Eles passaram a maior parte do dia fazendo todos os exames imagináveis antes de chegar à conclusão de que eu estava bem o bastante pra receber alta. Preciso voltar pra me verem em dois dias, mas todos pareceram felizes com a liberação de um leito."

"Você está se sentindo bem?"

"Agora, sim." Copper olha para mim e sorri.

"Seus pais! Eles já sabem?"

"Foram eles que me trouxeram. Foram pegar um café e já encontram a gente lá dentro. Me disseram que você está expondo umas obras." Os olhos dele brilham. "Fiquei sabendo que você fez um desenho de um escritor megapopular."

Pego as mãos dele. "Merritt... ela...? Foi ela quem fez isso acontecer?"

"Como se algum daqueles panacas fosse capaz..."

Perco o ar quando Merritt aparece no fim do corredor. Está usando um terninho rosa-choque e óculos verdes tipo gatinha empoleirados no nariz pequeno.

Pulo do colo de Cooper, corro e a puxo para um abraço apertado. "Obrigada", sussurro. "Obrigada por ter trazido Cooper de volta pra mim. Eu me convenci de que você faria isso, mas passou tanto tempo que pensei..." Deixo a frase morrer no ar, sem conseguir conclui-la.

Merritt se solta com delicadeza. "Parece que alguém se acostumou bastante com contato físico! Que bom pra você, Delph."

Dou um passo para trás e balanço a cabeça maravilhada enquanto Cooper se aproxima na cadeira de rodas. Merritt o abraça. Ele bagunça os cachos dela.

Os olhos de Merritt se alternam entre nós dois. "Cara, vocês são muito fofos juntos. Eu devia ter percebido na hora que dariam um lindo casal. Mas aquele monte de respostas atravessadas me confundiu."

"Espera aí... então você não me mandou de volta *pra ficar* com o Cooper? Não era tudo parte do seu plano, desde o começo?"

Merritt ri. "Nossa, não! Eu sabia que você era vizinha dele, mas nunca nem pensei em juntar os dois. Na real, eu não daria um castigo igual a este homem para ninguém."

“Ei!” Cooper olha feio para ela.

Mordo o lábio. “Então por que Jonah? Por que você disse que ele era minha alma gêmea?” Olho para Cooper. “Quando claramente não era?”

Merritt dá de ombros. “Ele serviu como um belo catalisador, não foi? Uma inspiração para você, como dizem os escritores.”

“Mas por que ele, especificamente?”

Merritt junta os dedos das mãos sob o queixo. “Acho que só escolhi alguém de quem achei que você ia gostar. Do mesmo tipo físico do seu antigo professor de arte. Aí foi só trazer o cara pra uma visita inconsciente. Tipo, eu sabia que ele ia gostar de você porque você é linda e porque uma ex dele parece você, mas também ajudou bastante o fato de Jonah estar muito louco de remédio. Fez com que ele parecesse todo sonhador.”

Franzo a testa, pensando em como Jonah olhou para mim como se eu fosse a mulher mais charmosa que ele já tinha conhecido. Será que foram mesmo os analgésicos fortes todo esse tempo?

Balanço a cabeça. “Pensei que as pupilas dele estivessem dilatadas porque... nossa. Ele estava chapado. Você é terrível!”

“Sou, mas também sou esperta, né?” Merritt ri.

“Ou só muito intrometida”, retruca Cooper.

Ignorando o comentário do irmão, Merritt leva as mãos ao peito, feliz. “Minha ideia era só me entreter um pouco pra espantar o tédio com alguma coisa de boa qualidade, ajudar você a transar e talvez se descobrir ao longo do caminho. Mas aí tivemos uma reviravolta na trama: você foi até a casa dos meus pais com o Cooper e fez ele *rir*! Fazia cinco anos que eu não via ele rir.” Ela olha com ternura para o irmão. “Aí eu vi como ele te olhou quando você voltou do Shard. Como tirou aquela pétala do seu cabelo, e como suas bochechas ficaram vermelhas. Vocês dois pareceram ganhar vida. Como se alguém finalmente tivesse apertado o botão de ligar. Imagina minha alegria quando percebi que o que estava se formando era um triângulo amoroso.”

"Um clichê romântico clássico", digo, assentindo, me lembrando do artigo que tinha lido no hospital.

"Total. Quando percebi que talvez você e Cooper pudessem ter algo especial, mas eram teimosos demais para ver, entendi que precisava ajudar antes que o tempo se esgotasse." Merritt cruza os braços, convencida.

Tudo começa a se encaixar na minha mente. "Ei... espera aí... então foi você que empurrou a gente um pro outro? Você...?"

"Fiz chover na noite do baile? Sim. Roubei a chave do carro? Pode apostar. Fiz um monte de gente ir pro Bee and Bonnet pra vocês terem que dividir a cama? Afirmativo. Ter que dividir a cama é um dos meus clichês românticos preferidos. Não que eu tenha ficado para testemunhar qualquer atividade. Eca." Ela ergue as mãos. "Mas sim. *C'était moi!*"

"O plano funcionou bem até demais", acrescenta Cooper, recostando-se na cadeira de rodas e me abrindo um sorriso que faz minhas entranhas darem cambalhotas.

"Com certeza! Achei que se apaixonar por Cooper fosse fazer você se esforçar ainda mais pra encontrar Jonah, com a ideia de salvar sua vida e poder ficar com meu irmão. Mas aí, pro meu horror, você simplesmente desistiu", exclama Merritt. "Da única pessoa que poderia garantir com que você ficasse na Terra. Você simplesmente desistiu e aceitou seu destino, como se fosse... bom, como se *não fosse* a heroína desse romance!" Merritt lança os braços no ar mais uma vez e balança a cabeça. "E eu não podia alterar o contrato que você assinou. Não podia te ajudar mais do que dando um empurrãozinho aqui e outro ali, sem passar por cima do seu livre-arbítrio. Fiquei morrendo de medo de que você não beijasse Jonah e voltasse pra Eternidade, o coração de Cooper não ia aguentar. Mas, pra minha surpresa, no último minuto, você decidiu lutar. Conseguiu o endereço de Jonah, entrou no carro..."

"Mas aí teve o acidente...", murmuro.

"Eu estava com muita saudade de Cooper", responde Merritt, com lágrimas fazendo seus olhos brilharem. "Sabia que manter meu irmão na Eternidade não era certo, mas não tinha como mandá-lo de volta. Depois da décima primeira semana, Eric e eu ficamos bem cansados de ver meu irmão sofrendo por sua causa. Então Eric organizou uma grande reunião com os Superiores. Pediu que permitissem que Cooper retornasse a seu corpo, porque tecnicamente se tratava de uma visita inconsciente, só um pouco mais longa que o normal. Ele fez uma apresentação em PowerPoint, colocou terno e tudo. Não é a coisa mais romântica que você já viu?"

"Parece uma coisa saída de um livro." Sorrio.

"Tão romântico... Nicholas Sparks nunca teria nem cogitado isso."

Merritt me olha por um momento, passando os dentes pelo lábio inferior e os manchando com o batom laranja no processo. Ela olha para a janela logo atrás. "É melhor eu ir..." Merritt volta a nos encarar, com as lágrimas agora rolando. "Recebemos uma Falecida ontem, uma mulher chamada Lindy. Vai ser o rato de laboratório perfeito pro Eternity 4U. Mal posso esperar para começar. Eric agora está trabalhando como assistente no projeto. Romance no escritório, ui! Tipo os livros da Sally Thorne, mas sem a parte do ódio. Bom, a menos que a gente comece a interpretar personagens, claro."

"Zero noção!", solta Cooper, jogando as mãos para o alto.

Puxo Merritt para outro abraço. Ela apoia o queixo no meu ombro. "Vou sentir saudade", digo.

"Não vai, não", responde ela, empurrando os óculos mais para cima no nariz e me olhando nos olhos. "Vai estar ocupada demais tendo os melhores dias da sua vida com esse cuzão." Merritt inclina a cabeça para Cooper. "E, quando não estiver com ele, vai desenhar, pintar, encontrar seus amigos, tomar café com o sr. Yoon, viver aventuras e se maravilhar com como é bom estar viva. Que é exatamente como você deveria ser."

Cooper faz menção de abraçá-la, mas Merritt o impede. "Não. De novo não, Coop. A gente já se despediu três vezes. Eu não vou aguentar." Ela se arrepende imediatamente. Abraça o irmão mais velho e beija de leve sua bochecha.

"Valeu, M", diz ele, com a voz falhando. "Por tudo."

"Tchau, Merritt", digo, com um nó na garganta.

"Tchau, gente." A voz dela falha também. "Espero não ter que ver vocês por um longo tempo."

Cooper e eu só podemos ficar olhando enquanto Merritt se transforma em uma miragem cintilante e desaparece no ar, como se nunca tivesse estado aqui.

Estou outra vez no colo de Cooper. Ele pega minha mão e se inclina para mais perto, tocando meu nariz com o dele. "Eric disse que se eu conseguisse te encontrar e beijar em dez dias, podia ficar."

"Sei", murmuro.

"Portanto, eu gostaria muito de..." Ele deixa a frase morrer no ar, olhando sedento para meus lábios.

"De quê?", sussurro.

"De te beijar, Delphie. Se você quiser, claro."

"Nunca quis tanto uma coisa."

Os lábios dele roçam os meus imediatamente, ambos com sorrisos desvairados no rosto. No começo, nosso beijo é suave, hesitante, depois fica mais forte e mais apaixonado até estarmos com os corpos tão colados que sinto os batimentos cardíacos dele como se fossem meus.

"Acho que isso deve bastar", comento depois de um tempo, jogando a cabeça para trás e rindo. Olho para Cooper através das lágrimas. "Não consigo acreditar que você voltou. Eu estava começando a achar que tivesse decidido ficar na Eternidade."

Cooper balança a cabeça. "Ficar com M de novo era... era tudo que eu conseguia pensar por muito tempo. E se isso tivesse acontecido logo que a perdemos, eu teria ficado lá, sem hesitar. Mas... *você*. Você, Delphie Bookham. Não posso ficar sem você. Não quero ficar sem você *nunca*." Ele acaricia minha bochecha com o dedão. "Você me faz rir e me dá nos nervos. Me faz querer ser eu mesmo, me faz querer aprender a ser eu mesmo pra você. Você torna divertido ser eu mesmo. Te amo, Delphie."

"Eu te amo muito", sussurro de volta na mesma hora, pressionando a testa contra a dele. As palavras parecem novas e empolgantes na minha língua. Tenho a sensação de que vou repeti-las com frequência.

Eu o levo até a sala de leitura, onde os convidados correm até nós, rindo, chorando e acariciando o ombro de Cooper. A sra. Ernestine dá de ombros, desinteressada, antes de retornar a atenção ao desenho de Leanne nua.

Amy e Malcolm chegam e eu rio alto enquanto uma multidão se forma à nossa volta.

Estou de mãos dadas com o amor da minha vida.

Estou cercada de gente.

Da *minha* gente.

Pessoas que eu amo e que retribuem o meu amor. Pessoas que estarão do meu lado durante os altos e baixos e também durante todas as partes preciosas que ficam entre os altos e baixos. Pessoas que serão parte dos pequenos momentos do dia a dia, que podem não ser eternizados em poemas, pinturas e livros de história, mas que juntos compõem o que há de mais valioso.

Uma vida, testemunhada. Uma vida, *vivida*.

Tenho tanta coisa pra ver, tanta coisa pra fazer, tanta coisa pra *sentir*.

Cooper entrelaça os dedos nos meus e aperta forte. Aperto de volta, com o coração explodindo de expectativa pelo que vem aí.

Estou megapronta.

Agradecimentos

É preciso um grupo grande de pessoas para criar um livro e introduzi-lo na vida dos leitores, e eu tive muita sorte de ter ajuda do melhor grupo de pessoas com *O amor (depois) da minha vida.*

Agradeço do fundo do meu coração a Hannah Todd — minha agente excepcional, que apoiou este livro antes mesmo de a primeira linha ser escrita. Seu conhecimento editorial, sua orientação precisa e contínua, sua generosidade e a ambição que tem para si mesma e para mim são responsáveis por muitas das outras coisas incríveis que aconteceram. Você é uma força que deve ser levada a sério, e eu não gostaria de ficar sem você e os sucos de frutas e tudo mais.

Também agradeço ao restante do magnífico time da Madeleine Milburn Literary Agency, em especial Valentina Paulmichl, Hannah Ladds, Amanda Carungi, Elinor Davies, Liane-Louise Smith, Casey Dexter, Madeleine Milburn e Hayley Steed. É genuinamente um prazer trabalhar com vocês. Obrigada por mudarem a minha vida!

Um enorme obrigada a minhas maravilhosas e talentosas editoras: Jen Monroe nos Estados Unidos, Katie Loughnane no Reino Unido e Deborah Sun De La Cruz no Canadá. Não apenas a expertise de vocês transformou este livro em algo muito melhor do que eu jamais teria imaginado, mas o carinho, a consideração e a paixão de vocês tornaram o processo divertido e fluido. Serei eternamente grata a vocês.

Também agradeço muito às incríveis equipes editoriais da Century, da Berkley e da Penguin Canada, que me impressionaram com seu dinamismo, suas habilidades surreais e seu ar descolado em geral. No Reino Unido, um agradecimento especial para Jess Muscio, Hope Butler, Rachel Kennedy, Katya Brown e Issie Levin, e para Alice Brett e Georgie Polhill. Nos Estados Unidos, agradeço especialmente a Claire Zion, Candice Coote, Christine Ball, Craig Burke, Jeanne-Marie Hudson, Erin Galloway, Jessica Mangicaro, Loren Jaggers, Jin Yu, Kaila Mundell-Hill, Kim-Salina I e Kiera Bertrand. Tenho muita sorte de poder trabalhar com vocês.

Também gostaria de dizer muito obrigada às incríveis equipes das editoras Sperling & Kupfer, Droemer Knaur, Anaya, General Press, Editura Trei, Kobiece, Znanje, Euromedia, Companhia das Letras, Leya, Leduc, Laguna, Tchelet Books, Bazar e Bard.

Obrigada, Ceara Elliot e Vi-An Nguyen, por terem criado as capas mais lindas para o livro.

Obrigada, Antalya von Preussen, pelas maravilhosas fotos de divulgação.

Eu não teria conseguido escrever este livro sem a ajuda dos meus amigos escritores. Faço um agradecimento especial para Cathy Bramley, pelas danças e conversas por Zoom durante a escrita do primeiro rascunho, que mudaram minha vida, de verdade. Muito obrigada a Caroline Hogg, Cressida McLaughlin e Cesca Major pela torcida, pelas observações, pelo apoio e pelas risadinhas. Obrigada também às maravilhosas Isabelle Broom, Keris Stainton, Katy Collins Katie Marsh, Josie Silver, Sophie Cousens, Mhairi McFarlane, Penny Reid e Lia Louis. Vocês são preciosas.

Obrigada, amigos e família, que me inspiram e alegram minha vida de tantos jeitos diferentes: Elizabeth Keach e Ophelie Maleki Era, Will Bex e Grace Bex, Dawn Dacombe, Angie Jordan, Andy Jordan, os Walshes e os Greenwoods, Naomi Johnson, Nicky Allpress, Michael Roulston, o time da BML, Oya Alpar e a querida Tupi.

Eu não estaria aqui sem minha família mágica, barulhenta e inabalável, que me ensinou tudo que eu sei sobre o amor.

Obrigada, mãe, pai, Net, Nic, Tony, Mary, Will e C. Eu amo vocês e sou grata por vocês todo santo dia.

Edd — o amor da minha vida. Você torna o ordinário extraordinário.

Finalmente, obrigada a todas as minhas leitoras, antigas e novas. Espero que este livro traga alegria a vocês.

Sobre a autora

Kirsty Greenwood é uma autora best-seller de comédias românticas engraçadas e destemidas sobre amores extraordinários. Quando não está escrevendo livros, ela compõe musicais e explora Londres, cidade onde vive com o marido.

TIPOGRAFIA Adriane por Marconi Lima
DIAGRAMAÇÃO Vanessa Lima
PAPEL Pólen Natural, Suzano S.A.
IMPRESSÃO Gráfica Bartira, julho de 2024

FSC
www.fsc.org
MISTO
Papel | Apoiando o manejo florestal responsável
FSC® C105484

A marca FSC® é a garantia de que a madeira utilizada na fabricação do papel deste livro provém de florestas que foram gerenciadas de maneira ambientalmente correta, socialmente justa e economicamente viável, além de outras fontes de origem controlada.